EL BESO
DE UNA ESPÍA

Amor y Aventura

EL BESO
DE UNA ESPÍA

Anna Randol

Traducción de Victoria Morera

VERGARA

Barcelona • Madrid • Bogotá • Buenos Aires • Caracas • México D.F. • Miami • Montevideo • Santiago de Chile

Título original: *A Secret in her Kiss*
Traducción: Victoria Morera
1.ª edición: junio 2012

© 2012 by Anna Clevenger. First published by Avon Books, an imprint
   of HarperCollins Publishers. Translation rights arranged by Taryn
   Fagerness Agency and Sandra Bruna Agencia Literaria, SL
© Ediciones B, S. A., 2012
   para el sello Vergara
   Consell de Cent 425-427 - 08009 Barcelona (España)
   www.edicionesb.com

Printed in Spain
ISBN: 978-84-15420-21-7
Depósito legal: B. 15.239-2012

Impreso por Novagràfic Impressors, S.L.

*Para mi marido, que es más maravilloso
que cualquier héroe que pudiera imaginar.*

Agradecimientos

En primer lugar, quiero dar las gracias a Kevan Lyon, mi fabulosa agente, una de las mujeres más sensatas y con estilo del mundo editorial.

Esta novela tampoco se habría publicado sin la colaboración de Tessa Woodward y su empeño en luchar por una Regencia inusual. Tu acertada edición ha elevado este libro a una nueva categoría.

Gracias a Ashley March, que es escritora, como yo, de novelas románticas y mi mejor crítica. Gracias por tu amistad y tu empeño en que mi escritura sea tan bonita como la tuya.

A mis hermanas de sangre (a las seis) y a mis hermanas de escritura (me refiero a vosotras, Jocelyn, Jinhee y Suzie), gracias por mantenerme centrada y proporcionar un encuadre sólido a mis alocadas ideas.

Por último, deseo dar las gracias a mi madre por las incontables horas que dedicó a la edición de este libro y por no tener miedo a formularme preguntas directas que me obligaron a volver atrás y mejorar mi obra.

¡Sin vosotras no lo habría conseguido!

1

Bélgica, 1815

El último tonel de provisiones produjo un ruido sordo cuando fue cargado en el bote de remos.

El marinero de piel curtida tocó el ala de su sombrero.

—Volveré por usted y sus cosas en unos minutos, señor.

El comandante Bennett Prestwood asintió con la cabeza y el marinero soltó el cabo que amarraba el bote al embarcadero. Los remos se deslizaron por las guías y se hundieron en el agua dejando una estela de ondas mientras el marinero conducía el bote hacia la fragata de la Armada que estaba anclada en la bahía.

Bennett agitó la mano y espantó a dos gaviotas que se habían posado en su baúl. Resultaba un poco humillante que lo subieran a bordo después de la carne de buey en salazón, pero si esto significaba regresar a Inglaterra, no le importaría hacerlo aunque fuera después de las ratas del muelle.

Inhaló hondo. Los muelles de Ostende apestaban a porquería y a pescado. Volvió a inhalar. Al menos el aire no olía a carne humana putrefacta y rociada con lejía, y tampoco transportaba los gritos de los heridos.

Durante unas horas, se vería libre del infierno. No habría tumbas que cavar, ejércitos que localizar ni enemigos que matar, pero cuando llegara a Inglaterra se acabaría el descanso.

Una vieja mendiga que pedía limosna buscaba bolsillos para robar o ambas cosas a la vez, se acercó a él y lo sobresaltó. Bennett echó el dinero que le quedaba en la descascarillada taza de la mendiga y la ahuyentó con un gesto. Pronto estaría en casa.

Entonces mataría a su cuñado.

La mano de Bennett se tensó en la suave empuñadura de piel de la espada. Estaba tan desgastada que casi podía tocar el frío metal que había debajo. Se suponía que ya había acabado con aquello. Él esperaba dejar a la muerte enterrada con los cuerpos de aquellos de sus hombres que habían caído en los lodosos campos de Waterloo, pero entonces recibió una carta de su madre.

Se limpió el polvo de la cara y sacó el arrugado papel de su bolsillo. Su madre le contaba, a su encantadora manera, los habituales cotilleos familiares: habían vuelto a expulsar a su hermano pequeño de Eton; sus primos iban a emprender un viaje por Europa; su hermana Sophia se había reconciliado con su marido y había vuelto con él. Bennett apretó la mandíbula mientras leía por enésima vez la última frase. Estrujó la carta y la lanzó al agua. Ya no la necesitaba. La frase había quedado grabada a fuego en su mente.

¡Maldición! ¿Por qué no la había enviado más lejos? Estaría mejor en las salvajes tierras de la India que con el bastardo de su marido.

¿Cómo había conseguido él que regresara a su lado? ¿Rompiéndole otra costilla? ¿Formulándole una promesa que solo cumpliría hasta que volviera a emborracharse?

Si Sophia no podía mantenerse alejada de su marido, Bennett se encargaría de que él no se acercara a ella.

Un carruaje de madera de ébano se detuvo, ruidosamente, delante de él y el barco quedó fuera de su vista. Bennett se puso tenso y su mano volvió a deslizarse hasta la empuñadura de la espada que colgaba de su cintura.

La portezuela del coche se abrió.

—¡Venga aquí un momento, Prestwood!

Al oír aquella voz gangosa, Bennett apretó las mandíbulas. «¡Ahora no, maldita sea!», pensó.

—¿Qué desea, general?

—Solo quiero mantener una simple charla con usted.

Mentira. El general Caruthers pertenecía a la inteligencia militar. Nada era simple con él.

—¡Se trata de una orden, Prestwood!

Bennett entró en el coche en penumbra. Caruthers sonrió y la pálida y fláccida carne de su cara se estiró.

—¿Un trago, comandante?

El general sacó dos copas del compartimento de la pared del coche.

—No.

Caruthers cogió una petaca de plata y echó en su copa un poco de brandy.

—Por esto nunca lo aparté de su regimiento. No consigo que los demás se sientan cómodos conmigo.

Él no quería sentirse cómodo, sino subir a aquel barco.

—Pero siempre cumple las órdenes, y esta característica me resulta muy útil.

El terror encogió las entrañas de Bennett mientras el general sacaba una hoja de papel de una carpeta y la alisaba sobre su regazo casi con reverencia. Después se la tendió a Bennett.

El comandante la sostuvo a desgana con el brazo extendido y, aunque se sentía reacio a verse involucrado en otra locura de Caruthers, el papel llamó su atención, pues no contenía órdenes.

—Es una mariposa.

El general asintió con la cabeza y la parte colgante de sus carrillos se balanceó con energía.

—¡Exacto! En esto consiste su genialidad. Obsérvela más de cerca.

Bennett sintió un dolor punzante en la base del cráneo. No quería implicarse en más secretos y mentiras, sin embargo, aquel hombre era de un rango superior, así que observó el dibujo con atención.

Nada. La mariposa seguía siendo un insecto con pretensiones aunque, eso sí, estaba hábilmente dibujada con tinta. De hecho, el dibujo denotaba algo más que habilidad. Bennett lo sostuvo a la tenue luz vespertina que entraba por el grueso cristal de la ventanilla.

La delicada criatura estaba posada en la rama de un árbol y parecía que fuera a emprender el vuelo en cualquier momento. ¿Cómo lo había logrado el artista? Bennett giró el papel a izquierda y derecha, pero no logró descubrir qué había hecho el artista para conseguir aquel efecto.

Caruthers sonrió con aire de suficiencia.

—No lo descubrirá nunca.

Bennett bajó la hoja y, en el fondo, se alegró de que el general hubiera malinterpretado su prolongado examen del dibujo.

El general hundió los dedos en sus rechonchas piernas y sus ojos brillaron.

Bennett suspiró:

—Muy bien, cuénteme qué tiene de especial esta mariposa —pidió mientras dejaba la hoja de papel sobre su rodilla.

El general recorrió, con la punta del dedo, una pequeña zona situada cerca del extremo del ala.

—Está en las alas. Aquí.

Introdujo el brazo debajo de su asiento, sacó una lupa enorme y la sostuvo encima del dibujo.

—¡Demonios!

Bajo el efecto magnificador de la lente, las diminutas líneas cobraron relevancia y Bennett percibió, inequívocamente, los detalles y defensas de una fortificación militar.

—¿Dónde se encuentra?

—Se trata de una nueva fortificación otomana situada cerca de la ciudad griega fronteriza de Ainos, en el Mediterráneo.

—¿Cómo ha conseguido él esta información?

El general puso cara de circunstancias y carraspeó.

—No se trata de él, sino de ella. En realidad, nos hemos enterado recientemente de que el artista es una mujer.

Bennett cruzó los brazos sobre su pecho.

—¿Y cómo se le ha escapado, exactamente, este pequeño detalle al gobierno de Su Majestad?

El general Caruthers carraspeó dos veces.

—Bueno, por lo visto, el hombre del gobierno en Constantinopla creía que la mujer que le entregaba los dibujos era la sirvienta del artista, no ella en persona.

—¿Quién es la artista? ¿Una patriota griega?

Unas arrugas de fastidio surcaron la cara del general, quien tiró de uno de los botones de latón de su manga.

—De hecho, hace poco que ha salido a la luz que se trata de una mujer británica. Una tal Mari Sinclair.

¿Una inglesa? ¿Por qué no estaba a salvo en Inglaterra, que era el lugar al que pertenecía?

—¿Qué hace ella en el corazón del imperio otomano?

Los turcos no eran amables con los espías, y las torturas que infligían a las mujeres eran infinitamente peores que las que infligían a los hombres.

—Su padre es un arqueólogo de escaso renombre. Se llama sir Reginald Sinclair y está excavando en la zona.

Bennett intentó recordar alguna información sobre aquella familia, pero era la primera vez que oía aquel nombre. Volvió a examinar el dibujo.

—Si no le molesta que se lo pregunte, señor, ¿por qué me ha enseñado el dibujo?

El general sonrió.

—Usted ha realizado misiones para nosotros anteriormente.

Sí, ya le habían asignado misiones antes, pero estas consistían en eliminar a determinados enemigos del país. Bennett apretó el puño y arrugó el dibujo.

—Yo no mato a mujeres.

El general le lanzó una mirada airada y le arrebató el dibujo antes de que este sufriera mayores daños.

—¡No, no! Al contrario. Debe usted mantener con vida a la señorita Sinclair.

Definitivamente, Bennett no podía considerarse un experto en aquel tipo de misión.

—¿No sería mejor que se encargaran los del Foreign Office? Al fin y al cabo ella es una de sus agentes, ¿no?

El bote de remos había iniciado su viaje de vuelta al muelle y Bennett tenía la intención de estar en él cuando regresara al barco. Tenía que conseguir que Sophia entrara en razón y, en caso contrario, introducir una bala en la cabeza de su marido.

—En realidad, no. Ella es una naturalista que estudia las plantas, los insectos y cosas parecidas.

—¿Y no quiere convertirse en una agente?

Quizá, después de todo, aquella mujer tenía un poco de sentido común.

—Ella es un poco... independiente. Solo envía los dibujos cuando quiere. El Foreign Office ha enviado a un hombre para que la vigile, pero, como mucho, su protección es irregular —continuó el general—. El ejército está interesado en los dibujos, así que hemos conseguido que ella trabaje para nosotros y así se lo hemos comunicado al Foreign Office. —El general se inclinó hacia Bennett y añadió en tono confidencial—: El imperio otomano se está derrumbando desde el interior. Están construyendo fortalezas a toda prisa para mantener su dominio en Grecia y otros territorios, pero carecen de los fondos suficientes y Rusia ha accedido, amablemente, a ayudarlos.

¡Espléndido! Aquella insensata estaba en el centro de una lucha de poder político.

—¿Y qué conseguirá Rusia a cambio de su ayuda?

—Rusia hace tiempo que desea estar presente en el Mediterráneo, y este acuerdo le permite estar bien situada en caso de que el imperio otomano se desmorone. Como es lógico, nosotros no queremos que esta bonita y tierna amistad tenga éxito.

Todavía había una cosa que no tenía sentido.

—¿Si ella no trabaja para el Foreign Office, cómo es que ha accedido a trabajar para nosotros?

Caruthers guardó la copa en una caja que había debajo de su asiento.

—Le hemos asegurado que su cooperación le aportará beneficios.

Beneficios que, sin duda, se traducirían en oro.

—Encuentre a otro.

No podía perder el tiempo protegiendo a una mujer que creía que el dinero era más importante que la seguridad personal.

El rostro del general reflejó irritación.

—Imposible. Usted cuenta con algo que nadie más tiene: una tapadera perfecta.

Bennett arqueó una ceja.

—Su primo es el embajador británico en Constantinopla.

¡Maldición! Lord Henry Daller. Aquel hombre era doce años mayor que Bennett y este sabía muy poco acerca de él.

—Solo nos conocemos superficialmente.

Caruthers se encogió de hombros.

—En cualquier caso, ni los turcos ni los rusos se extrañarán de su llegada. Un joven caballero que viaja por el continente una vez terminada la guerra.

—¿Qué le hace pensar que la señorita Sinclair necesita protección?

El general se enderezó con incomodidad.

—Es posible que su identidad haya sido descubierta.

—¿Y aún así insiste en recopilar información para nosotros?

Bennett frunció el ceño. Entonces aquella mujer estaba loca o tenía compulsión de muerte, y ninguna de las dos cosas era buena para su supervivencia.

—Como le he dicho, nos hemos asegurado de contar con su cooperación.

¿Cuánto debía de pagarle la Corona? Aunque, si su identidad había sido descubierta, la operación corría tanto peligro como su vida.

—¿Por qué no envían a otro agente en su lugar?

Caruthers se frotó las manos con frenesí.

—Ella consigue acceder a lugares con los que nosotros ni siquiera nos atreveríamos a soñar. No podemos prescindir de ella.

—Así que ponemos su vida en peligro.

—Es ella la que la ha puesto en peligro. Además, no será por mucho tiempo. Solo necesitamos los dibujos de dos fortificaciones más.

Bennett se puso tenso.

—¡Esto es ridículo! ¡No jugaré con la vida de la señorita Sinclair!

—No tiene usted elección.

Bennett ya se sentía culpable por no haberse dado cuenta de lo que le sucedía a Sophia, de modo que no ayudaría a poner la vida de la señorita Sinclair en peligro. Él ya había sacrificado la mayor parte de su alma poniéndola al servicio del rey y de su país y se negaba a renunciar al resto.

—Sí que tengo elección. Rechazo la misión.

Nunca creyó que llegaría a pronunciar estas palabras, pero no se arrepentía.

Caruthers frunció los labios.

—Lástima, lo lamento, aunque no tanto como lamento lo que les ocurrirá a Everston y a O'Neil.

Bennett se quedó helado.

—¿Qué tienen que ver mis hombres en esto?

—Everston perdió una pierna, ¿no? Y O'Neil un brazo.

Bennett tragó la bilis que se había agolpado en su garganta.

—Yo creo que les resultará difícil encontrar trabajo. Y, encima, el pobre O'Neil tiene tres hijos pequeños...

—¿Con qué me está amenazando?

Caruthers se frotó la barbilla.

—¿Amenazarle yo? No, no, comandante, simplemente constato lo importante que es para estos hombres percibir una pensión. Y ya sabe usted lo estricto que es el Parlamento. Si, por alguna razón, su regimiento no figurara en la lista que el ejército envía al Parlamento para la asignación de los fondos, la tragedia tardaría años en corregirse. ¿Cuántos hombres del regimiento noventa y cinco de fusileros aspiran a percibir una pensión?

Demasiados. La doble y dura tarea de reconocer el terreno y ser tiradores de primera había diezmado a su regimiento. Quizá podría emplear a Everston y O'Neil para que trabajaran en su finca, pero ¿qué les ocurriría al resto? No podía permitir que se murieran de hambre. Además, Caruthers era capaz de llevar a cabo su amenaza sin perder ni una noche de sueño.

—¿Durante cuánto tiempo?

La pregunta le quemó los labios como si se tratara de ácido.

Caruthers se reclinó hacia atrás y el cuero de su asiento rechinó bajo su peso.

—No le estoy pidiendo algo irracional. Necesitamos que la señorita Sinclair dibuje las dos fortificaciones en el plazo de un mes. Después, será usted libre de regresar a Inglaterra.

Un mes. Bennett lanzó otra mirada al puerto. El marinero esperaba en el bote con una expresión de confusión en su curtida cara.

¡Maldición! ¿Por qué había sucumbido a las llorosas súplicas de Sophia para que mantuviera su situación en secreto? Él le dio su palabra de que no revelaría el cruel trato que recibía de su marido, y ahora su promesa la dejaba un mes más a merced de aquel sádico bastardo.

—¿Cuáles son mis órdenes?

—Muy simples. Mantenga a la señorita Sinclair con vida el tiempo suficiente para que dibuje lo que necesitamos.

—Señor, yo...

El general puso una expresión de desagrado.

—No se trata de una petición, comandante. Zarpará usted dentro de una hora.

Bennett se enderezó y abrió de golpe la puerta del coche.

—Sí, señor.

Constantinopla

Bennett examinó a la mujer que tenía delante, o al menos lo poco que veía de ella: en total dos ojos marrones. Ni siquiera las cejas se vislumbraban por debajo del brillante manto de seda amarilla que envolvía todo su cuerpo. Su atuendo nativo contrastaba con la tradicional decoración inglesa del salón del embajador y desentonaba desagradablemente con el bordado de flores rosas de su sillón. Como si se tratara de una flor de diente de león que hubiera crecido en medio de los rosales de su madre.

—¿De modo que accede usted a las condiciones?

La señorita Sinclair agachó la cabeza y se hundió todavía más en el voluminoso sillón.

—Sí.

Su voz agitó el velo que cubría su boca.

—Sé que puede resultar molesto anotar un itinerario detallado cada mañana, pero es por su seguridad.

—Sí, señor —contestó ella lanzando una mirada ansiosa a la puerta de la habitación.

Bennett caminó de un lado a otro frente a la enorme chimenea de mármol y, después, tamborileó con los dedos en la repisa. Sus dos hermanas se habrían reído en su cara si se hubiera atrevido a exigirles lo mismo y, la verdad, es que al menos esperaba alguna protesta. Desde luego, la suma que el gobierno pagaba a aquella mujer debía de ser considerable.

Un incómodo silencio se extendió por la calurosa y agobiante habitación. Bennett contempló las ventanas, que estaban cerradas. Todavía no se le ocurrían las palabras adecuadas para describir la ciudad de Constantinopla, la cual se extendía a sus pies. Más que nada, le hacía pensar en el tocador de una cortesana de edad, abarrotado de botes de colorete y frascos de cremas intercalados con algunos candeleros.

Carraspeó y volvió a dirigir la atención a la mujer que tenía delante. Discutirían el resto de los planes durante los días siguientes. Ahora que se conocían, el hecho de que la visitara no llamaría demasiado la atención.

—Esto es todo por ahora, señorita Sinclair. Ha constituido un placer conocerla.

Ella se puso de pie enseguida y se dirigió con paso rápido hacia la puerta mientras su ropa de seda ondulaba a su alrededor. Bennett se apresuró a abrir la puerta para ella. El trabajo de aquella mujer implicaba a dos de las naciones más vengativas de Europa, de modo que él había supuesto que tendría más coraje.

La mujer susurró una breve despedida y corrió hacia el coche que la esperaba en la entrada.

El sonido de unos pasos en el suelo de mármol hizo que Bennett se volviera. Lord Henry Daller, el embajador y primo de Bennett llegó junto a él y contempló el coche.

—La señorita Sinclair siempre ha sido un poco estrafalaria, pero nunca imaginé que se presentaría vestida como una nativa. ¡Lo siento por ti, porque no te resultará fácil protegerla! —Se rio entre dientes y dio unas palmadas a Bennett en la espalda—. Aunque supongo que, dado su pasado, era de esperar.

Bennett rechinó los dientes. ¡Chismorreos! Otra razón por la que prefería el campo de batalla a los salones. Pero en el campo de batalla resultaba indispensable conocer el terreno, así que sonrió y dijo:

—Hablas como si supieras muchas cosas de ella.

Daller se encogió de hombros realizando un movimiento sutil y despreocupado que, en opinión de Bennett, estaba cuidadosamente estudiado para no servir de confirmación ni de negación.

—Saber todo lo posible acerca de los ciudadanos de Su Majestad que viven en estas tierras forma parte de mis obligaciones.

Daller se atusó el fino bigote de color castaño que adornaba su labio superior y guardó silencio.

Bennett finalmente decidió formular la pregunta que, evidentemente, el embajador esperaba.

—¿Entonces qué puedes contarme de ella?

El embajador condujo a Bennett a su estudio con una sonrisa leve y magnánima en sus labios.

El calor del estudio resultaba tan opresivo como el del salón. Bennett se sentó en el borde de una silla de piel temiendo que, si la superficie de contacto era mayor, se quedaría pegado a ella. Tenía la leve esperanza de que Daller sugiriera que se quitaran las chaquetas..., pero no, su primo simplemente se sentó en su silla. Por lo visto, se sentía completamente cómodo. Quizá, con el tiempo, uno se acostumbraba al calor.

Daller sacó una cajita de plata de rapé de un cajón de su escritorio y cogió un poco con una uña. Lo esnifó con rapidez y, después, le ofreció la caja a Bennett, quien la rechazó con una sacudida de la cabeza.

«Vayamos al grano», pensó Bennett. La conversación cortés nunca había constituido uno de sus puntos fuertes. Para él no tenía sentido perder el tiempo con charlas ociosas.

—¿Qué información tienes acerca de la señorita Sinclair?

Daller juntó las yemas de los dedos de las manos.

—¡Ah, nuestra señorita Sinclair! Muchos nativos se sienten cautivados por ella, aunque yo diría que esa atracción se debe más a su amistad con el pachá Esad que a sus... encantos personales.

—¿Quién es Esad?

—Un antiguo mariscal de campo del ejército del sultán. Ahora es uno de sus consejeros. Según dicen, confía en él más que en ningún otro.

Bennett archivó este dato en su mente.

—¿El pachá es favorable a la Corona?

El embajador frunció el ceño.

—No más que el resto de los nativos. Jura ser totalmente leal al sultán, pero, por otro lado, parece sentir un cariño genuino por la señorita Sinclair y, durante los últimos diez años, le ha hecho de padre.

Bennett se preguntó dónde estaba su padre verdadero. Él esperaba que la acompañara a la reunión, pero no se había presentado.

—Los jóvenes de aquí esperan impresionar al pachá componiendo estúpidos poemas en honor de la señorita Sinclair.

Bennett alisó, con disimulo, la parte frontal de su chaqueta para asegurarse de que ningún bulto delataba la libretita que guardaba en su interior. Entonces realizó una mueca y apartó la mano. No tenía por qué preocuparse, porque nadie sabía que él intentaba escribir poemas.

—De hecho, el año pasado uno de esos poemas se hizo muy popular y circuló por toda la ciudad. En él se comparaban los ojos color avellana de la señorita Sinclair, ni más ni menos, que con una roca cubierta de musgo.

A Bennett se le erizó el vello de la nuca.

—¿Color avellana?

Daller asintió con la cabeza.

—Son su característica más distintiva. Esa curiosa mezcla de marrón, verde y amarillo... Sin duda se deben a su mezcla de sangre, a su madre griega. La sangre siempre deja su huella.

La señorita Sinclair que él había conocido tenía los ojos marrones. Ni siquiera un joven enamorado y medio ciego los habría considerado de color avellana. Sin lugar a dudas, eran de color marrón chocolate. Además, no podía equivocarse, porque eran lo único que aquella mujer había dejado a la vista.

—La mujer que ha venido no era Mari Sinclair.

¿Dónde estaba la verdadera señorita Sinclair? ¿La habían secuestrado? Bennett se puso en tensión.

—Claro que lo era —replicó el embajador mirándolo fijamente.

—Esa mujer tenía los ojos marrones.

—Pues el coche era el de los Sinclair. Estoy seguro —declaró Daller con perplejidad.

22

Bennett se puso de pie. Si los turcos la habían capturado, quizá fuera demasiado tarde.

—Debo encontrar a la verdadera señorita Sinclair.

Frente a aquella repentina crisis, el embajador, quizá como consecuencia de su carrera diplomática, simplemente asintió con la cabeza.

—Seguiremos hablando más tarde —declaró.

Bennett abandonó la habitación con pasos largos. El día anterior, cuando llegó, estuvo examinando la residencia de los Sinclair desde el exterior. La modesta casa estaba situada a solo dos kilómetros de la embajada. Recorrer aquella corta distancia a caballo por las estrechas y abarrotadas calles de la ciudad, no le supondría ninguna ventaja, así que decidió ir a pie. Para cuando hubieran ensillado su caballo, ya habría llegado.

La calle adoquinada de la embajada comunicaba con diversas callejuelas de tierra que serpenteaban entre los edificios de madera y de piedra de la zona. Los coches y las carretillas empujaban a los transeúntes para abrirse camino y avanzaban a trompicones conforme se producía algún hueco. Bennett tomó el lado izquierdo de la calle buscando la leve sombra que ofrecían las inestables galerías de las casas que sobresalían de los edificios a poco más de un metro del suelo.

El corazón le martilleaba en los oídos. La noche anterior debería haber comprobado que la señorita Sinclair estaba a salvo en lugar de perder el tiempo anotando sus impresiones sobre Constantinopla, pero no pudo resistirse. Algo en la ciudad le produjo un hormigueo en los dedos y lo empujó a reflejarlo en palabras.

Atajó por un mercado lleno de gente. Voces griegas, turcas y persas mezcladas con otras lenguas que ni siquiera logró identificar bromeaban en voz alta. Curry y azafrán por valor de una fortuna rebosaban de los barriles y los sacos de yute llenando el aire de un olor acre.

En aquel lugar, los hombres cubiertos con ricas telas y los que apenas iban vestidos se entremezclaban libremente y las mujeres, adornadas con telas vaporosas, compraban y vendían junto a los hombres. Algunas llevaban el rostro cubierto, como la falsa señorita Sinclair, pero otras lo llevaban descubierto.

El día anterior ya había visto a mujeres con la cara descubierta, de modo que debería haberle preguntado a la mujer que se hizo pasar por la señorita Sinclair por qué llevaba puesto aquel velo, aunque él lo atribuyó al hecho de llevar demasiado tiempo en aquellas tierras extrañas. ¡Imperdonable por su parte! Su error podía costarle el éxito de la misión. Y a la señorita Sinclair, la vida.

Sus botas crujieron mientras apretaba el paso. ¿Quién era aquella desconocida? Si alguien le había hecho daño a la señorita Sinclair, ¿por qué enviar a otra mujer en su lugar? ¿Para ganar tiempo hasta que él se diera cuenta? ¿El tiempo suficiente para torturar a la señorita Sinclair hasta que confesara que era una espía? ¿O hasta que confesara lo que ellos quisieran con tal que dejaran de torturarla? A Bennett le ardió la espalda mientras recordaba, con desesperación, un antiguo dolor. ¡Y, torturando, los franceses eran como niños comparados con los otomanos!

Cuando dobló la esquina de la calle en la que se encontraba la casa de los Sinclair, un coche se detuvo frente a la puerta. Bennett entrecerró los ojos. Se trataba del mismo vehículo que había salido de la embajada poco tiempo antes. Se alegró de que las calles estuvieran congestionadas y se escondió detrás de una palmera situada al otro lado de la calle.

La mujer vestida con ropa de brillante seda amarilla salió del coche riéndose y, cuando se acercó a la casa, la puerta se abrió y otra mujer la saludó desde las sombras de la entrada en forma de arco. La mujer de la puerta iba vestida con una vaporosa túnica azul similar a la de la falsa señorita Sinclair, pero ningún velo escondía los tirabuzones de su cabello. Este no destacaba por su color, que era de un castaño vulgar, sino por su volumen, que caía en cascada por su espalda.

La mujer recorrió la calle con la mirada y Bennett se apretujó contra la áspera corteza del árbol. Su mirada no fue como las rápidas ojeadas que daban sus hermanas cuando no querían ser vistas realizando una travesura, sino como el examen preciso de un combatiente experto; fue como un reconocimiento del terreno con el que pretendía asegurarse de que nadie espiaba sus movimientos.

Bennett contó hasta diez y volvió a mirar por el lateral del árbol. La mujer había terminado su inspección y avanzó un paso exponiéndose a la luz del sol. Después de dar una orden en turco al conductor del coche, se volvió hacia la casa, momento en el que el sol iluminó su cara y, por un momento, sus ojos.

Eran de color avellana.

Bennett tensó los hombros. Sin duda se trataba de la señorita Sinclair. Libre y sin nada que impidiera sus movimientos. Ahora que la había visto, nunca más volvería a confundirla con ninguna otra mujer. Aunque ambas eran de una estatura similar, la otra mujer disponía de generosas curvas, mientras que la señorita Sinclair tenía el contorno ágil y discreto de una bailarina.

Y también su gracia, concluyó Bennett después de verla entrar con ligereza en la casa.

Su mano se deslizó, de una forma instintiva, hacia el bolsillo donde guardaba su libreta, deseando escribir y plasmar la esencia de aquella mujer en el papel.

Bennett apartó la tentación de sus pensamientos y se dispuso a cruzar la calle. Ella era el objeto de su misión, no una maldita musa.

A partir de aquel momento, las cosas se desarrollarían conforme a sus planes o no se desarrollarían. Ella aprendería, y rápido, a no jugar con él. Si insistía en seguir dibujando los emplazamientos enemigos, debería respetar los peligros que había atraído hacia su persona.

Un hombre delgado y de piel oscura se acercó a la casa con paso rápido y postura recta.

Bennett volvió a esconderse detrás de la palmera. ¿Se trataba de uno de los pretendientes que había mencionado el embajador? La puerta se abrió y la señorita Sinclair se dirigió hacia él con rapidez. Bennett se preparó para presenciar una acaramelada bienvenida amorosa, pero ella se detuvo a unos centímetros de distancia. El hombre turco inclinó la cabeza, pero ella no le correspondió con el mismo gesto. Debía de tratarse de un sirviente.

Mientras hablaba con el hombre, la señorita Sinclair se cubrió la cabeza y la parte baja de la cara con una tela, asintió con la cabeza y entró en el coche.

El vehículo se puso en marcha.

¿Qué consideraba más importante que una reunión para preservar su seguridad? Bennett maldijo en voz baja y abandonó el precario escondrijo que le ofrecía la palmera. Ella había accedido a trabajar para el ejército británico. Ya era hora de que aprendiera a obedecer a su superior.

2

Mari se atragantó con el humo dulce y empalagoso del oscuro fumadero de opio. ¿Cómo podía su padre soportar aquel lugar? Sabía que, después de fumar, la habitación debía de parecerle un palacio lujoso, pero cuando entraba estaba sobrio.

Las lámparas, que servían para vaporizar la tóxica sustancia, titilaron levemente.

Mari apartó a un lado la sucia y descolorida cortina que daba acceso a la cámara que el propietario le había indicado. El hombre que había en el interior se estremeció ante la repentina luz que iluminó su amarillenta tez, pero al ver a la mujer, esbozó una sonrisa beatífica.

—¡Mari, querida, qué alegría verte!

La tensión que Mari sentía en las mandíbulas hizo que casi le resultara imposible hablar.

—Ya es hora de volver a casa, papá.

—¡Vaya, con lo bien que me lo estoy pasando aquí con mis amigos!

Mari lanzó una mirada airada a la variopinta diversidad de hombres que llenaban el pequeño establecimiento. Unos estaban en el proceso de perderse a sí mismos por culpa del opio, y el resto ayudaban a aquellos desventurados a conseguirlo.

—Estos hombres no son tus amigos.

Debería haberse mordido la lengua. Sabía que sus argumentos no tenían efecto en su padre. ¿Por qué no mantenía la boca cerrada?

—¿Estás enojada, hija mía? ¿Acaso llego tarde al té?

Ella parpadeó conteniendo una lágrima. ¡Maldito humo!

—¡Vamos!

Él se sentó en el banco. Mari le ofreció una mano para ayudarlo a levantarse, pero él la rechazó con un gesto.

—No te preocupes. —Bajó los pies del banco y se incorporó tambaleándose peligrosamente—. Resulta sorprendente que la claridad de mente no vaya acompañada de la claridad de movimientos.

Entonces se rio de su propia gracia.

Mari pasó el brazo de su padre por encima de sus hombros para evitar que se cayera. No, su afirmación no constituía ninguna sorpresa. Lo mismo había ocurrido a principios de aquella semana, y la semana anterior, y todas las semanas desde que iba a recogerlo para llevarlo de vuelta a casa. Mari eludió la petulante mirada del propietario mientras sacaba, medio a rastras, a su padre de aquel antro. Por suerte, él había entrado en uno de sus estados de languidez y no se resistió, y mientras caminaban, tarareó una canción con voz desafinada, perdido en sus pensamientos. Ella mantuvo la cabeza baja para evitar las miradas penetrantes de los hombres que bebían café en la terraza de una *kahve* cercana. No soportaría percibir la curiosidad o, todavía peor, la lástima en sus miradas.

Unos segundos más y llegarían al coche. Entonces regresarían a casa y, si la semana era buena, aquel suceso no se repetiría hasta después de cuatro o cinco días. Y si la semana era mala..., bueno, en aquel momento no quería pensar en esa posibilidad.

Una pared sólida de lana verde se interpuso en su camino. Mari chocó contra ella y su padre se tambaleó hasta que una mano cubierta de cicatrices lo agarró por el hombro y lo estabilizó.

Mari realizó una mueca y observó, enojada, las marcas que surcaban el dorso de la mano. Tuvo que mirar hacia arriba para ver algo más que los botones plateados y los cordones negros del uniforme. Sintiéndose en desventaja, retrocedió un paso arrastrando con ella a su padre.

La mano no encajaba con el resto del hombre.

Se trataba de un adonis rubio y alto escapado de un pedestal griego.

Cuando Achilla, su doncella, le describió a su nuevo protector con estos términos, Mari atribuyó sus efusivas alabanzas a la admiración que sentía por el género masculino en general. En realidad, no le había costado mucho convencerla para que ocupara su lugar en la reunión y conociera, de primera mano, a su protector.

Achilla no había exagerado.

¡Qué ridículo! Mari sacudió la cabeza para librarse de aquella impresión inicial y volvió a observarlo. Sin duda, la mano pertenecía al mismo hombre. Por su aspecto, debían de haberle roto la nariz una o dos veces. Sus pestañas negras eran, definitivamente, demasiado largas para un hombre y demasiado oscuras para un hombre rubio. Una pequeña cicatriz curva cruzaba su mejilla izquierda y su color era ligeramente más claro que el tono rojizo de sus pómulos, que estaban perfectamente esculpidos.

Solo un militar británico vestiría un uniforme diseñado para los húmedos valles de Inglaterra en tierras otomanas y durante el verano. ¿Cómo pretendía asegurarse de que ella cumplía con su compromiso con la Corona si podía morir en cualquier momento a causa del calor? Su valoración acerca de su protector cayó en picado.

¡Maldición! Su objetivo, al enviar a Achilla aquella mañana, era recoger a su padre sin interferencias y conseguir un pequeño respiro, pero había fallado en ambas cosas.

Los ojos azules y acerados de aquel hombre recorrieron su cuerpo en un examen directo e insultante. Mari se puso en tensión. Ninguno de sus sirvientes habría confesado dónde estaba. ¿Cómo la había encontrado?

Sujetó a su padre con más fuerza. El oficial la había seguido; escondido entre las sombras como un vulgar maleante. Lo que ella había ido a hacer al fumadero de opio no le incumbía, no afectaba al gobierno británico ni al compromiso de conseguir más información que le habían obligado a aceptar. Él no tenía ningún derecho a inmiscuirse en sus asuntos.

El oficial contempló al padre de Mari y su mirada reflejó lástima.

Ella apretó el puño de su mano libre. ¿Cómo se atrevía? ¿Cómo se atrevía a juzgarla a ella o a su padre? Se desplazó hacia la derecha para esquivarlo y llegar al coche, pero él la imitó.

—¿Señorita Sinclair?

Mari se desplazó hacia la izquierda. No pensaba hablar con él allí, en mitad de la calle, así que, de la misma manera que la había seguido hasta el fumadero de opio, podía seguirla hasta su casa. Por culpa de la debilidad de su padre, su vida ya era pasto del cotilleo público y se negaba a echar más leña al fuego.

El comandante volvió a interceptarle el paso.

Mari exhaló aire a través de sus apretadas mandíbulas.

—¿Sería tan amable de apartarse, señor? Mi carga no es lo que se dice ligera.

Él entrecerró los ojos.

—Usted es la señorita Sinclair.

Su declaración no constituía una pregunta.

El comandante se volvió hacia el padre de Mari, pero ella tiró de él hacia el otro lado.

—Y usted, señor, es un arrogante y un déspota. Apártese de mi camino.

Él no se inmutó.

—La ayudaré.

—Puedo arreglármelas sola. Además, no lo conozco.

Él arqueó una ceja.

—Si hubiera acudido a nuestra cita de esta mañana, me conocería.

Mari le lanzó una mirada airada y se alegró de que el velo tapara su rubor.

—Como puede ver, tenía otras preocupaciones más acuciantes.

—Preocupaciones que debería haberme contado.

Mari tuvo que contar hasta diez antes de volver a hablar. Aquel hombre era insufrible. ¡Insufrible!

—Yo no sé nada de usted, señor, y, por lo que he averiguado en este breve encuentro, estoy convencida de que estaré encantada de que siga así. No le he pedido su ayuda y no la deseo.

Sus palabras no tuvieron un efecto perceptible en el hombre que tenía enfrente. De hecho, su explosión de rabia incluso parecía aburrirlo.

—He venido para vigilarla, y mis órdenes son claras tanto si le gustan como si no.

Aquel hombre era peor que un muro de piedra. ¿Acaso temía

que ella renegara de su compromiso? ¿Tenía miedo de que recuperara el sentido común y saliera huyendo? Le dolía el hombro de cargar con su padre, así que movió el cuerpo para aliviar la tensión. Aquel hombre no tenía por qué preocuparse, ella cumpliría con su compromiso; el gobierno británico se había encargado de que lo hiciera.

Y ella había sido demasiado débil para negarse.

Después de dirigir su enojo hacia aquel hombre, se alegró de tener un blanco distinto a ella misma.

—Estupendo —contestó Mari—. Lo discutiremos más tarde mientras tomamos una taza de té. ¿O también tengo que conseguir su autorización para esto?

El comandante Prestwood enderezó la espalda y ella se enorgulleció de haber causado en él aunque solo fuera aquella pequeña reacción.

—¡Cuánta rabia dirigida al mundo! —suspiró su padre.

Mari se sobresaltó y rechinó los dientes. Su padre tenía razón, no tenía sentido que permitiera que aquel hombre la sacara de sus casillas. Si se salía con la suya, no tendría que aguantarlo durante mucho tiempo.

Sin embargo, mientras se calmaba, oyó un creciente alboroto. Los hombres que tomaban café al otro lado de la calle señalaban hacia ellos y discutían unos con otros.

¡Cielos, debía de parecer que un soldado británico estaba importunando a una mujer nativa! Los otomanos se tomaban muy en serio la seguridad de sus mujeres.

El comandante Prestwood seguía mirándola con enojo.

—¿Por qué va vestida de esta forma? Usted es británica.

Bennett tiró del extremo del velo y este cayó dejando al descubierto la cara de Mari.

Dos de los hombres de la *kahve* se pusieron de pie de un brinco mientras proferían gritos de rabia.

Mari les lanzó una mirada rápida y se le cortó la respiración. El comandante Prestwood siguió su mirada. La situación penetró, por fin, en la dura cabezota de su protector, quien bajó la mano hasta la empuñadura de su espada.

Su agresiva acción todavía enfureció más a su audiencia y los dos jóvenes, que iban ataviados con turbante, retiraron sus sillas hacia atrás con estruendo. Sus botines claros y sus caras bien afeitadas indicaban que eran jenízaros emplazados en Constantinopla; miembros del superpoblado e infrautilizado cuerpo militar; hombres aburridos y deseosos de pelea que no dudaron en desenvainar sus sables.

Mari contuvo una maldición. ¡Tenía que salvar al comandante Prestwood! Aunque su vida sería mucho más fácil si no lo hiciera...

Suspiró y bajó la voz.

—Si valora en algo su vida y varias partes de su anatomía, diríjase conmigo hacia el coche.

Mari tiró de su padre, pero él ignoró sus apremiantes tirones y caminó tranquilamente, como si no tuviera la menor preocupación en el mundo. Claro que, teniendo en cuenta su estado, lo más probable era que no la tuviera.

Unos pasos sincopados chocaron contra los adoquines.

No llegarían al coche antes de que los soldados los interceptaran. Prestwood se acercó a ella.

—Yo los retendré mientras ustedes se ponen a salvo.

Mari cerró brevemente los ojos. Quizá le haría un favor al mundo si permitía que cortaran en pedacitos a aquel hombre y lo dejaran junto a la puerta de la ciudad.

—Yo no estoy en peligro. Se dirigen hacia nosotros porque creen que usted me está acosando.

Prestwood se separó de ella.

—¡Me toma el pelo!

—¡Métase en el coche! ¡Yo me encargaré de ellos!

Prestwood la miró con los ojos encendidos.

—¡No permitiré que se enfrente sola a unos hombres armados!

Los hombres casi los habían alcanzado.

«¡Maldita sea!»

Antes de que pudiera reflexionar sobre la monumental locura de sus acciones, Mari soltó a su padre y agarró al comandante Prestwood por las solapas de su chaqueta verde esmeralda.

—Tienes razón, amor mío. ¡No volveremos a pelearnos nunca más!

Entonces se puso de puntillas y apretó sus labios contra la boca dura y rígida del comandante.

Los dos jenízaros se detuvieron de golpe a poca distancia de ellos. Mari vio brillar el acero de sus sables con el rabillo del ojo. Los soldados discutieron entre ellos en turco sobre la naturaleza del beso.

¡Tenía que convencerlos! Mari apartó la mano de Prestwood de la empuñadura de la espada y, después, subió lentamente las suyas por el pecho del comandante. ¡Cielos, los labios no eran la única parte de él que era dura! Le rodeó el cuello con los brazos y entrelazó los dedos con el sedoso cabello que sobresalía por debajo de su gorra militar y rozaba el cuello de su chaqueta. ¿Por qué tenía que tener el cabello tan suave? Los cabellos resbalaron entre sus dedos y Mari deseó apretarlos con fuerza para retenerlos. Mientras respiraba entrecortadamente, separó, apenas unos centímetros, sus labios de los de él.

—Quíteme el velo de la cabeza para que vean quien soy. Ya he venido otras veces a recoger a mi padre.

Prestwood le rodeó la cintura con los brazos y sus labios se ablandaron después de frotarlos contra los de ella.

—Si pretende convencerlos de que lo nuestro ha sido una pelea entre amantes, tendrá que actuar como si ya la hubieran besado antes.

Prestwood profundizó el beso ahogando la exclamación airada de Mari, apartó el velo de su cabello con un leve tirón y después succionó lentamente su labio inferior, lo introdujo en su boca y le dio pequeños toques con la punta de la lengua.

Pero Mari no pensaba permitirle controlar el beso. ¡El plan era suyo, no de él! ¡Además, ya la habían besado antes, demonios! Para ser sincera, la otra vez no tuvo nada que ver con el beso del comandante, pero si lo que le preocupaba a aquel hombre era convencer a su audiencia, no tenía nada que temer, porque ella había leído bastante sobre aquel tema.

Mari apretó completamente su cuerpo contra el de Prestwood e imitó lo que él acababa de hacerle en el labio, pero sus lecturas no la habían preparado para la explosión de placer que experimentó al percibir la respiración entrecortada del mayor. Estaba a punto de enorgullecerse de su triunfo cuando él bajó la mano hasta su trasero. ¡Su trasero!

Mari estaba convencida de que, después, se horrorizaría, pero en lo único en lo que podía pensar en aquel momento era en superar la jugada de aquel hombre y en el hecho de que el cuerpo de él presionaba todos los puntos de su cuerpo que deseaban ser tocados, lo que enviaba oleadas de calor entre sus piernas.

Mari gimió y se movió provocando que sus pezones rozaran la áspera lana de la chaqueta militar del mayor a través de la seda de su caftán. Su propia audacia y aquella sensación nueva la hicieron jadear. ¡Cielos, aquello era... —Mari volvió a frotar su cuerpo contra el del comandante— increíble!

¿Qué sensación le produciría sentir las manos del oficial en aquella parte de su cuerpo? ¿Su contacto calmaría el ardor que sentía o lo aumentaría?

La mano del comandante subió por su costado prometiendo revelar la respuesta. Un centímetro más y su dedo rozaría el pecho de Mari. Su mano se detuvo tan cerca de su objetivo que el calor que despedía calentó la carne que ansiaba su contacto.

¿Acaso quería hacerla enloquecer?

Mari se acercó más a él con descaro, pero Prestwood retrocedió un paso haciendo que se tambaleara.

Los jenízaros habían vuelto a envainar sus sables y los hombres que había alrededor silbaban y vitoreaban.

¿Cuánto tiempo hacía que el peligro había pasado? ¿Y cómo había llegado ella a perderse en aquellas sensaciones hasta el punto de no conocer la respuesta? Mari se volvió hacia su padre, quien estaba examinando una piedra del suelo.

—¿Crees que un antiguo romano pisó esta piedra?

Ella lo ayudó a incorporarse y contuvo el impulso de responderle con brusquedad.

—Es posible, papá. Llévatela, si quieres.

Mari se volvió para comprobar qué estaba haciendo Prestwood. Él estaba justo detrás de ella, con la misma expresión aburrida y arrogante de antes.

¡El muy canalla! ¡Como si ella no acabara de salvarle la vida! ¡Como si no acabara de besarla haciendo que se olvidara de sí misma en medio de una plaza pública y que casi perdiera el sentido!

Los británicos podían haberla chantajeado para que continuara con su trabajo, pero esto no significaba que tuviera que aceptar al guardián que habían enviado para asegurarse de que obedecía sus órdenes.

Podían haber conseguido su cooperación con amenazas, pero no la dominaban tanto como creían.

Bennett se sentó en el asiento orientado hacia atrás y lanzó una mirada iracunda a los otros dos ocupantes. ¿Qué demonios acababa de ocurrir? No solo había permitido que la enervante señorita Sinclair lo distrajera hasta el punto de no darse cuenta del descontento de los mirones, sino que la había besado en medio de la calle como si fuera un recluta sin control.

Si la necesidad de escribir sobre ella antes le pareció extraña, esto no era nada comparado con las ansias que sentía ahora de volver a tocarla y experimentar la vehemencia que lo había estremecido hasta la médula.

«¿Experimentar la vehemencia?»

El coronel Smollet-Green tenía razón: la poesía debilitaba a los oficiales y los convertía en unos gallinas.

Bennett llevaba demasiado tiempo en el campo de batalla y apartado del suave cuerpo de una mujer. Eso era todo. Necesitaba acostarse con una mujer, no escribir sobre una de ellas.

Contempló a la señorita Sinclair. Desde luego, sus ojos de color avellana eran increíbles: tiernos estanques castaños surcados por franjas de jade y motas de oro y rodeados por unas pestañas oscuras y espesas por las que sus hermanas habrían matado. Las comisuras de sus ojos se curvaban levemente hacia arriba otorgándole un aire exótico y misterioso que prometía sábanas de seda, aceites de especias y noches de placer inenarrable.

Sus ojos estaban enmarcados en un cutis levemente bronceado por el sol y quedaban resaltados por unos pómulos firmes y una nariz recta de estilo romano. En cuanto a sus labios... Bennett apartó la mirada de aquella carnosidad seductora que acababa de besar. Su memoria estaba demasiado activa para recrearse en aquella facción.

Más que una suave gatita inglesa, aquella mujer era una pantera y parecía dispuesta a lanzarse sobre su garganta.

Bennett sostuvo con la mirada el desafío que contenían los ojos de Mari. No debería haber intentado engañarlo. ¡Esto era total y absolutamente inaceptable!

Sophia también lo había engañado y había permitido que su marido la golpeara una y otra vez. El amor que sentía por su hermana lo había vuelto ciego y crédulo. Él la creía cuando alegaba que había caído repentinamente enferma como excusa para no asistir a las reuniones familiares, aunque nunca había sido una persona enfermiza. La creyó cuando dijo que el morado de su mejilla se debía a que había tropezado con una puerta. ¡Demonios, si hasta le tomó el pelo por ello!

Pero ahora no permitiría que ninguna emoción interfiriera en su misión de proteger a la señorita Sinclair. Nada más conocer las localizaciones que el gobierno quería que dibujara, se encargaría de que lo hiciera y, después, se marcharía.

Los ojos de color avellana brillaron.

—¡Deje de mirarme así! No es culpa mía que tuviera que salvarle la vida.

No, esta vez no permitiría que lo provocara, pensó Bennett.

—Gracias por reaccionar tan deprisa.

Ella frunció el ceño, pero después relajó las cejas. Sin duda, estaba buscando la trampa que escondía la respuesta de Bennett, pero finalmente cruzó los brazos y miró por la ventanilla del coche.

Su padre, sir Reginald, estaba repantigado en el asiento, con una sonrisa de desconcierto en la cara. Ella había heredado de él el color de la piel, pero ahí terminaban sus semejanzas. La cara de él carecía de los ángulos agudos que definían la de ella, y su adicción le había pasado factura privando de brillo a su cutis y de vitalidad a sus ojos.

La señorita Sinclair lanzó una mirada a Bennett, vio que estaba observando a su padre y enseguida —demasiado deprisa— volvió a dirigir la vista hacia el cristal de la ventanilla.

Bennett intentó tranquilizarla.

—Su enfermedad no la desacredita a usted.

Mari se quedó boquiabierta y acercó la cara a la de él.

—¡Entre todos los arrogantes y dominantes...! ¿Qué le hace pensar, siquiera por un minuto, que me importa su opinión acerca de mí o de mi padre? Solo porque algún imbécil le haya asignado esta misión, no le da derecho a mangonear libremente en mi vida privada.

Bennett apretó el cojín del asiento hasta que los dedos le dolieron. ¡Control! El ejército le había enseñado a tener control. Como fusilero, sabía permanecer escondido e inmóvil en la maleza durante horas mientras las tropas enemigas se desplazaban a pocos centímetros de su posición. La simple reacción de una mujer no podía irritarlo.

—Al contrario, durante el mes próximo, su vida privada me pertenece por completo.

¡Mierda! ¿Cómo se le había escapado eso?

—¿Pero qué se ha creído?

Bennett se frotó los ojos con la mano.

—Estoy aquí para protegerla.

—Esto es una forma amable de decirlo. Yo accedí a realizar los dibujos, no a estar sometida a un carcelero.

—Para poder realizar los dibujos, tiene que estar viva.

—¿Y cómo se propone conseguir que siga viva? Su mera presencia amenaza con delatarme. Cada día corro el riesgo de ser descubierta, pero ese riesgo aumenta exponencialmente si me relacionan con un vigilante que, sin lugar a dudas, es británico y que no sabe nada acerca del país al que lo han enviado.

Bennett tensó las manos sobre sus rodillas.

—Lo que hace usted para los británicos es peligroso, y sus ridículos numeritos hacen que su vida corra aún más peligro. ¿Con quién me reuní esta mañana?

Ella lo miró con desafío y dobló el velo con movimientos tensos y bruscos.

—Mi doncella.

Sin la dirección de su padre, se había convertido en una mujer demasiado salvaje, pensó Bennett, pero su excesiva libertad terminaba allí mismo.

—¿Qué planes tiene para el resto de la tarde?

Ella tensó los labios en una mueca que era más una burla que una sonrisa.

—Estaré ocupada.

—¿Haciendo qué?

Ella levantó la barbilla y se encogió de hombros.

—No está relacionado con mi trabajo, así que no le concierne.

—¿Cuáles son sus planes? —repitió él.

Bennett aguardó en silencio y sin relajar, ni por un segundo, la intensidad con que la miraba, un truco que le había servido para obtener información de los soldados más duros. Pero, por lo visto, la señorita Sinclair estaba hecha de materia más resistente y, cuando el coche se detuvo frente a su residencia, todavía no había contestado a la pregunta.

Bennett bajó del vehículo con agilidad y, a continuación, ayudó a Mari. El tacto de su piel lo perturbó tanto como antes. Como si él fuera Prometeo sosteniendo el fuego robado.

Ella intentó soltarse, pero él no se lo permitió y la agarró por la muñeca. El pulso de Mari se aceleró al entrar en contacto con los dedos del comandante.

—¡Suélteme!

—No hasta que sepa cuáles son sus planes.

Y hasta que se convenciera a sí mismo de que lo único extraordinario de aquella mujer era su insensatez.

De repente, ella retorció el brazo y se soltó, pero antes de que pudiera dar un paso él la agarró por la cintura. Los flexibles músculos de su cintura se tensaron y él apretó las manos antes de que ella volviera a intentar escaparse.

—Si no me cuenta sus planes, nos quedaremos aquí toda la tarde.

Ella le empujó el pecho con ambas manos, pero como no consiguió liberarse, suspiró.

—Esta tarde me quedaré en casa como una cachorrilla obediente.

Bennett asintió con la cabeza. ¡Bien! Quizá, después de todo, ella lograra aprender quién estaba al mando.

—Mañana por la mañana a las nueve hablaremos sobre mis planes para usted —le informó Bennett.

Ella asintió con la cabeza.

—¿Tengo su palabra de que no intentará salir de su casa esta tarde?

Ella le lanzó una mirada airada.

—Si con ello consigo que me deje en paz, sí, tiene mi palabra.

Él la soltó y ella se dirigió, indignada, al coche.

A pesar de sus miradas de odio y sus maldiciones murmuradas, él la ayudó a bajar a su padre del vehículo. Al principio, sir Reginald se tambaleó, pero enseguida se enderezó y entró en la casa con paso rápido. Ella lo siguió mientras la seda de su túnica se ajustaba a la suave y flexible curva de sus caderas.

Aquella mujer nunca se adaptaría a un programa estricto. Aunque todavía la conocía muy poco, Bennett tuvo que reconocer que su plan original no funcionaría. En lugar de vigilarla de lejos, tendría que...

¡Maldición, no podría separarse de ella ni un segundo!

3

Mari consultó el reloj. Las siete. Disponía de dos horas hasta que su carcelero llegara. Ignoró la pequeña punzada de culpabilidad que experimentó. Al fin y al cabo, ella solo le había prometido no salir de casa durante la tarde del día anterior, pero no le había asegurado nada acerca de lo que haría aquella mañana, pensó mientras se cubría la cabeza con el velo.

El desayuno estaba dispuesto sobre el *sufra* de piel, lo que significaba que su padre todavía no se había levantado, porque, cuando estaba despierto y sobrio, pedía que le sirvieran un sustancioso desayuno inglés en una mesa. Mari se arrodilló junto al mantel de piel e introdujo una aceituna verde en su boca. Afortunadamente, su padre todavía estaba durmiendo, porque aquella mañana no se sentía capaz de comer la masa sosa y grasienta que constituía el desayuno inglés. Sacó la bolsa que escondía entre los pliegues de su ropa e introdujo en ella un pedazo de queso feta y unas rodajas de salchicha curada. No tenía tiempo para comer en casa.

Mientras se ajustaba el velo, abrió la puerta y examinó la calle. Estaba despejada. Tenía que hablar con Nathan. Si alguien podía encargarse del comandante Prestwood, este era un agente del Foreign Office británico.

Se abrió paso entre la multitud. La ciudad ya estaba abarrotada de compradores que se dirigían con celeridad al mercado para evitar el agobiante calor veraniego y comprar sus productos antes de que las moscas los descubrieran. Mari mantuvo la cabeza baja y el velo en la cara para impedir que la reconocieran.

Rodeó el puesto de un tejedor de cestas y se introdujo con sigilo en un estrecho callejón que recorrió sorteando charcos pestilentes y ropa tendida en cordeles.

El vello de la nuca se le erizó. Entonces se agachó y fingió ajustarse el zapato mientras miraba a su espalda.

La gente pululaba en el mercado, que estaba más allá de la bocacalle, y nadie parecía prestarle una atención indebida. Sin embargo, alguien la observaba. Lo notaba.

Siguió caminando con pasos lentos y comedidos. Siete..., ocho..., nueve... y diez. Entonces se volvió con rapidez para pillar desprevenido a su perseguidor. El silencio impregnaba el aire del oscuro callejón y las sombras bailaban al ritmo que marcaban las sábanas agitadas por la brisa. Pero no vislumbró a nadie.

El corazón le latió con fuerza en el pecho. El callejón terminaba en un patio sombrío. Mari se coló por un pequeño hueco que separaba dos buganvillas de gran tamaño. Las ramas se engancharon a sus mangas y las espinas arañaron sus brazos.

Al poco rato, los arbustos se agitaron indicando que alguien la seguía.

¡Allí! ¡Un carro! Mari se escondió detrás de la montaña de repollos que transportaba el vehículo y siguió su avance lento y pesado hasta el cruce con una calle. Aunque el carro siguió avanzando, Mari se escondió tras la esquina de un edificio.

Ignoró el ardor que sentía en el pecho y se esforzó en escuchar cualquier ruido que delatara a su perseguidor, pero poco a poco la sensación de hormigueo que le había hecho sospechar que la seguían fue desapareciendo.

Le había dado esquinazo.

Inhaló llevando, finalmente, aire a sus ansiosos pulmones y apoyó la cabeza en la fría piedra del edificio.

Sus temblorosas piernas la instaron a seguir siendo cautelosa, de modo que cambió de rumbo en tres ocasiones y, cuando llegó al barrio de Nathan, dio dos vueltas al edificio para asegurarse de que nadie la vigilaba.

Presionó la oreja contra los listones de la contraventana, pero no percibió ningún ruido. Entonces dio dos golpecitos a los listones y esperó. Volvió a dar unos golpecitos. Al ver que nadie le respondía, extrajo la nota que había escrito y que escondía en el fajín.

Tiró del listón que estaba suelto, el tercero desde abajo, y deslizó la nota en el hueco que quedó al descubierto. Nathan le había asegurado que, si alguna vez necesitaba ayuda, se la prestaría sin titubear.

Indudablemente, ella ahora lo necesitaba, y estaba convencida de que estaría de acuerdo en que lo único que conseguiría Prestwood sería aumentar el peligro al que todos estaban expuestos.

Se enderezó y se dirigió a la calle principal. Una vez allí, se descubrió la cabeza, saludó a las personas que reconoció por el camino con alegres *merhabas* y se interesó por sus familiares. Si, más tarde, alguien le preguntaba dónde había estado aquella mañana, una docena de testigos asegurarían que la habían visto dirigirse a la casa del pachá Esad.

Deslizó la mano por el muro que rodeaba la casa de Esad. Habían arrasado un barrio entero para que el consejero favorito del sultán dispusiera de una casa amplia y del prestigio que esto suponía. Un esclavo abrió la puerta y Mari entró en el exuberante y verde jardín. Se detuvo un instante y permitió que el olor a jazmín la envolviera y los chorros de las fuentes la tranquilizaran.

Si cerraba los ojos, casi podía creer que todavía era una niña y que daba su comida a los numerosos pájaros cantores que trinaban en las espaciosas jaulas. Solía tumbarse en el borde de la fuente de la esquina y deslizaba los dedos de los pies por el agua mientras leía libro tras libro, hasta que lograba identificar todas las plantas del jardín y, después, de toda Constantinopla. Como los insectos eran habitantes asiduos de los jardines, así aprendió también a conocerlos. Uno o dos al día, o, si su padre estaba fuera, se quedaba un rato más y aprendía a distinguir cuatro o cinco.

Sonrió. Tardó bastante tiempo en darse cuenta de que Esad hacía plantar especímenes interesantes en el jardín para que ella los identificara.

—¡Mari! Entreteniéndote en el jardín como siempre, ¿no?

La voz de Esad tronó en el aire. A pesar de los esfuerzos de Beria, su mujer, él seguía utilizando su anterior tono de voz de jefe militar.

Mari corrió hacia él y lo besó en ambas mejillas mientras él la estrechaba con fuerza entre sus robustos brazos.

Mari se echó a reír.

—Se te está empezando a notar la edad. Creo que esta vez solo me has roto dos costillas.

Esad sonrió y la soltó. Su sonrisa cambió la posición de las profundas arrugas de su curtida cara.

—No paro de decirle a Beria que la vida civil me está ablandando, y esto lo demuestra.

—¿El turbante es nuevo?

—Sí. ¿Qué opinas?

Los chillones colores índigo y carmesí contrastaban con el amarillo limón. Esad aducía que se había visto obligado a vestir un uniforme durante tanto tiempo que ahora tenía que recuperar el tiempo perdido, pero Mari sospechaba que su extravagante gusto para la ropa se debía, sobre todo, a su deseo de exasperar a su sufrida esposa.

—¿Qué opina Beria?

Esad arqueó sus espesas cejas y sus ojos brillaron con malicia.

—Dice que es una abominación y que el sol se esconderá en el desierto para no tener que ver su brillo. Me ha prohibido ponérmelo cuando vaya al palacio del sultán, pero eso a mí ya me está bien —declaró guiñándole un ojo a Mari—, porque tengo otro mejor.

Mari sacudió la cabeza, pero no criticó su gusto. La elección de la ropa también constituía una treta para que sus enemigos lo infravaloraran. Las bruscas maneras de Esad y su voluminoso contorno hacían creer a muchos de sus oponentes que había alcanzado su graduación militar gracias a la fuerza bruta y no se daban cuenta de que, debajo de aquellas ropas llamativas se escondía una de las mentes más agudas del imperio.

—Ha pasado mucho tiempo desde tu última visita. ¿Has estado evitándome? —Su expresión se volvió seria—. Sé que me pediste que no ejecutara a aquella rebelde, pero no tuve elección. Formaba parte de un complot griego para asesinar al sultán.

—Lo sé.

Mari lo sabía perfectamente. En el pasado, Lidia había formado parte del mismo grupo de rebeldes que ella, pero durante los últimos meses se había vuelto impaciente y se había unido a los separatistas más radicales. Aunque Mari estaba dolida por la ejecución de su antigua compañera, no estaba enfadada con Esad. Al menos, ya no. Al fin y al cabo, él solo había hecho lo que consideraba su deber.

El estómago se le encogió cuando se acordó de la abotagada cara de la difunta mientras colgaba en la puerta de la ciudad como advertencia a todos los que apoyaban la pretensión de una Grecia libre.

Por desgracia para los otomanos, la horripilante visión había provocado en Mari la reacción contraria, y asistir a hurtadillas a las reuniones secretas y elaborar planes que nunca conducían a nada ya no la satisfacían.

El imperio otomano se estaba derrumbando. Aunque Esad lo negara hasta en su lecho de muerte, ella había percibido la tensión en sus ojos cuando regresaba de las reuniones del consejo. Y, cuanto más poder perdían, más absoluto era el control que ejercían sobre los territorios limítrofes, como Grecia.

Ella aportaba su granito de arena para reducir ese control. Lo único que hacía era dibujar, pero de las cinco fortificaciones que había dibujado para los británicos, una había sido destruida por los bandidos, dos eran víctimas de misteriosos sabotajes y las otras dos se quejaban de recibir, continuamente, provisiones de alimentos contaminados.

En resumen, que ninguna de las cinco había podido utilizarse para someter a los griegos, de modo que ella no dejaba de decirse que, tanto si dibujaba por voluntad propia como obligada por los británicos, seguía respaldando el mayor deseo de su madre: que su pueblo fuera libre.

De todos modos, no era lo mismo hacerlo por una u otra razón. Al menos en su corazón, que era lo que realmente importaba. Los británicos le habían arrebatado su derecho a elegir y la habían convertido en una esclava como las que los otomanos vendían en el mercado.

Tiempo atrás, había jurado que nadie volvería a obligarla a hacer algo en contra de su voluntad, pero los ingleses habían demostrado que su juramento no era tan firme como ella creía, y por esto los odiaba tanto como a sí misma.

No debería haber visitado a Esad aquella mañana. Ya no era una niña y no debía correr a su lado cuando algo la inquietaba. Sobre todo en aquellos casos en los que no podía contarle los problemas a los que se enfrentaba.

Cuando se disponía a irse, Esad le rodeó los hombros con el brazo y la obligó a cruzar el elaborado arco de azulejos que daba paso al salón principal de la casa.

—Ahora confiesa.

¿Confesar? Mari tropezó con sus propios pies.

—Uno de mis hombres te vio ayer en la plaza con ese soldado inglés.

La sangre abandonó la cara de Mari y se concentró en sus pies. ¡Cielos, debían de haberle contado a Esad lo del beso!

¡Maldito comandante Prestwood! Para empezar, era culpa suya que hubiera visitado a Esad. Solo necesitaba un poco de consuelo, de cordura. Pero allí ya no había consuelo para ella.

Esad la guió hasta uno de los bancos bajos que sobresalían de las paredes.

—Por lo que veo, debe de ser serio. Quizá deberíamos sentarnos.

Mari se dejó caer en el banco, escondió los pies debajo de las piernas y apretó una mano contra la otra. Esad la escudriñó.

—Al menos, dime cómo se llama.

Esa información sí que podía dársela. La noche anterior, Achilla le contó, encantada, todo lo que había averiguado sobre aquel hombre.

—Se llama comandante Bennett Prestwood y pertenece al regimiento noventa y cinco de fusileros. Es primo del embajador.

—¿Y acaba de llegar a Constantinopla?

Ella asintió a regañadientes. Sin duda Esad ya había averiguado todos los detalles disponibles.

—Así es —contestó.

Las mujeres no besaban a sus maridos en público, y mucho menos a un desconocido. Al oír su contestación, los ojos de Esad reflejaron decepción, pero Mari se apresuró a disiparla.

—Nuestras madres se conocían.

Lo que, seguramente, no constituía una mentira absoluta. Quizá se habían conocido en algún momento. Mientras vivían en Inglaterra, su madre se volcó en la vida social para reunir fondos y así poder ayudar a los rebeldes griegos. De todos modos, la mentira le revolvió el estómago y Mari bajó la cabeza para que Esad no percibiera la falsedad en su cara.

La comprensión animó la voz de Esad.

—¡Y ellas tenían esperanzas para vosotros dos!

Esad conocía muchas cosas sobre la educación inglesa de Mari, pero rellenaba convenientemente sus lagunas con las tradiciones otomanas, como cuando creía que, en Inglaterra, las madres acordaban el matrimonio de sus hijos.

—¿Y sus esperanzas están justificadas? —continuó Esad.

—¡No!

A Mari se le encogió el corazón al ver que Esad creía sus mentiras sin titubeos.

Él frunció el ceño mientras ella se esforzaba por encontrar una explicación plausible. Tenía que inventarse una razón para que el comandante Prestwood la hubiera besado y buscara su compañía.

—Bueno, es posible. Primero tenemos que averiguar si encajamos.

Esad suspiró.

—¡Vosotros, los ingleses! Beria y yo llevamos casados cuarenta años y, antes de la boda, ni siquiera nos habíamos visto.

De todos modos, su expresión reflejaba esperanza. Él y Beria llevaban años intentando que Mari se casara, aunque ella se resistía con firmeza.

Mari odiaba truncar sus esperanzas, pero era inevitable. Si conseguía salirse con la suya, Prestwood habría abandonado Constantinopla antes de una semana.

4

Aunque Mari no dejó de caminar, Bennett supo el momento exacto en el que ella se dio cuenta de que la seguía. Su espalda se puso tensa y la tela de su túnica dejó de moverse en graciosas ondas para chasquear con golpes secos junto a sus pies.

Bennett se colocó a su lado y acomodó su paso al de ella.

—¿Ha disfrutado de su visita al pachá?

Mari apretó las mandíbulas y fijó su mirada a lo lejos mientras aceleraba el paso.

—Le agradezco que haya decidido volver a su casa a tiempo para nuestra reunión —añadió Bennett.

Mari le lanzó una rápida mirada y volvió a dirigir la vista al frente.

—Esta mañana era usted, ¿no? El que me seguía. ¿Le resultó emocionante? ¿Creía que estaría más dispuesta a obedecerlo si estaba asustada? —Esquivó un adoquín que estaba roto—. Pues bien, lo único que ha conseguido es que esté más decidida a evitarlo.

Bennett esperó a que terminara su diatriba. Después de ver su rapidez de reflejos y sus maniobras evasivas de aquella mañana él estaba dispuesto a concederle el beneficio de la duda en cuanto a sus habilidades como espía, pero ahora se daba cuenta de que era más ingenua de lo que creía.

—Si cree que puede intuir si alguien la está vigilando, está loca —murmuró él. Ella resopló, pero él no le dio tiempo a responder—. La intuición no existe. Lo único con lo que puede contar son sus sentidos. Lo que la alerta es algo tan sutil, que su mente ni siquiera llega a registrarlo: el ruido sordo de un paso, una respiración de más a su espalda, una sombra más oscura en el umbral de una puerta...

Él había matado a demasiados oficiales franceses para dudar de lo que decía. Ellos no veían acercarse a la muerte, aunque él llevara horas esperando con el dedo en el gatillo. Lo último que percibían no era una premonición de otro mundo, sino el impacto de la bala.

Mari le lanzó una mirada desdeñosa por encima del hombro.

—Pues usted no debe de ser muy bueno siguiendo el rastro de alguien, porque yo sabía que estaba detrás de mí.

Bennett se acercó a ella.

—No, no lo sabía.

Ella separó el codo del cuerpo para mantenerlo a distancia.

—Simplemente, está enfadado porque me desembaracé de usted.

Bennett la agarró por el brazo deseando hacerla entrar en razón.

—No, usted se desembarazó del inepto que la estaba siguiendo. Yo lo vigilaba mientras él la seguía.

A Mari se le erizó el vello, pero aun así levantó la barbilla.

—Si intenta asustarme, no le funcionará.

Él aminoró la marcha obligándola a ir más despacio.

—La siguió hasta que usted se escondió detrás del carro de repollos.

Mari sacudió la cabeza lentamente.

—Debo reconocer que se libró de él gracias a su rapidez de reflejos. —Bennett todavía se sentía frustrado por no haber podido seguir a aquel bastardo, pero no podía arriesgarse a perder de vista a la señorita Sinclair—. Pero si lo consiguió fue porque él era un novato —continuó Bennett tirando de Mari hacia él.

La incertidumbre se reflejó en los ojos avellana de ella. ¡Bien, porque necesitaba sentirse insegura si quería sobrevivir a aquella intriga en la que se había metido!

—Sin embargo, yo no dejé de seguirla. Vi que se acercaba a aquella casa, descubrí su escondite en la contraventana y estuve a pocos metros detrás de usted durante todo el camino hasta la casa del pachá.

La respiración de Mari se volvió rápida y superficial.

—Esto no es un juego, señorita Sinclair, y si va a considerarlo así, será mejor que lo deje.

—¡Como si pudiera elegir!

¿Realmente necesitaba tanto el dinero? Bennett la sujetó con más fuerza y ella se estremeció. Él frunció el ceño y le arremangó la manga. Unos arañazos rojos e inflamados herían su pálida piel. De uno de ellos brotaba sangre.

—¿Cómo se los ha hecho?

Ella apartó el brazo de un tirón y aceleró el paso en dirección a su casa, que estaba un poco más adelante.

—Con los arbustos de esta mañana, pero estoy bien.

—Hay que curarlos.

—Ya me encargaré yo.

Cuando se aproximaban a la casa, la puerta se abrió, y el mismo sirviente que había hablado con ella en la calle el día anterior salió a recibirlos. La señorita Sinclair lo saludó con un gesto de la cabeza.

—Gracias, Selim. Puedes retirarte.

Selim realizó una leve reverencia, pero se alejó con paso lento.

Bennett sospechó que no pensaba irse muy lejos. Entonces agarró a la señorita Sinclair por los hombros. ¡Demonios, ya la estaba tocando otra vez! ¿Desde cuándo sus malditas manos habían empezado a actuar por cuenta propia? En Londres, él no iba por los salones de baile manoseando a las mujeres, sin embargo, por alguna razón ansiaba tener cualquier contacto, por breve que fuera, con la señorita Sinclair.

Ella se estremeció y su lengua humedeció con nerviosismo su labio inferior. Él había saboreado aquellos labios... Bennett la soltó antes de que su mente fuera demasiado lejos.

—Mi misión consiste en mantenerla con vida, y alguien la vigila. ¿Está dispuesta a hacer lo que es preciso o prefiere terminar con esto ahora mismo?

Mari se preguntó qué haría él si le contestaba que quería terminar con aquello en aquel mismo instante. Sin duda, simplemente, le recordaría su compromiso con el embajador.

Alguien la había estado siguiendo. Mari sintió náuseas. Después Bennett la siguió sin que ella se diera cuenta. ¿Qué habría ocurrido si la situación hubiera sucedido a la inversa? Si el desconocido la hubiera seguido hasta la casa de Nathan, ella podría haberlos comprometido a ambos.

Mari estudió al dominante hombre que tenía delante. Seguía sin querer su protección. Aquel gigante rubio y alto llamaba la atención como un halcón en medio de una bandada de gorriones. No sabía nada de Constantinopla y sus costumbres y, además, creía que podía mangonearla como a uno de sus reclutas.

Sin embargo, si, como afirmaba, la había seguido aquella mañana, quizá supiera un par de cosas que podían serle útiles.

—¿Qué quiere que haga?

—Para empezar, continuaremos esta conversación en un lugar menos público.

Mari levantó la mirada. Selim los observaba desde una puerta situada al otro lado de la habitación.

—Iremos al ala de las mujeres.

—¿Disculpe?

—Sígame. Mis habitaciones están al otro lado de la casa.

Él frunció el ceño.

—No creo que resulte adecuado que me invite a sus aposentos.

—Es posible que no, pero ¿dónde si no podría llevar a cabo mi plan de seducirlo?

La provocación habría resultado más efectiva si no hubiera sonado tan atractiva, pensó Bennett.

—Señorita Sinclair...

Ella interrumpió lo que, sin duda, iba a ser una dura reprimenda.

—Realmente no sabe nada acerca de la cultura otomana, ¿verdad? Aquí es habitual que las mujeres dispongan de una zona privada, separada de la de los hombres. ¿No sabe lo que es un harem?

La mirada de Bennett se oscureció y Mari se ruborizó. ¡Hombres!

—¡No! Usted está pensando en las mujeres que viven en el harem, pero la palabra simplemente se refiere a las dependencias de las mujeres en contraposición con el *selamlik*, que es donde se reúnen los hombres.

El comandante Prestwood frunció el ceño.

—¿Su padre se rige por esas tradiciones?

Mari negó con la cabeza, pero deseó desfilar delante de él en el tradicional atuendo de las esclavas de un harem solo para desconcertarlo.

—No, en absoluto, pero como aquí solo vivimos mi padre y yo, las dependencias de las mujeres, simplemente, las ocupo yo. Los sirvientes masculinos evitan entrar en ellas porque así lo impone la tradición, de modo que solo entran mi doncella y la mujer de la limpieza.

Mari lo condujo por el pasillo de mármol blanco que constituía la entrada de sus dominios. Este terminaba en una sala que servía de zona común. El comandante se quedó inmóvil en el umbral de la puerta. ¡No podía ser tan mojigato! Por su aspecto, debía de haber entrado en las habitaciones de muchas mujeres. Mari se volvió dispuesta a tomarle el pelo, pero lo que percibió en su cara no fue una moralidad ofendida.

Bennett estaba contemplando los frescos que adornaban las paredes.

—¿Los ha pintado usted?

Ella había pintado las enredaderas y los pájaros que cubrían las paredes un día que se sentía muy creativa.

—Sí.

Él alargó el brazo y siguió con la punta del dedo la curvatura del ala de uno de los pájaros. Aquel gesto de veneración hizo que un cosquilleo recorriera la piel de Mari.

—¿Cómo consigue captar su vitalidad? Incluso las plantas parecen tratar de escapar de la condena del plano estático.

Mari parpadeó. «¿Escapar de la condena del plano estático?»

Bennett se puso de espaldas a la pared.

—Si no le importa, volvamos al asunto que nos interesa.

¡Como si hubiera sido ella la que había cambiado de tema! Pero había percibido la curiosidad y la admiración en sus ojos mientras contemplaba sus pinturas y una burbuja de placer calentó su corazón.

Mari le sonrió, pero él continuó hablando como si no hubiera visto su pequeña apertura amistosa.

—El hombre que la siguió era de mediana estatura, tez aceitunada y llevaba bigote y una barba fina. Iba vestido con un turbante blanco y ropa marrón que no era de gran calidad y su mano izquierda estaba deformada. ¿Le resulta familiar?

La sonrisa de Mari se desvaneció.

—Salvo por lo de la mano, es como cualquier otro hombre de Constantinopla.

Prestwood cruzó los brazos.

—Lo más probable es que alguien lo contratara para que la siguiera. ¿Quién sabe lo de su trabajo?

Mari frunció el ceño.

—Solo tres personas: el embajador, mi anterior contacto con el Foreign Office y mi doncella.

Y la persona que estaba en Chorlu, reflexionó Mari, pero él ya debía de saber lo que ocurrió allí; por esto lo habían enviado a Constantinopla.

—¿Quién era su anterior contacto?

Ella se encogió de hombros.

—No pienso revelar su identidad. Él nunca me traicionaría a mí.

Si tenía suerte, mientras hablaban, Nathan debía de estar tramando un plan para que Prestwood regresara de inmediato a Inglaterra.

—¿Y cómo se llama su doncella?

—Achilla Rankopita. Usted la conoció ayer.

—¿Hasta qué punto confía en ella?

—Por completo.

Prestwood se dirigió a una jofaina con agua que había encima de una mesa sin preguntarle qué opinaba del embajador. Por lo visto, no dudaba de la fiabilidad de su primo.

—Acérquese.

Ella se acercó antes de que se le ocurriera desobedecerlo. Prestwood sacó su pañuelo y lo empapó en el agua. Después agarró la mano de Mari y le subió la manga.

—Sinceramente, esto... —empezó Mari.

Su voz se apagó con rapidez mientras la fría tela se deslizaba por su brazo. Mari intentó concentrarse en el escozor de sus heridas, pero apenas percibía esa sensación. Unas gotas de agua fría cayeron desde el pañuelo hasta su brazo. Después el comandante lo colocó encima de la delicada piel del interior de su codo y lo deslizó con cuidado y delicadeza hasta su muñeca.

—¿Es necesario que me esté tocando continuamente? —preguntó Mari.

—Sí.

Bennett carraspeó mientras reseguía el contorno de uno de los arañazos con la yema de su dedo índice. Su callosa piel era áspera en comparación con la suavidad del pañuelo de lino.

—Se supone que debo protegerla.

—¿De unos arbustos?

La pregunta, en lugar de sonar sarcástica, como era la intención de Mari, salió de forma entrecortada de su garganta.

—De cualquier cosa que le haga daño.

Bennett agitó el pañuelo en la jofaina salpicando de agua el brazo de Mari.

«Déspota, grosero, entrometido...» Mari hizo una lista mental de todas las razones por las que no debería estar disfrutando del contacto de su piel. Sin embargo, cuando él señaló su otro brazo, ella lo extendió sin protestar para recibir la misma y exquisita tortura.

La oscuridad que la rodeaba hizo que se diera cuenta de que había cerrado los ojos. Mari los abrió. Por suerte, el comandante estaba concentrado en sus heridas y no en su cara.

Bennett escurrió el pañuelo y lo dejó junto a la jofaina.

—Necesitamos una razón que justifique que nos veamos continuamente. Dejaré caer por ahí que estoy interesado en la flora y la fauna locales. Esto nos proporcionará una excusa plausible para que nos vean juntos.

¡Cielos, ella ya había dado una razón cuando contestó, impulsivamente, a la pregunta de Esad! Pero necesitaban dar consistencia a su historia.

—No, alegaremos que me está cortejando —murmuró Mari.

El comandante Prestwood se quedó paralizado.

—¿Qué ha dicho?

Ella carraspeó.

—Que me está cortejando.

La expresión horrorizada del comandante más que cómica resultó insultante. ¿Cómo podía haberle sonreído antes?

—Uno de los hombres de Esad nos vio... besarnos y tuve que dar una explicación. Le conté a Esad que nuestras madres se conocieron en Inglaterra y que, cuando usted llegó a Constantinopla, vino a visitarme.

—¿Y enseguida me enamoré de usted?

No tenía por qué mostrarse tan incrédulo. ¡Lo odiaba! Simple y llanamente.

—No tenía muchas opciones. ¿Acaso preferiría que hubiera alegado que se propasó conmigo en medio de la calle porque le había entusiasmado mi descripción de las finas y espinosas hojas de la *alkanna tinctoria*?

—Debería habérmelo consultado antes.

Ella cruzó los brazos. No podía cambiar lo que ya había dicho.

Prestwood se acercó a ella y solo se detuvo cuando sus botas tocaron la punta de los zapatos de Mari.

—¿Así que estoy enamorado? ¿Y qué es lo que me atrae de ti, Mari?

Ella tragó saliva con dificultad al oírle pronunciar su nombre de pila y tutearla. Dada la naturaleza de su supuesta relación, tenía sentido que lo hiciera, pero, de algún modo, sonaba indecente.

—No sabría decirle, comandante.

—Creo que deberías llamarme Bennett. Al fin y al cabo, nuestra relación es lo bastante amigable para que nos besemos en público. Cualquier formalidad arruinaría nuestra farsa —Entonces tiró con suavidad de uno de los tirabuzones de Mari—. ¿Son tus bucles, quizá?

Ella le empujó el pecho en un repentino arrebato de rabia. ¡Entre todas las cosas crueles y groseras que podía haber dicho, había tenido que elegir esa! No era culpa de ella que su cabello se rizara descontroladamente. Por mucho que lo intentara, no conseguía dominarlo.

—¿Cómo se atreve...?

Un hombre corpulento, de movimientos rápidos y vestido con

una túnica marrón se abalanzó sobre Bennett, quien soltó un gruñido y rodó por el suelo con su atacante.

Mari abrió la boca para pedir ayuda, pero entonces reconoció al hombre vestido con ropa nativa. Se trataba de Nathan.

—¡No, Nathan!

Bennett desvió la mirada hacia ella y su oponente aprovechó su distracción para propinarle un puñetazo en la mandíbula.

Mari se lanzó sobre ellos y rodeó, tanto como pudo, a Bennett con los brazos. Él intentó zafarse de ella, pero Mari no lo soltó.

—¡Los dos estáis en el mismo bando!

Sus palabras detuvieron la pelea y los dos hombres se miraron fijamente. Bennett entrecerró los ojos, se separó de Nathan y le tendió la mano para ayudarlo a levantarse. Aunque Nathan era alto, Bennett lo sobrepasaba en algo más de diez centímetros.

—Abington, ¿no?

Ahora fue Mari la que se quedó paralizada. ¿Abington?

Nathan miró a Mari con expresión avergonzada y ella puso los brazos en jarras.

—Me dijiste que te llamabas Smith.

Ella ya había supuesto que este no era su verdadero nombre, pero, de todos modos, le dolió ver confirmada su sospecha. Tragó saliva para aliviar la tensión de su garganta. Ahora se alegraba de no haber confiado en él por completo. Bennett la ignoró y se volvió hacia Nathan.

—¿Qué estás haciendo aquí? —le preguntó mientras contemplaba la mugrienta ropa de Nathan.

Él frunció el ceño y se enderezó.

—Me ha enviado el Foreign Office. No puedo revelarte nada más. —Se volvió hacia Mari—. Siento haberte dado un nombre falso, pero, como sabes, mi misión es secreta. De todos modos, mi nombre de pila sí que es Nathan.

Su lamentable oferta de paz hizo que Mari le lanzara una mirada fulminante.

Bennett cruzó los brazos sobre su pecho.

—¿Qué relación tienes con la señorita Sinclair?

Ella soltó un respingo.

—¿Cómo se atreve...?

Nathan levantó la mano interrumpiendo su arrebato.

—¿Prestwood es tu protector?

Ella asintió con la cabeza.

—¿Así que, en tu nota, cuando decías que te estaban controlando y que necesitabas ayuda de inmediato, te referías a Prestwood?

Mari se ruborizó. Dicho de esa manera, sonaba fatal. Lanzó una mirada a Bennett y una inexplicable necesidad de justificarse la invadió.

A Bennett se le había hinchado la barbilla a causa del puñetazo que le había propinado Nathan, y Mari sintió deseos de curarlo.

—La nota decía algo más que eso.

Bennett arqueó una ceja.

—Lo sé, ya la he leído.

Mari apretó los puños. ¡Al infierno con la lástima! Ella misma le propinaría otro puñetazo.

—¿Cómo te atreves? La nota era privada.

—Aparentemente, no. La dejaste en una contraventana.

—¡Tú sabías que no era para ti!

Él permaneció impasible.

—No podía permitir que te pusieras en peligro a ti misma.

¿No se le había ocurrido pensar que había conseguido sobrevivir durante veintitrés años sin su ayuda?

—Si sabías lo que contenía, ¿por qué la dejaste allí?

Bennett señaló a Nathan con la cabeza.

—Sabía que, tarde o temprano, su receptor se delataría. Solo tenía que esperar y permanecer atento.

Nathan lo miró con aprobación.

—Cuando me enteré de que un militar venía para velar por ella, tuve mis dudas, pero, por lo visto, fui demasiado rápido en mi enjuiciamiento.

Mari se estremeció. ¡Ya estaba! La traición. ¡La decepción que ella siempre supo que se produciría! Mejor que se hubiera producido ya. El dolor que le causó la traición de Nathan le resultó tan familiar que no le costó aceptarla.

—¿De qué os conocéis?

Nathan se encogió de hombros.

—Soy amigo de Darton, su hermano mayor. —Entonces apretó los labios y su expresión se volvió seria—. Quiero que me des tu palabra de que no le contarás a nadie que estoy aquí, Prestwood. Aparte de mis superiores, el embajador es el único que lo sabe.

Bennett asintió con la cabeza.

—Pero ¿si tú estás aquí, por qué me ha enviado a mí el gobierno?

Mari intuyó la pregunta que Bennett habría querido formular: ¿por qué lo habían obligado a aceptar aquella misión? Mari contempló con furia una grieta que había en el suelo de baldosas azules. ¡Pues bien, si se marchaba enseguida, les ahorraría a los dos muchos problemas!

Nathan enderezó su turbante, que se había torcido durante la pelea.

—No estoy mucho en Constantinopla y solo puedo vigilarla de vez en cuando.

—¿Y quién la vigilaba cuando tú no estabas?

Mari se negó a que hablaran de ella como si no estuviera allí.

—Yo me vigilaba a mí misma.

Bennett apretó con fuerza la mandíbula.

Nathan, que era rápido en detectar la tensión en los ambientes, intervino:

—Mari es, sin duda, una mujer brillante y capaz, pero después del incidente de Chorlu, tuve que revelarle al embajador que era ella la autora de los dibujos, por si necesitaba protección mientras yo estaba fuera. Entonces, él decidió, por iniciativa propia, informar a sus superiores. Su opinión respecto a las mujeres es un poco anticuada.

—Tú te pareces mucho a tu primo, ¿no es cierto, Bennett? —declaró Mari con una sonrisa falsa.

—¿Qué pasó en Chorlu? —preguntó Bennett.

Ella lo miró con fijeza.

—Alguien me disparó.

—¿Cómo?

¿Por qué creía que su primo había tenido que chantajearla para que siguiera dibujando?

—¿Por qué crees que te han enviado aquí?

Bennett ignoró su pregunta y se volvió hacia Nathan.

—¿Tú estabas allí?

—No.

—Entonces ya puedes irte.

Mari soltó un respingo. Aquella era su casa y Nathan era su colega. Bennett no tenía autoridad para obligar a nadie a marcharse. No era el señor de la casa y nunca lo sería.

Nathan interrumpió la creciente ira de Mari con una leve inclinación de cabeza.

—Os dejaré hablar a solas. Cuanto menos sepa, menos podré contar. —Entonces sonrió ampliamente a Mari—. Te aconsejaría que te portaras bien, pero los dos sabemos que sería inútil.

Mari lanzó una mirada furibunda a ambos hombres mientras Nathan salía por la puerta.

Entonces arremetió contra Bennett.

5

—¿Qué pasó en Chorlu?

Bennett formuló la pregunta antes de que Mari cargara contra él. Y esto era lo que ella pretendía. Él se había enfrentado a muchas columnas francesas en combate para dudarlo.

—Alguien me disparó. Y no intentes convencerme de que, simplemente, se trató de la bala perdida de un cazador.

A Bennett se le encogió el estómago. ¡Demonios! Que hubieran descubierto su identidad era una cosa, pero un intento de asesinato elevaba el grado de peligro a una categoría totalmente diferente.

—¿Qué ocurrió?

Ella soltó un soplido de exasperación.

—Me incliné para sacar un frasco de tinta de mi bolsa cuando una bala se incrustó en el tronco de un árbol justo por encima de mi cabeza. Tu primo está convencido de que se trató de un accidente.

—¿Por qué cree tal cosa?

Ella frunció el ceño.

—En aquel momento, yo no estaba recabando información. De hecho, ni siquiera estaba cerca de ningún puesto militar. Además, solo se produjo un disparo, y tu primo tiene razón, si alguien intentaba matarme, ¿por qué no realizó más disparos?

—Porque un buen francotirador sabe que la sorpresa constituye su mayor ventaja. —Bennett se acercó a Mari y ella retrocedió unos pasos—. Si falla el primer disparo, la posibilidad de que lo localicen es demasiado grande, de modo que se retirará y esperará otra oportunidad para realizar el disparo certero.

Mari respiró entrecortadamente y sus piernas chocaron con la mesa que tenía detrás. Bennett pasó los brazos por los costados de Mari inmovilizándola.

—Esperará hasta que estés sola o, si no lo consigue, intentará sorprenderte cuando menos lo esperes.

Mari tragó saliva y una suave ondulación recorrió su garganta. Bennett levantó la mano y la siguió con los nudillos.

—Cuando te dispongas a subir a tu coche... O quizás a través de una ventana mientras te desnudas para tomar un baño...

Bennett percibió en el dorso de sus dedos la respiración irregular de Mari.

—Si el francotirador sabe lo que hace, cuando te alcance la bala, te pillará totalmente desprevenida.

Bennett apoyó la palma de la mano en la base del cuello de Mari. Ella se humedeció los labios con la lengua y Bennett tuvo que hacer uso de todo su autodominio para no bajar la cabeza y seguir el recorrido de la lengua de Mari con la suya.

Entonces sacudió los hombros y apartó la mano de la hipnótica calidez de la piel de Mari.

—Tu vida corre peligro y seguirá así mientras continúes dibujando. ¿Por qué sigues haciéndolo?

Ella le lanzó una mirada airada mientras el rubor de sus mejillas se desvanecía.

—¡Sabes, tan bien como yo, que no puedo permitirme no hacerlo!

Otra vez el maldito dinero.

—¿Sabes lo que tienes que dibujar?

—Sé que Midia es uno de los objetivos, pero no sé cuál es el último.

—¿Cuándo puedes dibujar Midia? —le preguntó Bennett.

La ira de la mirada de Mari se intensificó.

—¿Estás ansioso por marcharte?

—Sí. —Pero antes quería asegurarse de que ella sobrevivía a aquella experiencia—. ¿Cuando vas a trabajar te acompaña alguien?

Ella negó con la cabeza.

—Mi doncella viaja conmigo hasta la población más cercana, pero no la llevo al trabajo de campo.

—A partir de ahora, no irás a ningún lado sin compañía.

¡Como si esto fuera a protegerla del impacto de una bala! Mari hinchó el pecho preparándose para protestar, pero, finalmente, soltó el aire poco a poco. La petición era lógica.

—No saldré a dibujar si no me acompaña alguien.

Bennett no se fiaba de que siguiera la orden al pie de la letra.

—No, esto no es lo que yo he dicho. No debes salir de la casa a menos que te acompañe alguien.

Ella levantó la barbilla.

—¿Acaso no es eso lo que acabo de decir?

Bennett no se inmutó ante su fingida indignación. Después de todo, había aprendido dos o tres cosas de sus hermanas.

—No.

Ella torció el gesto en señal de conformidad.

—Está bien.

La sorpresa que experimentó Bennett ante su rápida capitulación debió de reflejarse en su cara.

—Contrariamente a tu patente opinión sobre mis capacidades mentales, no estoy como una cabra, comandante.

—Bennett —le recordó él.

Si iban a utilizar el cortejo como estrategia, ninguno de los dos debía cometer ningún error.

Ella entrecerró los ojos, pero esta vez tampoco volvió a enfrentarse a él. Simplemente, se inclinó hacia delante y declaró:

—Muy bien, Bennett.

Mari pronunció su nombre con voz melosa, algo que él creía imposible. Ella lo miró a través de sus pestañas y añadió:

—Si tienes tanta prisa como parece, saldré mañana a dibujar mariposas y el paisaje de los alrededores de Midia. Yo dibujaré y tú puedes velar por mí. Así los dos estaremos un paso más cerca de librarnos el uno del otro.

Sus palabras lo habrían engañado si, en menos de veinticuatro horas, no la hubiera visto manejar a un grupo de hombres enfurecidos y esquivar de una forma bastante aceptable a un perseguidor. Su cambio de actitud no pintaba bien. Estaba tramando algo.

Pues bien, él estaría preparado.

—Comentaremos el resto de mis planes durante el viaje. ¿A qué hora salimos?

Ella esbozó una sonrisa lenta e insinuante que habría hechizado a Bennett si detrás de ella no se escondiera un plan diseñado para burlarse de él.

—Al amanecer —contestó Mari—. Será mejor que realicemos la mayor parte del recorrido antes de que arrecie el calor.

—¿Cuántos días estaremos fuera?

—Dos como mucho. El embajador querrá alardear de ti durante la fiesta que dará el viernes por la noche. —Mari lo miró de arriba abajo—. ¿Tienes algo para ponerte mañana que no nos delate completamente?

Él asintió con la cabeza.

—Desde luego. Me vestiré como un civil, a menos que prefieras que me ponga la vestimenta de los nativos.

Antes de que pudiera evitarlo, una carcajada escapó de la garganta de Mari. Él arqueó las cejas de una forma inquisitiva.

—Perdona, pero no creo que una túnica turca te haga pasar más desapercibido. La ropa inglesa será suficiente. No quiero que la gente con la que nos crucemos sepa que eres un oficial del ejército. Puedes fingir ser un caballero.

La expresión de su cara era demasiado inocente para que su comentario fuera accidental.

—¿Alguien podría acompañarnos para cumplir con las normas del decoro? —preguntó Bennett.

Una chispa iluminó la mirada de Mari.

—Tanto si se te ocurre alguien como si no, yo iré contigo —añadió Bennett.

Sus órdenes consistían en mantenerla viva y, aunque él preferiría mantener intacta su reputación, no sabía quién la había seguido aquella mañana ni por qué, y hasta que lo averiguara no podía perder el tiempo preocupándose por las sutilezas sociales.

Mari, decepcionada, arrugó la nariz.

—Mi doncella será suficiente. En esta ciudad no hay muchos británicos que se dediquen a cotillear sobre mis actos, y los que lo hacen no me importan mucho —declaró levantando la barbilla.

—Estupendo. Pues a mí no me importan nada.

Lo que realmente importaba en aquel momento era descubrir lo que Abington y su primo sabían acerca del disparo y el hombre que había seguido a Mari. Y también tenía que averiguar quién había traicionado a Mari identificándola como informante del gobierno británico.

—Hoy no vuelvas a salir de tu casa.

Tenía que asegurarse de que Mari estaría a salvo para poder continuar con sus pesquisas.

—Dedicaré la tarde a hacer el equipaje y me retiraré pronto —contestó ella mientras señalaba una puerta con un gesto.

Bennett dedujo que aquella puerta conducía a su dormitorio. ¿La habitación contendría una típica cama inglesa con sábanas de lino blanco o una decadente cama turca adornada con telas de seda escarlata?

Bennett controló sus pensamientos antes de que imágenes de Mari desnuda y esperándolo en los dos tipos de habitación se formaran por completo en su mente.

—Entonces, ¿saldrás de la casa?

—No hasta que vengas a buscarme por la mañana.

Tendría que conformarse con su palabra.

—Antes de irme, hablaré con tu padre.

Mari empalideció.

—Él no sabe nada de mi trabajo.

Bennett se detuvo junto a la puerta.

—Ya lo sospechaba, pero quería pedirle permiso para cortejarte. Podría suavizar posibles complicaciones antes de que se produzcan. ¿Qué razón aduces para tus ausencias?

Mari inclinó la cabeza y uno de sus tirabuzones cayó sobre la curva de su mejilla.

—Le cuento que voy a dibujar mariposas. De todas maneras, esto no supone un problema para nosotros. Incluso cuando no está... como ayer, él suele estar absorto en su trabajo y ni siquiera se da cuenta de mis ausencias.

—¿Podrá recibirme ahora?

Ella asintió tan levemente con la cabeza que, si su cabello no hubiera amplificado el movimiento, Bennett podría no haberlo visto.

—Aunque no se acordará de haberte visto ayer. Nunca se acuerda de lo que ocurrió el día antes. Le diré a Selim que le pregunte si puede recibirte.

—¿Quieres acompañarme?

Ella se mordió el labio inferior.

—No, prefiero no hacerlo.

—¿Tienes miedo de que se dé cuenta de nuestra artimaña?

Ella evitó mirarlo a los ojos.

—No, pero odio verlo actuar como si no hubiera pasado nada y saber que, dentro de pocos días, volverá a tirarlo todo por la borda. —Mari carraspeó—. Voy a buscar a Selim.

Su falsa capitulación de antes había molestado a Bennett, pero esto era peor. Los ojos de Sophia tenían la misma expresión vacía que los de Mari cuando él intentaba convencerla de que podía dejar a su marido.

Aunque la conocía poco, ya se había dado cuenta de lo decidida y testaruda que era, y algo grave tenía que haber sucedido para doblegarla de aquella manera.

Siguió a Mari con pasos largos y la agarró del brazo, pero entonces se quedó paralizado y sin saber qué hacer. Ella odiaría ser objeto de lástima y oír palabras de consuelo vacías.

Mari miró de reojo a la mano de Bennett y las motas verdes de sus ojos volvieron a encenderse.

—Creí que habíamos terminado.

—Todavía no. —No hasta que hiciera desaparecer la tristeza de su mirada. Agarró un mechón de su cabello y lo frotó entre sus dedos índice y pulgar—. No bromeaba cuando te dije que tus tirabuzones son encantadores. Todos los hombres soñamos con perdernos en un cabello como el tuyo.

Mari retrocedió y una expresión ininteligible se extendió por su cara. Entonces acercó una mano titubeante a su cabello y, finalmente, echó su tirabuzón por encima de su hombro y se marchó a toda prisa.

6

Mari dobló su vestido verde y lo introdujo en la bolsa de viaje. ¡Maldito comandante Prestwood! Los británicos deberían haber enviado a alguien más adecuado. El hombre encargado de hacer cumplir un chantaje debería ser feo; debería tener una verruga y un diente roto o algo parecido, y en ningún caso debería ser sumamente atractivo. Y no debería dar la impresión de sentirse realmente preocupado por su seguridad. Ni hacerle exasperantes cumplidos acerca de su cabello.

—¿Para qué me contrataste? —preguntó Achilla mientras entraba en la habitación.

—Quería ahorrarte el trabajo —explicó Mari volviéndose hacia ella.

Su doncella soltó un soplido.

—¿Acaso te he dejado empacar mis cosas alguna vez? —preguntó Mari.

Achilla la apartó a un lado con un golpe de la cadera.

—No, y la verdad es que resulta un poco humillante. Claro que, si tuviera que realizar todas las tareas que realizan las doncellas, estaría agotada.

Mari sonrió.

—No permitir que te agotes es mi estrategia para que no te vayas.

Achilla sacó el vestido verde salvia de la bolsa.

—¡Una estrategia malvada, por cierto!

La sonrisa de Mari flaqueó.

—Ya sabes que, si lo deseas, eres libre de marcharte. No estás en deuda conmigo.

Achilla alisó las arrugas del vestido y sonrió mientras contemplaba las manchas de tinta.

—Claro que lo estoy. Me salvaste de volver a ser vendida como esclava. Aunque nunca perdonaré a Selim que negociara mi precio. ¡A la baja! Ese hombre es de hielo. No sé cómo aguanto trabajar con él —declaró, aunque su mirada se clavó, esperanzada, en la puerta.

Achilla, que era griega, llevaba con Mari desde que ésta la compró y le concedió la libertad. ¿Acaso se sentía obligada hacia ella?, se preguntó Mari.

—¡Para ya! —exclamó Achilla—. Conozco la expresión de tu cara. Si sigo contigo es porque lo deseo, no por obligación.

—De todas maneras, las similitudes con lo coaccionada que me siento yo por los británicos...

Achilla sacudió el vestido con un movimiento rápido de las muñecas.

—No es lo mismo. Por cierto, ¿dónde está tu comandante?

—No es mi comandante, y está hablando con mi padre.

—¡Qué educado! ¿Tenía yo razón acerca del atractivo de tu mayor?

—No es mi comandante —replicó Mari con los dientes apretados.

Se negaba a que Achilla volviera a enumerar los encantos físicos de aquel hombre. Ya le costaba bastante mantenerlos alejados de su mente: sus anchos hombros, la fuerza de sus manos, el sabor intenso y masculino de sus labios... Mari contuvo el impulso de presionar su boca con su mano para detener el cosquilleo que sintió en los labios.

—Me siguió hasta la casa de Nathan.

Achilla dejó de doblar el vestido momentáneamente.

—¿Nathan lo sabe?

—Sí.

¡El muy traidor! ¿Cómo podía haber dado su visto bueno a Bennett? Quizá, si le contaba lo del chantaje al que estaba sometida, cambiara de opinión. Pero no podía contárselo, porque se negaba a obligarlo a elegir entre su lealtad hacia su país y hacia los ideales que compartían. Resultaba más fácil que aquella carga la llevara ella sola.

—Esta noche no podré asistir a la reunión.

Achilla realizó una mueca.

—¿Por qué no? Además, podrías llevar a tu mayor. Los rebeldes siempre aspiran a incorporar a nuevos miembros para la causa.

—Mi madre luchaba para conseguir dinero de los británicos, no para reclutarlos.

—¿Por qué no? Al menos él no es otro de esos intelectuales demacrados. Por cierto, si no asistes a la reunión de esta noche Stephan se sentirá desolado, porque nadie escuchará su discurso acerca de cómo los antiguos mitos auguraban la libertad de Grecia.

A Mari le maravillaba la vulnerabilidad emocional de Stephan.

—No estaré ausente durante mucho tiempo.

¡Aunque no le importaría perderse algunas de las disertaciones de Stephan!

Su doncella volvió a colocar el vestido en la bolsa.

—Entonces, ¿tienes algún plan para tu comandante?

Mari sonrió.

—Lo tengo. ¿Has visto mi caballete?

No podía decirse que constituyera el mejor de los planes, pero le proporcionaba algo en lo que ocupar su mente en lugar de imaginar lo que habría sentido si la mano de Bennett hubiera seguido subiendo por su costado y le hubiera acariciado el pecho mientras se besaban el día anterior.

—Le dije a Selim que lo guardara.

—Se lo pediré.

—Ya se lo pido yo. —Achilla se interpuso entre Mari y la puerta y adoptó una posición firme—. Así el condenado tendrá que verme quiera o no quiera.

Achilla regresó pocos minutos más tarde.

—Si se está escondiendo de mí, le atizaré en la cabeza.

—¿No lo has encontrado?

Esto era extraño. Mari había hablado con él minutos antes y, como solía ocurrir asombrosamente con los mayordomos, Selim siempre estaba donde tenía que estar cuando uno lo necesitaba.

—¿No habrá ido a llevarle un té a mi padre?

Achilla levantó la mirada hacia el techo.

—Lo sé, ya lo has comprobado —continuó Mari—. ¿Mi padre y Bennett parecían estar...? —Ni siquiera sabía qué iba a preguntarle: ¿hablando de ella?, ¿llevándose bien? Mari dejó el frasco de tinta que estaba llenando encima de la mesa—. Iré a buscarlo yo.

Mientras se dirigía a la cocina, Selim pasó corriendo por su lado con una bandeja de té en las manos. Tenía una pequeña hinchazón en la mejilla izquierda.

Ella corrió tras él.

—¡Selim! ¿Qué te ha ocurrido?

El normalmente taciturno mayordomo se ruborizó.

—Me avergüenza un poco confesarlo, señorita, pero tropecé con una alfombra que estaba mal extendida. Pero no se preocupe, ya la he estirado bien.

Ella quería preguntarle más cosas, pero ya casi habían llegado al estudio de su padre, así que dejó que Selim siguiera solo. Achilla le sonsacaría más información y luego se lo contaría todo a Mari.

Se dispuso a regresar a sus aposentos, porque no deseaba que Bennett ni su padre la vieran, pero cuando oyó que el comandante mencionaba su nombre se acercó a la puerta para averiguar de qué estaban hablando. No perjudicaría a nadie que conociera la esencia de su conversación. Sin embargo, el grosor de la puerta amortiguaba el sonido y le impidió lograr su propósito.

Selim volvió a salir del estudio y, al verla merodear por el pasillo, inclinó la cabeza, pero dejó la puerta ligeramente abierta.

Mari le guiñó un ojo y se acercó a la rendija.

En contraste con la elegante simplicidad de las dependencias de Mari, el estudio de su padre estaba abarrotado de cosas. Trocitos de cerámica, montones de documentos y frascos de tinta vacíos se mantenían en precario equilibrio en las estanterías.

Sir Reginald hizo un hueco para sí mismo en su escritorio. La piedra que tenía delante lo distrajo momentáneamente, pero la apartó a un lado y se centró en Bennett.

—Siento no haber podido reunirme con usted ayer, comandante, pero otros asuntos ineludibles requerían mi atención. ¿Sobre qué quería hablar conmigo?

Mari tenía razón, su padre no lo había reconocido.

Bennett carraspeó mientras un nerviosismo imprevisible y repentino se apoderaba de él, lo que resultaba bastante ridículo dado que su relación con Mari era una farsa. Si, por alguna causa insospechada, su padre lo rechazaba, encontrarían otra excusa para sus encuentros.

—Desearía cortejar a su hija.

Sir Reginald abrió mucho los ojos y se frotó la barbilla dejando en ella una mancha de polvo.

—¿A mi pequeña Mari? Aunque supongo que ya no es tan pequeña... Me imagino que usted es la razón de que no protestara por tener que acudir ayer a la embajada. Me extrañaba que no se hubiera quejado, porque el embajador nunca ha sido objeto de su devoción.

Bennett asintió con la cabeza.

—Es posible que yo fuera la razón.

Claro que Mari no había acudido a la embajada el día anterior, pero su padre no tenía por qué enterarse y, si creía que Mari y él ya se conocían de antes, su farsa sería más creíble.

—En tal caso, no pienso interponerme en su relación. —El anciano sonrió—. ¿Por casualidad no será usted arqueólogo? Por alguna razón me resulta muy difícil conservar a los buenos ayudantes.

Bennett sospechaba que la razón se debía a su consumo de opio, pero no se lo comentó.

En realidad, aquello resultaba bastante extraño. A no ser por el tono enfermizo de la piel de sir Reginald, no había ningún paralelismo entre él y el hombre que Bennett había visto el día anterior. En aquel momento, parecía un simpático profesor de arqueología como tantos otros.

—¡Bueno, no puede usted constituir la respuesta a todas nuestras plegarias! Deduzco, entonces, que Mari ya no se siente atraída por ese tal Nathan Smith. Solía merodear por aquí con frecuencia.

¡Y estaba familiarizado con la parte de la casa que utilizaba Mari! Además, ninguno de los dos había respondido a su pregunta

69

sobre la naturaleza de su relación. Cuando ella empezó a besarlo el día anterior, Bennett estaba convencido de que aquel era el primer beso de su vida, pero cuando terminaron de besarse, ya no estaba tan seguro.

¿Abington le había enseñado a ser tan apasionada o esto era producto de la naturaleza intensa de su carácter?

Aquel beso lo había conmocionado. Bennett adoraba a su familia, pero, durante los últimos años, se había ido distanciando de ellos. Se sentía ajeno al afecto natural que se profesaban y a lo relajados que se sentían unos con otros.

Sin embargo, algo en Mari había despertado en él una emoción profunda que creía haber perdido y que no estaba seguro de querer recuperar. Se había acostumbrado a volcar sus emociones más profundas en su poesía, donde no le molestaban a él ni a nadie más. Podía circunscribirlas allí. Además, una pequeña parte de sí mismo temía que, si se escapaban, tanto él como el resto del mundo enloquecerían.

Selim, el sirviente, entró con el té. Sus movimientos eran tensos, carentes de su anterior gracia y ceremonia. Y tenía un morado en la mejilla. Bennett frunció el ceño. Poco rato antes, estaba bien.

Sir Reginald se agitó en su asiento, ladeó la cabeza y miró por la ventana mientras Selim dejaba una taza delante de él. ¡Interesante! La mayoría de los aristócratas no prestaban la menor atención a sus sirvientes, pero este caso era diferente, porque sir Reginald ignoraba, deliberadamente, a Selim.

El mayordomo le entregó, también a él, una taza de té y Bennett le dio las gracias. El sirviente lo evaluó con una mirada inescrutable y, después, salió de la habitación.

Sir Reginald suspiró y echó tres cucharaditas copiosas de azúcar en su taza.

—Mari es muy buena chica. Nunca me ha causado ningún problema —comentó mientras removía el té lentamente.

Bennett se atragantó y tosió durante medio minuto largo antes de volver a recuperar la compostura.

—Desde luego, es una mujer magnífica.

¿Estaban hablando de la misma persona?

—Aunque, no permita que lo engañe. También tiene algo de agitadora. Como su madre.

Sus ojos se humedecieron durante unos segundos.

El embajador había dejado entrever que existían rumores que afectaban a la madre de Mari, y a Bennett le pareció más honesto obtener la información directamente de sir Reginald.

—Mari no habla mucho de su madre. ¿Cómo era ella?

Una sonrisa distante cruzó la cara de sir Reginald.

—¡Ah, mi Helena!

Contempló un punto de la pared con la mirada perdida. Varios minutos transcurrieron. Distraídamente, alargó el brazo para coger la taza de té y volcó un frasco de tinta. Sobresaltado, regresó al momento presente.

—Mmm... Sí... Era griega, ¿sabe? A Mari se le notan sus orígenes griegos. Supongo que ya sabe cómo nos conocimos.

Bennett negó con la cabeza.

Sir Reginald se enderezó y la melancolía se desvaneció.

—Se trata de una historia notable. Yo estaba excavando en un emplazamiento arqueológico cerca de Nephases, un templo situado en la cima de una colina. En el fondo del valle se produjo una gran conmoción. De hecho, fue tan grande que hasta yo me di cuenta. Una horda de ladrones estaba atacando a un jinete solitario. Como yo entonces era joven e impulsivo, llamé a mis ayudantes y corrí, a lomos de mi caballo, a ayudar a aquel hombre.

Sir Reginald se reclinó en su silla. La excitación iluminó su cara. Su aspecto enfermizo y su mente disipada desaparecieron, y Bennett vio en él al hombre que cabalgó al rescate de aquel desconocido.

—Los ladrones hirieron a mi montura, pero yo salí ileso. Llegué al lado del desconocido justo cuando se le estaba acabando la munición. Me eché al suelo, disparé y derribé al jefe de los asaltantes. En aquel momento, mis ayudantes corrían hacia nosotros por la ladera de la colina. El resto de los bandidos salieron huyendo. El hombre al que salvé resultó ser el pachá Esad, el comandante del ejército del sultán. Como recompensa, me entregó a una de sus esclavas vírgenes, lo que constituía un gran honor. Yo no podía negarme. Además, cuando vi a Helena, me di cuenta de que no podía condenarla a una vida de esclavitud. Ella me rogó que la aceptara y, como mi conciencia no me permitía tener una esclava, me casé con ella.

¿La madre de Mari había sido una esclava? Esto explicaba las insinuaciones del embajador acerca de su pasado.

—Helena insistió en que nos mudáramos a Inglaterra. Creo que vivir aquí le recordaba, constantemente, su humillante pasado.

Pero Mari había visitado al pachá aquella mañana. ¿Cómo podía ser amiga del hombre que había sido el propietario de su madre?

—Helena adoptó las costumbres de la sociedad inglesa y utilizó la posición social que le proporcionaba mi modesto título para conseguir apoyo para sus compatriotas griegos. La perdí hace once años por causa de una afección pulmonar.

Su pasión interior se desvaneció y solo quedó la sombra del hombre.

—¿Cuándo regresó usted a Constantinopla?

—Más tarde, aquel mismo año. Mari tenía, entonces, doce años.

—¿Por qué regresó Mari con usted?

—Cuando su madre enfermó, yo la envié lejos. Todavía no estoy seguro de que me haya perdonado por aquello. Ella y su madre eran como caras de una misma vasija y Mari odió no estar presente cuando su madre murió. Le dije que nunca más volvería a mantenerla alejada de las personas a las que quería. —Sir Reginald cogió una licorera y vertió un poco de brandy en su té con mano temblorosa—. Ella es todo lo que me queda de Helena. No podía dejarla allí. Y, si me permite decirlo, yo diría que el resultado ha sido bueno.

Eso parecía, pensó Bennett. Al menos su pintura reflejaba la vida de una forma que él nunca conseguiría reflejar con su poesía. Y, aunque lo desafiaba a la menor ocasión, tenía que reconocer que era una mujer decidida e inteligente. Entonces, ¿por qué había accedido a seguir dibujando después de que le dispararan? Ella era demasiado lista para eso. ¿Acaso la adicción de su padre había mermado los bienes familiares?

—Las cosas deben de haber sido difíciles para ustedes desde que regresaron.

Sir Reginald pareció perplejo.

—En realidad, no. Constantinopla es un lugar agradable y aquí estoy cerca de mi trabajo.

—Sin embargo, comparado con Londres, parece un lugar caro para vivir.

Sir Reginald rio entre dientes.

—Mari cuenta con una dote, si es eso lo que le preocupa. Yo no puedo considerarme rico, pero el porvenir de mi hija está asegurado.

Entonces ¿por qué ella insistía en arriesgar su vida?

La abertura de la puerta se ensanchó ligeramente. Bennett se puso tenso, pero enseguida se obligó a relajarse. El riesgo de que alguien fuera a atacarlos era mínimo... Entonces entrecerró los ojos. Pero el riesgo de que alguien estuviera escuchando la conversación que mantenía con sir Reginald era...

—Creo que su hija quiere unirse a nosotros.

Mari masculló una palabra en turco que, por lo que Bennett dedujo, no era muy educada. De todos modos, ella abrió la puerta con una sonrisa en la cara.

—Hola, papá. Bennett.

Los dos hombres se incorporaron. Bennett se acercó a ella y, solo para enojarla, le estampó un prolongado beso en el dorso de la mano. Ella intentó apartarla, pero él no la soltó.

—No te preocupes, tu padre sabe que te estoy cortejando.

—¡Es verdad, Mari, no tienes por qué avergonzarte! Yo también he estado enamorado. ¿Dónde has estado? Hace días que no te veo.

Mari sonrió mientras disimuladamente clavaba las uñas en la mano de Bennett.

—Sí, papá, hace mucho que no nos vemos. ¿Cómo va tu trabajo?

—Las traducciones van bien. ¿Y tus dibujos?

—Todavía no he encontrado a la *glaucopsyche melanops* de alas azules que estoy buscando.

—La encontrarás. Estoy seguro. No eres el tipo de persona que permite que se le escape nada, ni siquiera una mariposa. —Entonces agitó el dedo índice hacia ella—. Pero los dos sabemos que esta no es la razón de que estemos aquí reunidos. Le he dado permiso a tu comandante para que te visite.

—Él no es mi... —Mari tosió—. No se ha puesto demasiado nervioso, ¿no? Ya le había advertido que tú darías tu consentimiento.

—No, aunque, por decirlo de alguna manera, ha desafiado al león en su propia guarida.

Mari entrecerró un poco los ojos.

—El comandante tiene una forma especial de salirse con la suya —comentó ella mientras apartaba la mano de un tirón fingiendo tener que arreglarse la falda.

Bennett observó su enojado gesto. De acuerdo, puede que le molestara que él interfiriera en su vida, pero su enojo parecía algo excesivo. Al fin y al cabo, él estaba allí para protegerla.

Intentó no hacer caso de la punzada de pesar que experimentó. Aunque Mari le intrigara, lo que ella opinara sobre él no tenía importancia. Él cumpliría sus órdenes tanto si le caía bien a ella como si no. Entonces realizó una reverencia a ambos Sinclair.

—Lo siento, pero debo atender ciertos asuntos.

Cuando llegó a la calle, vio que el número de transeúntes había disminuido considerablemente. Sin duda se habían refugiado en el interior de los edificios para soportar mejor el calor de la tarde. Las mujeres, cubiertas con velos, se asomaban a las ventanas de las primeras plantas y charlaban entre ellas de un lado a otro de los callejones. Las palomas se arrullaban, con su incesante y suave canto, en lo alto de los frondosos cipreses y, por las rendijas que separaban las casas, se vislumbraban ocasionalmente las aguas del Bósforo. Bennett sacó su libreta y el trozo que quedaba de su lápiz y anotó lo que veía. Ninguna de sus frases podía considerarse poética, pero alguna de ellas resultaba ligeramente prometedora.

Cuando llegó a la embajada, el mayordomo lo interceptó y lo condujo al estudio del embajador. Bennett esperaba sentirse cómodo en aquel edificio de arquitectura inglesa, pero ocurrió justo lo contrario y sintió que las paredes de los estrechos pasillos se cernían sobre él asfixiándolo de calor.

Antes de entrar, Bennett se aflojó el cuello de la camisa. Abington, vestido todavía con la ropa nativa y sucia, estaba sentado frente al embajador. ¡Excelente, así podría interrogarlos a los dos al mismo tiempo! Daller le indicó que se sentara.

—Llegas justo a tiempo, Prestwood. Abington acaba de finalizar su informe.

Bennett se sentó en una silla y Daller se frotó la barbilla y sonrió. Bennett tuvo la clara impresión de que disfrutaba de su posición de superioridad sobre dos aristócratas que, jerárquicamente, estaban por encima de él. Daller le tendió una carta sellada.

—Órdenes adicionales.

Bennett rompió el sello y leyó la carta. La señorita Sinclair tenía que dibujar la fortificación militar de Vourth y él tenía que asegurarse de que ella cumpliera las órdenes utilizando cualquier medio que considerara necesario.

Apretó la hoja con fuerza. ¡Por fin! El requisito que le permitiría regresar a casa. Introdujo la carta en uno de sus bolsillos.

Daller tamborileó los dedos sobre el mapa que tenía encima de la mesa. Actuaba como si conociera el contenido de las órdenes y sus palabras lo confirmaron.

—Los otros dibujos de la señorita Sinclair fueron útiles, pero este es esencial.

Abington enderezó la espalda.

—¿Adónde quieren que vaya esta vez?

—A Vourth —contestó Daller con el ceño fruncido.

Abington se incorporó rápidamente del asiento.

—¡No!

La cara del embajador siguió impasible salvo por una nueva arruga que surgió entre sus cejas.

—Este asunto ya no le concierne a usted.

Abington se volvió hacia Bennett.

—Los dos últimos agentes que enviaron a esa zona no han regresado. Se trata de una trampa mortal. ¡La matarán!

La carta pesó en el bolsillo de Bennett como si estuviera hecha de plomo.

Daller intervino antes de que a Bennett le diera tiempo de decir nada.

—Estoy convencido de que el comandante Prestwood será perfectamente capaz de proteger a la señorita Sinclair.

Abington miró significativamente y con furia el morado que Bennett sabía que tenía en la mandíbula.

—Esa no es la cuestión. No es correcto pedirle esto a ella. El viaje, en sí mismo, es traicionero. Incluso el sultán ha perdido regimientos enteros de soldados a manos de los forajidos que habitan en aquellas montañas.

El embajador extendió una mano tratando de apaciguar los ánimos.

—Estoy de acuerdo en que es arriesgado, pero no le pediremos nada más.

Su afirmación no consiguió tranquilizar a Abington.

—Sí, porque habrá muerto. ¡Prestwood, no debes animarla a que lo haga!

A Bennett se le encogió el estómago a causa de la inquietud, pero no permitió que se le notara.

—Yo he recibido mis órdenes.

Él nunca desobedecería una orden. Si los soldados británicos se negaran a obedecer todas las órdenes con las que no estuvieran de acuerdo, Napoleón estaría sentado en el trono de Inglaterra. Aquella orden en concreto podía resultar más incómoda que el resto, pero esto no la convertía en innecesaria.

Además, él podía proteger a Mari. Aquel caso requeriría una planificación más exhaustiva, pero cuando terminaran, tanto él como Mari podrían recuperar sus vidas.

—¡Desobedece las órdenes!

Abington carecía de la formación militar necesaria para comprender la magnitud de lo que acababa de proponerle y la sorpresa que experimentó Bennett debió de reflejarse en su cara.

Abington se dirigió indignado hacia la puerta.

—Esperaba algo mejor de ti, Prestwood.

Bennett apretó los puños, pero decidió no responder a aquella provocación infantil.

—Ella lo eligió.

—Hasta ahora, el riesgo al que se enfrentaba era mínimo; de no ser así, yo la habría detenido hace meses —replicó Abington.

Sus últimas palabras quedaron flotando en el ambiente.

—¿Hace meses? ¿Cuánto tiempo hace que sabes que la señorita Sinclair es la autora de los dibujos? Creí que su identidad había sido descubierta recientemente.

Abington se quedó inmóvil.

—Me he expresado mal.

No, no era cierto. Bennett se incorporó.

—Tú sabías que ella era la autora desde el principio y permitiste que se implicara en este asunto.

Durante unos segundos, un sentimiento de culpabilidad se reflejó en la cara de Abington.

—Si no querías que corriera peligro, nunca debiste permitir que jugara a los espías —continuó Bennett.

Se sentía furioso. Si Abington hubiera sido sincero desde el principio, Mari no estaría implicada en todo aquello, al menos no hasta el punto que lo estaba en aquel momento.

Abington agarró la manecilla de la puerta con tanta fuerza que sus nudillos empalidecieron.

—¡Como si yo hubiera podido detenerla! —exclamó frunciendo los labios—. Al menos prométeme que le informarás de los riesgos cuando le comuniques el nuevo objetivo.

—Yo no creo que... —intervino el embajador.

—Tienes mi palabra —lo interrumpió Bennett—. Llevará a cabo la misión con toda la información disponible o no irá a Vourth.

Abington asintió con la cabeza y salió de la habitación.

Bennett se quedó mirando fijamente la puerta abierta. Durante la guerra había dado órdenes a sus hombres sabiendo que no sobrevivirían. Carter. Johnson. Potter. Davis. Blarney... Conocía los nombres de los que había sentenciado a muerte y veía sus caras en su mente todas las noches antes de dormirse y en sus pesadillas.

Su muerte pesaba en su alma, pero él no se cuestionaba la corrección de sus actos. Él hizo lo que era preciso hacer para ganar la guerra, mantener a su familia a salvo y conseguir que el sangriento y nauseabundo horror de la batalla no llegara a la costa inglesa.

Sus órdenes, en aquel momento, no eran diferentes. La seguridad de Inglaterra prevalecía por encima de la vida de un hombre.

O una mujer.

Bennett se puso la chaqueta del uniforme de gala. Las prominentes medallas chocaron entre sí produciendo una desagradable cacofonía. Bennett frunció el ceño y detuvo el ruido con la mano. ¡Malditas y chillonas condecoraciones! Pero el embajador había dejado muy claro que deseaba presentar a Bennett a sus invitados en aquella velada luciendo en todo su esplendor el uniforme de gala, como si se tratara de un anticipo de la fiesta del viernes.

Bennett se abrochó la chaqueta con lentitud, intentando retrasar, en lo posible, la aburrida cena. Quizá Mari...

Se echó al suelo y rodó hasta el otro lado de la cama.

No estaba solo.

Sacó el puñal de la caña de su bota y lo sopesó con fría familiaridad mientras escuchaba el silencio de la habitación. ¿Qué había llamado su atención y de dónde procedía? El estado de alerta que lo había mantenido con vida en el campo de batalla volvió a dominar su cuerpo.

¡Allí! Una leve rozadura en el suelo.

El ruido no procedía del dormitorio, así que el origen era el vestidor. Una brisa fresca y húmeda que llegaba de aquella habitación en la que, al menos antes, las ventanas estaban cerradas, confirmó su sospecha.

Se levantó y avanzó hacia el vestidor con la espalda pegada a la pared. Sus pasos fueron silenciosos.

—Si puedo elegir, preferiría que no me rebanaras el pescuezo —declaró una voz distinguida en tono grave.

—Deberías utilizar las puertas —replicó Bennett mientras bajaba su puñal—. Si en el futuro vas a seguir entrando a hurtadillas en las habitaciones ajenas, Abington, te recomiendo que practiques el sigilo.

Abington cruzó el umbral de la puerta. Todavía iba vestido con las sucias ropas nativas.

—Me alegro de que esta vez me hayas descubierto antes de que te haya derribado.

Su reprimenda hizo sonreír a Bennett.

—Sé que tenéis invitados a cenar y, si entrara por la puerta principal, muchos podrían reconocerme —continuó Abington sonriendo—. Encontré tu nota en mi contraventana y debo admitir que me siento halagado.

Bennett ignoró su burla y enfundó su puñal. Dejarle una nota en la ventana era la única forma que tenía de ponerse en contacto con él después de que se marchara a toda prisa del estudio del embajador.

—Quiero formularte unas cuantas preguntas en relación con Mari.

La sonrisa desapareció de la cara de Abington.

—¿La llevarás a Vourth?

Bennett asintió con la cabeza.

—Entonces no me siento inclinado a ayudarte.

Abington se volvió hacia la ventana abierta que tenía detrás.

—¿Cuánto tiempo hace que la siguen?

Abington se detuvo de golpe.

—¡Maldita sea!

Bennett lo observó.

—¿No lo sabías?

Abington se agarró al marco de la ventana.

—Como te dije antes, la he vigilado siempre que he podido, pero solo ha sido intermitentemente.

—Esta mañana, cuando fue a dejarte la nota, un hombre la siguió.

Abington soltó una maldición.

—¿Vio cómo dejaba la nota?

Bennett negó con la cabeza.

—Antes de dejarla, ella lo despistó, pero es indudable que la estaba siguiendo.

Abington se quitó el sucio turbante y deslizó una mano por su negro cabello.

—Sabía que alguien le había disparado, pero no que estuvieran tan pendientes de ella. Creía que aquí, entre su gente, estaría a salvo. ¡Maldita sea!

—¿Tienes alguna idea sobre quién puede estarla siguiendo?

Abington frunció el ceño.

—No tiene sentido. Si su perseguidor trabaja para el sultán, ¿por qué, simplemente, no la arrestan? A través de mis contactos habituales no he oído nada que sugiera que la red de inteligencia otomana tenga siquiera noticia de su existencia. Si se tratara de los rusos, ya estaría muerta. Y si la persona que la está siguiendo quiere dinero a cambio de no delatarla, ¿por qué no se lo ha pedido?

¡No se podía decir que fuera una respuesta sencilla!

—¿Mari tiene enemigos personales?

Abington se sirvió una copa de brandy de la licorera que había sobre la mesa de la habitación.

—Nadie que justifique ese grado de interés. En general, ella se muestra reservada. Las mujeres no le hacen mucho caso y los hombres tampoco están muy interesados en ella.

Bennett tardó unos segundos en darse cuenta de que el ruido que oyó fue el rechinar de sus propios dientes.

—Salvo, quizá, los que desean granjearse el favor del pachá. —Abington ingirió el contenido de su copa de un solo trago—. El pachá sí que tiene enemigos poderosos, pero si quieren desacreditarlo asociándolo al trabajo de Mari, ¿por qué no lo han hecho público?

—Quizá tratan de conseguir pruebas fehacientes antes de hacerlo.

Abington asintió pensativamente con la cabeza.

—No es una mala teoría. Razón de más para evitar que Mari dibuje la fortificación de Vourth. Solo puede haber una razón para que vaya a esa región. Para llegar allí hay que caminar durante dos días por terrenos áridos y traicioneros, y su representación de mujer inglesa y superficial no le servirá de nada en aquel lugar. Si la descubrieran, nadie dudaría de su culpabilidad.

Bennett cruzó los brazos. No pondría en peligro la vida de Mari lanzándose de cabeza a la nueva misión, pero tampoco la evitaría. Él tenía asuntos de los que ocuparse en Inglaterra.

—Yo he recibido órdenes.

Abington dejó la copa en la mesa con rabia.

—¿Acaso quieres que muera?

—Al contrario, quiero mantenerla con vida a toda costa. ¿Puedes proporcionarme información acerca de la zona de Vourth?

Abington se volvió hacia la ventana y suspiró.

—Si no te la doy, seré tan responsable como tú de su muerte.

Elaboraré un informe sobre los últimos campamentos de los bandidos de los que se tiene noticia y de las rutas más seguras que conozco y te lo haré llegar, aunque quizá tarde unos días en reunir la información.

Volvió a ponerse el turbante.

Bien, esto le daría tiempo para averiguar quién estaba siguiendo a Mari, pensó Bennett.

—Gracias por tu ayuda.

Abington se dirigió a la ventana con paso rápido y saltó al exterior con un único movimiento silencioso. Entonces su voz sonó con brusquedad:

—Si ella muere mientras está a tu cargo, Prestwood, será mejor que los bandidos te maten también a ti.

7

Mari caminó de un lado a otro por el terreno rocoso hasta que Bennett llegó junto a ella. Él transportaba con dificultad dos grandes cestos, un caballete y una caja de madera con frascos de tinta. Un sentimiento de culpabilidad invadió a Mari cuando él se detuvo sin quejarse a pesar de que el calor que irradiaban las rocas era tan intenso que Mari tenía que moverse continuamente para que no se le quemaran las plantas de los pies a través de las suelas de los zapatos.

Bennett arqueó una ceja. Ella no le había permitido descansar desde que salieron de la fonda donde habían dejado a Achilla. Los pesados objetos que transportaba debían de haberle causado ampollas en las manos, pero él los llevaba con una aceptación estoica.

Mari señaló un bosquecillo que había en la ladera de la colina.

—Descansaremos un rato hasta que baje el calor.

Una chispa de humor iluminó los ojos de Bennett.

—Yo diría que ya hemos superado la parte del día más calurosa.

Ella inclinó su parasol de seda para que él no le viera la cara.

—Comeremos y, después, reemprenderemos la marcha.

Mari se dirigió a la sombra del bosquecillo. Las sedosas hojas verdes solo proporcionaban unos grados de alivio, pero después de la larga caminata esos pocos grados constituían un lujo increíble. Mari inclinó la cabeza hacia atrás e inspiró. El delicado olor acre de las hojas descendió hasta ella desde las copas de los árboles provocando que se estremeciera. Sus cansados músculos se relajaron y entonces acarició uno de aquellos troncos grises y suaves. Los sándalos crecían por todo el país, aunque, curiosamente, su aroma nunca la había afectado tanto.

Cuando besó a Bennett, él olía a sándalo.

Mari se separó de golpe del árbol, como si este quemara.

Bennett dejó la cesta de la comida al lado de Mari. Ella se sentó y alisó su vestido verde salvia alrededor de sus piernas. De una forma casi inconsciente, su mano tapó la pequeña mancha de tinta que Achilla no había podido eliminar del tejido. Mari apretó las mandíbulas y separó la mano del vestido. La última vez que se lo puso, aquella mancha no le preocupó en absoluto.

Levantó la tapa de la cesta con un movimiento rápido de la muñeca y suspiró mientras examinaba el contenido: el último intento de una campaña destinada a fracasar.

Su plan era un poco estúpido e infantil. ¡De acuerdo, era totalmente estúpido e infantil! Entonces realizó una mueca. Quizá «destinado al fracaso desde el primer momento» lo definiría mejor.

Había puesto en la cesta el doble de provisiones de lo necesario; había elegido la peor fonda de la zona; había iniciado la marcha al lugar donde debía realizar el dibujo a la peor hora del día...

Y había hecho preparar una comida pensada para aterrorizar a cualquier ciudadano inglés.

Sacó la primera vasija y la destapó: ensalada de berenjena y pepino aliñada con ajo, yogur, cebolletas y pimienta. ¡Montones de pimienta negra! Aunque a su padre no le desagradaba la comida otomana, se negaba a que este plato se sirviera en su mesa y lo consideraba un ataque al paladar. Las aletas de la nariz de Bennett se hincharon cuando recibieron el impacto del aroma de aquel plato.

Mari sacó de la cesta los rollitos de col, la salchicha dura y cruda y la torta de pan. Todo era perfectamente comestible, aunque ella había tardado años en acostumbrarse a aquella comida. Realmente, debería disculparse.

Antes de sentarse, Bennett escudriñó el bosque. La seguridad de Mari era lo primero.

¿En qué estaría pensando cuando elaboró su plan? ¡Ya no era una niña pretendiendo divertirse a costa de su institutriz!, reflexionó Mari.

—Yo...

—Espero que por fin te hayas dado cuenta de la inutilidad de tu ridículo plan infantil.

¡Ah, sí, por eso había ideado aquel plan!

Después de dar un rápido trago, le alargó a Bennett la cantimplora y sonrió dulcemente mientras él se atragantaba con el jugo natural de nabo.

—¡No tengo ni idea de a qué te refieres!

Él entrecerró los ojos y bebió de su propia cantimplora, que colgaba de su hombro.

—Este plan es indigno de ti. Podías haber inventado algo mucho mejor.

Mientras tapaba la cantimplora, apartó la mano de una forma repentina.

Ella se la agarró y la giró. En medio de la palma tenía dos ampollas. Mari realizó una mueca mientras la vergüenza reemplazaba su anterior indignación. Ella quería fastidiarlo, no lisiarlo.

—¿Por qué no has dicho nada?

Él la examinó con sus ojos de acero.

—Me he enfrentado a cosas peores en el campo de batalla.

Mari sacó la cantimplora de agua que había en el fondo de la cesta y vertió un poco de líquido en la mano de Bennett. Este se estremeció mientras el agua se deslizaba por la piel herida. Mari se la vendó con su pañuelo y sus dedos rozaron las viejas callosidades de sus manos. Aquella no era la mano de un oficial que dejara las tareas duras en manos de sus subordinados. Una cicatriz blanca y limpia atravesaba sus dedos por la mitad. La herida debió de ser profunda y sangrienta y casi debió de seccionarle los dedos de lado a lado. ¿Provocada por un sable, quizá?

Mari volvió a girar la mano. ¿Cómo podía haberse olvidado de las cicatrices del dorso?, pensó mientras tocaba una huella de las antiguas heridas. Porque cuando pensaba en sus manos las relacionaba con el placer, no con unas cicatrices.

—¿Desde cuándo estás en el ejército?

Él contempló el dedo de Mari mientras ella seguía con la yema el trazo de una de las cicatrices.

—Desde que tenía diecisiete años.

Mari observó las finas arrugas de su cara. Sospechaba que la mayoría se debían a la dureza de su vida y no a su edad, pues él debía de tener treinta y pocos años. Esto suponía que llevaba doce años en guerra.

¡Y ella había pretendido asustarlo con sus chiquilladas!

Tocó con la yema del dedo el rastro de otra cicatriz. Esta consistía en una decoloración causada por las repetitivas quemaduras de la pólvora. Su dedo se detuvo a mitad de camino, apartó la mano y se ruborizó.

—Siento lo de las ampollas.

Entonces bajó la cabeza y se dedicó a llenar su plato de comida.

Él la observó.

—Entonces ¿qué me recomiendas que coma? —le preguntó con voz risueña.

Sin poder contenerse, Mari soltó una carcajada, levantó la cabeza y lo miró a los ojos. Error. Craso error. El buen humor había formado unas pequeñas arrugas en sus comisuras y la picardía había curvado sus labios.

Resultaba mucho más seguro mirarlo cuando actuaba de carabina y estaba de malhumor. El Bennett risueño era demasiado atractivo.

—Lo creas o no, a mí me gusta todo lo que hay en la cesta.

Él cogió un plato y se lo tendió.

—Entonces lo dejo en tus manos.

Ella le sirvió un poco de todo y contuvo el aliento mientras él probaba la picante ensalada.

Su cara no reflejó nada. Simplemente, masticó y tragó.

Transcurrieron varios segundos.

Finalmente, Bennett se atragantó entre risas y bebió un trago largo de agua.

—¡Yo esperaba algún tipo de burla, pero no un intento de asesinato!

Ella sonrió y tomó un gran bocado del plato del delito.

—No es culpa mía que los británicos tengáis el estómago débil.

Él volvió a comer de la ensalada.

—¡Vaya, tenías que insultar a los ingleses! Ahora, para salvar su honor, tendré que comérmelo todo. Además, acuérdate de que tú también eres inglesa.

Ella troceó la torta de pan. Técnicamente puede que fuera inglesa, pero en su corazón..., no lo tenía muy claro. Ella no pertenecía a ningún lugar.

Bennett masticó la comida con esmero.

—En realidad, después de superar el primer impacto, la comida no está tan mal.

El hecho de que apreciara aquella comida hizo que a Mari se le ensanchara el corazón. Puede que él estuviera allí debido a las órdenes del gobierno británico, pero si ella se reclinara en el árbol y cerrara los ojos, le resultaría fácil permitir que la calurosa tarde la adormeciera y la convenciera de que él quería estar allí. Quizás incluso podía imaginar que él deseaba acercarse a ella y volver a besarla en los labios. Después, la tumbaría en el aromático lecho de hojas y la poseería. Unas deliciosas sensaciones recorrieron sus venas mientras las imágenes se formaban en el interior de sus ojos cerrados.

Él se acercaría a ella atraído por la misma fuerza irresistible que la consumía a ella. Sus brazos la rodearían y sus labios reclamarían los de ella. Primero con suavidad, pero después con fiereza y pasión. En esta ocasión, ella no se centraría en demostrarle nada, sino en disfrutar de las sensaciones y guardarlas en su interior para cuando él no estuviera. Sus callosos dedos recorrerían su suave piel después de deshacerse de la ropa que se interfería en su camino. El roce de su incipiente barba en su cuello..., la suavidad de su fular mientras ella se lo quitaba..., el sabor de su piel... Después ella... ella... Mari suspiró. Convencer a Achilla para que le consiguiera aquel ejemplar del Kama Sutra implicaba unas evidentes desventajas.

Mari abrió los ojos y vio que Bennett la miraba fijamente. Su expresión reflejaba una gran intensidad.

Bennett alargó un brazo hacia ella y Mari no se habría movido aunque el sultán en persona se lo hubiera ordenado. Los dedos de Bennett tiraron lentamente de las cintas del sombrero de Mari.

—Si te vas a dormir, será mejor que no aplastes el sombrero. ¿Por qué hoy te has vestido con ropa inglesa?

El deseo había secado su garganta y Mari tuvo que tragar saliva varias veces para asegurarse de que pronunciaba las palabras con el tono adecuado.

—Depende de lo que vaya a hacer. Si voy a una ciudad, me visto para pasar desapercibida, pero en el campo, si me ven, es imposible que pase desapercibida, de modo que intento destacar tanto como puedo. Los turcos creen que todos los ingleses estamos locos y no les cuesta creer que vago por los campos en busca de mariposas. Es mejor que no me pillen mintiendo acerca de quien soy.

—¿Ya te han descubierto otras veces durante tus excursiones?

—Sí, en dos ocasiones. Pero ahora solo me falta encontrar un último espécimen para terminar mi libro. —Agitó las pestañas y puso la expresión más tonta que pudo conseguir—. En fin, ya me entiendes.

Una chispa de admiración iluminó los ojos de Bennett.

Quizá por fin se había dado cuenta de que ella no era completamente estúpida. Esta idea la hizo sentirse mejor de lo que debería. Al fin y al cabo, esto significaba que, hasta entonces, él creía que era una idiota.

Aunque quizá tenía algo de razón. La noticia de que alguien la había seguido el día anterior la había alterado más de lo que había demostrado. Durante la semana siguiente al incidente de Chorlu, estuvo constantemente al borde de un ataque de nervios. Cualquier ruido la sobresaltaba y apenas salió de sus aposentos, pero cuando transcurrió un mes sin que se hubiera producido ningún otro atentado, se relajó. Incluso se medio convenció de que había sido un accidente. Pero ahora esto no era una opción. Se frotó los brazos para hacer desaparecer la carne de gallina que, a pesar del calor, cubría su piel.

Alguien lo sabía. Alguien sabía cuándo llegaba a su casa y cuándo salía de ella. Y seguramente se trataba de la misma persona que quería matarla. Si la detenían mientras llevaba encima algún papel incriminatorio que la relacionara con los otros rebeldes, los torturarían y los colgarían a todos.

Tenía que terminar con aquello. Si dejaba de trabajar para los británicos, nadie tenía por qué sospechar de ella. Se enfrentaría al embajador y se negaría a dibujar más fortificaciones. Esto la libraría del peligro y de Bennett de un solo plumazo.

La sencillez del plan hacía que pareciera lógico. Es lo que debería haber hecho desde el principio.

Encontraría otras formas de ayudar a los griegos. Su madre empezó siendo una esclava, pero consiguió crear un grupo que promovía la revolución. Seguro que encontraría una forma de ayudarlos sin poner en peligro a terceras personas y despreciarse a sí misma por ceder a las amenazas de un chantajista.

Bennett le quitó el sombrero con suavidad distrayéndola de sus pensamientos.

—Además, como estamos a la sombra, es justo que aproveches la ocasión para disfrutar de la brisa en tu cabello.

Este, liberado de su prisión, cayó sin control sobre sus hombros. Mari lo alisó hacia atrás con ambas manos mientras buscaba con ansia las escurridizas horquillas que antes lo sujetaban.

—¡Déjalo! Es una vista que merece la pena.

Él no sabía lo susceptible que era ella respecto a su cabello. «Cabello de bruja», lo llamaba su tía Larvinia. Ella le contestaba con orgullo que lo había heredado de su madre, y su tía replicaba: «Pues tu madre se está muriendo golpeada por la mano de Dios.»

Mari desterró estos pensamientos de su mente, pero, por alguna razón, no consiguió mirar a Bennett a los ojos para averiguar si le estaba tomando el pelo. Ella había guardado su comentario del día anterior acerca de su cabello en un rincón seguro de su corazón y no quería perderlo.

Bennett apartó un mechón de cabello de su cara.

—Si no estuviéramos cortejando, este gesto sería terriblemente atrevido por mi parte.

El respeto con que su mano tocó el tirabuzón de Mari hizo que su recelo disminuyera.

—Y, desde luego, tampoco debería hacer esto —continuó él mientras frotaba el cabello entre sus dedos—. Y, si deslizara la mano de esta manera por tu piel hasta el seductor hueco que hay en la base de tu cuello y no estuviéramos cortejando, sin duda, podrías sentirte ofendida.

A Mari le ardió la zona de la piel que él había rozado con la mano.

—Incluso merecerías un sonoro bofetón —declaró Mari.

Entonces apoyó la mano en la incipiente barba que empezaba a oscurecer el mentón de Bennett y la aspereza de su textura le resultó tan inesperada como el desenfadado estado de ánimo de él.

—¿Un bofetón? ¿En serio? ¿Por esta miserable ofensa? No sabía que estaba cortejando a una mojigata.

Mari fingió indignación y dio unos golpecitos con el dedo índice en la boca de Bennett.

—¿Una mojigata? Desde luego que no.

Una sonrisa se esbozó lentamente debajo de su dedo y ella deseó congelarla para memorizar todas sus formas. Sus dedos se deslizaron hasta la atractiva curva del labio superior de Bennett y, de repente, él rozó la yema de su dedo índice con la punta de la lengua. Mari soltó un respingo.

—Vaya, ¿esto sí que te ha impactado? —Bennett deslizó los labios y los dientes por el interior de la muñeca de Mari provocando que varios escalofríos recorrieran su delicada piel—. ¿Y esto?

—¿Y si descubrieras que estás cortejando a una libertina? —preguntó Mari.

De acuerdo, puede que su voz sonara entrecortada, pero, sinceramente, el simple hecho de que pudiera hablar ya constituía un milagro. Mari deshizo el simple nudo que sujetaba el fular alrededor de la garganta de Bennett.

—Eso podría suponer ciertas ventajas —declaró él con voz ronca.

Ella desabrochó el botón superior de su camisa con manos temblorosas. Sintió los fuertes latidos del corazón de Bennett junto a sus dedos y presionó la palma de la mano contra ellos. Aquel gesto íntimo resultó tan erótico como la pasión que oscurecía la mirada de Bennett.

Mari se inclinó hacia delante atraída por una fuerza a la que no podía resistirse y lo besó en el cuello. Él se estremeció, y ella sintió su temblor hasta en los dedos de los pies. En esta ocasión no era solo el poder que tenía para provocar en él una reacción lo que la emocionaba, sino también el hecho de que se tratara de él y de que ella le estuviera proporcionando placer. De repente, sintió el imperioso impulso de complacerlo más y deslizó la lengua por su piel, que era ligeramente salada.

Él tragó saliva ostentosamente.

—Tanto si eres una mojigata como si eres una libertina, si recorriera tus pechos con mis labios sin duda deberías abofetearme.

Bennett deslizó un dedo por el escote del vestido de Mari, pero no intentó cumplir su amenaza.

—¿Y si fuera yo la que te lo pidiera?

Él apartó la mano, soltó una maldición y realizó una atribulada mueca.

—En cualquier caso, un bofetón sería lo adecuado.

Ella tuvo la tentación de hacerlo, pero él no se propasó.

—¡Tonterías! Al fin y al cabo, estamos cortejando —declaró Mari.

Él arqueó una ceja.

—Sí, si nuestra relación fuera una farsa, nuestro comportamiento podría considerarse escandaloso.

Bennett se levantó y empezó a recoger las cosas.

—En realidad no necesito todo esto —confesó Mari.

El comentario de Bennett había sido aleccionador. Al fin y al cabo, su falsa relación estaba a punto de terminar.

El embajador se pondría furioso cuando se enterara de que ella se negaba de nuevo a trabajar para ellos y, probablemente, cumpliría su amenaza, pero no le importaba. Cuando regresaran a la fonda, informaría a Bennett de que aquella era su última misión para los británicos. Cogió la caja de los frascos de tinta y la libreta de dibujo e intentó no prestar atención a los músculos de los hombros de Bennett, que se tensaron mientras él recogía el resto de los bultos.

Bennett se apoyó en la escarpada roca mientras Mari sumergía la pluma en un frasco de tinta y continuaba dibujando. La mariposa que había elegido hacía rato que se había alejado volando, pero era como si, de algún modo, ella la hubiera convencido de que dejara allí su esencia. A diferencia de su anterior dibujo, en el que la mariposa parecía estar a punto de emprender el vuelo, ésta descansaba sobre una roca y disfrutaba, con las alas extendidas, del calor del sol. Con cada movimiento de la muñeca, Mari capturaba todo esto en el papel. ¡Cielos, en la antigüedad, él podría haber ordenado que la quemaran por bruja!

Su forma de dibujar lo desconcertaba. Él creía que, si la observaba mientras dibujaba, comprendería cómo conseguía plasmar la vitalidad de aquellos insectos en el papel, pero después de verla se sentía más maravillado que antes.

Esto reforzaba su convencimiento de que sus ridículos empeños poéticos debían quedarse en el fondo de su armario o, mejor aún, merecían ser quemados a la primera oportunidad. Sin embargo, la energía creativa de Mari lo incitaba a seguir y no pudo evitar sacar su libreta del bolsillo de su chaqueta. Antes de abrirla, oteó rápidamente la zona para asegurarse de que seguían estando solos. Después, esperó unos instantes hasta que Mari estuvo absorta en su trabajo.

Bennett abrió la pequeña libreta y leyó las anotaciones que había realizado la noche anterior. Había más líneas tachadas que sin tachar. Incluso las cortas frases que todavía podían leerse habían sufrido múltiples correcciones y modificaciones. Sus creaciones nunca fluían como las de Mari. Más bien era como si surgieran a trompicones de su interior como un puñado de reclutas borrachos después de una noche de jolgorio.

Mari se enderezó levemente y la graciosa curva de su cuello desapareció. Bennett contempló, por encima de su hombro, el papel que estaba apoyado en el caballete. Había terminado el cuerpo del insecto y ahora empezaba a dibujar los detalles de las alas. Sus hombros y su cabeza seguían enfocados en su trabajo, pero su energía había cambiado. Ningún giro ni temblor reveló que ahora su interés estaba centrado en el emplazamiento militar que se vislumbraba a través de una grieta de la roca de color de miel.

Sus trazos no parecían seguir ningún orden concreto y Bennett no percibió nada en ellos que permitiera identificarlos como muros o armamento. Mari se inclinó hacia el papel mientras añadía más detalles al intrincado dibujo. Parte de su cabello cayó hacia delante y ella lo colocó, distraídamente, detrás de su oreja.

Debería animarla a ponerse otra vez el sombrero porque la protegería del sol, pensó Bennett, pero le gustaba verla sin él y con el cabello suelto y alborotado. La brillante luz hacía surgir en él insospechados reflejos castaños y dorados...

De repente, a Bennett se le erizó el vello de la nuca y los sentidos se le agudizaron.

Fingiendo un bostezo, se dio la vuelta. No percibió nada sospechoso, pero la adrenalina corría por sus venas. Algo había cambiado. Volvió a guardar la libreta en el bolsillo.

¡Allí! Un crujido de piedra contra piedra. Unos pasos sincopados le indicaron que más de una persona se acercaba. Los pasos eran acompasados, no rápidos. Sus visitantes no intentaban pasar desapercibidos. Todavía tardarían unos minutos en aparecer.

Bennett se colocó detrás de Mari y apoyó una mano en su hombro. Ella permaneció impasible. ¡Buena chica!

—¿Qué ocurre? —preguntó en un susurro.

—Se acercan unos visitantes.

—¿Tenemos tiempo de esquivarlos?

Él colocó un mechón del cabello de Mari por detrás de su hombro.

—No, creo que, llegados a este punto, atraeríamos más la atención.

Ella asintió levemente con la cabeza.

—¿Entonces hacemos ver que somos amantes?

Al oír sus palabras, el cuerpo de Bennett se puso tenso.

—Sí, porque creo que somos demasiado diferentes para pasar por hermanos.

Bennett se obligó a sí mismo a concentrarse en los pasos de los desconocidos en lugar de pensar en el deseo que lo embargaba. Diez segundos y los descubrirían.

Mari rio entre dientes y, después, susurró:

—Será mejor que no intentemos pasar desapercibidos. No creo que sea una buena idea sorprender a unos hombres que podrían ir armados. —Y añadió en voz alta—: Ya sabes que la *spialia therapne* solo migra en la isla de Cerdeña.

Se oyeron unas exclamaciones de sorpresa y, segundos después, aparecieron dos soldados, uno joven y alto, y otro corpulento y de mediana edad. Bennett se relajó un poco. Aunque sabía pocas cosas de los jenízaros, sí que conocía a los soldados. Aquellos pertenecían al cuerpo de infantería; hombres poco ambiciosos. Si les habían ordenado patrullar tan lejos de la base, seguramente eran dignos de confianza. Por su aspecto, no parecían fanfarrones ni licenciosos y, probablemente, los dos tenían familia en algún lugar.

Preguntaron algo en árabe y Bennett no tuvo que fingir que no los entendía. Volvieron a intentarlo en turco.

Mari apoyó la mano en la de Bennett. Él se había olvidado de que la había puesto encima del hombro de Mari. Ella lo miró abriendo mucho sus ojos de color avellana. Su expresión era como la de él, de incomprensión, aunque Bennett sabía que la de Mari era fingida.

—¿Qué dicen, cariño?

Él se encogió de hombros.

—No tengo la menor idea.

Los soldados se miraron y el más alto avanzó unos pasos.

—¿Qué están haciendo en esta zona?

Hablaba inglés con un pronunciado acento extranjero, pero resultaba comprensible.

Mari señaló su dibujo.

—Soy naturalista, y confío en que pronto seré famosa, aunque no consigo encontrar los dos últimos especímenes que necesito para completar mi estudio. No los he visto por aquí, aunque me han asegurado que este era el mejor lugar para encontrarlos. ¿No habrán ustedes visto algún ejemplar de mariposa de la familia de las *heperiidae*?

El soldado que hablaba inglés pareció abrumado y a su colega se le pusieron los ojos vidriosos. El interés que mostraron inicialmente por ellos disminuyó, sin embargo, como Bennett había supuesto, eran concienzudos en su labor. Se aproximaron a Mari y contemplaron su dibujo. Al no percibir en él nada extraño, echaron una ojeada a los objetos que había a su alrededor.

—Abra la caja, por favor.

Mari obedeció esbozando una sonrisa seductora.

—¡Vaya! ¿Así que les interesa el arte? Como verán, utilizo las plumas de punta fina para los detalles. Algunos artistas prefieren utilizar las metálicas, pero con ellas me resulta más difícil controlar el flujo de la tinta.

—Gracias por su colaboración, señorita.

Entonces se volvieron hacia Bennett.

—Quítese la chaqueta.

Bennett se dio cuenta de que encontrarían su libreta y, de repente, volvió a ser el joven teniente a quien el pomposo y dominante coronel acababa que quitársela. Al menos, ahora no le temblaron las manos. Además, no importaba, porque sus poemas no le interesaban a nadie, pensó mientras le tendía la chaqueta al soldado.

Ellos registraron los bolsillos y, con una exclamación de excitación, el más bajito encontró la libreta y la hojeó. Bennett reconoció la excitación que sentían. Se trataba de una interrupción en la monotonía de su labor. La oportunidad de descubrir algo que les aportaría reconocimiento en un puesto que solía ser aburrido.

El soldado más alto desenvainó el sable y apuntó con él a Bennett mientras su compañero examinaba las páginas de la libreta. La superficie del acero diligentemente pulido destelló.

Mari contuvo una exclamación de indignación.

—¿Qué significa esto? Me ofende que nos traten de esta manera. Me habían dicho que este país era hospitalario, pero empiezo a creer que estaba equivocada. ¡Te apunta con un sable, querido! ¿Puedes siquiera imaginar que nos esté ocurriendo algo así?

Hablando de armas, él tenía un puñal escondido en cada bota y una pistola en la parte baja de la espalda. El soldado que empuñaba el sable no paraba de cambiar la forma de agarrarlo, lo que indicaba que no se sentía cómodo con él. Probablemente, lo único que había matado en su vida era un conejo para cenar. Sin embargo, Bennett podría destriparlo incluso antes de que se diera cuenta.

—Creen que tu libreta contiene algún tipo de código —le susurró Mari sin apenas mover los labios.

A Bennett se le encogió el estómago. Llevar la libreta encima había constituido una estupidez. ¡Mari tenía razón, su equivocación podía ser la causa de que la mataran!

Al cabo de unos instantes, los soldados decidieron que sería mejor que el que hablaba inglés examinara la libreta, así que, el sol-

94

dado alto blandió amenazadoramente el sable frente a Bennett y se reunió con su amigo. Después de consultarse varias cosas en susurros y de lanzar frecuentes miradas a Bennett, finalmente, le preguntaron:

—¿Qué es esto?

La vergüenza formó un nudo en su garganta, pero, a pesar de todo, Bennett consiguió hablar.

—Poesía —declaró en voz baja.

Se suponía que nadie más la leería. ¡Malditos soldados, la libreta era exclusivamente para él!

Mari parpadeó al oír su respuesta, pero después giró la cabeza y le besó los nudillos de la mano con la que le apretaba el hombro.

—¡Es muy bueno escribiendo poemas! —exclamó mientras le sonreía con adoración.

Los jenízaros volvieron a examinar la libreta, siguieron deliberando y, al final, señalaron una página y se rieron a carcajadas.

Mari carraspeó cada vez más fuerte hasta que, por fin, Bennett bajó la mirada hacia ella y se dio cuenta de que le estaba clavando los dedos en el hombro. Entonces apartó la mano para evitar hacerle daño.

El soldado alto cerró la libreta y la tiró cerca de las cosas de Mari.

—Pueden irse, pero termine su dibujo en otro lugar.

Mari sonrió.

—Desde luego, señor. Nos iremos inmediatamente.

Los soldados saludaron con una leve inclinación de la cabeza y siguieron su camino.

Mari guardó el dibujo y plegó el caballete.

—Creo que ya tengo lo que necesito, querido. ¿Nos vamos?

Bennett asintió con la cabeza, se agachó, cogió su libreta y limpió el polvo de la tapa. Entonces se detuvo y sacudió la cabeza. ¿Cuándo entraría en su dura cabezota? ¡Aquello era una estupidez! ¡Él era un soldado, no un poeta! Entonces resopló con indignación y volvió a tirar la libreta al suelo.

Mientras recogía las cosas de Mari, mantuvo la vista fija en el horizonte y, después, regresó por donde habían llegado.

8

—¡Oh, Mari! —exclamó Achilla sacudiendo la cabeza—. Tienes que parar. Primero el disparo, y ahora esto. No es seguro. Suerte que el comandante Prestwood estaba contigo.

Mari asintió con la cabeza y se sentó en el colchón lleno de bultos de la fonda. Aunque le costaba admitirlo, se sentía infinitamente agradecida por el hecho de que Bennett hubiera estado con ella aquella tarde. Quizá se debió a su corpulencia, pero realmente se había sentido segura.

—Esta noche le diré que no pienso recabar más información para los británicos.

Esperaba que no lo culparan de su renuncia, pero, por primera vez en un mes, volvía a sentirse ella misma y el peso que le había estado oprimiendo el pecho había desaparecido.

Escondió la libreta que había recogido del suelo debajo de la almohada. A pesar de la curiosidad que experimentaba, no deseaba leerla mientras hubiera alguien más en la habitación, ni siquiera Achilla. Tenía la sensación de que Bennett no lo habría querido. Ignoró la punzada de culpabilidad que experimentó por haberla cogido. Al fin y al cabo, él la había dejado abandonada.

—Estupendo, nunca deberías haber cedido a las amenazas del embajador. Haga lo que haga, nuestra causa sobrevivirá. —Achilla se interrumpió unos segundos—. Pero, si yo fuera tú, esperaría hasta mañana para informar al comandante de tu decisión.

Mari frunció el ceño.

—¿Por qué?

Achilla arqueó una ceja.

—Porque, al menos por una noche, deberías disfrutar de ser el centro de atención de ese glorioso espécimen.

Mari se ruborizó hasta la raíz de los cabellos. Ya había disfrutado bastante aquella tarde. ¡Demasiado, en realidad! Pero aunque su cuerpo lo deseara, ella no quería establecer un vínculo con Bennett. Tanto la cultura inglesa como la otomana dictaminaban que la mujer debía someterse a su marido, y ella se negaba a arriesgar su corazón en una relación en la que el hombre tenía el dominio absoluto y la mujer ni siquiera podía influir en lo que él hacía. Nunca más.

—Hablaré con él ahora mismo —declaró poniéndose en pie.

Achilla se quedó boquiabierta.

—¿En serio?

Mari sonrió.

—¡Acerca de renunciar a mi trabajo, no de disfrutar de él!

Achilla exhaló un suspiro.

—Bueno, al menos asegúrate de que regresas con la ropa un poco arrugada. Y si acabo durmiendo sola aquí esta noche, no te preocupes, que nadie más lo sabrá.

—¡Achilla!

—¿Qué? Eres tú la que insiste en que nunca te casarás, así que no creo que la virginidad te sirva de nada cuando seas una vieja solterona. Además, al comandante no le resultas indiferente.

¿Por qué no podía tener una doncella tímida y discreta?

—Claro que no le soy indiferente, porque le han encargado que me proteja.

—Mientras lo torturabas en el coche con instructivos discursos sobre los musgos que crecen en los troncos de los árboles, él no podía apartar los ojos de tus labios.

Mari no pudo evitar llevar la mano a aquella parte de su cuerpo que Achilla había mencionado.

—¡No es verdad!

Achilla se encogió de hombros.

—Cree lo que quieras. Yo estaré en la cocina, así que no oiré nada.

97

Mari salió a toda prisa de la habitación antes de que aquella conversación le impidiera formar frases coherentes en presencia de Bennett.

Sus pasos resonaron en el pasillo que, afortunadamente, estaba vacío, y su nerviosismo creció mientras recorría los escasos metros que la separaban de la habitación de Bennett. ¡Nerviosismo por terminar con aquella farsa, no por volver a verlo!

En realidad, nunca debería haberlo conocido. Si hubiera sido fuerte desde el primer momento, a él no lo habrían enviado a Constantinopla.

Esta posibilidad la perturbó más de lo adecuado. Si hubiera estado en sus manos, ella habría preferido que no lo enviaran allí, pero ahora no se arrepentía de conocerlo, aunque sabía que lo que le había dicho aquella tarde acosaría sus sueños y fantasías durante el resto de su vida.

Llamó a la puerta ansiando terminar con aquello.

—¡Entre!

Mari abrió la puerta. Bennett estaba inclinado sobre una mesa situada cerca de la ventana, y su mirada estaba atenta tanto a lo que estaba haciendo como a lo que ocurría en el patio de la fonda. Se había quitado la chaqueta y el fular, se había desabrochado los dos botones superiores de la camisa y se había subido las mangas hasta los codos.

¡Cielos!, se suponía que los hombres estaban guapos de uniforme. ¿Por qué cuantas menos piezas de este llevara puestas Bennett más atractivo estaba?

Los músculos de sus antebrazos se tensaban y resaltaban en su piel mientras introducía y retorcía un trapo en el cañón de una pistola. Encima de la mesa había otra pistola y dos puñales relucientes.

Mari inhaló hondo y la mente se le fue aclarando a medida que volvía a acordarse de quién era él en realidad.

Bennett levantó la cabeza.

—¡Mari! —Se puso de pie y agarró su chaqueta—. ¿Ocurre algo?

—No, no pasa nada, solo quiero hablar contigo de un asunto.

Él empezó a ponerse la chaqueta, pero ella lo detuvo.

—Por favor, disfruta del aire fresco mientras lo haya.

Él titubeó y, finalmente, colgó la chaqueta en el respaldo de la silla que tenía al lado.

—Lo siento, creía que se trataba de la doncella, pero me alegro de que seas tú, porque también quiero comentar contigo algunas cuestiones. Siéntate.

Bennett dio una ojeada al pasillo y cerró la puerta.

—No me ha visto nadie —comentó Mari.

Buscó con la mirada un lugar para sentarse, pero la diminuta habitación disponía de pocas alternativas. Su mirada se posó en la cama. ¿Por qué su mente había considerado siquiera esta posibilidad? Se estremeció y volvió a dirigir la mirada a la mesa.

Bennett retiró la chaqueta del respaldo de la silla y le ofreció sentarse. La leve mueca que torcía el lado izquierdo de su boca indicaba que se había dado cuenta de la dirección de la mirada de Mari. Ella se sentó con rapidez. Él también se sentó y sus rodillas quedaron a pocos centímetros de distancia. Mari carraspeó.

—Ya no trabajaré más para el gobierno británico.

Bennett permaneció inmóvil.

—¿Perdona?

—Terminaré el dibujo de esta tarde, pero eso es todo.

Bennett la examinó con la mirada.

—No puedo permitirlo.

Ella entrecerró los ojos.

—Tú no tienes nada que decir al respecto. Yo no soy un soldado y puedo ir y venir a mi antojo. Y ahora he decidido irme.

Mari se levantó.

Bennett también se puso de pie y se colocó entre ella y la puerta.

¿Por qué no le había permitido que se pusiera la chaqueta? Ahora la piel que quedaba al descubierto junto a su cuello la distraía. Ella había besado aquel trozo de piel.

Y a él le había gustado.

Mari retrocedió un paso para poder dirigir su enojada mirada a la cara de Bennett.

Él había fruncido el ceño y su expresión era feroz.

—No puedes hacerlo.

—No eres tú quien lo decide, sino yo.

—El gobierno británico necesita otro dibujo.

Quizá lo necesitaran, pero no tenían ningún derecho a exigírselo. Ella no les debía nada.

—¿De dónde?

—Necesitan un dibujo detallado de la fortificación de Vourth.

¡Vourth! El nombre se abrió camino entre su indignación. Aquella zona era totalmente salvaje y la fortificación que debería dibujar se encontraba cerca del mar Negro, no del Mediterráneo. Ella había hablado de aquel tema con Nathan y los dos estaban de acuerdo en que el peligro sobrepasaba con creces cualquier ventaja estratégica para los griegos. A ella le preocupaban las tácticas rusas y otomanas para controlar Grecia, no las movilizaciones rusas para expandir su territorio por los alrededores del mar Negro.

—Me dijeron que no tenía que hacerlo.

Bennett frunció los labios momentáneamente.

—Las órdenes cambian.

¿Por qué había creído que Bennett la entendería?

—Aquella zona es mortífera. ¿Por qué habría de arriesgar mi vida otra vez?

Los músculos de la mandíbula de Bennett se pusieron en tensión.

—El riesgo será mínimo. Yo te mantendré a salvo.

Mari apretó los puños.

—Tu promesa no tiene valor y tú lo sabes.

Nada garantizaba la seguridad personal y la invulnerabilidad. Estas no eran más que ilusiones que podían desaparecer rápida y fácilmente. De hecho, su madre, una rebelde temeraria, había muerto por culpa del clima inglés. ¡El maldito clima! No tenía sentido.

Ella no estaba con su madre cuando murió, porque la habían enviado temporalmente a la casa de una mujer que alegaba preocuparse por su bienestar y seguridad, cuando, en realidad, lo que quería era borrar las enseñanzas católicas que le habían inculcado sus padres.

—¿Por qué no envían a otro agente?

Una sombra oscureció los ojos de Bennett y él no hizo nada para ocultarla.

—¿Qué es lo que no me estás contando? —le preguntó Mari.

—Ya hemos perdido a dos agentes que intentaban conseguir información en la zona.

Mari resopló. ¡Así que Nathan no había exagerado respecto al peligro que implicaba aquella misión! Mari entrelazó los dedos mientras procesaba la nueva información. Estudió las esculpidas facciones de la cara de Bennett, que ahora reflejaban agotamiento.

—¿Así que yo soy más prescindible que cualquiera de vuestros agentes? ¿Por esto me han elegido a mí?

—No lo sé —contestó Bennett con frialdad.

Y por lo visto no le importaba lo suficiente para preguntarlo, pensó Mari. Se frotó los ojos. Sabía que el embajador se pondría furioso cuando se enterara de su renuncia, pero creía —esperaba— que Bennett la comprendiera.

—Si quieres convencerme para que vaya a Vourth, ¿por qué no me has mentido acerca de los peligros?

—Le prometí a Abington que te contaría toda la verdad.

¿Y si no se lo hubiera prometido? ¿Entonces le habría mentido? Mari se odió a sí misma por sentirse vulnerable y formularse esta pregunta.

—Existe otra razón por la que debes continuar.

Mari arqueó una ceja. No se le ocurría nada que pudiera convencerla.

Bennett la miró fijamente a los ojos.

—Yo solo puedo seguir aquí si accedes a realizar el último dibujo.

Mari contuvo la respiración.

—¿Y por qué habría de desear que te quedaras?

Enseguida se arrepintió de su elección en cuanto a las palabras.

—Porque soy el único que puede identificar al hombre que te sigue. Si regreso a Inglaterra, él seguirá constituyendo un peligro para ti.

Las imágenes lujuriosas que habían surgido en la mente de Mari se desvanecieron repentinamente. Nada de romanticismo... solo amenazas. Este terreno le resultaba familiar.

—Así que, si renuncio a mi trabajo, perderán el interés por mí.

—Todavía no sabemos quién ha ordenado que te sigan. Podría tratarse de un enemigo de tu padre..., o un pretendiente rechazado.

Ella negó con la cabeza.

—Los dos sabemos que no es ni una cosa ni otra.

—Entonces debe de tratarse de alguien relacionado con tu trabajo para el gobierno británico. No sabemos cómo descubrieron que te dedicabas a esto, así que, a menos que anuncies tu renuncia en plena calle, quizá no llegue a sus oídos. Para ellos eres una espía y, cuando los espías enemigos dejan de ser útiles, se los elimina.

Mari se estremeció. No había tenido en cuenta esta posibilidad.

—Hasta que conozcamos la identidad de quien te ha estado siguiendo, no solo tú estás en peligro, sino también todo tu entorno.

Mari se dio cuenta de la medida de su ingenuidad no con respecto a su trabajo, sino en relación con Bennett. Se apoyó en la mesa para no perder el equilibrio. Por lo visto, él no era distinto a su primo. Los nudillos de su mano empalidecieron. Se lo estaban haciendo otra vez. La presión, el miedo por sus seres queridos...

¿Dónde estaba la fortaleza que creía tener momentos antes?

Bennett alargó el brazo y rodeó la barbilla de Mari con su mano.

—Siento haberte asustado.

Ella apartó su mano con brusquedad.

—¡No, no lo sientes! —exclamó con un nudo en la garganta—. Ha sido una táctica para convencerme de que continúe con mi trabajo. Y, para serte sincera, se trata de una táctica efectiva. —Mari se estremeció, aunque no sabía si se debía al contacto con la mano de Bennett o a su disculpa—. Dibujaré la fortificación de Vourth.

—¡Bien! —exclamó Bennett, aunque no soportaba la expresión afligida que había hecho surgir en la cara de Mari.

Antes se había alegrado de que ella hubiera despertado su alma, pero ahora deseaba poder regresar a su anterior estado de insensibilidad y desconexión.

—Siento haberte asustado —repitió.

—Puede que lo sientas, pero no lo bastante para no coaccionarme.

La furia que sentía Mari se reflejaba en su mirada.

A él le habían ordenado que la convenciera para llevar a cabo aquella misión y él lo había hecho de la forma más efectiva que se le había ocurrido. Todo lo que le había dicho era verdad; nada de mentiras o verdades a medias. Aunque esto no significaba que sus palabras hubieran sido amables. Como tampoco lo era matar, uno a uno, a los oficiales franceses desde su escondrijo en los arbustos para desmoralizar a sus tropas. Se había acostumbrado a realizar cosas desagradables y a considerarlas parte de su deber. Entonces ¿por qué le resultaba tan importante como respirar que ella supiera que no había disfrutado asustándola?

—Yo tengo órdenes que debo cumplir.

Mari apretó la mandíbula.

—¡Ah! ¿Y esto justifica todos tus actos? ¿Debo perdonarte porque alguien te ha ordenado que actúes así?

—Yo cumplo las órdenes para servir a un bien mayor.

—¿Y qué hay del bien de las personas que estamos directamente implicadas? ¿Acaso no contamos para nada?

Su desdén hirió a Bennett, porque, en el fondo, él también opinaba lo mismo.

—Eso no lo decido yo.

—¿Y qué es lo que tú decides? —preguntó ella con un mohín de desprecio.

Un sentimiento de frustración lo empujó a entrar en acción.

—Esto.

Bennett la agarró por la cintura ansiando volver a transmitirle la tranquilidad que ella había sentido a su lado antes.

Mari se puso en tensión y, como siempre, varios de sus tirabuzones escaparon a la contención de las horquillas.

—No veo que esto sirva a ningún bien mayor.

Él soltó el resto de sus tirabuzones y las horquillas tintinearon al chocar con el suelo de madera. El cabello de Mari cayó sobre su espalda y sobre las manos de Bennett. Él sostuvo uno de los tirabuzones entre sus dedos.

—No tienes por qué esforzarte continuamente en mantener tu cabello arreglado. Y lo que yo decido es intentar averiguar si es tan suave como recuerdo.

Pero esta vez Mari no se ruborizó a causa del deseo y la inocencia.

—¡Mi cabello no tiene nada que ver con esto!

Él deslizó los dedos entre los tirabuzones y le maravilló la forma que tenían de enroscarse en ellos, como si fueran de seda viva.

—Te equivocas. Tengo intención de mantenerlo a salvo.

—Estaría a salvo si se mantuviera lejos de Vourth.

Él no podía negarlo.

—Dispondrás de toda la protección que yo pueda proporcionarte.

Como respuesta, ella resopló.

—Yo hago lo que debo hacer —replicó él empezando a cansarse de que ella dudara de su capacidad para protegerla.

—¿Y alguna vez haces lo que quieres?

Hacía mucho tiempo que no. El deber siempre ocupaba el primer lugar. Bennett sintió una repentina oleada de rabia. Rabia hacia ella por obligarlo a demostrar que era el monstruo que siempre había temido ser.

Cuando se dio cuenta de lo que él pretendía hacer, Mari abrió un poco más los ojos, pero antes de que pudiera protestar, Bennett colocó el dedo debajo de su barbilla y la besó en la boca.

Los labios de Mari no se movieron. ¡Maldición! Lo que acababa de hacer confirmaba lo que Mari creía: que era un animal. Pero cuando empezó a enderezarse, ella lo agarró por la camisa evitando que se apartara. Sus labios se resistían al beso negándose a concederle el perdón que él necesitaba, pero no lo rechazaba con despecho, lo que constituía un rayo de esperanza que él no se merecía. Entonces Mari introdujo en su boca el labio inferior de Bennett y rozó con sus dientes la sensible piel interior. Él emitió un gruñido y tensó más el brazo con el que le rodeaba la cintura pidiendo más. El ágil cuerpo de Mari se arqueó y se presionó contra el de Bennett. ¡Demonios, hasta entonces él no se había dado cuenta de cuánto necesitaba aquello! Se dijo a sí mismo que cualquier otra mujer lo habría encendido de la misma manera, pero incluso en su estado de aturdimiento, no se creyó su propia mentira.

Bajó la mano por la delicada curva de la espalda de Mari asegurándose de que toda ella se amoldaba al cuerpo de él. Pero no era suficiente. Necesitaba estar en su interior y que su fuego lo envolviera y lo quemara. Deslizó las manos hasta la curva de sus nalgas y la levantó un poco en el aire de modo que sus caderas encajaran con las de él.

Bennett era un experto en autodominio. En determinada ocasión, el punto de observación que había elegido estaba demasiado cerca de un hormiguero y Bennett se pasó cuatro terribles horas vigilando los movimientos de las tropas francesas mientras miles de hormigas se paseaban por su cuerpo inmóvil. ¿Por qué, entonces, no podía separar las manos de aquella mujer?

Mari no le dio tiempo para que pensara una respuesta. Desabotonó su chaleco y deslizó suavemente la mano por su pecho y su costado por encima de la camisa. Cuando hurgó en la cinturilla de su pantalón para sacar la camisa del interior de los pantalones e introducir la mano en aquella zona, el concepto que él tenía del autodominio se tambaleó.

Bennett entrelazó los dedos con el cabello de Mari y deslizó los labios por su mejilla hasta la suave curva de su cuello. Su particular aroma lo embriagó: vainilla y nuez moscada. Inocencia y seducción.

Después, bajó la mano hacia el estómago de ella empezando en la parte inferior de su pecho, y sus dedos acariciaron la flexible curva de su cintura.

Algo crujió.

Bennett dio un brinco. Mientras tanteaba el papel doblado que estaba escondido debajo de las varillas del corpiño de Mari, su pesada respiración resonó en sus propios oídos.

—¿El dibujo?

Ella tragó saliva varias veces e intentó concentrarse en el habla.

—Sí, no quería arriesgarme a dejarlo en la habitación.

Bennett retrocedió un paso. ¿Qué demonios estaba haciendo? Ella se había enfadado con él con toda la razón del mundo y él no tenía derecho a seducirla aprovechando su enfado. Debería haber aceptado este como el precio de su éxito.

Mari lo observó con los ojos muy abiertos y los labios hinchados. Sus mejillas todavía estaban encendidas a causa de la ira y la pasión. Su pecho subía y bajaba en los apretados confines de su vestido y Bennett deseó poder ignorar el papel, desabrochar la hilera de botones que recorría su espalda y explorar el contorno de sus pechos.

Entonces dirigió la mirada hacia la fría e implacable colección de armas que esperaban sobre la mesa.

—Esto no volverá a repetirse.

—¿Y si yo quiero que se repita?

Él se agarró con fuerza al borde de la mesa para no tumbar a Mari sobre la cama.

—No volverá a suceder.

El deseo todavía dominaba buena parte de su cerebro, así que miró a través de la ventana hasta que sus pensamientos se enfriaron. Mientras estaba concentrado en Mari, alguien podía haber entrado en la fonda. Por la mañana, se había asegurado de que nadie los seguía desde Constantinopla, pero esto no significaba que no pudieran surgir otras complicaciones. Cogió uno de los puñales y volvió a esconderlo en el interior de su bota mientras Mari retrocedía y se arreglaba el escote del vestido con un rápido tirón.

—Cuando termine esta misión, me iré de Constantinopla —declaró Bennett tanto en beneficio propio como en el de Mari.

Ella contempló el otro puñal con excesivo interés.

—¡Estupendo! ¡No sabes cómo deseo que esto acabe!

A Bennett sus palabras le resultaron muy dolorosas. ¿Lo único que había sentido por él en todo el día era simple deseo? Él no se consideraba un hombre emotivo, pero no podía negar que algo profundo se había despertado en su interior.

—No tienes por qué ser tan sincera.

«¡Demonios, no respondas a sus provocaciones y envíala de nuevo a su habitación!», pensó Bennett.

Ella se encogió de hombros con despreocupación.

—No ha sido más que un beso.

A no ser por el dibujo, habrían hecho mucho más que darse un beso.

Bennett odiaba aquel dibujo. Odiaba la distancia que había tenido que poner entre Mari y él, y también odiaba el desdén que ella fingía aunque los dos sabían que el deseo que sentían era mutuo.

—Te acompañaré a tu habitación.

Ella agitó la mano y agarró la manecilla de la puerta.

—No es necesario.

¡Y una mierda que no era necesario! Él había estado a punto de

106

propasarse y lo menos que podía hacer era asegurarse de que regresaba, sana y salva, a su habitación.

—Mi decisión no es cuestionable. Puede que no valores mi capacidad para protegerte, pero esto no significa que deje de hacerlo.

Ella volvió la cabeza a un lado con cara inexpresiva.

—Como quieras.

Él abrió la puerta y examinó ambos lados del pasillo antes de salir de la habitación.

—¡Vamos!

Ella ignoró el brazo que él le ofreció.

—Está aquí al lado. Puedo caminar dos metros de distancia sin...

Se oyó un ruido sordo procedente de la habitación de Mari. Bennett se llevó el dedo índice a los labios.

—Te aseguro que una mujer...

Él le tapó la boca con la mano y la apretó contra su cuerpo para acallar su protesta.

Mari se quedó inmóvil.

—¿Tu doncella está empaquetando tus cosas? —le preguntó Bennett en un susurro.

Ella apartó su mano de su boca y negó con la cabeza.

Se oyó un chirrido en el interior de la habitación y Mari apretó más su espalda contra el cuerpo de Bennett.

—No, se fue a la cocina por si nosotros... —Entonces inclinó la cabeza—. Aunque es posible que haya regresado.

—Quédate aquí.

Bennett la dejó junto a la pared y avanzó con pasos silenciosos por el suelo de madera. Después, sacó el puñal de su bota, apoyó la mano en la manecilla de la puerta y se agachó ligeramente.

«¡Uno, dos y tres!» Bennett abrió la puerta de golpe.

Un hombre fornido y con un bigote negro como el carbón se enderezó repentinamente y uno de los frascos de tinta de Mari se le cayó de las manos y se hizo añicos.

Mari soltó un respingo.

¡Maldita sea! ¿Acaso no podía obedecer ni la más sencilla de las órdenes?

Durante la décima de segundo que Bennett no estuvo atento, el ladrón corrió hacia la ventana, que estaba abierta.

107

Bennett se precipitó hacia él, pero se le escapó por escasos centímetros. Sin pensárselo dos veces y antes de que el ladrón pudiera pasar la pierna por el hueco de la ventana, Bennett lanzó el puñal hacia su pantorrilla.

El intruso gritó y cayó al suelo mientras la sangre oscurecía la pernera de su pantalón. A continuación, extrajo de un tirón la hoja de acero de su carne mientras profería un gemido. Sus ojos destellaron mientras intentaba localizar a Bennett, pero era demasiado tarde.

Bennett se abalanzó sobre él mientras el puñal rebotaba por el suelo hasta los pies de Mari. Bennett le propinó al intruso un puñetazo en la mandíbula.

—¿Quién eres?

El hombre intentó librarse del peso de Bennett mientras un torrente de palabras que Bennett no entendía salía de su boca. El intruso repitió la misma frase una y otra vez.

—¿Para quién trabajas?

Una mujer gritó.

¡Mari!

Bennett agarró al hombre por el cuello y volvió la cabeza hacia donde estaba Mari mientras el corazón le martilleaba el pecho.

—¡Silencio, Achilla!

Quien había gritado era la doncella, no Mari. Achilla contemplaba la escena con horror y un tono enfermizo cubría sus pálidas mejillas. Mari estaba a su lado, también pálida, pero sostenía el puñal de Bennett con firmeza.

¡Buena chica!

El hombre se asfixiaba, de modo que Bennett aflojó la mano y el intruso jadeó.

—¿Quién te ha...? —empezó a preguntar Bennett.

Pero era demasiado tarde. El grito de Achilla había despertado al dueño de la fonda. El rollizo hombre de cabello cano apareció dando traspiés en el umbral de la puerta.

Mari dejó caer el puñal al suelo y rompió a llorar.

—¡Un ladrón! ¡Han intentado robarnos! —sollozó.

El posadero le dio unos golpecitos tranquilizadores en el hombro y llamó, a gritos, a sus sirvientes. Dos hombres corpulentos entraron corriendo y levantaron al intruso del suelo. Otro hombre, este ligeramente mejor vestido, entró detrás de ellos en la habitación. Su postura erguida y su mirada inteligente permitían deducir que se trataba de un funcionario del gobierno, probablemente un juez, y se notaba que se había vestido a toda prisa, lo que explicaba su rápida llegada. El funcionario intercambió unas palabras en turco con el posadero y después saludó a Bennett con una inclinación de la cabeza.

El posadero tradujo las palabras del juez:

—Lamentamos que se haya producido este incidente. Este hombre es un ladrón famoso. Confío en que no haya resultado usted herido.

Bennett negó con la cabeza.

—¿Puede explicarme lo que ha sucedido?

Bennett le explicó que había encontrado al ladrón cuando acompañaba a la señorita a su habitación. El posadero tradujo su explicación al juez. Mari, que se había sentado en una silla, sollozaba de una forma histérica.

El juez se alejó del ruido.

—Este hombre no volverá a molestarles.

Realizó un gesto y los sirvientes arrastraron al quejumbroso intruso fuera de la habitación.

El posadero realizó una reverencia y después de asegurarles que no les cobraría nada por la estancia, se retiró caminando hacia atrás.

Bennett cerró la puerta. ¡Maldición! No había conseguido ninguna respuesta y ahora no tenía ninguna excusa para interrogar a aquel hombre porque se suponía que él era, simplemente, un caballero de viaje por aquellas tierras. Golpeó el marco de la puerta con el puño.

Achilla dio un brinco y lo miró con ojos asustados. No solo estaba alterada por la situación, sino que él la aterrorizaba.

Bennett apartó la mirada de su cenicienta cara. Él era un hombre violento. Esta era una de las razones de que lo hubieran elegido para aquella misión. Podía causar dolor y muerte sin siquiera inmutarse y cualquier duda que hubiera podido experimentar a lo largo de su carrera había sido ahogada en sangre.

Los sollozos de Mari se apagaron.

Bennett mantuvo la mirada fija en el morado de la mano que tenía apoyada en la puerta. Ahora estaba más que justificado que Mari tuviera miedo de él, pero no soportaba verlo en su cara. Una sensación de frío invadió su corazón.

—¡Maldita sea, ahora no sabremos quién lo ha enviado! —exclamó Mari con voz sorprendentemente tranquila.

Bennett se volvió poco a poco hacia ella. Mari contemplaba la puerta con enojo y en sus ojos no había lágrimas ni miedo.

El hielo del corazón de Bennett empezó a fundirse.

—Achilla, siéntate antes de que te derrumbes —le aconsejó Mari poniéndose de pie e invitando a su doncella a sentarse.

Achilla sacudió lentamente la cabeza, como si intentara despejar su mente, y le susurró algo a Mari que Bennett no consiguió oír.

Mari se ruborizó.

—No, definitivamente no lo es... —Entonces se acercó a Bennett y lo condujo a la ventana—. ¿Te encuentras bien?

Mari sostuvo la mano de Bennett entre las suyas y examinó la herida de sus nudillos.

—No estoy herido.

Ella deslizó el dedo por la piel enrojecida de sus nudillos.

Bennett disfrutó del suave roce. La adrenalina todavía corría por sus venas y se sintió agradecido de que Achilla estuviera allí, así no tenía que poner a prueba su promesa de no volver a besar a Mari. Carraspeó y preguntó:

—¿El ladrón ha dicho algo que pueda resultarnos útil?

—Nada importante —contestó ella bajando la voz.

—¿Qué ha dicho?

Mari frunció el ceño.

—Repetía, constantemente, que no había cogido nada. Que no lo había encontrado.

El intruso debía de saber lo de los dibujos de Mari.

—¡Maldita sea!

—Justo lo que yo estaba pensando. —Mari soltó la mano de Bennett y cerró la ventana—. Alguien sabe a lo que me dedico.

Bennett la miró fijamente y declaró:

—Nada ha cambiado.

—Claro que sí. Una cosa es que alguien me siga porque sospecha algo, pero otra muy distinta es que sepan dónde estoy en todo momento y a qué me dedico.

Hacía tiempo que Bennett temía por su alma y lo que estaba a punto de decir, decididamente, lo condenaría. ¡Ojalá Caruthers estuviera allí!

—Aun así tienes que dibujar Vourth.

Mari se quedó boquiabierta y, después, cerró la boca.

—Bromeas.

¡Ojalá fuera tan sencillo!, pensó Bennett.

—No, el gobierno británico necesita esa información.

Ella retrocedió y arrugó el entrecejo.

—¿Si, quienes me están atacando, sabían que estaba aquí, qué te hace pensar que no me estarán esperando en Vourth?

—Iremos con cuidado.

—¿Entonces reconoces que, cuando lleguemos a Vourth, podrían estar esperándome?

Mari tenía los brazos en jarras, pero una sombra de miedo volvía a oscurecer su mirada.

—Yo... —empezó Bennett.

Ella tenía razón, pero el instinto de conservación hizo enmudecer a Bennett. Sabía que, si reconocía ese peligro y, aun así, la obligaba a realizar la misión, su condena sería total.

De todos modos, no podía mentirle. Ni siquiera para salvar su propia alma.

—Sí, es posible.

—De modo que, aunque sepan quién soy y a qué me dedico, me obligarás a ir a Vourth —declaró ella clavando los ojos en los de Bennett—. Jugarás con mi vida porque eso es lo que te han ordenado.

Y para salvar a sus hombres, poder regresar a Inglaterra y ayudar a su hermana. Bennett dejó a un lado la oleada de culpabilidad que experimentó y sostuvo la mirada de Mari.

—Sí.

9

Mari se desperezó mientras el coche se detenía, con un ruidoso ajetreo, delante de su casa. Se frotó una zona dolorida del cuello. Las carreteras otomanas no eran famosas por su comodidad.

Achilla le lanzó una última mirada furiosa a Bennett. La última de una serie casi continua.

Al principio, que su doncella se mostrara solidaria con ella había animado a Mari, pero, al cabo de un rato, toda aquella furia dirigida a Bennett le pareció inútil y su propia rabia se atenuó hasta convertirse en un leve dolor.

Antes, ella creía que el verdadero Bennett era el hombre encantador de la colina y que él se había visto obligado a ocultarlo, pero ahora tenía que reconocer que aquella parte dura e inflexible de él era tan real como la otra, y no estaba segura de qué hacer con ello. Aunque a regañadientes, comprendía su devoción por lo que consideraba su deber, pero era la vida de ella la que estaba en juego. ¿No era lógico que ella esperara que él valorara más su seguridad que el deber?

Quizá no, pero, ¡maldita sea!, lo deseaba.

—Para mí ya no eres como un gladiador o un dios griego —declaró Achilla en tono vengativo.

Mari miró a Bennett a los ojos y, durante una décima de segundo, percibió humor en su mirada. Aquella chispa silenciosa y compartida de diversión resultaba extrañamente íntima después de lo distantes que se habían sentido durante toda la mañana. Mari apenas pudo contener la risa y se debatió entre la incomodidad y el buen humor.

Finalmente, apartó la mirada de la de Bennett. Ahora sabía qué hacer respecto a él, mantenerse distante e indiferente.

—¿Podrás seguir fingiendo que estamos cortejando? —preguntó él.

—¿Por qué me lo preguntas si sabes que no tengo elección?

La puerta del coche se abrió y Selim le ofreció la mano para ayudarla a bajar, aunque su mirada estaba clavada en la otra pasajera. Cuando ayudó a bajar a la doncella, su mano sostuvo la de Achilla más tiempo del necesario.

Mientras Bennett bajaba, Selim se volvió hacia Mari.

—El pachá Esad cuenta con que usted y el comandante Bennett vayan a visitarlo esta tarde a las dos, y Fatima Ayse Hanim la está esperando junto a la gran fuente.

Mari apretó los puños sin lograr decidir cuál de las dos cosas era peor.

Selim realizó una reverencia.

—Lo siento. Le dije que no estaba seguro de cuándo regresaría usted, pero ella insistió en esperarla.

—Sí, ya la conozco.

Mari cerró los ojos. Quizá lograra desembarazarse de Bennett.

Unos dedos fuertes le acariciaron el brazo.

—¿Te encuentras bien? —preguntó Bennett.

Ella asintió con la cabeza mientras contemplaba su vestido, que estaba sucio y arrugado debido al viaje.

—Sí, me encuentro bien. Por lo visto tengo una visita.

—Te acompañaré.

Bennett se colocó entre ella y la puerta de la casa. Le habían ordenado que la protegiera y lo haría con la tenacidad de un toro fueran cuales fuesen las circunstancias.

Mari enderezó la espalda y se dirigió a la puerta. Estaba actuando como una tonta. Bennett conocería a Fatima tarde o temprano. Fatima tenía como objetivo conquistar a todos los hombres atractivos que conocía, y el hecho de que creyera que Bennett pertenecía a Mari, haría que todavía le resultara más irresistible.

Mari intentó que su voz sonara despreocupada.

—Fatima intentará convencerte de que la llames por su nombre de pila, pero te aconsejo que no caigas en su treta porque, sin lugar a dudas, encontrará una excusa para contárselo a su marido y él se convertirá en un feroz enemigo tuyo.

Bennett frunció el ceño y le ofreció el brazo.

—¿Y cómo debería llamarla?

—Hanimefendi sería adecuado. O Fatima Ayse Hanim.

Una arruga surgió en el entrecejo de Bennett y Mari se explicó.

—El primero es un término parecido a su excelencia, y el segundo significa lady Fatima. El título se coloca después del nombre de pila.

Él asintió con la cabeza.

—¿Y su marido cómo se llama?

—Bey Talat.

Bennett apretó los labios y Mari se dio cuenta de que había reconocido el nombre.

—He oído que...

Sus palabras se ahogaron en su garganta cuando entraron en el patio.

Fatima esperaba apoyada en el borde de la fuente. Estaba ligeramente inclinada hacia atrás para que su voluminoso pecho resaltara y había manipulado el borde superior de su caftán para ofrecer una visión generosa de su escote. Incluso los colores plata y azul cielo de su ropa combinaban a la perfección con los tonos grises del mármol de la fuente.

Cuando llegaron al lado de Fatima, Bennett enderezó la espalda y apartó el brazo con el que sostenía la mano de Mari.

Fatima amplió su sonrisa por debajo del velo translúcido que tapaba la mitad de su cara y miró triunfalmente a Mari, quien dejó caer la mano junto a la falda polvorienta y arrugada de su vestido. No era culpa de Bennett. Todavía no había conocido a ningún hombre que fuera inmune a los encantos de Fatima.

¡Maldita víbora!

Fatima se puso de pie con un elegante movimiento y provocó que los brazaletes de sus muñecas y tobillos tintinearan. Entonces exhaló un gritito y se tambaleó hacia atrás. Aunque no corría el peligro de caer dentro de la fuente, Bennett la sujetó por los hombros para ayudarla a recuperar el equilibrio. Fatima se estremeció exageradamente. Su velo se soltó y cayó junto a sus pies dejando al descubierto su cutis perfecto de color aceitunado, sus labios carnosos, el mohín de sorpresa y su cara, que era tan bonita que, al verla, los hombres literalmente tropezaban con sus propios pies.

Fatima debería asegurarse de que su doncella sujetaba bien sus velos, porque siempre se le caían en el momento más oportuno.

Bennett recogió el velo del suelo y, cuando se lo entregó, Fatima deslizó los dedos por su mano. El contacto de sus dedos hizo que Bennett se estremeciera.

Pues bien, maldito él también, pensó Mari mientras tragaba saliva con esfuerzo para deshacer el doloroso nudo de su garganta. En realidad, él no era su pretendiente, pero tenían que seguir con la farsa. Mari se acercó a él esperando que recuperara el sentido común y Fatima lo miró agitando sus largas pestañas.

—Espero que no te importe que no vuelva a ponérmelo. Al fin y al cabo, ya somos amigos, ¿no? —Su lengua se deslizó lentamente por su labio inferior—. O al menos lo seremos cuando sepa tu nombre.

Fatima miró con expectación a Mari, quien tuvo que realizar un esfuerzo para separar las mandíbulas y hablar. La necesidad que sentía de guardar silencio para fastidiar a Fatima era solo una reacción infantil y, además, ella consideraría su silencio como una victoria.

—Fatima, te presento al comandante Bennett Prestwood, del noventa y cinco regimiento de fusileros. Bennett, te presento a Fatima Ayse Hanim.

Fatima le ofreció la mano y Bennett la rozó ligeramente con los labios al tiempo que realizaba una reverencia. Cuando se enderezó, el brazo le temblaba.

Fatima sonrió.

—Mari y yo nos conocemos desde hace doce años, así que puedes llamarme Fatima.

Bennett negó con la cabeza.

—Ni siquiera me atrevería a soñar con tomarme semejante confianza.

¡El muy imbécil estaba coqueteando con ella! Mari pensó que, probablemente, él ni siquiera conocía el significado de la palabra confianza.

—No me puedo creer que sean amigas desde hace tanto tiempo. ¡Parece usted tan joven!

Fatima soltó una risita y lo miró de arriba abajo con apreciación.

—Pues sí, su padre es amigo de mi tío Esad, así que nos conocemos desde niñas.

Al menos no había tenido la desfachatez de decir que eran amigas.

—También he oído hablar de su marido, el bey —declaró Bennett con voz grave a causa de la emoción.

—Sí, es un hombre importante, pero está de viaje tan a menudo...

¡Basta! No permitiría que Fatima le hiciera proposiciones deshonestas a su supuesto pretendiente frente a su misma cara. Al fin y al cabo, su orgullo tenía un límite.

—¿Para qué has venido, Fatima? —preguntó sin apenas disimular la impaciencia de su voz.

Fatima lanzó una mirada de simpatía a Bennett y se volvió hacia Mari.

—Quería contratarte... Ay, perdón, pedirte si puedes ayudarnos la semana que viene en la noche de la henna de la boda de mi sobrina.

El desliz había sido, sin duda, intencionado, pero la sobrina de Fatima era amiga de Mari, aunque, en su opinión, demasiado joven para casarse. Mari todavía no se había acostumbrado a aquella tradición.

—¿Cuántos años tiene Ceyda ahora?

—Catorce. No queremos que se ponga mustia como una solterona. —El énfasis de su mirada reflejaba el desdén que sentía por la soltería de Mari, pero al ver que ella no reaccionaba, cambió de táctica—. Ya sabes que eres la mejor aplicando la henna y tus diseños siempre dan suerte.

El tono de su voz indicaba que no le resultaba fácil hablar bien de Mari.

Ella suspiró. Ceyda se sentiría dolida si no iba, y no quería herir a la dulce joven solo para fastidiar a Fatima.

—Iré.

Fatima asintió con la cabeza.

—Bien. —Entonces volvió a colocar el velo sobre su cabeza y su cara y apoyó la mano en el brazo de Bennett—. Espero volver a verle pronto.

—¿Asistirá usted a la velada del embajador esta noche? —le preguntó él.

Fatima frunció los labios con amargura durante un instante y después esbozó una sonrisa compungida.

—A las mujeres otomanas no nos está permitido asistir a ese tipo de fiestas. Solo podría recibirlo en privado.

¡Qué fresca! Mari calculó la fuerza que necesitaría para empujar a Fatima y hacer que cayera en la fuente.

Bennett asintió con la cabeza.

—Hasta la próxima, entonces.

Fatima sonrió y salió con aire majestuoso de la habitación.

Bennett contempló con expresión alicaída su figura hasta que el ruido de sus pasos se desvaneció en la distancia. ¡Aquel hombre era detestable! A ella no la había mirado ni siquiera una vez desde que vio a Fatima.

Bennett se volvió hacia Mari.

—Tengo que preguntarte una cosa sobre Fatima.

Mari deseó golpearlo con los puños hasta conseguir que aquella expresión de encantamiento desapareciera de su rostro. Al menos podía fingir que no estaba tan interesado en Fatima, ya que, al fin y al cabo, la noche anterior la había estado besando a ella con gran pasión.

—¿Cuánto tiempo llevaba casada antes de empezar a ponerle los cuernos a su marido?

Mari necesitó varios segundos para asimilar sus palabras. Entonces dio un respingo.

Bennett esbozó una amplia sonrisa, carraspeó y, finalmente, inclinó la cabeza hacia atrás y soltó una carcajada.

Mari lo miró con atención. Se sentía extrañamente satisfecha, pero, al mismo tiempo, le preocupaba que Bennett hubiera perdido la razón.

—Mis hermanas también utilizaban este tipo de estrategias cuando mi hermano y yo llevábamos a algún amigo a casa durante las vacaciones. Tardamos siglos en averiguar por qué nuestros amigos de repente actuaban como unos idiotas.

Mari comprendía sus palabras, pero no alcanzaba a comprender su sentido. ¿Acaso la estrategia de Fatima no le había causado efecto?

—Mis hermanas alegaban que tenían que practicar para cuando entraran en sociedad, aunque debo admitir que su forma de actuar era mucho más sutil que la de Fatima.

Lo que más desconcertó a Mari fue la calidez de su voz cuando mencionó a sus hermanas.

Bennett se frotó los ojos.

—He tenido que esforzarme al máximo para no perder la compostura. Ni siquiera podía mirarte, porque habría perdido el control. ¿Esa artimaña le funciona con todo el mundo?

Mari sintió deseos de besarlo. De hecho, la idea le resultó sumamente atractiva... Hasta que se acordó de por qué había decidido mantenerse a distancia de él. Su sonrisa se desvaneció y Bennett inhaló hondo.

—En cualquier caso, nosotros deberíamos mejorar nuestra farsa.

—¿Perdona?

—En la velada de esta noche debemos dar la impresión de que nos sentimos cómodos el uno con el otro. Cuando entramos en el patio, se notaba tanto que te incomodaba apoyarte en mi brazo que temí que nos delataras.

Quizás era ella la que había perdido la razón.

—¿Así que apartaste el brazo porque...? —empezó Mari.

—Porque estabas tan tensa que temí que tu amiga sospechara que algo no iba bien. —Bennett se interrumpió y frunció el ceño—. ¿Qué te habías imaginado?

Mari se sonrojó tanto que temió parecer una granada. De ningún modo pensaba admitir sus anteriores pensamientos.

El buen humor abandonó la expresión de Bennett.

—¿Creías que me había engatusado de tal manera que te ignoré sin titubear?

Mari fijó la mirada en las rozaduras de sus zapatos.

Bennett colocó el dedo debajo de su barbilla y le levantó la cara hasta que ella lo miró a los ojos. La mirada de Bennett se había oscurecido.

—Me han ordenado que te proteja y puede que tú creas que esto implica que eres menos importante para mí, pero te equivocas, implica que eres mía.

—Yo no soy de ningún hombre.

—Lo eres hasta que hayamos finalizado la misión.

Achilla entró a toda prisa en el patio salvando a Mari de tener que responder.

—El pachá Esad ha enviado a un mensajero para confirmar la visita de esta tarde. ¿Qué le digo a Selim que le diga?

Bennett apartó el dedo de la barbilla de Mari.

—¿Esperabas esta invitación?

Ella sacudió la cabeza.

—No, pero tampoco constituye una sorpresa. Es lógico que Esad quiera conocer al hombre que me está cortejando.

—Entonces iremos.

Achilla se puso al lado de Mari obligando a Bennett a apartarse.

—Tendrá usted que cambiarse antes de asistir a esa reunión, comandante —declaró con voz exageradamente alegre.

Debía de haber oído lo que había dicho Bennett acerca de la misión.

Mari aprovechó la excusa de su doncella.

—Sí, yo también tengo que cambiarme.

Bennett apretó levemente los labios, pero asintió con la cabeza.

—Volveré a las dos y te acompañaré a la casa del pachá. Deberíamos regresar con tiempo para arreglarnos para la velada del embajador.

Ella asintió con la cabeza.

—Nos vemos luego.

Bennett apenas había desaparecido por la puerta cuando Achilla soltó:

—¡Órdenes, claro! Si te hubiera suplicado perdón, podría haber cambiado mi opinión sobre él, pero ese hombre ha aprendido romanticismo en un cementerio.

¡Otra vez las malditas órdenes!

—Él solo es mi protector.

Un protector que estaba dispuesto a poner su vida en peligro.

Achilla resopló.

—Entonces será mejor que proteja tu cabello, porque cuando regresaste de su habitación ayer por la noche estaba muy despeinado.

Mari suspiró.

—¡Déjalo ya! Ni Bennett ni yo queremos que esto nos lleve a ningún lado.

Mari se mordió el labio.

—¿No quieres nada más de él? ¿En serio? —le preguntó Achilla con los ojos entrecerrados.

¿Qué quería de él?, se preguntó Mari.

Que la valorara más que a sus órdenes.

Pero esto era imposible. ¿Se conformaría ella con menos? Quizá debería hacer caso a Achilla y, en lugar de ignorar el deseo que los consumía, debía satisfacerlo.

Esta idea le sirvió de revulsivo y volvió a recuperar el sentido común. ¿En serio era tan patética que estaba dispuesta a perdonar el hecho de que la hubiera amenazado con tal de conseguir unos instantes de cariño?

Mari cambió su vestido inglés por ropa turca.

Esad quería conocer a Bennett. Después de sufrir el interrogatorio de Esad, varios de sus potenciales pretendientes habían salido corriendo. Bueno, menos uno, que se puso tan nervioso que tuvieron que llevárselo en una camilla.

Quizá debería advertir a Bennett.

Entonces se acordó de su comentario acerca de las órdenes y sonrió.

O no.

Un hombre enorme se acercó a ellos. Su caftán de color escarlata estaba ribeteado de amarillo limón, y su turbante, que en tamaño era el doble de todos los que había visto Bennett en Constantinopla, era de tres tonos distintos de verde.

—¡Esad!

Mari se separó de Bennett y corrió hacia aquel hombre.

¿Era por su culpa que Daller temblaba de miedo y envidia?

Aparte de su tamaño, Bennett no entendía qué había en él que pudiera hacer temblar de terror a nadie que no fuera uno de sus sirvientes.

Entonces Esad lo miró y, mientras sus ojos lo taladraban, Bennett desechó su anterior pensamiento.

¡Demonios, aquel hombre era un tigre cubierto con plumas de pavo real!

Bennett sostuvo su mirada sin siquiera pestañear, aunque no pudo evitar preguntarse qué vio Esad en él.

—¿Así que este es el comandante Prestwood, Mari?

Ella asintió y realizó las presentaciones.

Los dos hombres se estrecharon la mano y la del pachá, prácticamente, trituró la de Bennett.

—Estaba deseando conocerlo —saludó Esad—. Mari, Beria me ha pedido que vayas a verla nada más llegar. —Se volvió hacia Bennett y se encogió de hombros—. Seguro que tienen que hablar de cosas de mujeres. Nosotros encontraremos otras formas de entretenernos.

Mari titubeó apenas un segundo antes de rendirse a la poco sutil maniobra y salió del patio.

El pachá apoyó una mano en el hombro de Bennett.

—Retirémonos a mi estudio —declaró sin apartar su pesada mano.

—Aunque quite la mano, no saldré huyendo —comentó Bennett.

El pachá abrió más los ojos y se echó a reír.

—Hay precedentes que me obligan a tomar este tipo de precauciones.

El vestíbulo principal de la casa del pachá era inmenso y fácilmente superaba en tamaño a la mayoría de los salones de baile de Londres. Los arcos y los marcos de las ventanas estaban decorados con textos caligrafiados en oro y su brillo contrastaba con los rojos y azules de los azulejos de las paredes. Una gruesa alfombra persa cubría el mármol blanco del suelo.

El estudio del pachá era, por el contrario, ordenado y espartano. Un escritorio inglés dominaba la sala. El pachá le ofreció una silla y se sentó delante de Bennett.

—¿Le gusta mi ciudad? —preguntó mientras sacaba una pipa del escritorio.

Bennett rechazó la pipa que le ofreció.

—Es realmente increíble. No se parece en nada a todas las que he visto hasta ahora.

—¿Ha visitado el palacio Topkapi y la puerta de la fortaleza?

Bennett asintió con un gesto.

—Son fascinantes, pero no es esto de lo que quiere hablar conmigo, ¿no?

El pachá apretó el tabaco en la cazoleta de la pipa y sonrió.

—Había pensado disimular lo del interrogatorio. He descubierto que esto evita muchos ataques cardíacos.

—No se preocupe por mí.

El pachá acarició su espesa y canosa barba.

—Si prefiere que hablemos claro, la verdad es que no es usted quien me preocupa.

—Ya me lo esperaba. Pregúnteme lo que quiera.

—Usted la besó.

Él había dicho que prefería hablar claro, ¿no?

—Así es.

Al ver que Bennett no le daba más explicaciones ni se excusaba, el pachá entrecerró los ojos.

—Solo hacía un día que la conocía.

—Menos, incluso.

El pachá encendió la pipa tranquilamente e inhaló una bocanada de humo.

—¿Pretende ponérmelo así de difícil todo el rato?

Bennett se encogió de hombros.

—No si me formula preguntas que pueda contestar. Aquel beso —y también todos los demás, por cierto, pensó Bennett—, solo nos incumbe a Mari y a mí.

El pachá exhaló una ráfaga de humo.

—Podría ordenar que lo ejecutaran y nadie protestaría.

Bennett respetaba a aquel hombre, pero se negaba a permitir que lo intimidara.

—Yo sí que protestaría.

El pachá se reclinó en la silla.

—Sí, supongo que usted protestaría. ¿Por qué no se ha casado hasta ahora?

Bennett contestó con sinceridad.

—La guerra contra Napoleón acaba de terminar y no quería dejar a ninguna mujer viuda.

—¡Y Mari resultó ser justo lo que había soñado en el campo de batalla!

Bennett titubeó.

—¡Vamos, comandante! Yo también he pasado la mayor parte de mi vida en la guerra y, cuando uno está rodeado de muerte, los pensamientos se dirigen a cosas más placenteras. ¿Es ella la mujer que usted deseaba?

—No.

Bennett no había reflexionado mucho acerca de cómo quería que fuera su futura esposa. Nunca le pareció bien pensar en una mujer en medio de la guerra. Eso sería como arrastrarla allí con él y no quería que su mujer, imaginaria o no, viera lo que él era capaz de hacer.

Como ocurrió con Mari el día anterior.

De todos modos, ella no se había acobardado cuando lo vio actuar con violencia, sino que agarró su puñal y, en caso necesario, él sospechaba que lo habría utilizado.

—No, ella es mucho más de lo que yo esperaba.

—¿En serio? No hay muchas cosas en ella que hagan que un hombre se detenga en plena calle y le suplique que le permita conocerla. Su padre tiene fondos suficientes, pero no puede decirse que sea rico. Y ella no es excepcionalmente guapa. Además es descarada, impulsiva y demasiado inteligente.

Bennett era consciente de que sus palabras formaban parte de una táctica destinada a conseguir que hablara más de lo que tenía planeado, pero no pudo evitar reaccionar a sus injurias.

—Ella...

—Si va a mencionar lo de sus ojos, no pierda el tiempo. Inspirarían un halago pasajero, pero no sirven como excusa para cortejarla. ¿Por qué la acosa?

Bennett miró fijamente a Esad y, una vez más, encontró refugio en la verdad.

—Mari tiene más vitalidad que cualquier otra mujer que conozca.

El pachá dio un par de chupadas a la pipa.

—O es usted sabio o muy inteligente. Todavía no lo sé.

—Quizá soy las dos cosas.

—Sí, eso es lo que me preocupa. —El pachá se interrumpió—. Si fuera otro hombre, sospecharía que utiliza a Mari para acercarse a mí, pero usted no piensa quedarse a vivir aquí, ¿no?

—No, después de pasar un tiempo con mi primo y visitar las maravillas de Constantinopla, pretendo regresar a casa.

—¿Mari conoce sus planes?

Bennett asintió con la cabeza.

—Le he dejado claro que, una vez finalizada la visita, regresaré a mi país.

—¿Y ella ha accedido a irse con usted? —preguntó el pachá con mirada todavía más penetrante.

—No, pero todavía no se lo he preguntado.

—Entonces, ¿cuáles son sus intenciones? No permitiré que le haga daño.

Sus palabras no constituían una amenaza, pero contenían la calma y la confianza de un hombre que no dudaba de su indiscutible poder.

Bennett se agitó en la silla.

—Yo la mantendré a salvo.

El pachá apoyó los codos en el escritorio.

—¿Incluso de usted mismo?

Cuando Mari y Achilla llegaron a la casa, Selim abrió la puerta y las saludó con una inclinación de la cabeza.

—¿El comandante no viene con ustedes?

—No, pero vendrá dentro de unas horas para acompañarnos a mi padre y a mí a la velada de la embajada —contestó Mari.

—¿Es digno de confianza? —preguntó Selim.

—Sí.

Mari respondió sin pensárselo dos veces. Ni siquiera intentando proteger la farsa de su cortejo. ¿Por qué había contestado que sí

124

de una forma instintiva? No podía explicárselo. Sí, Bennett había demostrado ser totalmente digno de confianza..., para el ejército británico.

Por lo visto, a juzgar por sus risas y bromas cuando salían de su casa, ni siquiera Esad había encontrado nada malo en él.

Achilla cruzó los brazos y se colocó delante de Selim.

—Yo intenté hablarte de él ayer.

Selim enrojeció y miró a lo lejos.

—Yo no cotilleo sobre mi patrón. Si lo hiciera, perdería su confianza y merecería ser despedido.

Selim realizó una reverencia y se alejó.

—¡El comandante no es tu patrón! —exclamó Achilla, pero Selim ignoró su arrebato.

Mientras se dirigían a las dependencias de las mujeres, Mari frunció el ceño.

—¿Cómo van las cosas entre tú y Selim?

Achilla lanzó una mirada airada por encima de su hombro.

—No hay ningún yo y Selim. Esta mañana, me pareció que sostenía mi mano más de lo necesario, pero esto es una locura. ¿Qué puedo querer yo con un turco estúpido?

Mari arqueó una ceja.

—Está bien, no es estúpido, pero es igual —replicó Achilla.

—¿Te ha rechazado?

—¡Sí! Puede que suene arrogante, pero sé que se siente atraído por mí. Sin embargo, cuando intento hablar con él, a juzgar por su reacción, podría ser muda.

A Mari no se le ocurrió ninguna palabra de consuelo. Selim era un hombre de convicciones firmes.

Como otro tozudo que ella conocía.

Una vaga sensación de descontento recorrió su piel y Mari se frotó los brazos para hacerla desaparecer.

—Me voy al jardín.

—¿Volverás a tiempo para que pueda arreglarte para la fiesta? ¿Te pondrás el vestido de seda rojo?

Mari realizó una mueca. Ella había relegado ese vestido al fondo del armario por algo.

—Yo no...

—Los invitados del embajador buscarán una razón por la que el comandante se sienta atraído por ti.

—¿Y esta es la razón que queremos que perciban?

Achilla esbozó una sonrisa pícara.

—Bueno, al fin y al cabo se trata de una razón, ¿no?

La idea de que Bennett la viera con aquel escandaloso vestido envió unos deliciosos escalofríos de rebeldía por el cuerpo de Mari. Él había jurado que lo de la noche anterior no se repetiría, ¿conseguiría ella hacerlo dudar de su decisión? Él la había obligado a renunciar a su idea de abandonar la misión, así que quizás ella pudiera devolverle el favor. ¿Qué se necesitaba para que un hombre como Bennett rompiera su palabra?

El vestido rojo constituía un buen intento.

—Sí, me lo pondré.

Mari se sintió audaz, entró en su dormitorio y sacó la libreta de Bennett que estaba escondida entre sus útiles de dibujo. Quizá debería haberle contado que la tenía, pero él la había dejado tirada, de modo que no podía quejarse de lo que le hubiera ocurrido después.

Además, él creía tener derecho a entrometerse en todos los ámbitos de la vida de ella, de modo que también en este caso podía devolverle el favor.

Después de darle una ojeada, le contaría que la tenía.

El aire cálido y húmedo del jardín tapiado la arropó. Aunque era mucho más pequeño y asilvestrado que el de Esad, despedía una vibración que la tranquilizaba. Ella había recolectado plantas durante sus múltiples viajes por la región y había ido reemplazando las típicas y aburridas plantas de jardín por especímenes más exóticos.

Deslizó el dedo por el arrugado y desgastado lomo de la libreta y se sentó en un banco. Una indecisión momentánea la asaltó. El contenido de la libreta era privado. Bennett había dicho que se trataba de poesía, aunque él no debía de ser el autor. Probablemente, su idea de escribir poesía consistía en elaborar listas de órdenes que pensaba hacer cumplir a los demás.

Abrió la libreta y alisó la primera página, la cual crujió levemente bajo la presión de su mano. Mari dio una ojeada alrededor para asegurarse de que estaba sola.

El muchacho cayó profiriendo un grito ahogado
Flores rojas brotaban de su pecho
Un soldado corrió a su lado
y arrancó el estandarte de aquella mano todavía con vida en
    lugar de sostenerla.

Mari se estremeció mientras su corazón latía con fuerza.

¡El poema era de Bennett!

Cerró la libreta de golpe y respiró hondo. Ella esperaba que se tratara de algo personal, pero aquello..., aquello era su alma. Con dedos temblorosos, volvió a abrir la libreta y la acercó a su pecho como si deseara protegerla de lo que contenía.

Porque la responsabilidad de la victoria no recaía en un solo
    hombre,
sino en la tela azul y roja.
Y el muchacho, bien entrenado en el cumplimiento del deber,
    contempló el estandarte
mientras sus ojos eran presa de la fría mano de la muerte,
seguros de la victoria.

Mari deslizó el dedo por la emborronada tinta. Bennett no escribía como ella habría esperado, con versos pulcros y ordenados. Al contrario, su escritura, de trazos enérgicos e inclinados, ocupaba apretadamente toda la hoja en grupos desordenados. Algunas palabras estaban tachadas con una raya de insatisfacción, mientras que otras estaban brutalmente emborronadas con manchas de tinta.

Bennett no solo había escrito el poema, sino que él era el soldado que enarboló la bandera del regimiento.

Las palabras con las que explicaba que no había podido sostener la mano del muchacho moribundo habían sido cambiadas y reescritas media docena de veces para eliminar cualquier rastro de arrepentimiento y sentimentalismo.

Se trataba del poema de un hombre que no creía merecer el perdón.

Alguien podía ver en el poema una oda al cumplimiento del deber, pero esa no era su esencia. Se trataba de un grito angustiado que suplicaba la absolución.

Mari presionó sus ojos con sus manos intentando eliminar el escozor que sentía en ellos. Por primera vez comprendió el hechizo que el opio ejercía sobre su padre, la atracción y fascinación que, de una forma insaciable, surcaba sus venas. No debería leer los poemas de Bennett, pero nada la convencería de que no lo hiciera. Dobló las rodillas junto a su pecho apoyando los pies en el banco y volvió la página.

10

Cuando Bennett se disponía a llamar a la puerta de la casa de Mari, oyó unos pasos que se aproximaban a toda prisa por la acera.

Bennett apoyó la mano en la empuñadura de la espada.

—¡Hola, comandante, llega usted temprano! —exclamó una voz con un leve acento.

Bennett relajó la mano. Se trataba de Selim, el mayordomo de Mari. Tenía la cara roja y llevaba el gorro ladeado.

—Me disculpo por no haberle recibido adecuadamente, pero tengo que contratar a un nuevo mozo y esperaba estar de vuelta antes de que usted llegara.

Selim realizó una reverencia y lo condujo al interior. Lo examinó durante un segundo y después realizó otra reverencia.

—Informaré a la familia de su llegada. Por favor, póngase cómodo mientras espera.

Bennett dio una ojeada a la amplia habitación central. A diferencia de la residencia del embajador, que podía haber sido extraída de cualquier calle del prestigioso barrio de Mayfair, la casa de Mari estaba dispuesta según las costumbres nativas. Los sofás eran bajos, estaban pegados a las paredes y en los extremos había gruesos cojines de terciopelo. No se le ocurría ninguna forma de ponerse cómodo que no resultara extraña y absurda. Los uniformes de gala no estaban diseñados para que uno se repantingara en un sofá.

Finalmente, decidió apoyarse en una columna de mármol.

Sir Reginald entró en la habitación. El traje de etiqueta le quedaba holgado, como si hubiera perdido peso.

—¡Comandante, me alegro de verlo! Aunque no era necesario que viniera, yo podría haber acompañado a mi hija y así se habría ahorrado usted la aglomeración de coches a la entrada de la embajada.

Bennett lo saludó con una reverencia.

—No se preocupe, cuanto menos rato tenga que estar en la velada, más contento estaré.

Además, se habría pasado toda la espera pendiente de la llegada de Mari, nervioso e intranquilo.

Sir Reginald se rio.

—A mí también me ocurre lo mismo. Yo, en cuanto puedo, me escapo a la sala de juegos para jugar a las cartas.

¡Dejando sola a Mari! Por eso no podía confiar en él para que acompañara a Mari. Además, aunque su vida no corriera peligro, no debería tener que defenderse sola de los tipos desagradables. La residencia del embajador disponía de demasiados rincones aislados, rincones a los que un hombre podía arrastrar a una mujer para divertirse brevemente con ella. O durante más tiempo, si ella no tenía acompañante. La sangre se agolpó por debajo de su estómago.

¡Demonios, ella abría brechas en su concentración con demasiada facilidad! ¿Cómo lo conseguía?

Por lo visto, simplemente entrando en la habitación.

Mari se detuvo en el umbral. Un vestido escarlata ceñía su esbelta figura. El vestido, como la mayoría de los vestidos de noche ingleses, se ceñía a su pecho, pero ahí terminaban las similitudes. En lugar de caer en una recatada línea recta desde la parte inferior de sus pechos hasta el suelo, la tela había sido cortada según el patrón de los vestidos locales para acentuar la curva de su cintura. Solo después de ceñirse a las, ligeramente redondeadas, caderas de Mari la falda adquiría vuelo.

Sir Reginald sonrió a Mari.

—Esta noche estás preciosa, querida.

¿Acaso estaba ciego? ¿Por qué no le ordenaba que regresara a su habitación y se cambiara de ropa? Otra razón por la que no podía confiar en aquel hombre.

Mari enderezó la espalda y sonrió.

—Gracias.

Mientras cruzaba la habitación, sus caderas se contonearon tan provocativamente como las de una bailarina de opereta.

¡Maldita sea! Y encima llevaba el cabello suelto. Ni siquiera había intentado dominar sus tirabuzones para peinarse de un modo aceptable y tan solo dos peinetas con gemas incrustadas mantenían sus rizos lejos de su cara.

—Bennett —lo saludó ella, tendiéndole la mano y con una leve y educada inclinación de la cabeza.

Al menos llevaba guantes, unos elegantes guantes de satén blanco que le cubrían los brazos hasta los codos. Bennett tomó su mano y la acercó a su boca. Los ojos avellana de Mari se clavaron en los de Bennett mientras sus labios rozaban el guante. Unas oleadas de calor recorrieron el cuerpo de Bennett.

—Mari —la saludó mientras retrocedía un paso.

Intentó pensar en un cumplido cortés, pero al final se dio por vencido. La cortesía no tenía nada que ver con los pensamientos que ocupaban su mente en aquel momento y no conseguía enlazar dos palabras que no sugirieran despojar el atractivo cuerpo de Mari de su vestido.

Sir Reginald le dio una palmada en la espalda.

—Mi Helena también lo dejaba a uno sin habla.

Bennett carraspeó y le ofreció el brazo a Mari.

—Tenemos que irnos.

El guante de satén rozó la manga de lana de Bennett.

—Querías que los convenciera de que estamos cortejando, ¿no? —murmuró Mari.

Sí, pero no que le hiciera lamentar, casi con un dolor físico, que no lo fueran.

Selim abrió la puerta.

—No te he visto mucho durante los últimos dos días, Mari. ¿Has estado ocupada en el jardín? —preguntó sir Reginald.

Los dedos de Mari temblaron sobre la manga de Bennett, aunque su voz sonó serena.

—No, estuve fuera dibujando.

Sir Reginald arrugó el entrecejo.

—Deberías informarme de estas cosas.

Mari apretó el brazo de Bennett.

—Lo mencioné durante la cena de mi cumpleaños la semana pasada.

Su padre soltó una risita.

—¿Tu cumpleaños? Últimamente me olvido de todo. ¿Te compré algún regalo?

—No, padre, creo que esto lo hemos superado.

Él le dio una palmadita en el hombro.

—Sabía que había educado a una joven sensata.

¿Acaso no percibía el vacío en la voz de Mari? Bennett cubrió la mano de ella con la suya y, para su sorpresa, Mari se acercó un poco más a él. ¿Cuántos cumpleaños habían pasado inadvertidos para su padre? Bennett dibujó un pequeño círculo en el dorso de la mano de Mari y ella lo miró con expresión tensa.

—Otra razón por la que mi hija es un buen partido, comandante. No está siempre suspirando por bagatelas como las otras jóvenes.

Bennett deseó haberle llevado algún detalle aquella noche, como unas flores, un abanico o algo parecido. Después de todo, la estaba cortejando.

—Quizá tendré que encontrar algo que le inspire deseos más terrenales —comentó Bennett.

Mari dio un respingo y su pecho se hinchó presionando el brazo de Bennett. Cuando se dio cuenta de la posible interpretación de lo que había dicho, Bennett carraspeó y miró a Mari esperando percibir reproche en su mirada, pero ella simplemente sonrió y un destello pícaro iluminó sus ojos.

El bochorno de Bennett se esfumó y él le correspondió con una sonrisa maliciosa. Lo que quería..., no, lo que necesitaba repentinamente era saber si ella estaba interpretando su papel o había algo más. Permitió que parte de la pasión que ella le inspiraba se reflejara en su expresión y ella se ruborizó.

¿Pero qué demonios le indicaba esto?

Su padre era felizmente inconsciente del juego que se llevaban entre ellos.

Se dirigieron al coche que el embajador les había prestado para la ocasión y el mozo ayudó a Mari a subir. Su padre se sentó frente a ella dejando libre el asiento situado junto a Mari. Bennett se sentó en él y pegó su muslo al de Mari.

—Siento apretujarte, pero hay poco espacio.

Mari arqueó una ceja mientras contemplaba el hueco que quedaba al otro lado de Bennett.

—No tiene importancia.

Mari alisó la parte de la falda de su vestido que estaba entre ellos y el dorso de su mano acarició el muslo de Bennett desde la cadera hasta la rodilla.

Bennett sintió, más que oyó, su risa disimulada. ¡La muy pícara! Pero, entonces, experimentó una ligereza que no había experimentado desde que la obligó a seguir con la misión el día anterior. Quizás ella no lo odiaba del todo. Y, aunque esto no debería importarle, Bennett se dio cuenta de que sí que le importaba. Y mucho.

Ella se inclinó hacia él y le susurró:

—Estoy trabajando en esos deseos terrenales.

—Pues ya no necesitas trabajar más.

El padre de Mari se enderezó.

—Debes permitir que Mari siga trabajando. Es una naturalista muy hábil.

Solo los años de entrenamiento permitieron que Bennett se mantuviera inexpresivo. Y el hecho de que Mari se retorciera a su lado para contener la risa no le ayudó precisamente.

—Lo que yo quería decir es que no tendría por qué trabajar. Yo puedo mantener a una esposa sobradamente —contestó Bennett.

Sir Reginald los contempló con suspicacia, como si finalmente se hubiera dado cuenta de que algo se le había escapado.

—¿Entonces tiene planeado continuar en el ejército?

—Sí, al menos a corto plazo. —Lo que constituía una respuesta bastante segura—. Además, también tengo una pequeña finca.

—¿La echas de menos? —preguntó Mari.

Bennett titubeó. Después de que capturaran a Napoleón por primera vez, él había decidido retirarse del ejército. Once años era mucho tiempo para estar lejos de su casa y, además, le habían ordenado hacer cosas que deseaba olvidar. En el campo de batalla, ansiaba que llegara el momento en el que no tuviera que hacer nada y pudiera, simplemente, sentarse en su estudio y escribir poesía, pero cuando por fin regresó a su casa, la poesía no surgió. Alimentó incontables fuegos con sus lamentables intentos. La noticia de que Napoleón se había escapado de Elba casi constituyó un alivio. Sin embargo, ahora que la tierra de las innumerables tumbas de Waterloo había ennegrecido su alma, ya no sabía qué era lo que quería.

—Es mi hogar.

Mari se quedó pensativa y se volvió hacia la ventana.

Las ruedas del coche traquetearon por las calles de adoquines hasta que llegaron a la cola de vehículos que se había formado a la entrada de la residencia del embajador.

—¡Yo echo de menos ese vieja isla! —suspiró sir Reginald.

—¿Cree usted que regresará allí algún día?

Si conseguía convencerlos para que regresaran a Inglaterra, Mari se alejaría de aquella trama y estaría a salvo.

—¡Imposible, mi trabajo requiere que esté aquí!

Bennett acarició el brazo de Mari con el dorso de la mano.

—¿Y tú? ¿Te gustaría regresar a Inglaterra?

Mari se apartó y se apretujó contra la puerta del coche.

—¡Nunca!

Pararon frente a la residencia del embajador y Bennett ayudó a Mari a bajar del coche y, después, hizo lo mismo con su padre.

El embajador los recibió en el vestíbulo.

—Prestwood... Sir Reginald... Señorita Sinclair. —Realizó una leve reverencia—. Me alegro de que hayan venido.

Sir Reginald sonrió ampliamente y le dio una palmada en la espalda.

—¡No me lo habría perdido por nada, Daller! ¡Ah, allí está Titolo! Quiero preguntarle cómo van sus traducciones. ¡El tema es fascinante! Supongo que usted está al corriente.

—Yo...

—No se preocupe, se lo contaré todo más tarde.

Haciendo honor a su profesión de diplomático, Daller consiguió ocultar la mayor parte del pavor que experimentó detrás de una sonrisa.

—Lo estoy deseando.

Sir Reginald se alejó sin mirar atrás y Daller se volvió hacia Mari.

Sus ojos se abrieron un poco más mientras la miraba de arriba abajo.

—Esta noche está usted radiante.

Mari apretó la manga de Bennett con los dedos.

—Es posible que, en esta ocasión, sea usted sincero.

Daller lanzó una mirada a Bennett y soltó una risita.

—¡Mi querida señorita Sinclair! A pesar de que me ha roto el corazón, siempre la he tenido en la más alta estima.

Como respuesta, Mari, simplemente, arqueó una ceja y, al ver que no pensaba continuar la conversación, Daller carraspeó y sonrió a Bennett.

—Esperaba que nuestros primos, los gemelos Saunder, asistieran a la velada, pero han tenido que quedarse en Venecia unas semanas más.

Bennett esperó que su gruñido sonara a decepción. Las conversaciones en la sala de baile serían exponencialmente más inteligentes gracias a la ausencia de sus primos.

Daller se frotó las manos.

—Bueno, no os entretendré más. En la sala de baile han contenido la respiración esperando vuestra llegada.

Bennett estuvo a punto de resoplar, pero había aprendido algo de buenos modales.

—Estoy deseando ir.

Condujo a Mari hacia el salón de baile y se sintió como si fuera un condenado subiendo las escaleras de la horca.

—Podría adivinar el género de todos los que han estado conteniendo la respiración —susurró Mari mientras apretaba los labios y esbozaba una sonrisa irónica.

Bennett se relajó.

—¿Estás celosa?

Ella se atusó el cabello.

—Solo si te han ordenado que cortejes a otra mujer.

«¡Ojalá hubiera traído un abanico!», pensó Mari mientras realizaba una mueca. Podría haberlo utilizado para golpear a las invasoras arpías que no reparaban en medios para acercarse a Bennett.

Ella tenía razón sobre quién esperaba, ansiosamente, su llegada. Que llegara gente nueva a Constantinopla era algo inusual, y si se trataba de un soltero bien relacionado, todavía era menos común. Si a esto se sumaba el atractivo físico de Bennett, lo convertía en irresistible.

Sin embargo, él no podía hablar con muchas mujeres al mismo tiempo y, a la larga, algunas se vieron obligadas a hablar con Mari para poder quedarse por allí. Sus nada sutiles preguntas la sacaban de quicio. Maude Williams, que estaba a su derecha, había conocido a Bennett durante una cena en casa del embajador y se presentó voluntaria para contestar las preguntas cuya respuesta Mari desconocía, que eran la mayoría. Se regodeó al darse cuenta de que Mari no sabía que Bennett era el hijo pequeño de un conde.

—El conde de Riverton. Seguro que has oído hablar de él. —Maude soltó una risita ahogada y se secó una gota de sudor que resbalaba entre sus voluminosos pechos—. Se trata de un diplomático muy famoso. —Entonces se inclinó hacia delante—. Se rumorea que lord Daller fue nombrado embajador gracias a ese contacto más que a sus propios méritos. ¡Oh...!

Se había producido un hueco más cerca de Bennett y Maude se apresuró a ocuparlo.

Bennett trataba a aquellas mujeres con refinamiento e incluso encanto, pero las comisuras de sus párpados no se arrugaban como cuando se estaba divirtiendo de verdad. Este detalle levantó el sombrío estado de ánimo de Mari.

Aunque no quería tener nada que ver con las tontas féminas que merodeaban a Bennett, Mari se encontró buscando, también ella, un lugar a su lado.

Sus condenados poemas eran los culpables.

Ella sabía qué tipo de hombre era: duro e intratable. El tipo que arriesgaría la vida de ella porque así se lo habían ordenado, pero la profundidad de las emociones que se escondían detrás de aquella fachada la había dejado pasmada.

Ella no quería sentir el polvo y la arena de los campos de España. No quería sentir el sufrimiento de Bennett mientras las pertenencias de otro de sus camaradas se vendían el mejor postor. No quería sentir la esperanza que él había experimentado mientras contemplaba la salida del sol en Salamanca. Ahora ella conocía los sentimientos y pensamientos más íntimos de Bennett y no estaba segura de que le gustara conocerlos, porque esto significaba que ya no podía enfadarse con él por cumplir sus órdenes.

Un hombre tan entregado como él tenía que cumplir las órdenes, y ahora ella entendía el porqué.

Una mujer se pegó al brazo de Bennett. Sus pechos prácticamente le rebosaban del corpiño. De hecho, Mari estaba segura de que podía ver el borde de sus pezones.

¡Hasta ahí podíamos llegar! Mari se abrió paso entre la multitud.

Bennett la recibió a medio camino con una expresión de alivio en la cara.

—La música ha empezado. ¿Quieres bailar?

Ella asintió con la cabeza y él la condujo entre aquellas mujeres suspirantes hasta la pista de baile.

—Esas mujeres podrían haberles enseñado un par de cosas a los franceses sobre cómo atacar una posición.

Mari le sonrió. También había percibido en su escritura aquel humor irónico que pocas veces había sacado a la luz.

—Ni siquiera unos cañonazos las habrían dispersado —comentó Mari.

Su poco graciosa broma hizo sonreír a Bennett y los extremos de sus párpados se arrugaron. Otras parejas se colocaron junto a ellos hasta completar el número necesario para realizar la danza.

—¿A cuánta gente crees que han invitado a la fiesta? —preguntó Bennett.

—A varios cientos de personas. Seguramente, a todos los europeos que están en estos momentos en el imperio y que son de procedencia noble, y también a muchos funcionarios del gobierno local.

—¿Y tú por qué has venido?

Mari arqueó una ceja.

—Las mujeres que hay por aquí te contestarían que estoy buscando un buen partido.

—¿Y tú qué me contestarías?

Bennett la guió en un complicado giro de una forma tan hábil y segura que ella no tuvo que concentrarse en los pasos.

—Te contestaría que por mi padre, porque este es uno de los pocos acontecimientos sociales a los que él asistiría.

Una sombra enturbió los ojos azules de Bennett mientras estudiaba a Mari con la mirada.

¡Maldición!, pensó ella, ¿por qué no le había contestado con un comentario frívolo?

Otro participante en la danza la tomó de la mano.

Bennett no necesitaba conocer aquellos minuciosos detalles de su vida. Sus poemas podían haber calado hondo en su corazón, pero dejar entrar sus palabras no era lo mismo que dejar entrar al hombre.

Los giros de la danza volvieron a juntarlos y Mari habló antes de que Bennett pudiera realizar ningún comentario acerca de lo que ella había dicho antes.

—¿Cómo te lo estás pasando esta noche?

—Seguro que puedes adivinarlo.

¡Estupendo, ahora ella percibía intimidad en sus ojos azules! Seguramente, solo se trataba de camaradería debida a aquella situación compartida.

Mari bajó la mirada hasta los labios de Bennett. Su decisión de seducirlo para que rompiera su promesa de no besarla más ahora le parecía tan infantil como cuando quiso fastidiarlo con la elección de la comida en Midia. De todos modos, el deseo que despertaba en ella era muy intenso.

Bennett la guió en una vuelta alrededor de la pista mientras deslizaba la mano por su columna.

¡Siempre podía intentar que rompiera su promesa motivada por el placer y no por la venganza!

—¿En la cultura turca hay algún baile similar a este?

Mari no pudo evitar tentarlo con la respuesta.

—No, a las mujeres otomanas no les está permitido confraternizar con hombres que no pertenezcan a su familia. Ellas danzan, pero solo en privado. —Resultaba malvado, pero le encantaba ver cómo se enturbiaba la mirada de Bennett—. Y utilizan velos —añadió bajando más la voz.

En el siguiente giro, Bennett la apretó contra él más de lo que era correcto.

—¿Has visto alguna de esas danzas?

Mientras cambiaban de pareja, ella le lanzó una mirada intencionadamente seductora.

—Yo las he bailado.

Cuando la música terminó, Bennett no soltó la mano de Mari. De hecho, incluso la arrastró fuera de la pista de baile sin realizar la reglamentaria reverencia a sus compañeros de baile.

—¿Dónde está tu padre? —gruñó Bennett.

Su padre, ¡cómo no!, no estaba por allí, porque se había retirado a la sala de juegos después de saludar al embajador.

—Quiero tenerte todo el rato a la vista.

—¿Entonces eres mi carabina? —preguntó ella entre risas.

En lugar de discutir su desenfadado comentario, él inclinó la cabeza en señal de confirmación.

Mari se encontró en la novedosa situación de atraer el interés de los hombres, aunque su reluciente carabina los rechazó a casi todos. Cada vez que se acercaba un hombre y después se alejaba corriendo, Bennett se ponía más y más tenso.

—Ese no inspira confianza —le murmuró Bennett cuando vio que se acercaba uno de aquellos hombres.

—¡Pero si es un clérigo!

Bennett frunció el ceño.

—Entonces no debería mirarte de esta manera.

En lugar de pedirle un baile a Mari, el buen hombre se lo pidió a una de las mujeres que esperaban cerca de Bennett.

—¿Esta noche voy a poder bailar con alguien más aparte de ti? —preguntó finalmente Mari ocultando la excitación que la posesividad de Bennett le provocaba.

Él deslizó una mano por la parte trasera del brazo de Mari hasta el borde de su guante.

—No sabemos en quién podemos confiar... —le susurró a la oreja.

—No se puede decir que el señor Tomosap constituya una amenaza para nadie.

—Es un arqueólogo, ¿no?

Mari asintió con un gesto de la cabeza.

—Sí, pero si crees que estoy en peligro por culpa de uno de los rivales de mi padre, vives engañado, porque hace años que mi padre no tiene rivales...

Una mujer tropezó con ella y el pie de Mari se enganchó y rasgó el volante inferior de su vestido. Bennett la sujetó por la cintura evitando que perdiera el equilibrio.

La señorita Suzanah Potts, sin embargo, no tuvo tanta suerte y se cayó al suelo. Una expresión airada afeó su caballuna cara, pero enseguida la transformó en un mohín lastimero.

—¡Oh, querida, qué torpe he sido! —exclamó.

Extendió una mano hacia Bennett y esperó.

Él no apartó las suyas de la cintura de Mari.

—¿Estás bien?

Mari asintió con la cabeza.

Bennett realizó un diminuto círculo en su espalda con el pulgar antes de soltarla y después tiró bruscamente de la señorita Potts para ayudarla a levantarse.

Ella resopló, se arregló el vestido y se marchó indignada.

Mari sonrió.

—El padre de la señorita Potts es un magnate naviero sumamente rico.

Bennett lanzó una mirada furibunda a otro hombre que se acercaba.

—Pues espero que su padre sea mejor que ella al timón.

A Mari se le escapó la risa antes de que pudiera taparse la boca con la mano.

—Gracias —susurró maravillada por la novedad de que alguien la defendiera.

—Ha constituido un placer —contestó Bennett.

Sus palabras provocaron que una sensación de calidez recorriera la espalda de Mari.

—Será mejor que sujete con alfileres el volante del vestido antes de que me caiga de bruces al suelo. O encima de ti.

Tragó saliva mientras se imaginaba a sí misma tumbada encima de él, con los pechos aplastados contra su cuerpo y los labios a escasos centímetros de los de él.

Quizá no debería sujetar el volante...

Bennett frunció el ceño.

—O encima del próximo hombre con el que bailes.

Bennett le ofreció el brazo y ella apoyó la mano en su manga intentando no pensar en los fibrosos músculos que había debajo.

—No es necesario que me acompañes, dudo que los maleantes estén acechando en el tocador de las mujeres.

Además, tenía que tranquilizarse antes de hacer el ridículo. El rubor de sus mejillas podía atribuirse al calor de la habitación, pero el bulto de sus pezones en la tela del corpiño podía requerir más explicaciones.

—Gracias, pero no tengo el menor deseo de quedarme a merced de los tiernos cuidados de esta escuela de pirañas —contestó él con un estremecimiento.

—¿Así que ahora desapareceremos juntos? Bueno, al menos cuando te hayas ido de Constantinopla las mujeres tendrán algo nuevo con lo que atormentarme.

—¿Eso te preocupa?

Ella echó el cabello hacia atrás con una sacudida de la cabeza y sonrió.

—En absoluto.

De todos modos, Mari era consciente de que acababa de mentir. Si no le importaba lo que aquellas personas pensaban, ¿por qué perdía el tiempo en aquel baile ceremonioso? Quizás el tocador estuviera vacío y pudiera convencerlo de que la besara.

O besarlo ella a él.

Entonces se acordó de la fortaleza que reflejaban sus poemas. ¿Qué haría si la rechazaba? ¿Qué pasaría si se lanzaba a sus brazos y él, fiel a su promesa, no reaccionaba?

Mari suspiró. Por lo visto, no tendría la oportunidad de comprobarlo, porque un sólido muro de vestidos de satén, tafetán y seda impedía la entrada al tocador. Algunas mujeres habían renunciado a entrar y se arreglaban el cabello y el corpiño en el pasillo.

Bennett interpretó mal el suspiro de Mari y bajó la vista.

—Puedes realizar una simple y rápida táctica extractiva. Entra, toma los alfileres y bátete en retirada. Yo te esperaré a la vuelta del pasillo, donde no puedan verme.

—¿Y después qué?

—Después podemos ir al estudio del embajador y allí podrás arreglar tu vestido.

—¿No sería esto un acto de cobardía?

Bennett la miró.

—No, simplemente una táctica evasiva.

Ella soltó una risita. Resultaba demasiado fácil acostumbrarse a su amistad. Mari se serenó. Aunque Bennett estuviera interesado en ella, él tenía la intención de regresar a Inglaterra, y ella se negaba a hacerlo.

Se abrió paso entre las mujeres que estaban en el pasillo, cogió una docena de alfileres y volvió a salir de la habitación. En todo momento mantuvo la cabeza baja, de modo que nadie se dio cuenta de su presencia.

—¿Has tenido éxito? —le preguntó Bennett.

Ella asintió con la cabeza y abrió la palma de la mano, en la que sostenía los brillantes alfileres de metal.

—¡Misión cumplida, comandante!

Bennett abrió una puerta y entraron en el estudio. En la enorme habitación no había ninguna lámpara encendida, sin duda para evitar que entrara ningún curioso. Bennett se dirigió a la repisa de la chimenea y encendió unas cuantas velas. Un resplandor muy tenue se extendió por la habitación y los apasionados compases de una danza escocesa llegaron hasta ellos a través del pasillo.

Mari contempló a Bennett, quien se había apoyado en la chimenea. La luz de las velas suavizaba sus duras facciones. De repente, a Mari le resultó muy fácil percibir al hombre de los poemas. Un hombre que, en determinada ocasión, fue retado por su sargento a un concurso de desplumar gallinas; un hombre que había cedido su caballo para que tirara del carro de las mujeres y los niños porque su mula había muerto de agotamiento...

—Alfileres. Tengo que arreglarme el vestido —murmuró Mari redirigiendo sus pensamientos a un terreno más seguro.

Bennett torció el lado derecho de su boca.

—Ese es el plan.

Quizá fuera el de él, pero el de ella implicaba quitarse toda la ropa...

Dejó los alfileres encima de una mesa y se inclinó para empezar a sujetar el volante con ellos, pero las varillas del corpiño se clavaron en sus costillas, así que volvió a enderezarse presa de un ataque de tos.

—¡Malditas varillas!

Bennett cruzó los brazos.

—Yo siempre he opinado lo mismo.

La única otra alternativa de la que disponía Mari consistía en subir la falda hasta la altura de sus rodillas.

—Quizá nos precipitamos al decirle a la doncella que no viniera.

Bennett arrugó el entrecejo con actitud severa, pero sus ojos chispearon.

—¡Tonterías! Mis planes nunca salen mal —exclamó mientras tomaba un alfiler de la mesa.

Entonces hincó una rodilla en el suelo frente a Mari y levantó el borde inferior de su vestido.

—¡Eh!

Él levantó la mirada con una expresión maliciosa en la cara.

—¿Eh?, ¡pero si ni siquiera te he pinchado! Y eso que no se puede decir que sea buen costurero.

Mari sintió un estremecimiento en las piernas, pero no a causa de un pinchazo.

—¿Tienes experiencia arreglando ropa de mujer?

Bennett clavó el alfiler en un extremo del roto.

—No, pero mientras estaba en campaña reparé todo tipo de cosas menos esa. —Entonces tomó otro alfiler—. No, espera, ahora que lo pienso, sí que he arreglado un vestido. La muñeca de una niña que encontramos a las afueras de Arroyo tenía el vestido roto...

Bennett acabó de arreglar la rotura con movimientos rápidos.

¡Su poema acerca de los campos de juguetes rotos!

—¿Y tú se lo arreglaste? —lo apremió Mari al ver que él no continuaba la historia.

—Sí.

El poema no era alegre y a Mari le invadió el temor.

—¿Qué fue de la niña?

—Cuando la encontramos, le faltaba poco para morirse de hambre y su corazón estaba muy débil.

Bennett no levantó la vista.

Las lágrimas por la niña y por Bennett se agolparon en la garganta de Mari. Aquella página de la libreta estaba manchada de tierra. De repente, Mari percibió en su mente una imagen nítida de un solitario Bennett cavando una tumba y pasó los dedos por su cabello.

—Intentaste salvarla.

Él se incorporó.

—Intentar salvar a alguien no es gran cosa.

—Sí que lo es para la persona que estás intentando proteger.

Mari se puso de puntillas y lo besó en la barbilla.

Bennett inhaló y exhaló con desasosiego.

—Prometí que no se volvería a repetir lo que ocurrió en la fonda, Mari.

Pero ahora ella estaba segura de que él la quería y ella también lo quería a él. Bennett era un hombre noble, valiente, amable y endurecido por la vida que le suplicaba que lo ablandara.

—Y yo me acuerdo de que no estuve de acuerdo con tu promesa. ¿Por qué tus deseos han de contar más que los míos? Por una vez, seré yo la que dé las órdenes —declaró Mari mientras deslizaba la yema del dedo por las arrugas de la frente de Bennett.

Dibujando había aprendido que la esencia de un elemento se encontraba en los detalles. Donde otros artistas veían una mariposa, ella percibía intrincados patrones, complejas combinaciones de colores, audaces configuraciones de fuerza y belleza.

En aquel momento, veía un cabello rubio con reflejos acentuados por las largas marchas bajo el sol, una cicatriz que surcaba la mejilla, unos labios que a veces se volvían finos y que se curvaban más por el lado derecho que por el izquierdo. Bennett era todo detalles, y la curiosidad y el deseo la empujaban a explorarlos.

—Mari...

Ella le tapó la boca con la mano.

—No te he ordenado que hables.

Además, si hablaba, ella podía perder el coraje.

Mari deslizó la mano por la mejilla y el cuello de Bennett y se entretuvo en la línea firme de su mandíbula. Exploró la amplitud de sus hombros y el contorno de los tensos músculos que se adivinaban debajo de su chaqueta de lana. Cuando sus dedos llegaron a la colección de medallas que colgaban de su pecho, Mari se detuvo y las tocó una a una. ¿Cuánto le habían costado a Bennett?

Él le agarró las manos.

—¡Estupideces militares! —El tono grave de su voz retumbó en su pecho—. Un puñado de generales que piensan que otorgar medallas es más importante que cuidar de sus hombres.

Él estaba convencido de ello, y puede que ella también lo estuviera antes, pero ya no.

—Estoy segura de que hiciste algo atrevido y valiente para merecer todas y cada una de ellas. —Mari soltó sus manos, volvió a armarse de valor y empujó a Bennett contra la pared—. Y si vuelves a moverte sin mi permiso, habrá consecuencias.

Bennett curvó el lado derecho de su boca.

—¿Consecuencias?

Ella siguió su exploración por los duros planos de su estómago y cada caricia hacía que aquella nueva sensación de poder y sensualidad que la embargaba creciera.

—Sí, consecuencias terribles.

—¡Vaya, entonces será mejor que me porte bien!

Ella se puso de puntillas y le mordisqueó la oreja.

—Justo lo que yo quería.

Él se estremeció mientras ella deslizaba los dedos por la cinturilla de su pantalón y acariciaba la parte delantera de sus muslos. Envalentonada por su reacción, Mari le rodeó la cintura con los brazos y extendió los dedos sobre la zona prohibida de su espalda. Su audacia la hizo temblar, pero no podía detenerse.

Las firmes ondulaciones de la espalda de Bennett la fascinaban: el largo surco de su espina dorsal, los prominentes ángulos de sus escápulas... A Mari se le atragantó el aire en los pulmones. ¡Cielos, y ella que creía que su exploración calmaría su curiosidad! Pero ahora deseaba continuar y tocar sus brazos, sus manos, sus costados, sus piernas..., aquel tentador bulto que tensaba sus pantalones.

Mari entrelazó las manos en la nuca de Bennett para permanecer erguida.

—No podemos repetir lo de ayer por la noche —murmuró Bennett.

Mari soltó un gruñido.

—Pero hay bastantes cosas que no probamos, ¿no? —continuó él con voz entre risueña y grave.

—Bésame —susurró Mari.

—Recuerdo, claramente, que eso lo hicimos en la fonda.

—Pero existen, al menos, once besos diferentes que no hemos probado.

Bennett la agarró de la cintura.

—¿Once?

Mari se ruborizó de vergüenza.

—Lo leí en un libro.

—¿Un libro? ¿Qué libro?

¿Acababa de confesarle que había leído libros subidos de tono?

—No me acuerdo, ¡he leído tantos!

Bennett deslizó los dedos por las costillas de Mari y ella se estremeció.

—Nada de cosquillas —advirtió ella.

—De acuerdo.

Los dedos de Bennett acariciaron levemente la curva de los pechos de Mari que sobresalía por el escote y se detuvieron en la rendija que los separaba.

—¿Qué libro? —volvió a preguntarle.

—Un antiguo texto indio —confesó ella.

Bennett se enderezó para poder verla con más claridad.

—¿El Kama Sutra? ¿Has leído el maldito Kama Sutra?

Ella parpadeó sorprendida.

—¿Has oído hablar de él? Yo lo estudié en sánscrito.

—Algunas páginas corrieron de mano en mano mientras estudiaba en Oxford. ¿Y qué quieres decir con que lo estudiaste?

—Algunas partes de su contenido me intrigaban —contestó Mari armándose de nuevo de valor.

Si pretendía seducirlo, no quería guardarse nada para sí misma.

Los dedos de Bennett volvieron a deslizarse por el borde de su escote.

—¿Qué partes?

Bennett introdujo el dedo en el escote de Mari y lo deslizó a escasos milímetros de su pezón.

—El libro enumera los lugares en los que un amante debería besar a su pareja —respondió ella.

—¿Alguno de ellos te interesó especialmente?

A pesar del valor que había logrado reunir, Mari nunca tuvo la intención de decir algunas cosas en voz alta.

—Ayer, mientras nos dirigíamos a Midia mencionaste uno de ellos —contestó.

—Mmm... No me acuerdo —alegó Bennett, aunque, por la forma en que su mirada siguió el recorrido de sus dedos por el borde del corpiño de Mari, era evidente que no era cierto.

—No puedo decirlo —replicó ella.

La mano de Bennett se detuvo.

—¡Lástima, porque eres tú quien da las órdenes!

El objeto de todo aquello era, simplemente, experimentar placer, ¿no?, pensó Mari.

—Los pechos. Quiero que me beses los pechos.

Él llevó los labios a la parte de sus pechos que sobresalía por encima del escote y apenas la rozó.

—¿Es esto lo que querías?

Ella entrecerró los ojos. Si lo que él quería era concreción, la tendría.

—Sí, pero por toda la superficie.

Mientras ella hablaba, Bennett cubrió uno de sus pechos con una mano y lo acarició y masajeó.

—Quiero que... me quites el vestido y acaricies mis pechos... con la lengua —declaró Mari entre jadeos.

—¡Ah!

Él le bajó el corpiño dejando a la vista las oscuras aureolas de sus pechos, pero, antes de que sus labios las tocaran, gruñó y se separó de ella. La luz de las velas cubrió su cara de sombras doradas.

—Esto complicaría las cosas.

Ella se sintió avergonzada por tener los pechos desnudos.

—No tiene por qué.

Él realizó un círculo con el pulgar sobre uno de los pezones de Mari y ella gimió.

—Sí que lo hará. Cada vez que nos veamos esto aparecerá en el fondo de nuestra mente.

Pero esa era la cuestión, que pronto dejarían de verse para siempre.

—El sexo es algo natural —replicó Mari—. Ya debes de haber tenido relaciones pasajeras con mujeres antes. Relaciones de las que disfrutaste aunque luego seguiste con tu vida.

—¿Y tú crees que esto es lo que ocurrirá entre tú y yo? ¿A cuántos hombres has besado? —Bennett deslizó el dedo por los labios de Mari—. ¿Cuántos hombres te han acariciado los pechos? —Cubrió uno de los anhelantes pechos de Mari con la mano y lo acarició hasta que ella gimió con desesperación—. ¿Cuántos hombres se han deslizado entre tus esbeltas piernas y han eyaculado en tu interior?

Su mano bajó por el cuerpo de Mari y rozó el punto ardiente y sensible de su entrepierna.

Mari exhaló un gritito de placer.

—N... Ninguno.

—Entonces te engañas si crees que puedes hacer esto a la ligera.

—La elección es mía. Deja ya de protegerme.

Mari se apretujó contra la mano de Bennett. Necesitaba aquello. Necesitaba que él la poseyera.

Unas arrugas de tensión surcaron la cara de Bennett.

—No puedo. Mari... —De repente se puso tenso y la apartó con suavidad—. Sal por la puerta de la derecha. Conduce a la salita de día.

—¿Qué...?

—Estamos a punto de tener público.

11

Bennett se colocó delante de la mesa donde estaba la licorera y en ese preciso momento la puerta principal de la habitación se abrió.

—¡Prestwood! ¿Conque estabas aquí?

El primo de Bennett entró en el estudio seguido de un caballero alto y con turbante.

—Demasiado protagonismo, ¿no?

Bennett se encogió de hombros y se sirvió una copa.

El otro caballero acarició la barba negra y fina que cubría su barbilla.

—¿Este es el comandante Prestwood que mencionaste antes? —preguntó.

Daller asintió con la cabeza.

—Sí. Comandante Bennett Prestwood, te presento al bey Talat.

¡Ah, el marido de la hermosa Fatima!

—Encantado de conocerlo.

El hombre le apretó la mano con fuerza como prueba instintiva de dominación masculina. Bennett le devolvió el apretón con firmeza, pero consideró que no había ninguna razón para enzarzarse en una competición infantil.

El bey lo examinó con la mirada como si se tratara de un león sopesando su presa.

—He oído hablar mucho de su padre, el conde de Riverton. Se cuenta que es un diplomático excepcional.

Bennett sonrió con orgullo.

—Sí que lo es, aunque me temo que yo no he heredado nada de su tacto.

Su primo soltó una risita.

—Pues yo me alegro de haber heredado una pequeña parte de él, porque no me habría ido tan bien como a ti en el ejército.

Bennett bebió un sorbo de su copa. La afirmación de Daller resultaba sorprendente dado que era primo suyo por parte de su madre.

Talat se frotó, distraídamente, los nudillos de la mano derecha.

—Su padre dirigió las negociaciones de paz británicas en Versalles, ¿no?

—Sí, la actuación del conde fue indispensable para el Regente —contestó Daller en lugar de Bennett—. Yo no pude menos que alabar todas sus decisiones.

El bey siguió dirigiéndose a Bennett:

—¿Qué le ha traído a mi país tan pronto después de su gloriosa victoria en Waterloo?

Bennett levantó su copa adoptando su papel de aristócrata aburrido.

—Mi finca campestre me resultaba demasiado insulsa. Además, mi madre está empeñada en que me case.

—Si lo que pretendía era evitar casarse, ha tenido usted mala suerte, ¿no? Porque, nada más llegar, su nombre se ha vinculado al de la señorita Sinclair —declaró Talat.

Bennett dejó su copa en la bandeja.

—Los propósitos cambian, y la señorita Sinclair ha captado mi interés.

Talat se acercó a la pared y fingió examinar un cuadro que había detrás de Bennett.

—Sí, ella es interesante, más ahora que en el pasado...

Bennett se volvió para evitar que Talat estuviera a su espalda.

—¿A qué se refiere?

Talat se encogió de hombros y contempló el escritorio.

—A su trabajo, claro.

—¿A qué trabajo? —preguntó Bennett mientras daba otro sorbo a su brandy.

¿Qué sabía aquel hombre del trabajo de Mari? Y, si sabía que ella espiaba para los británicos, ¿por qué se lo insinuaba a él?

—A su trabajo con las plantas y los insectos. Seguro que usted está al corriente.

Bennett asintió con la cabeza. Talat intentaba conseguir información.

—Sí que estoy al corriente. —Bennett sonrió representando su papel—. Pero confío en que las plantas sean lo último en lo que piensa cuando está conmigo.

—Esta noche está muy cambiada. Tiene usted suerte de haber descubierto, nada más llegar, el diamante que nadie más había apreciado hasta ahora. Ninguno de sus compatriotas le prestaba mucha atención. Debe usted de ser hábil averiguando cosas sobre ella que los demás no saben.

El primo de Bennett volvió a intervenir en la conversación.

—Esta noche está más favorecida.

Bennett frunció el ceño. Aunque aquella noche estaba preciosa, no necesitaba verse más favorecida.

Daller sacó su caja de rapé.

—Antes comentábamos la deplorable peligrosidad de algunas zonas del imperio. Le he explicado a Talat que ayer te tropezaste con un ladrón durante una excursión turística.

Talat se desplazó al otro lado del escritorio.

—Me disculpo por la mala impresión que debe de haber recibido de este maravilloso país.

—No tiene por qué disculparse. Podría haber ocurrido en cualquier otro lugar.

—Así es —corroboró Daller—. El gobierno de Su Majestad tiene como objetivo ayudar a sus aliados para que disfruten, en sus países, del mismo grado de paz y seguridad que contamos en Inglaterra. De hecho, ha llegado a mis manos cierta información que podría resultarle interesante, Talat.

El bey por fin dirigió la atención a Daller.

—¿En serio?

Daller hinchó el pecho dándose importancia.

—Dispongo de unos datos que podrían resultarle útiles.

—Siempre he pensado que nuestra relación con los británicos

es demasiado distante. Quizá, si compartimos información, logremos acortar esa distancia —declaró el bey.

Bennett se enderezó. Aquel giro en la conversación podía proporcionarle la cortés excusa que necesitaba para irse. La creación de alianzas no constituía su especialidad ni uno de sus intereses.

—Los dejaré con sus deliberaciones.

Tenía que averiguar cómo estaba Mari. La puerta que comunicaba con la salita de día se entreabrió. Debía de estar aburriéndose.

Daller negó con la cabeza.

—No es necesario que te vayas, solo quiero indicarle a Talat algo en el mapa. Los informes son secretos, es cierto, pero sé que a ti se te puede confiar información confidencial. Se trata de unos datos que mis superiores me permiten compartir con el bey como gesto de buena voluntad.

Daller extendió el mapa que había encima del escritorio de una sacudida.

Vaya, que después de que lo compararan con el padre de Bennett, Daller quería alardear de sus habilidades.

Bennett evitó mirar hacia la puerta entreabierta de la salita. Mari trabajaba para los británicos, de modo que podía confiar en ella.

—Tengo noticia de que hay un gran campamento de forajidos escondidos en esta zona. —Daller señaló una región montañosa y rocosa situada al este del país—. El escondite está a unos diez kilómetros al norte del pueblo de Gangos. El hombre que consiga eliminar a esos forajidos se ganará el favor del sultán.

Talat lanzó una rápida mirada a Bennett y se concentró en el mapa.

—¡Curiosa localización!

Daller se apoyó en el escritorio.

—Sabía que despertaría su interés.

Mari se apartó de la puerta y apoyó la espalda en el revestimiento de madera de la pared. Gangos constituía el anterior territorio de Esad. Él había mantenido el orden allí durante dos décadas y, cuando lo trasladaron a Constantinopla para que desempeñara el cargo de consejero del sultán, un despiadado grupo de forajidos empezó a aterrorizar a los habitantes de la región. Esad no podía dejar a aquellas gentes, a las que consideraba su pueblo, en manos del inútil gobernador, de modo que se dedicó a perseguir él también a los criminales. Si en lugar de ser Esad, quien llevaba años persiguiendo a aquella banda de asesinos, fuese Talat quien los derrotara definitivamente, Esad se vería humillado ante el sultán.

A pesar de que Daller intentó acercarse a Esad cuando fue nombrado embajador en Constantinopla, Esad no vio con buenos ojos que hubiera obtenido aquel puesto por sus vínculos familiares y no como consecuencia de su trabajo. No era casual que el embajador suministrara aquella información al rival de Esad. Se trataba, pura y simplemente, de un juego de poder.

Mari presionó la pared con las palmas de las manos. Si conseguía hablar con Esad rápidamente, él podría utilizar sus recursos en la región y actuar antes que Talat.

Pero el embajador había dicho que se trataba de información confidencial, y para Bennett esto era algo sagrado. Le ordenaría que guardara el secreto y, aunque ella le explicara las repercusiones, él no le permitiría contárselo a Esad.

Se llevó las temblorosas manos a las mejillas.

De hecho, se lo prohibiría. Consideraría que suministrarle a Esad información secreta constituiría una traición a Inglaterra.

Una traición.

Él debía de sospechar que ella todavía estaba en la salita, aunque no creyó necesario asegurarse de que no oía la información de una forma casual. Él confiaba en ella.

Mari se enderezó. No importaba que hubiera oído la información por accidente, el caso era que la había oído. Si podía evitarlo, no permitiría que Esad cayera en desgracia. Le debía demasiado.

Por Esad, ella traicionaría a Inglaterra.

Y a Bennett.

El estómago le dio un vuelco. Esad había constituido siempre su único apoyo.

Se llevó los nudillos a la boca. Ella respetaba y admiraba a Bennett, pero él no era más que una relación pasajera. Después de Vourth se iría sin siquiera mirar atrás. Ninguno de los dos pretendía formar parte de la vida del otro a largo plazo y lo que ella iba hacer simplemente reforzaría este hecho.

La poesía de Bennett reflejaba a la perfección la lealtad que sentía hacia su país. Él no la perdonaría.

Se frotó los ardientes ojos con las yemas de los dedos.

Si no se lo contaba a Esad, ella no se perdonaría a sí misma.

Salió con sigilo de la habitación.

12

Mari no estaba en la salita.

Bennett se alisó la chaqueta. Había tardado más de lo que esperaba en librarse del embajador y el bey. Ella debía de haber vuelto a la sala de baile, lo que constituía una buena decisión, porque se habría producido un escándalo épico si los dos hubieran desaparecido durante una hora entera.

¡Lástima que los hubieran interrumpido antes de que su conducta hubiera sido merecedora de semejante escándalo!

Él ya sabía que Mari era una mujer apasionada. Lo había notado en los dos besos que se habían dado anteriormente, pero no sabía que estaba dispuesta a experimentar aquella pasión ni que el simple contacto de sus inocentes dedos lo pondría a él tan duro como una piedra.

¡Y en cuanto a su confesión de que había estudiado el Kama Sutra...! Bennett no sabía si considerarlo divertido o sentirse horrorizado.

Se dirigió a la sala de baile con pasos largos. Ella había alegado que podía sobrellevar las repercusiones de mantener una relación con él, pero él no conseguía apartar de su mente la imagen de Mari llorando en su habitación cuando comprendiera las consecuencias de su decisión.

¿Y si conocía a un hombre con quien deseara casarse? Entonces ella maldeciría su poca visión de futuro y se arrepentiría de todas las veces que él la había tocado. Bennett apretó los dientes.

Pero... ¿tenía ella razón? ¿Actuaba él como un idiota al protegerla de sí misma?

No, prefería sufrir para siempre los intensos deseos de su cuerpo que saber que le había hecho daño a Mari.

Dio una ojeada a la sala de baile, pero no vislumbró ningún seductor vestido rojo danzando en la pista de baile ni en la periferia!, Una sensación de inquietud le encogió las entrañas. ¿Dónde estaba Mari?

Salió al jardín eludiendo las peticiones de atención que recibió por el camino. No era típico de ella escapar como una cobarde. Mari se habría enfrentado a aquellas mujeres con la cabeza alta en lugar de esconderse en el jardín. De todos modos, Bennett la buscó allí y sorprendió a más de tres parejas en actitud apasionada.

Su inquietud aumentó. Volvió a examinar la sala de baile, la cual estaba abarrotada de gente. Era muy improbable que alguien se la hubiera llevado por la fuerza, aunque no podía descartar la coacción o el engaño.

Como se estaba quedando sin alternativas, incluso la buscó entre el grupo de mujeres que merodeaban por el tocador.

¡Su padre! Quizá le había ocurrido algo a su padre.

Bennett lo encontró en la sala de juego. Sir Reginald estaba hablando de cerámica antigua con un hombre que se agitaba como un conejo acorralado. De hecho, cuando Bennett entró, aprovechó la oportunidad y se marchó a toda prisa.

—¿Qué, comandante, ha decidido batirse en retirada?

Bennett sonrió, aunque lo único que deseaba era agarrar al padre de Mari por los hombros y preguntarle por qué no vigilaba a su hija.

—Todavía no, señor. Estoy buscando a su hija. Habíamos quedado para bailar el próximo baile.

Sir Reginald dejó su copa de brandy en el apoyabrazos del sillón.

—¡Oh, no está aquí!

Bennett se esforzó en mantener la calma.

—Ya me imaginaba que no la encontraría en esta habitación.

Sir Reginald sacudió la cabeza.

—No, me refiero a que se ha ido a casa. No se encontraba bien. Debo reconocer que estaba un poco pálida.

—¿Y dejó que regresara sola a su casa? —preguntó Bennett con un gruñido.

Sir Reginald parpadeó, como si no se le hubiera ocurrido actuar de otra manera.

—Ella puede cuidarse a sí misma.

Pero no debería verse obligada a hacerlo.

—¿Cómo ha regresado a su casa?

Sir Reginald pareció desconcertado. Le dio un codazo a la copa, pero la agarró antes de que cayera al suelo.

—No estoy seguro. Supongo que con nuestro coche. ¡Ah, no, que no hemos venido con nuestro coche! Entonces con el del embajador, ¿no?

Bennett se volvió y salió de la habitación. Algo no iba bien. Si se encontraba mal, ¿por qué no lo había esperado o le había hecho llegar una nota? Probablemente había oído lo que le había dicho a Talat acerca de ella, pero él no había dicho nada que pudiera molestarla. Talat parecía un poco nervioso, pero esto no tenía por qué hacerla huir. Bennett maldijo la desesperación que acechaba sus pensamientos. No le ayudaría en nada. La encontraría. Esta era la única alternativa aceptable.

En lugar de volver a examinar la sala de baile, Bennett salió por una puerta lateral y se dirigió a los establos. Tras realizar un rápido sondeo, averiguó que el coche del embajador todavía estaba allí y que ningún vehículo había salido durante la última hora. Después de realizar unas cuantas preguntas más, uno de los mozos se acordó de que había visto a una mujer alejarse a pie de la casa.

¿En qué demonios estaba pensando Mari? Ella sabía que su vida corría peligro. ¿Por qué se había marchado sin avisarlo?

Mari había disfrutado de las caricias que habían intercambiado antes. ¡Demonios, si incluso había sido ella la que las había iniciado! No podía estar huyendo de aquello.

Las calles estaban a oscuras. No había ninguna farola encendida. Solo la ocasional luz de alguna ventana iluminó el camino que Bennett recorrió a toda velocidad hasta la casa de Mari. ¡Alguien debía de haberla amenazado! Esto era lo único que tenía sentido. ¿Pero por qué no acudió a él?

Sabía que ella estaba enfadada por lo de Vourth, pero en vista de lo que ocurrió entre ellos en el estudio del embajador creía que ella había comprendido que él no tenía elección y había vuelto a confiar en él.

Claro que él también estaba seguro de que Sophia era sincera con él y ella no le contó su secreto durante cuatro años.

Bennett aceleró el paso hasta que las piernas le dolieron y su respiración se volvió agitada.

Cuando llegó a la casa de los Sinclair, ni siquiera se molestó en llamar a la puerta. Atravesó el patio de la entrada y se dirigió a la zona de la casa que habitaba Mari. Al verlo entrar de una forma tan repentina, la doncella dio un brinco y la ropa que estaba bordando cayó al suelo.

—¿Mari está aquí?

Achilla negó con la cabeza.

—Se ha ido.

Bennett sintió al mismo tiempo alivio y enojo. Tenía que haber tenido más sentido común y no haber vuelto a su casa caminando y sin protección, pero al menos había llegado sana y salva.

—¿Adónde ha ido?

Achilla volvió a coger la ropa y la apretó contra su pecho.

—No creo que ella quisiera que se lo contara.

Bennett inhaló hondo. En otras circunstancias, habría considerado que su lealtad era encomiable, pero ahora podía ser la causa de que mataran a Mari.

—Solo lo diré una vez. Sabes que soy el protector de Mari y su vida corre peligro. ¿Dónde está?

Achilla empalideció.

—Ordenó a Selim que preparara el coche y la llevara a la casa del pachá Esad. Tenía información para él.

No era posible.

Si Mari había oído la información acerca de los forajidos, también debía de haber oído que se trataba de información confidencial. Ella trabajaba para el gobierno británico y no lo traicionaría.

La información era un bien muy preciado y la forma en que Daller decidiera utilizarla determinaba cómo serían las relaciones de Inglaterra con el imperio otomano. Si esa información servía para que Talat consiguiera el favor del sultán y pudiera influir en él, sin duda podía considerarse una herramienta muy poderosa. Además, si Daller hubiera querido que el pachá dispusiera de esa información se la habría dado.

Bennett sintió náuseas. Mari no tenía derecho a contarle esa información al pachá, de todos modos no tenía ninguna otra razón para ir corriendo a su casa.

—¿Cuánto hace que han salido?

Achilla se estremeció.

—Media hora.

Tiempo más que suficiente para llegar a la casa del pachá.

Tiempo más que suficiente para merecer ser condenada a la horca.

13

El pachá agarró la barbilla de Mari con los dedos.

—Yo nunca te habría pedido que lo hicieras. Has arriesgado mucho viniendo aquí. Tu fidelidad hacia mí es mayor que la de mi propia familia.

Mari parpadeó intentando hacer desaparecer las lágrimas de sus ojos. No, él nunca se lo habría pedido, por eso tenía que contárselo.

Sin embargo, no podía adjudicarse la lealtad que él le atribuía ni podía negarla sin tener que darle una explicación que no podía darle. Al trabajar para los británicos, ella no lo había traicionado a él, pero había traicionado a su gobierno, y Esad no percibiría la diferencia.

Lo mismo ocurría con Bennett.

En parte esperaba que, al contarle a Esad lo que había oído, su conciencia se tranquilizaría, que la balanza entre su lealtad y su engaño se equilibraría, pero ahora se sentía más confusa que antes.

Había hecho lo correcto acudiendo a la casa de Esad. El embajador y Talat no tenían derecho a conspirar contra él, pero ahora Esad la había colocado en un pedestal que ella no merecía.

—He decidido lo correcto respecto a tu dote —declaró Esad.

—¿Mi dote?

Esad le sonrió con cariño.

—Beria y yo ya somos viejos y ninguno de los dos necesita las riquezas que hemos acumulado, así que hemos decidido concederte la mayor parte de nuestros bienes cuando te cases.

—Pero...

—¡Calla! Sé que algún día te casarás, tanto si es con el comandante como con otro. Beria y yo llevamos meses planeándolo.

Esad era lo bastante rico para comprar y vender al príncipe regente tantas veces como quisiera.

—Tu familia no se sentirá feliz —arguyó Mari.

Esad resopló.

—¡Bah! Mis sobrinos llevan diez años rondando a mi alrededor como chacales hambrientos. Aceptarán lo que les dé o se quedarán sin nada. —Le dio unas palmaditas a Mari en la mejilla—. Tú eres nuestra verdadera hija en todo salvo en la sangre.

Mari se puso de pie con rapidez.

—No puedo aceptarlo.

Esad rio entre dientes.

—Sería ridículo que nos devolvieras el dinero. Y no te preocupes pensando que, a partir de ahora, los hombres te cortejarán a causa de tu dote, porque solo lo sabemos Beria, el notario y yo.

Talat también debía de saberlo, lo que explicaría los comentarios que le había hecho a Bennett en la embajada. Él debía de creer que Bennett estaba interesado en ella porque, de algún modo, se había enterado de lo de la dote.

Mari retrocedió hacia la puerta. Ella no quería aquel dinero. Si Esad conociera la verdad sobre ella, no se lo daría.

—No puedo aceptar vuestra dote.

—Esta es una de las razones de que te la demos. Tú la usarás sabiamente.

Las emociones encontradas que experimentaba Mari se concentraron en su pecho y le resultó difícil respirar. ¿Su relación con Esad siempre sería así? ¿Podría, al menos, mirarlo a los ojos sin avergonzarse después de la misión de Vourth? Ella cambiaría hasta el último penique de aquella dote por estar en paz consigo misma, por sentarse a la mesa de Esad sin sentirse una impostora.

—Tengo que volver a la fiesta antes de que me echen de menos.

Esad asintió con la cabeza.

—Ordenaré a algunos sirvientes que te acompañen para protegerte.

Mari siguió retrocediendo hacia la puerta.

—No, Selim me está esperando. Estaré bien. Adiós.

Se volvió, corrió hacia la puerta y no paró hasta que llegó al jardín.

Era una traidora.

Se sentó con pesadumbre en el borde de la fuente. Los dos hombres a los que más quería en el mundo la considerarían, sin titubear, una traidora. De hecho, los dos no dudarían en condenarla a la horca.

Y lo peor de todo era que no cambiaría nada de lo que había hecho y que la hacía merecedora de aquella condena, así que ni siquiera podía sentir arrepentimiento. Solo podía experimentar dolor.

Se dijo a sí misma que las lágrimas que se agolpaban en su garganta se debían a la culpabilidad que experimentaba por hacer creer a Esad que era alguien que no era, aunque esto no explicaba que las rodillas le temblaran al pensar que tenía que regresar a la fiesta.

Tarde o temprano tendría que enfrentarse a Bennett. Atravesó la puerta del jardín y se dirigió al coche.

Selim estaba sentado con postura rígida en el estante del conductor.

—Tiene a un visitante enfadado en el interior. ¿Quiere que lo eche?

¡Como si él pudiera hacer que Bennett se moviera en contra de su voluntad!

—No, seguro que está enfadado porque me fui sin avisarlo. Hablaré con él.

Mari inclinó la cabeza y enjugó las lágrimas que insistían en brotar en sus ojos. Después abrió la portezuela del coche.

—¿Enfadado? El calificativo es demasiado suave para lo que siento.

Mari entró y cerró la portezuela detrás de ella. Bennett estaba dentro con aire sombrío. Ella se sentó en el extremo opuesto del coche.

—¿En qué demonios estabas pensando?

La voz de Bennett restalló como el látigo de un capataz de esclavos. Su buen humor de antes se había esfumado. Los ojos de

Mari se acostumbraron a la oscuridad y las arrugas de enfado de Bennett se fusionaron en las sombras.

Él la despreciaba.

Cualquier esperanza que hubiera albergado de que él la comprendiera se desvaneció. Las lágrimas le escocieron todavía más en los ojos.

—La información que tu primo le proporcionó al bey pretendía humillar a Esad y yo no podía permitir que lo perjudicaran.

La voz y la expresión de Bennett no se suavizaron.

—Por mí, como si el objetivo de aquella información consistiera en destronar al sultán mismo. Se trataba de información confidencial y tú lo sabías. ¡Has traicionado a Inglaterra!

Los remordimientos de Mari se transformaron en rabia, mientras contestaba:

—Yo nunca me he considerado leal a Inglaterra. Yo solo soy fiel a las personas que se lo han ganado, y Esad lleva haciéndolo mucho tiempo. A diferencia de otras personas, yo valoro más a mis amigos que a los ideales vacíos.

Bennett apretó los labios.

—La información era reservada.

—Lo dices como si se tratara de algo sagrado y quizá lo sea para ti, pero para mí no lo es. Yo no presté ningún juramento a Inglaterra, y tú, simplemente, has dado por supuesto que yo compartía tus prioridades.

—Yo he dado por supuesto que tenías honor.

Su frío comentario encogió el corazón de Mari.

—Por lo visto, has dado por supuestas demasiadas cosas. La próxima vez deberías averiguar la verdad antes de basarte en suposiciones.

Bennett arqueó una ceja.

—¿Acaso me habrías confesado cuáles eran tus lealtades?

—Sí.

Aunque había cosas sobre ella misma que a Mari le gustaría mantener ocultas, no habría tenido ningún reparo en contarle a qué o quién le era fiel.

—¿De la misma manera que me has contado que venías a casa de Esad?

—No es lo mismo.

La cara de Bennett desapareció entre las sombras.

—¿Entonces por qué ayudas a los británicos?

—Yo realizo los dibujos para ayudar a los griegos. En lo que a mí respecta, Inglaterra se puede pudrir.

—¿Entonces por qué aceptaste seguir dibujando después de lo de Chorlu? ¿Tanto dinero te han ofrecido a cambio?

Mari se quedó momentáneamente paralizada y clavó la mirada en Bennett.

—¿Me estás diciendo que no lo sabes?

Bennett adoptó una actitud de indiferencia.

—¿Que no sé el qué?

—Ellos me obligaron a seguir dibujando.

—¿Tanto dinero te ofrecieron?

—¿De verdad crees que arriesgaría mi vida por dinero? —Mari sacudió la cabeza con incredulidad—. Sí, por lo visto, eso es, exactamente, lo que crees. Contrariamente a lo que has pensado siempre de mí, no estoy loca. Tu primo me amenazó.

Bennett se reclinó en el asiento y cruzó los brazos sobre su pecho.

—¿Y con qué te amenazó?

—Después de que le presentara mi renuncia, me advirtió que el interés de su gobierno por el movimiento griego estaba decayendo y que iban a trasladar a Nathan.

—¿Tan importante es él para ti?

El desinterés que reflejó su voz la hundió.

—Para mí no, para los griegos. Él los ha estado entrenando. Tu primo me indicó que, si realizaba dos dibujos más, permitirían que Nathan se quedara hasta que completara su misión, si no, lo trasladarían a otro país.

—¡Muy noble por tu parte! ¿Y por qué quieres ayudar a los griegos?

Mari guardó silencio unos instantes.

—Mientras las otras niñas jugaban con muñecas, mi madre y yo jugábamos a los soldados y los rebeldes. Cuando iba a jugar a casa de una niña, después tenía que dibujar una reproducción exacta de su habitación.

164

Si en algo cambió la expresión de Bennett, fue en que se endureció todavía más.

¿Por qué le contaba todo aquello?, se preguntó Mari. Ella no necesitaba su compasión. Entonces le lanzó una mirada furiosa.

—Mientras vivía en Inglaterra, mi madre luchaba por la libertad de su gente. Ella regresaba de una velada para recaudar fondos para los rebeldes cuando tu maldito país la mató.

—Tu madre murió de una infección pulmonar.

Mari no intentó explicarle la rabia que sentía. Ni siquiera podía explicársela a sí misma. Lo único que sabía era que todo lo relacionado con Inglaterra le había fallado: la hermana inglesa de su padre la había apartado de su madre, los médicos ingleses no la salvaron... Incluso sentía rabia hacia la maldita tierra inglesa que cubría su ataúd.

—¿Y por qué no habías hecho nada hasta ahora? Ya llevas aquí diez años —le preguntó Bennett.

Ella tragó saliva con dificultad. No quería contarle lo de los otros rebeldes y lo unida que se sentía a ellos.

—Hace cuatro meses, ejecutaron a una rebelde griega. Dejaron su cuerpo colgando junto a la puerta de la ciudad durante un mes como advertencia. —Mari se frotó los brazos a pesar de que en el coche hacía calor—. Podría haberse tratado de mi madre.

Una noche, Mari decidió descolgar el cadáver. Fue entonces cuando conoció a Nathan. La mujer rebelde era su socia y su amante.

Las malditas lágrimas volvieron a brotar en sus ojos y Mari exhaló un lento suspiro intentando contenerlas.

—¿Así que los británicos no son más que un peón en tu pequeña rebelión, un instrumento para debilitar a los otomanos?

—¡Lo mismo que soy yo para ellos!

Ella ya sabía que Bennett no sentiría empatía por su causa. Entonces, ¿por qué se sentía como si le hubiera escupido en la cara? Mari levantó la barbilla.

—¿Acaso importan mis motivaciones? Los británicos quieren la información tanto como yo. De hecho, tú me has obligado a continuar en dos ocasiones cuando yo quería dejar de dibujar.

El coche se detuvo y, cuando Selim bajó del estante, crujió.

—Le diré a Selim que te acompañe de vuelta a la fiesta —ofreció Mari.

Bennett agarró la manecilla de la puerta antes de que Mari pudiera hacerlo.

—No pienso irme. —Abrió la puerta y le ofreció la mano a Mari—. Te acompañaré al interior de la casa.

Mari rechazó su mano y bajó sola del coche.

—No es necesario.

Bennett la agarró del brazo con cortesía y firmeza a la vez.

—Insisto.

Selim estaba a pocos metros de distancia, con la mirada al frente, aunque oía todo lo que ellos decían, de modo que Mari no podía negarse al ofrecimiento de Bennett otra vez sin levantar sospechas.

—Está bien.

Bennett la condujo directamente a la zona de las mujeres. Al verlos entrar, Achilla soltó un respingo.

Mari le sonrió con los labios apretados.

—Ya puedes retirarte, Achilla.

—Pero te he preparado un baño y el vestido...

—Yo me ocuparé de todo —replicó Mari.

Achilla les lanzó una mirada que reflejaba preocupación.

—No estaré lejos, por si necesitas algo.

Mari se esforzó para seguir sonriendo.

—No te preocupes, estaré bien.

Achilla realizó una leve reverencia y se marchó. Bennett soltó el brazo de Mari.

—¿Esa puerta puede cerrarse con llave?

—¿Por qué?

—Tenemos que terminar de hablar y no quiero que tus sirvientes nos interrumpan.

—Entonces no deberías haberles dado motivos para que temieran por mi seguridad.

Bennett se puso tenso al oír sus palabras, pero extendió la mano.

—La llave.

—Toma.

Aunque él seguía enfadado, ella no temía por su seguridad, al menos, la física. En cuanto a sus emociones, no podía asegurar nada. Sería mejor acabar con aquello enseguida y no dejarlo para más adelante. Sacó la llave de su escondrijo, en el interior del jarrón que había junto a la puerta, y la cerró.

—Ya está. Di lo que tengas que decir y después vete.

—No me iré.

Ella le lanzó una mirada furibunda.

—Claro que te irás. No puedes quedarte aquí.

—Sí que puedo. Cuando te fuiste sola de la fiesta esta noche, demostraste que no eres capaz de cuidar de ti misma. A pesar de tu traición, eres demasiado valiosa para arriesgar tu vida.

La sorpresa reemplazó el dolor que Mari experimentaba.

—¡No puedes hablar en serio!

Él cruzó los brazos en lo que fue una fiel representación de un muro.

—No puedo arriesgarme a que se repita lo de esta noche. No solo abandonaste el baile sin avisarme, sino que, además, te fuiste a tu casa caminando. ¡Nada menos que caminando! ¡Y de noche! Sabiendo que tu vida corre peligro.

—No podía avisarte porque no me habrías dejado irme.

Él no respondió.

—Hice lo que tenía que hacer —continuó Mari—. Aunque no estés de acuerdo con mi forma de actuar, tienes que comprenderlo.

Bennett atravesó a Mari con su fría mirada.

—A diferencia de ti, yo me siento obligado por el deber y las responsabilidades.

¡Basta! Ya estaba harta de intentar justificarse ante alguien a quien no le importaba. Agarró un cojín del sofá que tenía más cerca y se lo lanzó a Bennett.

—Duerme al otro lado de la puerta. Espero que pases una buena noche.

—No me dormiré hasta que tú te hayas dormido.

—Mira alrededor. No hay ninguna salida aparte de la puerta que me has obligado a cerrar con llave.

A fin de proteger la seguridad de las mujeres, aquella zona solo disponía de una vía de acceso. Las ventanas estaban tapadas con una celosía en piedra que permitía el paso del aire pero impedía que alguien entrara o saliera por ellas. Mari era su prisionera tanto si la vigilaba desde dentro de la habitación como desde fuera.

—Ahora voy a prepararme para acostarme y esto no te incumbe.

—No me apartaré de tu lado.

Si hubiera pronunciado esas mismas palabras unas horas antes, Mari se habría emocionado, pero ahora aumentaron su desesperación.

Él tenía razón. Los recuerdos de lo que habían compartido en el estudio permanecían vivos en su mente a pesar del evidente desprecio que él sentía hacia ella. Mari había tocado con sus dedos todas aquellas facciones que ahora reflejaban infinito desdén. Aquellos brazos que ahora permanecían cruzados sobre su pecho la habían abrazado.

¡Cielos! ¿Y si hubieran ido más lejos?

Inhaló hondo y el corazón se le encogió de dolor. Lo único que deseaba en aquel momento era acurrucarse y llorar, pero no le daría a Bennett esta satisfacción. Inhaló tres veces más mientras se concentraba en la chispa de indignación que la actitud cruel de Bennett alimentaba. El simple hecho de que sus prioridades fueran distintas a las de él no implicaba que él tuviera razón y ella estuviera equivocada. No era culpa de ella que él hubiera realizado suposiciones falsas. Si tuviera que decidir otra vez si ayudaba o no a Esad, ella tomaría la misma decisión.

Echó los hombros hacia atrás. Si Bennett esperaba que fuera una prisionera dócil y arrepentida, estaba equivocado. Al fin y al cabo, el deber de todo prisionero era intentar escapar, ¿no?

—Voy a darme un baño —declaró Mari.

—No te librarás de mí tan fácilmente.

Sus palabras sonaron como un reto y su arrogancia animó la osadía de Mari, quien se volvió y se dirigió al baño. Los pasos de él sonaron detrás de ella.

Cuando entró en el baño, Mari sintió deseos de sonreír. Achilla, tal como le había dicho, lo había preparado todo. La luz de las velas titilaba en las columnas y en los arcos de mármol de color crema. Una brisa fresca se filtraba por las aberturas ornamentales del techo proyectando sombras en las paredes y provocando que el vapor de la piscina se arremolinara formando un caleidoscopio de colores.

Las toallas estaban dobladas y apiladas y su bata de terciopelo rojo colgaba de la pared, encima del banco. El aroma del aceite de naranja que Achilla utilizaba para aromatizar el agua flotaba en el ambiente.

Mari se quitó los zapatos. Las losas de mármol le parecieron frías al contacto con los pies. No podría haber imaginado un entorno más decadente y escandaloso.

Inclinó la cabeza para ocultar la sonrisa de satisfacción de su cara. «¿No se trata del mojigato baño de asiento que esperabas, no Bennett?»

Introdujo las manos por debajo de su vestido, se desató las ligas y bajó las medias por sus piernas exhibiendo, intencionadamente, parte de su tobillo.

Pero el muy canalla parecía estar más interesado en la habitación que en el espectáculo. Mari se puso de espaldas a él y se levantó el cabello con una mano.

—Ya que has despedido a mi doncella, ¿te importa desabotonarme el vestido?

Bennett desabrochó los botones con manos firmes y eficientes. ¡Maldito!

Las manos de Mari, por el contrario, temblaron como las hojas de un árbol cuando se quitó el vestido.

Entonces miró hacia atrás y vio que Bennett había torcido los labios en un gesto de suficiencia. Así que pretendía marcarse un farol, ¿eh?

Mari dio un enérgico tirón y el vestido cayó a sus pies. Después llevó las manos a su espalda para desatar el corpiño, pero el nudo quedaba fuera de su alcance. Volvió a sostener su cabello en alto y se volvió hacia Bennett.

—Si no te importa...

En esta ocasión, transcurrió un segundo antes de que las manos de Bennett desataran el nudo. ¡Bien! Quizás empezaba a replantearse su arbitraria decisión de invadir su intimidad.

Esta idea le proporcionó el coraje para dejar que el corpiño acompañara al vestido en el suelo.

169

Solo su enagua separaba su cuerpo desnudo de la vista de Bennett.

La indignación que Mari sentía se estaba debilitando por momentos. Siguió de espaldas a Bennett. Seguramente, él saldría del baño en cualquier momento.

La enagua le hizo cosquillas en las pantorrillas mientras se dirigía al borde de la piscina. Introdujo el pie en el agua caliente y lo apoyó en el primer escalón. Exhaló un suspiro. Bajó el siguiente escalón y, después, los otros dos antes de que el valor la abandonara.

Bennett seguía guardando silencio. Ni siquiera lo oía respirar.

Mari inhaló hondo, se sumergió en el agua y realizó unas cuantas brazadas hasta llegar al otro extremo de la piscina. Emergió soltando un soplido y apartó los húmedos tirabuzones que cubrían su cara.

Lo había hecho.

El orgullo impidió que el impacto de su escandaloso comportamiento disminuyera la satisfacción que experimentaba. Se atrevió a mirar al instrumento de su perdición.

Bennett tenía las manos entrelazadas frente a él y la mirada clavada en la pared. Su espalda estaba tensa.

—Si te hago sentir incómodo, piensa que la puerta está justo detrás de ti.

En cuanto las palabras salieron de su boca, Mari supo que no debería haberlas pronunciado. Parecían una exclamación de victoria o un reto.

Él se volvió hacia ella con furia en los ojos.

—No me siento incómodo en absoluto, solo me estaba preguntando por qué tu estupidez tenía que privarme de mi baño nocturno.

¡No se atrevería!

Bennett se desabrochó la chaqueta. Su chaleco la siguió hasta el húmedo suelo de mármol.

Mari tragó saliva con esfuerzo y presionó la espalda contra la pared de la piscina.

—Esto...

—¿Perdona? —Bennett se desabrochó la camisa y se la quitó

por la cabeza—. Seguro que, a continuación, ibas a invitarme a entrar.

—En realidad...

—Seguro que este no es otro de tus patéticos planes para que me arrepienta de mi decisión.

El cinturón produjo un ruido metálico al chocar contra el suelo y lo mismo ocurrió con la hebilla de sus botas.

¡Aquel hombre era odioso! Mari le lanzó una mirada rabiosa. Aquella era su estrategia, no la de él. No permitiría que trocara los papeles. Mari mantuvo la mirada fija en él. Se ahogaría a sí misma en la piscina antes de permitir que él se diera cuenta de lo nerviosa que le ponía ver tanta extensión de su piel.

Bennett se quitó los pantalones y, vestido solo con los calzones, bajó los escalones de la piscina.

—Porque si lo que pretendes es convertir esta situación en una batalla, Mari, quiero que sepas que yo la ganaré.

Bennett se detuvo a escasos centímetros de Mari mientras el agua bañaba su cintura.

—Pareces muy seguro.

Mari se sumergió hacia la derecha y pasó a toda velocidad por su lado. Él la agarró con firmeza por el tobillo antes de que pudiera escabullirse y Mari emergió escupiendo agua.

Bennett tiró de ella y la apretó contra él. La nariz de Mari estaba a escasos centímetros del pecho de Bennett.

—No puedes hacer nada que yo no pueda prever —declaró él.

¡El muy dominante y entrometido...! ¿Acaso nada podía pillarlo por sorpresa?

Mari le rodeó la cintura con las piernas y entrelazó las manos por detrás de su cuello.

«¡A ver si habías previsto esto!»

Mari presionó sus labios contra los de él.

—¡Maldita sea, Mari! —murmuró él junto a los labios de ella.

—¡Creí que habías previsto que esto pasaría! —declaró Mari mientras se frotaba contra el bulto que la presionaba en la entrepierna para experimentar.

Bennett soltó un gemido.

—Sabes, perfectamente, que yo no pretendía...

—¡No, claro, estabas actuando de una forma demasiado pedante y condescendiente como para pensar en las consecuencias! —exclamó ella.

Bennett deslizó las manos por la espalda de Mari y la sujetó por las nalgas presionándola más contra su cuerpo.

Ella volvió a frotarse contra él, aunque en esta ocasión contuvo un gemido mientras la presión creciente de Bennett enviaba intensas ráfagas de placer al interior de su cuerpo.

Bennett entrelazó los dedos de las manos con el cabello de Mari y devoró sus labios con los suyos. Su lengua se introdujo en la boca de Mari y la exploró sin miramientos, como si quisiera castigarla por sus acciones. No quedaba nada de la ligereza de la tarde. Ella la había hecho desaparecer y no le había dejado más alternativa que volver a convertirse en un soldado endurecido. Aunque Mari se sentía dolida por su reacción, su cuerpo reaccionó a la pasión colérica de Bennett con la misma intensidad con que reaccionó a su anterior dulzura. Atrapada en las oscuras y misteriosas sensaciones que dominaban su cuerpo, Mari volvió a presionarse contra Bennett.

Él la agarró por la cintura, pero ella no le permitió apartarla.

—¡Maldita sea, Mari! ¿Qué me estás haciendo?

—Creo que en el Kama Sutra lo llaman «La enredadera enroscada».

Bennett presionó a Mari contra la suave pared de la piscina y el agua formó pequeñas olas a su alrededor.

—¿Nunca te detienes a considerar los peligros de tus acciones? —preguntó Bennett.

Ella jadeó mientras él deslizaba la mano entre sus cuerpos y acariciaba la entrepierna de Mari con movimientos circulares y de frotación.

—Normalmente, sí, menos cuando hombres presuntuosos y dominantes me provocan...

Los dedos de Bennett aumentaron el ritmo.

—¡Bennett!

—¿Por qué no puedo resistirme a ti? —murmuró él en el oído de Mari.

El miembro de Bennett pulsaba con fuerza entre las piernas de ella emocionándola y aterrorizándola al mismo tiempo.

—¿Qué me estás haciendo?

—Lo que deseabas que te hiciera desde el primer momento. —Él siguió llevándola, sin piedad, hasta el límite de la cordura—. ¿O acaso quieres que me detenga?

Bennett detuvo el movimiento de la mano.

Mari se presionó contra él y bajó las manos por la resbaladiza piel de su espalda mientras intentaba que las sensaciones que experimentaba no terminaran.

—¡Ni se te ocurra!

Él reemprendió el delicioso y tortuoso movimiento rítmico.

—Te dije que no me apartaría de tu lado, ¿recuerdas?

Bennett aplastó los labios de Mari con los suyos, pero ahora la desesperación había reemplazado a la rabia.

O quizá se trataba de la desesperación de Mari. Ella ya no lo sabía.

Mari experimentó una serie de sacudidas y clavó las uñas en la espalda de Bennett mientras el éxtasis explotaba en su interior. Las olas bañaban su cuerpo mientras el ondulante placer recorría sus venas. Ya no podía distinguir dónde terminaba su cuerpo y empezaba el agua. Empezó a respirar con jadeos rápidos y entrecortados.

Si Bennett no estuviera sosteniéndola, se habría hundido en la piscina y se habría ahogado. No le extrañaba que le hubiera costado tanto conseguir el Kama Sutra.

Apoyó la cabeza en el hombro de Bennett y cerró los ojos mientras se aferraba a aquel breve momento de paz. No quería abrir los ojos. Quería quedarse allí, acurrucada en los brazos de Bennett, hasta que su mundo se enderezara por sí solo. Pero se negaba a contarle sus pensamientos a Bennett, porque él solo reaccionaría con desprecio a su debilidad. No podía concederle ese poder sobre ella.

—Si intentabas convencerme de que actuar impulsivamente constituye una locura, has fracasado —declaró en voz baja mientras intentaba recuperar las fuerzas.

Mari separó las piernas de la cintura de Bennett y unas oleadas residuales de placer la hicieron estremecerse.

Entonces sintió, más que oyó, un ruido sordo en el pecho de Bennett y no pudo distinguir si se trataba de un gruñido o una risa. Mientras se separaba de él, frunció el ceño. ¿Cómo no había visto

173

la cicatriz blanca que iba desde su hombro hasta su ombligo? Mari se apartó un poco más y lo examinó con más atención. Tenía una cicatriz en forma de estrella en la parte izquierda del torso y media docena de pequeñas marcas salpicaban la zona del abdomen que le sobresalía del agua. Su cuerpo era como sus manos.

Y ambos pertenecían a un guerrero.

Mari tocó, con la punta del dedo, la estrella que tenía sobre las costillas. Ninguno de sus poemas hablaba sobre su propio dolor, pero ¡cielo santo!, ¿cómo había podido soportar aquello? No le extrañaba que considerara que las medallas eran unos trozos inútiles de cinta y metal, porque él llevaba las marcas de su maldita lealtad en la piel.

—¿Qué ocurrió?

Él apartó la mano de Mari.

—La guerra —contestó, pero no le contó ningún detalle.

A pesar del tono tenso de su voz o, quizá debido a él, Mari no pudo evitar inclinarse y besar el extremo de la cicatriz de su hombro.

—Lo siento.

—Forma parte de ser un soldado.

Bennett se frotó los ojos y, por primera vez desde que se marcharon de la casa de Esad, no la miró como si deseara estrangularla. Se apartó de ella, suspiró y sumergió el cuerpo en el agua. Después nadó con brazadas ágiles y largas hasta la escalera y se dirigió al banco donde estaban las toallas.

Unas cicatrices largas y profundas se entrecruzaban en su espalda. Mari soltó un respingo. ¡Lo habían azotado! Ella conocía a bastantes personas que habían sido esclavas y reconoció el patrón de las marcas. Aquello no era el resultado de una batalla. Tenían que habérselo hecho deliberadamente. Un agudo sentimiento de rabia la invadió.

—¿Quién te hizo eso en la espalda?

—Los franceses.

—Pero tú eres un oficial.

—Sí, un oficial que no pensaba darles la información que ellos querían.

—Nada merece que sufras tanto —susurró ella.

—No tenía derecho a transmitir esa información.

Habían cerrado el círculo y Mari nunca se había sentido tan lejos de él.

Bennett se secó con rapidez y después sujetó la toalla alrededor de su cintura.

—Si estuviéramos en Inglaterra, probablemente te habrían colgado por lo que has hecho esta tarde. —Bennett la miró con cara inexpresiva—. Para mí habría constituido un honor entregarte.

El agua de la piscina hizo que Mari sintiera escalofríos.

—¿Me habrías entregado?

Él la miró fijamente y después le dio la espalda y empezó a vestirse.

Mari salió de la piscina, tomó la otra toalla y secó su enagua tanto como pudo.

—Debería acudir al embajador y contarle lo que has hecho.

Mari se quedó helada. El agua goteó de su cabello y se deslizó por sus brazos y su espalda. El corazón le latía con fuerza en el pecho. Aunque había reflexionado sobre las decisiones que había tomado, no había considerado esta opción.

—¿Lo harás?

Él se puso los pantalones encima de los calzones mojados.

—Me han ordenado que te proteja.

¿Qué significaba esto? ¿Qué la protegería de sí misma y acudiría al embajador o que guardaría silencio?

—Mis actos no han puesto en peligro la vida de nadie. Los hombres de Talat, simplemente, llegarán tarde. Yo no los he puesto en peligro. Nunca lo habría hecho.

Él la contempló con expresión cansada.

—¿En serio? ¿Ni siquiera para proteger a tu pachá?

Bennett cogió su camisa.

Ahora fue ella la que guardó silencio.

—No informaré al embajador. También me ordenaron que me asegurara de que dibujas Vourth, y si te consideraran una traidora, no podrías llevar a cabo la misión.

Bennett la miró de arriba bajo de una forma distante y hermética.

¿Debía darle las gracias? Mari se estrujó el cabello hasta que le dolió el cuero cabelludo y se puso la bata. Tenía la enagua pegada al cuerpo, pero se secaría pronto. Intentó abrochar los botones de la bata. Todavía se sentía extraña y ajena a su cuerpo por el placer que había experimentado, pero no era el momento de pensar en eso. Apretujó la bata contra su cuerpo.

Prefería que Bennett estuviera enfadado. Ahora no había nada entre ellos salvo el vacío. Se sentía como si la hubieran dejado en una habitación con un desconocido. No, peor que eso, porque la distancia entre ella y un desconocido le habría resultado tolerable, pero ahora se sentía como si le hubieran arrancado algo precioso.

—Me voy a la cama.

Él asintió con la cabeza y la siguió hasta la habitación, pero no intentó entrar.

—Me quedaré aquí vigilando.

El agotamiento que sentía Mari hizo que le resultara imposible discutir con él.

—Está bien. —Se volvió hacia él—. Dormirás un poco, ¿no?

—Después de que me haya asegurado de que estás a salvo.

Mari cerró la puerta y se acurrucó hecha un ovillo en la cama. Si no se arrepentía de lo que había hecho, ¿por qué se sentía tan mal?

14

A pesar de lo que le había prometido a Mari, Bennett no conseguía dormir.

¿Por qué nadie le había contado el trato que Mari había hecho con su primo? No le extrañaba que no deseara hablar con Daller cuando llegaron a la embajada y que se enfadara tanto después de lo que él le dijo en la fonda. Debía de creer que él también la estaba obligando.

Lo cual era cierto.

Se frotó las sienes. Por lo visto, hacía tiempo que tenía que haber hablado con su primo.

Daller debería haberle permitido abandonar la misión. «Algo que tú no le has permitido», se burló su propia conciencia.

Bennett caminó de un lado a otro intentando organizar sus pensamientos.

Como no lo conseguía, finalmente, se fijó en unas hojas de papel y un tintero que había en una mesa. Estar en la casa de una artista tenía sus ventajas.

Se acomodó en un sofá bajo que le permitía ver la puerta de Mari y mojó la pluma en la tinta. El papel en blanco se negó a consolarlo.

Los actos de Mari eran criminales. Había compartido una información secreta con alguien que no era la persona a la que iba dirigida. Unas gotas de tinta salpicaron la mesa.

Pero la cuestión no era tan sencilla. ¿La información era vital para Inglaterra o se trataba de un chisme sin valor cuyo único objeto era alimentar una lucha interna de poder? ¿Y acaso importaba que se tratara de una u otra cosa?

Como solía señalar su padre, los ejércitos separaban a las personas y las alianzas las unían.

Si él se sentía tan comprometido con el deber como decía, ¿por qué no informaba a su primo de la traición de Mari?

Se apretó el puente de la nariz. A pesar de sus nobles ideales, había perdido su objetividad. La frontera entre su misión y Mari se había emborronado. ¡Cielos, si hacía apenas una hora que la había llevado al éxtasis mientras ella jadeaba entre sus brazos!

Su cuerpo le recordó de una forma dolorosa que él no se había desahogado, aunque aceptaba de buen grado la incomodidad que había ganado con esfuerzo. Al menos había conservado esa pequeña chispa de control.

Dio unos golpecitos en el tintero con la pluma. Una tonificante oda al deber y el país sería lo adecuado.

Diez minutos y doce versos tachados más tarde, Bennett gruñó y arrugó la hoja de papel. ¡Nada de lo que había escrito tenía ningún valor! ¿Por qué creía que escribir le aportaría tranquilidad de espíritu? La risa burlona de su interior lo acosó de forma alta y clara.

El coronel Smollet-Green tenía razón. Los militares no debían jugar con las banalidades poéticas. Resultaba vergonzoso.

Se frotó los ojos y contempló el techo. Siguió el recorrido de uno de los ruiseñores dibujados por Mari. A pesar de que había muchos pájaros, cada uno de ellos tenía algo peculiar que hacía que resultara fácil seguirles la pista mientras se esforzaban por alcanzar su objetivo. En el caso del ruiseñor, el objetivo consistía en la hoja de un árbol que contenía un pequeño charco de agua. Para su desgracia, cuando se posó en la rama, su peso hizo que la hoja se inclinara y el agua se derramó antes de que pudiera beberla. El ruiseñor hinchó su plumaje como muestra de indignación y solo lo deshinchó al atisbar, desde el extremo de la rama, la fuente real que había en el centro de la habitación.

La fantasía de Mari sorprendió a Bennett. Él nunca la habría considerado una optimista, sino más bien una pragmática. ¿Acaso la decepción le había arrebatado el buen humor o, simplemente, lo mantenía oculto debido a las circunstancias del momento?

Volvió a centrar la atención en la hoja de papel que tenía delante. ¿Por qué no intentaba escribir acerca de ella? Quizás así lograría apartarla de sus pensamientos. La pluma garabateó el papel con trazos rápidos.

La tensión que se acumuló en su nuca hizo que se enderezara. Dejó la pluma y leyó lo que había escrito. ¿Una ninfa acuática? Un cosquilleo recorrió su piel. ¡Aquello era bueno!

Al cabo de unos instantes, Bennett guardó el controvertido poema en el bolsillo de su chaqueta. Sabía que no era bueno juzgando poesía. El símil que había creado no constituía un desastre absoluto, pero no le había ayudado a conseguir su objetivo: apartar a Mari de su mente. Cerró los ojos y se masajeó la base del cráneo.

Por la mañana, le dejaría una nota a Abington. El hombre que había intentado robarles el día anterior debía de saber algo y Abington tenía bastantes posibilidades de conseguir esa información. Sus contactos con el mundo delictivo podrían resultarles útiles. Además, también tenía que elaborar un sólido plan para desenmascarar al perseguidor de...

Alguien llamó a la puerta de acceso al ala de las mujeres.

—¿Mari?

Se trataba de Achilla, la doncella.

Bennett tomó la llave y abrió la puerta.

Achilla miró más allá de él con desconfianza.

—¿Sí? —preguntó él.

—El padre de Mari ha vuelto.

—¿No puede esperar hasta mañana?

Achilla le lanzó una mirada airada.

—No.

—Mari está entera, si es eso lo que te preocupa.

Achilla desarrugó el entrecejo.

—Solo en parte. Mari insiste en ayudar a su padre personalmente cuando llega en ese estado.

—¿Opio?

Ella asintió con la cabeza.

Bennett comprendía que a Mari le avergonzara la adicción de su padre, pero los sirvientes ya lo sabían. No tenía forma de ocultárselo.

—¿Ella no confía en los sirvientes para que lo ayuden?

La doncella lo examinó durante unos instantes y, después, encogió levemente los hombros.

—Hace unos meses, Selim fue a recoger a sir Reginald al fumadero. Sir Reginald estaba agresivo y ordenó que lo encerraran en prisión acusándolo de secuestro. Sir Reginald tardó dos días en regresar a casa y revelar lo que había hecho. Como es lógico, Mari pagó la fianza para que soltaran a Selim de inmediato, pero ahora se niega a arriesgar el bienestar de nadie salvo el de ella.

Esto encajaba con Mari: protectora y leal hasta la insensatez. Bennett tamborileó con los dedos sobre su pierna. Sir Reginald había ordenado que encarcelaran a Selim. Esto explicaba algunas cosas.

Mari alegaba que solo tres personas sabían lo que hacía, pero ¿era posible que Selim también lo supiera? Él parecía ser lo bastante astuto para enterarse de todo lo que ocurría en la casa, y el padre de Mari le había proporcionado un poderoso motivo para sentir animadversión hacia la familia. Valía la pena investigar esa posibilidad.

Bennett contempló la puerta del dormitorio de Mari. Aquella noche ella esperaba no tener que preocuparse por la adicción de su padre. Además, necesitaba descansar.

—Yo me ocuparé de él.

Achilla no se apartó del umbral de la puerta.

—Usted tiene sus órdenes, comandante, y yo tengo las mías.

Tenía que reconocer su lógica.

—Muy bien, haz lo que tengas que hacer.

Achilla pasó por su lado y lo miró de soslayo.

—Sinceramente, esperaba tener que llamar algo más fuerte a la puerta.

Bennett arqueó una ceja.

—Si estuviera en el dormitorio de Mari, le habría costado oírme —explicó ella.

Bennett se ruborizó y, a continuación, carraspeó; ya no era un niño. Guardó la llave en su bolsillo.

Achilla chasqueó los dedos.

—No pierda esa llave, es la única que tenemos.

Él volvió a dejar la llave en el jarrón.

La doncella llamó con suavidad a la puerta del dormitorio de Mari y después entró y cerró la puerta tras ella. Al cabo de unos instantes, apareció Mari con el cabello despeinado. Se arropó con la bata y, al ver a Bennett, dio un traspié.

—Espera aquí, por favor.

Él odió ver que la pesadumbre hacía caer sus hombros.

—Te ayudaré.

Ella pasó junto a él sin levantar la mirada.

—Como quieras.

Sir Reginald estaba repantingado en uno de los sofás de la entrada. Un hilillo de baba resbalaba por su barbilla y agitaba los brazos como si estuviera ahuyentando insectos. Con una soltura que indicaba que estaba muy familiarizada con ello, Mari esquivó los manotazos de su padre, colocó uno de los brazos de su padre por encima de sus hombros y tiró de él para levantarlo del sofá.

—¡Maldito demonio! ¡Déjame en paz!

—Soy yo, papá.

—¡Vaya, Mari, no se puede decir que tú seas mejor! Al menos los demonios lo dejan a uno en paz de vez en cuando.

Antes de que Mari pudiera protestar, Bennett lo agarró con brusquedad por el otro lado. Incluso con lo delgado que estaba, no resultaría fácil trasladarlo y, si además estaba agresivo, ella no debería ocuparse sola de él.

Sir Reginald volvió sus vidriosos ojos hacia Bennett.

—¡Vaya, los malditos gigantes también están aquí!

Bennett y Mari trasladaron juntos a aquel hombre consumido por el opio. Después de pasar por delante de varias puertas del pasillo, se detuvieron.

Mari miró a Bennett a los ojos por primera vez.

—Por favor, tengo que acostarlo. Él tiene que cambiarse... y utilizar el orinal. Deja que me ocupe yo, por favor.

Sus ojos brillaron intensamente a la tenue luz del pasillo.

Su repetida súplica se clavó en el corazón de Bennett. Su padre tenía mucho de lo que responder.

—Esperaré aquí —declaró mientras soltaba a sir Reginald.

El repentino aumento de peso hizo que Mari se encorvara.

—Gracias.

Bennett abrió la puerta y ella condujo a su padre al interior de la habitación, lo arrastró hasta la cama, que estaba en el centro, y después cerró la puerta.

Bennett caminó de arriba abajo por el pasillo mientras sir Reginald refunfuñaba y maldecía.

—¡Maldita bruja! ¡Aléjate de mí! —exclamó con furia.

Mari soltó un grito ahogado de dolor.

Bennett abrió la puerta de golpe.

Mari estaba acurrucada en el suelo y se cubría la mejilla con una mano.

La rabia nubló la vista de Bennett. Agarró a sir Reginald por las solapas de su chaqueta y lo lanzó contra la pared. Sus manos rodearon su escuálido cuello.

El grito de Mari sonó distante y distorsionado en sus oídos.

—¿Golpearla le hace sentirse un hombre? —preguntó Bennett a sir Reginald.

Los ojos aterrorizados del padre de Mari giraron en sus órbitas y el hombre resopló y jadeó mientras propinaba débiles manotazos a Bennett.

Unas uñas femeninas se clavaron en las manos de Bennett.

—¡Para, Bennett! Él no me ha pegado. Me he caído. ¡Bennett, escúchame! ¡Suéltalo!

¿Cómo podía defenderlo? ¿Cómo podía defender Sophia a su marido? ¿Cómo podían habérsele escapado otra vez las señales?

Pues bien, aquel bastardo no quedaría impune. Su crueldad había llegado a su fin.

—Te protegeré tanto si quieres como si no. Tú y Sophia estáis ciegas si creéis que los hombres como tu padre cambian. Él no cambiará. Te pegará una y otra vez.

Un codo se clavó en sus costillas. Bennett soltó un soplido y aflojó las manos con las que apretaba el cuello de sir Reginald. Mari se deslizó por debajo de su brazo y le empujó el pecho. Bennett soltó a sir Reginald y este cayó al suelo mientras respiraba con dificultad.

Mari le propinó un bofetón a Bennett.

—¡Casi lo has matado! —Los sollozos convulsionaron su esbelto cuerpo—. Estaba sufriendo visiones, tropezó, me hizo perder el equilibrio y yo caí sobre la mesa. Él nunca me ha hecho daño. ¡Nunca!

Bennett cerró lentamente el puño mientras asimilaba las palabras de Mari.

—¡Sal de mi casa! ¡Ahora!

La mirada de Mari era como la de Achilla la noche anterior: horrorizada, aterrorizada...

El aire salía y entraba del pecho de Bennett con dificultad mientras su rabia era reemplazada por una sensación de náuseas.

La cara de sir Reginald iba recuperando el color, pero la marca de los dedos de Bennett seguía en su cuello.

Sir Reginald no le había hecho daño a Mari, al menos, no intencionadamente, y si Mari no se hubiera interpuesto, él podía haberlo matado. Bennett apretó los puños para disimular su temblor.

—Vete. Fuera lo que fuese lo que querías demostrar acerca de protegerme, ya lo has demostrado.

—Mari, yo...

Pero no podía contarle la verdad porque esto significaría romper la promesa que le había hecho a Sophia. Tuvo que tragar dos veces para no vomitar la bilis que se agolpaba en su garganta.

—No salgas de la casa —le indicó a Mari—. Regresaré pronto.

Mientras corría por el pasillo, se cruzó con Selim.

—Todos están vivos.

Pero por poco. Bennett consiguió llegar a la calle antes de vomitar. Se limpió la boca con el dorso de la mano.

Aquella tarde, Mari había traicionado su confianza. Pues bien, acababa de pagarle con la misma moneda.

—¡Malditos gigantes! Sabía que eran peores que los demonios, aunque no tan malos como los ciervos.

Mari suspiró y condujo a su padre hasta la cama. Los brazos le temblaron debido al esfuerzo y el nerviosismo.

Selim se colocó a su lado.

—La ayudaré.

Mari negó con la cabeza.

—No, de todas las personas de la casa, precisamente tú te mereces no tener que hacerlo.

Selim se inclinó.

—He olvidado todo el rencor que podía haber albergado mi corazón. —Entonces inhaló hondo—. Lo siento.

Mari se negó a soltar su carga, pero tampoco protestó cuando Selim levantó las piernas de su padre mientras ella lo tumbaba en la cama.

—Entonces eres mejor persona que yo.

Selim la ayudó mientras ella colocaba a su padre de costado para que no se asfixiara mientras dormía. Aquella noche, no tenía fuerzas ni para quitarle las botas. Le hizo una seña a Selim para que saliera de la habitación con ella.

Selim cerró la puerta tras ellos.

Las piernas de Mari temblaron y se sentó en el suelo antes de que le fallaran.

Selim se puso en cuclillas delante de ella con expresión preocupada.

—¿Se encuentra bien?

—Sí. El comandante Prestwood interpretó mal una situación y reaccionó de forma exagerada.

Mari presionó sus temblorosas manos contra sus mejillas.

Selim se puso de pie, se volvió y miró con los ojos entrecerrados el pasillo.

—La gente hace cosas horribles para proteger a las personas que ama. Cosas que, normalmente, no haría. —Selim suspiró—. Cosas de las que, después, se arrepiente.

Mari apoyó las palmas de las manos en las frías baldosas del suelo. A Bennett le habían asignado que la protegiera y, aunque sintiera un poco de afecto hacia ella —no se engañaría a sí misma creyendo que era amor—, esto no explicaba del todo la fiereza de su ataque.

En el momento de la agresión, su mirada era distante, como si su padre fuera el blanco de una rabia dirigida a otra persona. ¿Quién era Sophia? ¿Un miembro de su familia? ¿Una antigua amante? ¿A quién veía Bennett mientras estrangulaba a su padre?

—Así que el comandante Bennett no es el hombre que creíamos. —Selim apretó los labios con fuerza—. ¿Debo negarle la entrada a la casa?

Mari inhaló con pesar. Prohibirle la entrada a Bennett no impediría que entrara. No cuando tenía un maldito deber que cumplir.

—No, mañana hablaré con él.

Y tenía la intención de conseguir una explicación.

15

Bennett no tuvo que dejar la nota en la contraventana. La luz de una vela titilaba a través de las tablillas iluminando, a franjas, el oscuro callejón.

Ahora solo necesitaba que Abington estuviera solo. Dada la reputación que tenía en Londres con las mujeres, era dudoso. Bennett golpeó la contraventana de forma que su golpeteo pudiera confundirse con el viento y se retiró a la oscuridad.

Al cabo de pocos segundos, la ventana se abrió. Abington asomó la cabeza y escudriñó el callejón.

—¿Prestwood? ¿Dónde demonios estás? Nadie más en este país huele a jabón inglés perfumado. Bueno, salvo tu primo, pero él no sabe dónde vivo.

Bennett se puso bajo la luz y Abington frunció el ceño.

—Tienes un aspecto horrible. Entra por la puerta principal. Ahora te abro.

La habitación de Abington contenía una cama con un colchón de pelo de caballo y una mesa astillada de tres patas.

—¿Has hecho enojar al propietario? —le preguntó Bennett.

—Al contrario, a su mujer le gustaba un poquito demasiado. —Abington se encogió de hombros—. De todos modos, no paso aquí el tiempo suficiente para que me importe y, además, no tengo que preocuparme por que nadie entre a robarme mientras estoy fuera. —Sacó una petaca de una mochila que había en un rincón y se la ofreció a Bennett—. ¿Brandy?

Bennett la rechazó.

—¿Quieres hablar de lo que te ocurre? —le preguntó Abington.

—No.

Abington se sentó en el borde de la cama.

—Bueno, ¿entonces qué te ha traído a mi ventana?

Bennett le contó, en líneas generales, el intento de robo de la fonda y Abington soltó una maldición.

—Entonces, el hombre que la siguió el otro día sabía que ella trabaja para nosotros. No debes permitir que continúe.

Bennett no tenía la intención de repetir sus argumentos, al menos no esa noche, cuando sus emociones estaban a un paso del caos total.

—Necesito que averigües quién contrató al ladrón. Yo no puedo exigir verlo, pero creo que tú podrías conseguirlo.

Abington bebió un sorbo de la petaca.

—Te agradezco tu confianza en mis habilidades.

—No es que confíe en tus habilidades, sino en tu capacidad para actuar solapadamente.

Abington se quitó un sombrero imaginario.

—En efecto, ese es mi único talento natural. Veré qué puedo averiguar.

Bennett se apoyó en la pared para ocultar el temblor que todavía experimentaba. Debería haber aceptado el brandy de Abington.

—¿Qué sabes de Selim?

—¿El mayordomo de Mari?

Bennett asintió con la cabeza.

—Lleva unos diez años con la familia y Mari confía en él. ¿Por qué?

—¿Sabías que hace unos meses el padre de Mari hizo que lo encarcelaran?

Abington se enderezó.

—Sí, lo había oído.

—Esto le proporciona un motivo para odiar a la familia.

—Pero fue Mari quien lo liberó —comentó Abington mientras tamborileaba con los dedos en su barbilla—. Comprendo que esa podría ser una motivación pero, en cualquier caso, yo no lo veo como el cerebro de la operación, y él tampoco tendría por qué hacer seguir a Mari.

Su opinión coincidía con la de Bennett, pero el mayordomo era un sospechoso demasiado obvio para descartarlo.

—La otra noche pudo enterarse de dónde nos hospedábamos en Midia y es lo bastante listo para sospechar que Mari se dedica al espionaje.

—¿Crees que se trata de un informador?

—Es posible. Lo investigaré. —Bennett guardó silencio unos instantes—. ¿Sabías que Mari quería abandonar después de lo de Chorlu?

Abington separó la petaca de su boca.

—No, yo intenté convencerla de que lo dejara, pero ella se negó.

Bennett le lanzó una mirada iracunda, aunque sabía que Abington no era el culpable de las decisiones de Mari.

—Lo hizo para que tú siguieras aquí.

—Sé que soy encantador, pero me parece que me he perdido.

—Daller le advirtió que tu misión ya no era una prioridad y que podían trasladarte a otro lugar. Si ella seguía dibujando, tú te quedabas.

Abington blasfemó en varios idiomas.

—Tuve la sensación de que algo pasaba, porque ella es muy razonable en todo lo demás. Tu primo merece que lo azoten.

—Hablaré con él. ¿Es posible que supiera que ella era la autora de los dibujos antes de lo de Chorlu?

Abington tamborileó con los dedos en la mesa y esta se tambaleó.

—No lo creo. Y, aunque lo supiera, ¿por qué habría de querer hacerle daño? Cuando empecé a entregarle los dibujos, sus superiores lo tomaron en serio por primera vez desde que lo nombraron embajador. ¿Por qué habría de arriesgarse a perder ese prestigio? Además, no tiene por qué enviar a nadie a robar uno de los dibujos de Mari.

Bennett frunció el ceño. Para él esto tampoco tenía ningún sentido, pero alguien había traicionado a Mari y tenía que investigar todas las posibilidades.

—Averigua todo lo que puedas del ladrón de Midia —le indicó a Abington.

—Saldré con la luz del alba.

Bennett frunció el ceño.

—¡Demonios, Prestwood, no soy uno de tus soldados! —exclamó Abington sosteniendo la mirada airada de Bennett—. Está bien, saldré ahora mismo. De todos modos, pronto amanecerá.

Bennett se volvió hacia la puerta.

—¡Espera! —Abington se agachó junto a la sucia mochila que había cerca de la puerta y sacó varios documentos enrollados—. Esto es todo lo que tengo sobre Vourth, aunque la mayor parte de la información es de hace meses o quizás años. No sé si te servirá de mucho.

Entregó los documentos a Bennett, colgó la mochila a su espalda y, antes de irse, señaló la habitación con un gesto despreocupado de la mano.

—Intenta no dejarlo todo hecho un asco —declaró.

Bennett lo siguió al exterior, pero cuando llegó al callejón Abington ya había desaparecido.

Cuando guardó los documentos en el interior de su chaqueta, sus dedos rozaron el poema que había escrito sobre Mari. Acarició el papel, aunque inmediatamente se detuvo. Ella no era una ninfa, sino la mujer que él debía proteger; una mujer que era culpable de traición; una mujer a cuyo padre él había estado a punto de matar.

El ruido sordo de sus botas resonó en las silenciosas calles. Todavía no sabía qué pensar de Mari. Ella volvería a traicionar a Inglaterra si creía que, de esta forma, ayudaba a uno de sus amigos. Ella misma lo había reconocido. Todas las partes de Bennett que habían sido moldeadas por el ejército se rebelaban contra el razonamiento de Mari, pero las pocas partes que permanecían intactas deseaban que él fuera el receptor de esa lealtad.

Ahora este deseo era inútil.

Dio una sigilosa vuelta alrededor de la casa de Mari. Todo estaba en calma y las ventanas a oscuras. Un examen exhaustivo de los alrededores no reveló nada. Su perseguidor no estaba allí.

Después de comprobar las cerraduras de las puertas y las ventanas, Bennett regresó a la casa del embajador. Hacía tiempo que debería haber hablado con su primo.

Cuando llegó, los sirvientes todavía estaban realizando las tareas de limpieza posteriores a la fiesta. El segundo mayordomo le indicó que lord Daller se había retirado hacía apenas unos minutos.

Bennett llamó a la puerta de la habitación de su primo.

—¡Entre!

Daller estaba en el vestidor. Un ayuda de cámara le estaba quitando la chaqueta del traje de etiqueta. Daller levantó la mirada y vio a Bennett.

—¡Ah, Prestwood, me preguntaba dónde te habías metido! Las damas me han estado persiguiendo toda la noche para averiguarlo.

—La señorita Sinclair no se encontraba bien y la acompañé a su casa.

Daller se dio unos toques de crema en la barbilla.

—Espero que no sea nada grave.

—Un simple dolor de cabeza —contestó Bennett. Entonces guardó silencio unos instantes—. Tenemos que hablar.

—¿Ahora? —preguntó Daller.

Bennett asintió con la cabeza.

Daller despidió al ayuda de cámara y se volvió hacia Bennett.

—¿Qué puedo hacer por ti?

—¿Qué ocurrió después de Chorlu?

—¿Disculpa?

—¿Mari te informó de que ya no quería dibujar más? —preguntó Bennett.

—Ya veo. Debe de haberte contado lo de nuestro trato. —Daller frunció el ceño—. Sí. Hacía tiempo que no recibía ningún dibujo de ella, así que fui a su casa para asegurarme de que se encontraba bien. Ella me informó de que ya no quería dibujar más para los británicos. Yo, como es lógico, lo comprendí, pero ella me había colocado en una situación difícil. —Daller destapó un frasco de cristal y vertió parte del contenido en un cuenco—. Yo había oído que querían retirar a Abington de su misión actual, pero informé a mis superiores de que él era la razón por la que la señorita Sinclair nos ayudaba y ellos accedieron a dejarlo continuar con tal de seguir recibiendo los dibujos. —Mojó un dedo en la aceitosa sustancia y lo extendió por su bigote—. De modo que, cuando la señorita Sinclair me dijo que pensaba dimitir, le advertí de las consecuencias de su decisión.

Para el gusto de Bennett, Daller había endulzado demasiado la historia.

—O sea, que la amenazaste.

Daller abrió desmesuradamente los ojos.

—¿Eso es lo que ella cree? No me extraña que esta noche pareciera enfadada conmigo.

¿Así lo había percibido Mari a él la otra noche en la fonda? A Bennett se le removieron las tripas. No le extrañaba que ella no confiara en él.

—¿Por qué no le permitiste dimitir?

Daller suspiró.

—La información que nos suministra es vital para Inglaterra.

—¿No será que te encanta el prestigio que su información te proporciona?

Daller enderezó la espalda.

—A mí me va de maravilla sin sus dibujos.

—Mi padre te ayudó a conseguir este puesto, ¿no es cierto?

Daller le lanzó una mirada furibunda.

—También pagó tu nombramiento, ¿no? Pero desde entonces, los dos nos hemos construido una reputación basada en nuestros propios actos. Siento haber presionado a la señorita Sinclair, pero fue ella la que decidió. Yo no apoyé una pistola en su sien.

—Pues alguien lo hizo —replicó Bennett mientras estudiaba la reacción de su primo.

—Yo ni siquiera sabía que ella trabajaba para nosotros hasta después de lo de Chorlu y, cuando me enteré, pedí a mis superiores que enviaran a alguien para protegerla.

Bennett lo observó. Estos dos datos parecían exculpar a Daller.

Su primo dio unos golpecitos nerviosos en la caja de rapé que había sobre la mesa del vestidor.

—¡Seguro que tú también has hecho cosas por el bien mayor de Inglaterra!

—Sí, así es.

Pero el deber parecía una pobre excusa cuando era otro quien la utilizaba.

—Siento haberte importunado a estas horas —se disculpó Bennett.

El nerviosismo de su primo desapareció detrás de una fachada de calma y formalidad.

—No te disculpes. Tu deber consiste en asegurarte de que la señorita Sinclair está a salvo. No te culpo por ello. ¿Sabes cuándo irá a dibujar Vourth?

—Todavía lo estamos planificando —contestó Bennett.

Daller abrió la caja de rapé y volvió a cerrarla de golpe.

—Me temo que tendréis que acelerar la planificación. Según me han informado, la construcción de la fortaleza se ha adelantado a lo programado.

Bennett se puso en tensión.

—Me dijeron que necesitaban los dibujos para finales de este mes.

—Aparentemente, y por primera vez que yo sepa, las ruedas de este imperio giran a más velocidad de lo previsto. Cuanto más esperéis, más peligrosa será la misión para ti y para la señorita Sinclair.

Cuanto antes pudiera escapar de aquella locura, mejor.

—Saldremos tan pronto estemos preparados.

16

Mari arrancó otra delicada flor y la lanzó a un rincón del jardín. Después hizo lo mismo con otras dos.

—Mmm... Esa era verde como su uniforme, pero creo que las dos primeras eran inocentes.

Mari se sobresaltó al oír la voz de Achilla y arrancó la planta de raíz. Resopló y volvió a plantarla redirigiendo las tuberosas ramas hacia la pared.

—Tu padre ya está despierto... —declaró Achilla procurando mantener una expresión neutra en la cara.

—¿Cómo está?

—Como cada vez que se excede, aunque en esta ocasión ha insistido en taparse el cuello con un fular.

—No creo que se acuerde de nada de lo ocurrido —comentó Mari.

Achilla realizó un gesto de escepticismo.

—Lo sé —continuó Mari—, sin embargo, lo que ocurrió ayer es como para recordarlo.

Se limpió la tierra de las manos. Seguramente, en la mente de su padre, el ataque de Bennett debía de haberse confundido con las pesadillas, que cada vez eran más frecuentes.

—Pensaba que el comandante Prestwood ya habría llegado.

—¿El comandante Prestwood? ¿Bennett ha quedado relegado a un segundo plano?

Mari le lanzó una mirada airada.

—Tu comandante Prestwood hace una hora que ha llegado —continuó Achilla.

Mari se puso de pie.

—¿Por qué no me lo habías dicho?

—No parecías interesada en verlo esta mañana. Además, pidió hablar con Selim.

¿Con Selim? ¿Qué podía querer hablar Bennett con su mayordomo y por qué no se lo había comentado a ella primero?

—¿Dónde están?

—En el salón principal.

Mari entró indignada en la casa. Si Bennett creía que ella estaría demasiado alterada por lo que había ocurrido la noche anterior y que pasaría por alto su intromisión, pronto se daría cuenta de que se había equivocado. Puede que lo que sentía por él en aquel momento no tuviera sentido, pero esto no la convertía en una persona estúpida o condescendiente.

Se detuvo junto a la puerta del salón para escuchar lo que decían.

—¿Así que no sentiste rencor hacia los Sinclair después de que sir Reginald hiciera que te encarcelaran? Según tengo entendido, las prisiones turcas no son muy agradables —comentó Bennett con voz demasiado amable y distendida.

Mari abrió la puerta con brusquedad.

—¿Puedo hablar contigo un momento, cariño?

Selim se sobresaltó y casi se cayó de la silla. Estaba pálido y nervioso.

¡Aquello era demasiado! ¿Acaso el comandante tenía que atormentar a todos los habitantes de la casa?

—¡Ahora, Bennett, por favor!

Bennett se levantó y Selim lo imitó. Mientras se acercaba a Mari, Bennett la miró con frialdad.

—Comandante, señorita Sinclair, yo... —La frente de Selim empezó a gotear sudor por debajo de su gorro de terciopelo rojo—. De hecho, estoy..., voy... —Se enjugó la frente—. Voy retrasado en mis tareas de la mañana. ¿Me necesitan más o puedo regresar a mi trabajo?

—Sí.

—No.

Mari lanzó una mirada feroz a Bennett.

—No, Selim, no te necesitaremos más esta mañana.

Bennett transigió con una leve inclinación de la cabeza.

Selim realizó una profunda reverencia y salió a toda prisa de la habitación.

Mari cerró la puerta con una suavidad exquisita. O esto o la arrancaba de los goznes del portazo. Entonces se volvió hacia Bennett.

—¿Cómo te atreves? Selim es mi sirviente. ¡No tienes derecho a interrogarlo sin informarme primero!

—Alguien de tu casa te ha traicionado.

Ella se puso tensa.

—Selim, no. Yo le confiaría mi vida. —Inhaló hondo, pero no consiguió tranquilizarse—. ¿Qué te hace pensar que hay un traidor en mi casa?

Él la miró con el ceño fruncido en esa forma suya tan molesta que indicaba sentimiento de superioridad.

—Alguien nos encontró en la fonda y muy poca gente sabía adónde nos dirigíamos.

—Pudieron seguirnos.

—No, nadie nos siguió. Estuve vigilando durante todo el camino.

—Bueno, quizá no eres tan infalible como crees.

Él apretó los labios y contestó:

—¿Quieres decir que tú sí que viste que alguien nos estaba siguiendo?

Ella se sacudió un pétalo de una flor de la manga.

—No, fui lo bastante estúpida para confiar en ti.

Una ligera arruga surgió en el entrecejo de Bennett, pero enseguida desapareció.

—Alguien ha descubierto lo que estás haciendo y te están observando.

—Pero no se trata de Selim. —Aunque Bennett tenía razón. ¡Maldición!—. Hay otras personas que saben lo que hago. Tu primo, por ejemplo.

Bennett negó con la cabeza.

—El disparo de Chorlu ocurrió antes de que Abington le informara sobre tu identidad.

—Pues Abington tampoco es el traidor —replicó ella.

Bennett la escudriñó con la mirada.

—Confías mucho en los demás para ser una mujer a la que le han disparado a la cabeza. Pero, en este caso, estoy de acuerdo contigo. Si Abington fuera el traidor, no tendría sentido que le hubiera contado a mi primo quién eras tú. Además, por lo que yo sé, Abington prefiere los puñales y los callejones oscuros a las armas de fuego y la luz del día.

—¿Adónde nos conduce esto? —preguntó Mari.

Bennett se encogió de hombros.

—Tú verás, porque me acabas de ordenar que elimine de mi lista a la mayor parte de los sospechosos.

—Pero no tienes planeado obedecerme, ¿no?

Bennett torció ligeramente los labios.

—No hasta que las pruebas me permitan eliminarlos.

Su expresión divertida confundió todavía más las emociones que experimentaba Mari. Ella no quería que él se divirtiera con ella ni que recordara que ella se había divertido con él. Ya no eran amigos. Él la consideraba una traidora y ella lo consideraba...

Todavía no lo sabía.

—¿Qué ocurrió ayer por la noche? —preguntó, repentinamente, Mari.

Las palabras salieron de su boca antes de que pudiera ocultar la ansiedad que contenían.

Él no fingió ignorar a qué se refería.

—Reaccioné de una forma exagerada.

—¿Por qué?

«Por favor, que sea una buena respuesta», suplicó ella en silencio. Deseaba que todo quedara explicado. Deseaba poder ver en Bennett al hombre que vislumbró en los poemas y de nuevo en el baile. Deseaba que él volviera a mostrarse comunicativo.

Bennett se puso tenso, como si le hubieran ordenado que se pusiera firmes.

—No puedo contártelo.

¿No podía o no quería? Sin duda, las circunstancias hicieron que él perdiera el control, igual que le había ocurrido a ella, pero su explosión se debía a algo más.

—¿Quién es Sophia?

Bennett agarró con fuerza el respaldo de la silla que tenía delante.

—¿Cómo...?

—Ayer por la noche gritaste su nombre. ¿Quién es ella?

Si se lo confesaba, ella deduciría el resto por sí misma.

Bennett se volvió y se dirigió hacia la ventana con paso decidido.

—No es de tu incumbencia.

Mari lo siguió hasta que pudo ver de nuevo su cara.

—¿Es tu amante?

Él realizó una mueca.

—¿Alguien de tu familia, entonces?

Él abrió la ventana dejando que el aire polvoriento de la calle entrara en la habitación.

—No es de tu incumbencia.

Ella cruzó los brazos.

—Me merezco una explicación.

—No puedo dártela, pero no volverá a suceder.

—¿Y puedo confiar en tu palabra en esta cuestión? —preguntó ella con el corazón encogido por la amargura.

Él se estremeció, como si ella lo hubiera abofeteado, y respondió lleno de rabia:

—¿Es eso lo que te preocupa? ¿Que sea el tipo de hombre que suplica el perdón una y otra vez mientras sigue actuando de la misma forma? —Pasó junto a ella con pasos largos—. ¡Pues, para que lo sepas, no soy ese tipo de hombre!

—¡Espera, Bennett!

Mari lo siguió dando traspiés, pero él se dirigió al estudio de su padre y entró sin llamar.

—Sir Reginald... Bonito fular.

—¿Por qué...? Esto..., gracias...

—Bennett... —lo llamó Mari cuando llegó a la puerta.

Su padre estaba sentado al escritorio con expresión de perplejidad.

Bennett no le hizo caso a Mari.

—Yo le produje los morados del cuello.

El padre de Mari se enderezó en la silla.

—¡El demonio!

—No, por lo que recuerdo, ayer por la noche yo era un gigante. —Bennett agarró a Mari por el brazo y la obligó a entrar en el estudio—. ¿Ve el morado que su hija tiene en la mejilla? ¿El que ella cree que ha ocultado muy bien gracias al polvo de arroz? Pues se lo produjo usted cuando estaba drogado. La empujó y la hizo caer sobre una mesa.

El padre de Mari empalideció, cogió la taza de té y bebió un sorbo.

—¿Mari, hija mía, es eso cierto?

Ella intentó retroceder, pero la férrea mano de Bennett se lo impidió.

—¡Para, Bennett! ¡Ya está bien!

Él le soltó el brazo.

—Sí que es cierto —contestó en lugar de Mari. Entonces clavó la mirada en la de ella—. Yo soy responsable de mis acciones y no intento justificarlas. —Se volvió de nuevo hacia el padre de Mari—. Y usted no volverá a hacerle daño tanto si está drogado como si no.

El padre de Mari dejó la taza en el plato con mano temblorosa.

—No, por todos los santos, no volveré a hacerle daño. Te juro, Mari, que no volveré a tocar el opio nunca más. Lo siento muchísimo.

La familiar promesa destrozó a Mari y abrió la herida sin cicatrizar que escondía en su pecho.

—¡Maldito seas! ¡Malditos seáis los dos!

Mari salió del estudio como una exhalación antes de que Bennett pudiera atraparla y corrió por el pasillo hasta el jardín.

«Estaba sentada en el comedor. El estómago le rugía, pero ella ni siquiera intentó probar la humeante comida. Se tocó el cabello. Por primera vez en su vida, lo llevaba recogido como su madre. Había permitido que su doncella se lo estirara y alisara durante más de una hora para que se viera más o menos arreglado.

»En lugar de contemplar la silla vacía que encabezaba la mesa, fijó la mirada en la fuente de plata con carne de cordero que tenía enfrente.

»—Señorita, su padre todavía no ha regresado —le informó el nuevo mayordomo desde la puerta.

»Pero regresaría. Ella estaba segura.

»Aquel día era distinto a los demás. Ella le había escrito en una carta todas las razones por las que lo necesitaba. Le había escrito que se asustaba cuando él regresaba con la mirada perdida y vacía o, peor aún, cuando no regresaba. Lo único que ella quería como regalo de cumpleaños era que dejara de hacer aquellas cosas y le prometió que, si dejaba de hacerlas, nunca más le pediría nada.

»Cuando su padre leyó la carta, lloró, cayó de rodillas y apretujó la mano de Mari contra su mejilla. Su reacción habría asustado a Mari a no ser por el hecho de que le prometió, ¡le prometió!, que no volvería a probar el opio nunca más. Su padre era un hombre de honor. Era un hombre de palabra.

»—¿Señorita, quiere que me lleve la comida a la cocina para mantenerla caliente?

»—¡No! —Mari se tapó la boca con la mano y se dio cuenta de que había reaccionado más como una niña que como la mujer en la que pretendía convertirse aquella misma noche—. Mi padre llegará enseguida. Estoy segura. Debe de haberse encontrado con uno de sus amigos y se habrán puesto a hablar de antigüedades o algo parecido.

»Mari clavó la mirada en el plato de porcelana hasta que, cuando pestañeaba, veía su diseño en espiral en el fondo de sus párpados.

»Él regresaría. Su padre la quería... Ella le importaba más que una detestable droga.

»Una mano se posó en su hombro y ella volvió a la realidad de golpe.

»—¡Pap...!

»Pero no se trataba de su padre, sino de Selim.

»—Señorita, ¿quiere que ponga velas nuevas? Están a punto de apagarse.

»Lo único que quedaba en los candelabros eran unos chisporroteantes cabos de mecha.

»—Yo...

»La puerta de la entrada se abrió de golpe. Mari se levantó y tropezó con el dobladillo de su vestido, que nunca había sido tan largo como aquella noche.

»—¡Papá! —Corrió tan deprisa como pudo hasta el vestíbulo sin importarle si correr era digno de una dama o no y rodeó la cintura de su padre con los brazos—. ¡Te estaba esperando!

»Él se tambaleó en los brazos de Mari y, de repente, ella contuvo el aliento hasta que vio manchitas en los bordes de su campo visual. Al final, el pecho le ardió tan intensamente que no tuvo más remedio que inhalar.

»El olor dulce y fétido del opio hizo que se atragantara.

»Retrocedió lentamente. Las negras pupilas de los ojos de su padre ni siquiera la veían.

»Mari cerró los ojos, tragó saliva con fuerza y regresó al comedor.

»—Selim, ya puedes llevarte la comida. Esta noche no cenaremos. Y mi padre necesitará que lo ayudes en su dormitorio.

»Su padre había faltado a su palabra, pero ella mantendría la suya: nunca volvería a esperar nada de él.

Mari se tambaleó mientras intentaba, en vano, apartar aquellos recuerdos de su mente. Un único sonido de pasos le indicó que Bennett la había seguido. Pero su padre no, claro. Su padre nunca.

Clavó las uñas en las palmas de sus manos.

—Yo estaba bien. Había dejado todo eso atrás y entonces tú has tenido que obligarlo a pronunciar esas odiosas palabras otra vez. Esas palabras que él dice siempre de corazón pero que al día siguiente las ha olvidado. —Se agachó, cogió un terrón de tierra y lo lanzó contra la pared mientras deseaba tener algo para lanzárselo a Bennett a la cabeza—. ¿Crees que esto cambiará las cosas? ¿Crees que él se acordará de su promesa solo porque un hombre corpulento se lo ha ordenado? ¿Crees que se acordará siquiera de tu amenaza? Pues, para que lo sepas, yo dejé de ser crédula en este sentido hace ya mucho tiempo.

Bennett se colocó delante de ella.

—Mari...

—¡No! ¡Silencio! No quiero oírte más. ¿Crees que no he intentado detenerlo nunca? Pues sí que lo he hecho. Me he enfrentado a él. Le he suplicado. He llorado. Le he escondido el dinero. Le he ordenado al cochero que no lo acompañe... ¿No ves lo humillante que es esto para mí? Para él una pipa significa más que yo. Y lo peor de todo, la parte más inútil, estúpida y exasperante es que, cada vez que me promete que va a cambiar, una parte de mí tiene la tentación de creerlo.

Bennett la agarró por los hombros, pero ella no quería su consuelo. Era él quien no podía dejar las cosas como estaban, quien no sentía simpatía hacia ella ni confiaba en ella. Mari le golpeó el pecho una y otra vez hasta que sus brazos cayeron, exhaustos, a sus costados.

Solo entonces él la estrechó entre sus brazos.

—Si crees que voy a llorar, estás equivocado. Ya hace tiempo que dejé de llorar. Ya he llorado bastante por mi padre.

No podía permitirse dejarse llevar por la ilusión de seguridad que le ofrecía el abrazo de Bennett. Fuera lo que fuese lo que habían experimentado juntos los días anteriores, se había acabado. Una relación no significaba nada si no había confianza mutua y no permitiría que el contacto físico con Bennett la convenciera de lo contrario.

Ella no ocuparía el segundo lugar. Ni por debajo de una flor de adormidera ni por debajo del cumplimiento del deber.

De todos modos, le costó más de lo que deseaba admitir separar la cabeza del cálido pecho de Bennett.

—¿Nathan ya te ha dado información acerca de Vourth?

Bennett asintió con la cabeza y su barbilla rozó el cabello de Mari.

—Sí, ayer por la noche.

No había ninguna razón para alargar aquella situación.

—Entonces, elaboremos nuestros planes. Quiero que te vayas lo antes posible.

17

—Si el coche nos dejara aquí, estaríamos más cerca —comentó Mari mientras señalaba un punto del mapa con una mano y tiraba del cuello de su vestido nativo con la otra.

Bennett mantuvo la mirada fija en los mapas de Vourth que habían extendido sobre el escritorio del embajador y evitó mirar el exquisito trozo de piel que ella había dejado a la vista. No quería que nada le recordara la pérdida de control que experimentó la noche anterior. O la angustia que le había infligido a Mari aquella mañana. Nada de eso lo ayudaría a mantenerla con vida.

—Sí, pero entonces tendríamos que atravesar dos pueblos más y no quiero más testigos de los necesarios.

Mari entrecerró los ojos mientras reflexionaba en las palabras de Bennett.

—¿Cuánto tiempo nos llevaría llegar a pie?

—Un día y medio si no surge ningún problema.

—¿Y nosotros cargaremos con las provisiones y los objetos que vamos a necesitar?

Él asintió con la cabeza mientras experimentaba hacia ella admiración y exasperación al mismo tiempo. Mari le había formulado preguntas incluso sobre el menor de los detalles. Además, era rápida entendiendo sus razonamientos y no tenía que repetírselos varias veces. La guerra se habría terminado en la mitad de tiempo si sus generales hubieran tenido una décima parte de la fuerza de carácter de Mari, aunque una pequeña parte de él temía que ella formulaba todas aquellas preguntas porque, en el fondo, no creía que a él le importara si ella sobrevivía o no a aquella misión.

—Viajaremos ligeros de peso.

Ella tamborileó los dedos en el mapa.

—¿Dónde se esconden los bandidos?

—Abington se ha enterado de que se han producido ataques en estas tres zonas.

Él sabía que la ruta que proponía rozaba los límites de las tres zonas, pero, aun así, era la mejor. Mientras señalaba las zonas en el mapa, su mano rozó la de Mari. Él la retiró rápidamente, porque no necesitaba un recordatorio de lo que le producía el contacto con su piel.

—¿Cuánto tiempo hace que se produjeron los ataques?

—Uno ocurrió hace tres semanas. Asaltaron un tren de suministros que se dirigía al fuerte.

Todos los hombres, salvo uno, murieron en el ataque.

El silencio reflexivo de Mari permitió que Bennett percibiera con claridad el sentimiento de culpa que albergaba en su interior. De todos modos, ella había accedido a llevar a cabo la misión sabiendo el peligro que correría... Sí, y su hermana había decidido regresar con su marido sabiendo que era un bastardo violento.

Y él debería haber sido lo bastante fuerte para impedir ambas cosas.

—¿Y si surgen problemas? —preguntó Mari.

Mientras seguía el perfil de una cordillera con el dedo, frunció el ceño y se mordió el labio inferior.

Que tuviera miedo era bueno. El miedo la mantendría viva, pensó Bennett, pero esto no impidió que apretara los puños hasta que le dolieron.

¡Él tenía sus órdenes y no podía elegir cuáles deseaba cumplir y cuáles no! Si las órdenes siempre fueran agradables, no se llamarían órdenes.

Mari separó el dedo del mapa y la mano le tembló.

—¡No vayas a Vourth! —exclamó Bennett.

Sus palabras lo sorprendieron a él tanto como parecieron sorprender a Mari.

—¿Y qué hay de tus órdenes?

203

¿Desde cuándo se preocupaba ella por sus órdenes en lugar de maldecirlas?

—Yo conseguiré la información. Así será más fácil. Siempre que el Departamento de Guerra la reciba, no protestarán demasiado sobre quién se la ha proporcionado.

Salvo Carruthers. Aquel hombre era un bastardo y haría un verdadero problema de esa cuestión.

—¿Hasta qué punto sabes dibujar? —preguntó Mari.

A él no se le ocurrió ninguna mentira lo bastante rápido.

—De modo que no tienes ni idea —contestó Mari.

—Podré darles una idea general del tamaño del fuerte y del armamento del que disponen.

—¿Qué harán cuando descubran que yo no he realizado el dibujo? —preguntó ella.

—Yo cargaré con las consecuencias.

—¿Puedes garantizar que permitirán que Nathan continúe aquí?

Él sacudió la cabeza.

—No.

Mari contempló el mapa mientras tamborileaba con los dedos en el escritorio. Las arrugas de su entrecejo se acentuaron. Entonces levantó la vista, observó a Bennett y se dirigió lentamente a la ventana.

—Entonces tendré que ir yo.

—Te he dicho que ya no es necesario que vayas.

Las suaves curvas de su espalda no revelaron nada acerca de sus pensamientos.

—¿Cuándo salimos?

—¿Por qué haces esto? Tú no sientes fidelidad hacia los ingleses.

Sus palabras sonaron más duras de lo que él pretendía y se maldijo a sí mismo cuando percibió el respingo de Mari.

Pero lo que había dicho era verdad y no era habitual en él irse por las ramas.

—La causa griega necesita a Nathan.

Esta no podía ser la única razón.

—¿Y qué más?

—Nada más —contestó ella con voz totalmente serena.

Ahora todavía la entendía menos. ¿No se daba cuenta de lo que estaba rechazando? Fue ella la que dijo que quería dejar de dibujar. Aquello no tenía sentido. Deseó agarrarla por los hombros, volverla hacia él y obligarla a explicarse.

¡No! Lo que deseaba realmente era que ella confiara en él y le contara lo que pensaba por iniciativa propia. Pero los dos habían destruido la confianza que sentían el uno en el otro y no podían recuperarla. Esta idea se clavó como un puñal en sus entrañas.

—Tiene que haber algo más.

—Es duro cuando sabes que hay algo más pero la persona se niega a explicártelo, ¿verdad? —contestó Mari.

Si era esto lo que ella exigía como contrapartida a explicarle sus razones, no tenía nada que hacer, porque él no podía explicarle lo que había motivado su reacción de la noche anterior. No había podido explicárselo por la mañana ni podía hacerlo ahora.

—Saldremos pasado mañana.

Mari apoyó brevemente la frente en el cristal de la ventana.

—Esa noche me he comprometido a aplicarle henna a la prima de Fatima.

—Entonces el día siguiente.

—De acuerdo. Le diré a Achilla que...

—No, nadie de tu casa debe saber cuándo salimos.

Alguien los había traicionado en el último viaje y él seguía creyendo que se trataba de uno de sus sirvientes. Por esto había insistido en que planificaran el viaje en la embajada y no en la casa de Mari.

Ella se puso tensa y volvió a encararse a Bennett.

—Yo confío en mi gente.

—Pues yo no.

Ella le lanzó una mirada hostil.

—Entonces tú tampoco puedes contárselo a nadie.

Él apoyó las manos en el escritorio.

—Mi caso es diferente. Yo tengo que comprar los suministros.

Ella se encogió de hombros.

—Tus proveedores no tienen por qué saber cuándo y a dónde vas.

Alguien llamó a la puerta y, antes de que Bennett pudiera contestar, el embajador entró en la habitación.

—¿Cómo van los planes?

—Bastante bien —contestó Bennett.

Daller los miró alternativamente.

—¿Cuándo emprendéis el viaje?

Mari confiaba que Bennett notara las dagas que le estaba lanzando a la espalda con la mirada. Si ella no podía contar cuándo emprenderían el viaje, él tampoco debía hacerlo.

—Bastante pronto.

Mari suspiró silenciosamente.

Daller frunció el ceño.

—¡Ya te comenté lo urgente que es!

Bennett se colocó delante del mapa que habían estado estudiando.

—Sí, pero se trata de una misión complicada. Creo que una o dos semanas es un plazo razonable, a menos que consigamos más información.

El embajador tiró del puño de su chaqueta.

—Una semana estará bien. ¿Se ha recuperado usted de su indisposición, señorita Sinclair?

Su pregunta desconcertó a Mari, y Bennett intervino con rapidez.

—Como te dije, solo se trataba de una simple jaqueca. Fue bastante repentina, pero esta mañana Mari ya se había recuperado.

¡Maldición! ¡Se refería a su huida de la fiesta de la noche anterior! ¿Sospechaba Daller la verdadera razón de que se fuera de repente? Su expresión no reflejaba más que un simple interés de cortesía y Daller no sabía ocultar muy bien sus emociones.

El embajador asintió distraídamente mientras aspiraba una pizca de rapé. Mari dudó que hubiera escuchado la respuesta de Bennett sobre su estado de salud.

—Excelente. Entonces os dejaré a solas. Mantenedme informado de vuestros planes.

Mari respondió antes de que Bennett tuviera que volver a mentir:

—Será la primera persona a la que informemos.

El embajador esbozó una sonrisa que pretendía ser de complicidad.

—Me alegro.

Un sirviente apareció en la puerta.

—Milord, ha llegado un mensajero.

Cuando el embajador salió de la habitación, Mari exhaló un suspiro de alivio.

—No te resulta muy simpático, ¿no? —le preguntó Bennett.

—Por razones obvias: me amenazó.

—Según él, no pretendía amenazarte.

Mari arqueó una ceja.

—No me siento predispuesta a creerlo. Por lo que parece, las amenazas son algo de familia.

Bennett apretó las mandíbulas.

—Te ofrecí librarte de ir a Vourth.

Tenía razón, y su oferta la impactó más de lo que estaba dispuesta a admitir. ¿Qué significaba? ¿Se preocupaba tanto por ella como para no querer ponerla en peligro o, simplemente, creía que la misión resultaría más fácil sin ella?

¿Y por qué no había aceptado ella el ofrecimiento?

En cualquier caso, no podía compararlo con su primo. Mari contempló los rayos de sol del atardecer que se reflejaban en el empapelado de las paredes.

—No creo que seas como tu primo. De hecho, él me desagradaba ya mucho antes de que me amenazara, y el sentimiento era mutuo.

Bennett frunció el ceño.

—¿Entonces a qué se refería cuando comentó, en la fiesta, que le habías roto el corazón?

Mari resopló.

—Lo que ocurrió fue muy extraño. Hace tres meses, parecía que me estaba cortejando.

—¿Daller?

Su incredulidad no molestó a Mari porque ella sentía lo mismo.

—Lo único que se me ocurrió fue que el resto de las mujeres de la ciudad lo habían rechazado. Sea como fuese, me visitó en un par de ocasiones e incluso me envió flores. Yo le dejé claro que su interés no era correspondido. Lo extraño del caso es que no creo que sintiera nada por mí...

«¡La dote!»

Después de todo lo que ocurrió la noche anterior, se le había olvidado que Esad había decidido cederle su fortuna. Pero Daller no podía saberlo, ¿no?

Por otro lado, Talat había insinuado algo cuando habló con Bennett en la fiesta, y, curiosamente, Talat y el embajador se habían convertido en aliados durante el último año.

Mari volvió a sentir calor y tiró del cuello de su vestido. La mirada de Bennett siguió su movimiento. Ella dejó caer la mano, pero no pudo evitar que sus pezones se endurecieran. La noche anterior habían hecho cosas increíbles y escandalosas y, a pesar de lo que sentía y pensaba respecto a él, su cuerpo lo deseaba. Mari habló antes de que la intensidad de la mirada de Bennett la redujera a una masa temblorosa.

—Tengo que...

El embajador entró en la habitación como una exhalación y con la cara encendida de rabia. Clavó la mirada en Mari.

—¿Cómo se ha enterado?

Se acercó a Mari, pero Bennett se interpuso en su camino.

—¿Podemos ayudarte en algo?

La cara del embajador se volvió de un tono carmesí.

—Ella sabe, exactamente, a lo que me refiero. ¿Dónde estaba escondida, señorita Sinclair? ¿Detrás de las cortinas? ¿Detrás del escritorio?

Mari apretó con fuerza el respaldo de la silla y el dibujo de la madera tallada se clavó en su mano.

El aspecto de Bennett siempre era imponente, pero en aquel momento todavía lo fue más.

—¿De qué nos estás acusando exactamente?

—¡A ti no, a ella!

Durante unos instantes, el embajador clavó la mirada en la de Mari, y si ella no se estuviera apoyando en la silla, el odio de aquella mirada la habría hecho retroceder.

Bennett se desplazó un poco interponiéndose en el campo de visión del embajador.

—¿Cuál es el problema?

—Los hombres de Esad han atacado a los forajidos a primera hora de esta mañana.

Mari contuvo el aliento mientras esperaba la respuesta de Bennett. Él le dijo que no le contaría al embajador lo que ella había hecho, pero ¿lo negaría si se lo preguntaban? Se le revolvió el estómago.

—¿Han salido victoriosos? —preguntó Bennett.

Las aletas de la nariz de Daller se ensancharon.

—Sorprendentemente, sí.

Mari tragó saliva, aliviada. Al menos algo bueno saldría de todo aquello.

Bennett cruzó los brazos sobre su pecho.

—¿Entonces cuál es el problema?

Daller se movió para que ella pudiera verlo y Mari levantó la barbilla. No encontraría en ella ningún signo de debilidad.

—El problema consiste en cómo consiguió ella la información. ¡Es una espía!

Daller miró a Mari de arriba abajo con desprecio.

—Una espía que trabaja a favor de Inglaterra —le recordó Bennett.

El embajador se relajó, el color de su cara volvió a la normalidad y se atusó el bigote.

—Sí, sí, claro. —El brillo enfurecido de su mirada todavía no se había apagado—. Disculpadme, pero debéis comprender que, igual que tú, Prestwood, yo tengo la obligación de investigar cualquier hecho inquietante que se produzca en mi entorno. ¿Estaba usted en la habitación ayer por la noche, señorita Sinclair?

Ella salió de detrás de Bennett. Ahora que el impacto inicial había desaparecido, se negaba a escudarse detrás de él.

—¿En qué habitación?

Daller avanzó otro paso hacia ella, pero entonces miró a Bennett y retrocedió.

—En el estudio, donde mantuve una conversación con Talat y Prestwood. ¿Dónde se escondía usted?

Mari no tuvo que fingir resentimiento.

—Yo no estaba escondida en ninguna parte y, hablara usted con quien hablara, yo no estaba en esa habitación.

Daller movió el bigote como si se tratara de una rata en busca de comida.

—Usted se marchó de la fiesta justo después de que yo hablara con Talat, y esta mañana el pachá ha actuado a partir de una información secreta que yo revelé durante la conversación.

—¿Quién te suministró esa información? —preguntó Bennett.

Daller parpadeó sorprendido por la interrupción.

—¿Perdona?

—¿Quién te comunicó la localización de los forajidos?

Daller arrugó el entrecejo.

—Un informador nativo.

—Entonces la información no puede considerarse secreta. El pachá pudo recibirla de varias fuentes.

—Sí, pero...

—Ella no estaba en la habitación, Daller.

Al embajador se le bajaron los humos cuando oyó la afirmación categórica de Bennett.

—¡Bueno, bueno, está bien! —Su falsa sonrisa volvió a su cara—. No querría perder a uno de nuestros mejores agentes.

—¿Así que ahora soy una agente? —preguntó Mari.

El embajador rio entre dientes.

—Debe usted disculparme. Mi preocupación por Inglaterra constituye una pasión difícil de contener.

Como su preocupación por ascender en el mundo de la política.

Bennett contestó antes de que ella pudiera hacerlo.

—Todavía tenemos que planificar muchas cosas. Si hemos respondido a todas tus preguntas...

—Sí, disculpad la interrupción.

Sin embargo, el recelo seguía reflejándose en los ojos del embajador.

Cuando Daller se fue, Bennett guardó silencio. Mari intentó concentrarse en el mapa que tenía delante, pero una extraña y cálida sensación nublaba sus pensamientos.

Bennett no la había delatado.

No sabía si besarlo o abofetearlo por haberse entrometido. Ella podía cuidar de sí misma, aunque por una vez había resultado maravilloso no tener que hacerlo.

Realizó una mueca e interrumpió sus agradables pensamientos. No tenía sentido acostumbrarse a aquella sensación. Si Bennett no le daba una explicación sobre su forma de actuar de la noche anterior, no podía confiar en él, y se había negado a dársela. Ella no podía permitirse olvidarlo.

Aun así, se sentía agradecida.

—Gracias.

Las facciones de Bennett podían haber estado talladas en piedra. Sin pronunciar una palabra, dirigió de nuevo su atención al mapa.

Él no la había delatado, pero tampoco la había perdonado.

El hecho de que ya no confiara en él era algo bueno.

Sobre todo con su corazón.

18

Mari soltó una maldición en voz baja y eliminó la pasta de henna de su brazo. Como temía, la henna había teñido su piel de un desafortunado color marrón oscuro en lugar del naranja que proporcionaría suerte y prosperidad al matrimonio de Ceyda.

Lanzó una mirada a la puerta que comunicaba con el resto de la casa. Le resultaba casi imposible practicar los diseños de henna sabiendo que Bennett estaba al otro lado de la puerta, aunque habría sido diez veces peor practicar con él en el lado interior de la puerta y mientras la miraba con frialdad.

Seguramente, no le habría perturbado ver la piel desnuda de sus brazos. Al fin y al cabo se la había visto casi toda dos días antes. Y también la había acariciado.

Cerró los ojos mientras recordaba las sensaciones que experimentó. ¿Hasta qué punto la convertía en una desvergonzada querer que él volviera a hacerla sentir de aquella manera después de todo lo que había pasado desde entonces?

Gimió y pasó la pasta por un tamiz. Por desgracia, nunca dos partidas de tinte salían iguales. Removió la espesa sustancia de color miel. Tenía que practicar en su piel y encontrar el tiempo adecuado de exposición de aquella partida para la fiesta nupcial de la noche.

La novia tenía que ser la primera en ser decorada. Ni siquiera Mari podía llevar las manos teñidas, así que utilizaba los brazos para practicar. Pero ahora casi toda la superficie de estos estaba cubierta con intricados diseños de color marrón oscuro.

Había llegado la hora de pasar a la siguiente fase.

Levantó el borde de su vestido y se arremangó la pernera del pantalón. Mientras dibujaba un sencillo diseño de flores y enredaderas, sintió el frescor de la pegajosa pasta en su pantorrilla. Sería mejor que le saliera bien pronto o acabaría desnuda.

Quizás entonces invitaría a entrar a Bennett.

Oyó el ruido sordo de unas voces masculinas fuera de la habitación. Dejó el cono de papel enrollado de la henna a un lado. ¿De quién se trataba? Su padre había ido a visitar a un nuevo amigo que había hecho durante la fiesta.

La puerta se abrió y Nathan entró vestido con la rica ropa de un tendero.

—Algunas personas tienen perros guardianes. ¿Tú intentas crear una nueva moda de pretendientes guardianes?

Se quedó mirando la pierna desnuda de Mari, pero ella se puso de pie y bajó la pernera de su pantalón justo cuando Bennett entraba.

—¿Has averiguado algo? —le preguntó Bennett a Abington mientras cerraba la puerta tras él.

La expresión divertida de Abington se desvaneció.

—El ladrón no estaba.

—¿Qué? —preguntó Mari.

Bennett observó su colección de utensilios para la elaboración y aplicación de la henna.

—Le pedí a Abington que obtuviera información sobre el ladrón de la otra noche.

Mari cruzó los brazos sobre su pecho.

—¿Y cuándo pensabas comunicármelo?

La cabeza de aquel hombre era como el peñón de Gibraltar. ¿No se le había ocurrido pensar que era la vida de ella la que estaba en peligro y que debía informarle de cualquier novedad?

Nathan arqueó una ceja.

—¿Ya tenéis peleas de enamorados?

Bennett les lanzó, a ambos, sendas miradas de furia.

—¿Qué quieres decir con que no estaba? ¿Acaso lo han ejecutado?

Las imágenes de la pobre patriota griega asesinada resurgieron en la mente de Mari y no pudo evitar estremecerse.

Nathan apoyó una mano en su hombro para reconfortarla.

—No hay ninguna constancia de que haya estado allí. ¡Claro que, en esos lugares, no se lleva ningún tipo de registro! En cualquier caso, el ladrón es conocido en la zona, pero nadie recuerda haberlo visto últimamente. No llegó a la prisión.

—¿Entonces se escapó? —preguntó Mari.

Bennett tenía la mirada clavada en el hombro de Mari en el que Nathan tenía apoyada la mano. Mari se acercó un poco más a Nathan, simplemente para fastidiar a Bennett.

Nathan torció los labios en apoyo de la táctica de Mari.

—No, tampoco hay ninguna constancia de que haya escapado, aunque el juez local me aseguró que lo envió a la prisión.

—¿Entonces qué le ha ocurrido?

Nathan y Bennett intercambiaron una mirada que erizó el vello de Mari.

—¿Creéis que alguien lo mató?

Nathan se encogió de hombros y no se comprometió en la respuesta.

—Supongo que puede haber escapado de la prisión.

—Pero tú no lo crees —declaró Mari.

Bennett sacudió la cabeza.

—Los muertos no hablan.

Mari se dejó caer en el sofá y Nathan se sentó a su lado.

—No es culpa tuya. Es él quien decidió entrar en tu habitación.

—Sí, pero él no habría intentado robarme si yo no hubiera tenido algo que valiera la pena robar.

Su aflicción no conmovió a Bennett.

—Es un criminal que estaba destinado a morir en la horca.

Nathan apretó los labios.

—¿Es así como sueles reconfortar a las mujeres, Prestwood, aporreándolas con un objeto contundente?

—¿Alguien tenía alguna idea sobre quién lo había contratado? —preguntó Bennett.

—Una persona de confianza del ladrón declaró que lo había visto hablando con un hombre vestido con un turbante blanco y ropa de peón de color marrón.

Mari olvidó su culpabilidad durante unos instantes.

—¿Ese hombre tenía alguna peculiaridad?

—Tenía la mano izquierda atrofiada.

Mari se levantó y extendió los brazos hacia Bennett con nerviosismo.

—¡El hombre que me siguió el otro día!

—Probablemente.

El tono de su voz implicaba que la conclusión era obvia.

Mari dejó caer los brazos a los lados.

—Así que nos siguieron —comentó.

Por lo tanto, sus sirvientes no la habían traicionado. O sí. Se le ocurrió otra posibilidad y volvió a desanimarse.

—O quizá la misma persona que lo contrató para que me siguiera sabía que nos dirigíamos a Midia y lo contrató también para ese trabajo.

—¿Por cierto, hay alguna novedad sobre quién es el responsable? —preguntó Nathan.

Mari negó con la cabeza.

—Ninguna en la que estemos de acuerdo.

Nathan se reclinó en los cojines.

—Esperaba que, a estas alturas, ya habrías resuelto esta cuestión, Prestwood.

Puede que Mari estuviera enfadada con Bennett en aquel momento, pero no podía permitir que cargara él solo con esa culpa.

—Ha estado ocupado protegiéndome.

—¡Seguro que no se ha dedicado a eso las veinticuatro horas del día!

El silencio se extendió por la habitación.

Nathan carraspeó.

—¿Desde cuándo se dedica exclusivamente a protegerte?

Mari ordenó los útiles de la henna que estaban en la mesa que tenía al lado.

—Dos días.

—¡Ah, esto explica que estéis a punto de retorceros el pescuezo! Bueno, una vez más, acudiré al rescate. Tómate el día libre, Prestwood. Yo defenderé a esta hermosa dama durante las próximas horas. Usa ese tiempo para buscar a tu enemigo en lugar de quedarte esperando a que ataque.

Bennett titubeó, pero Nathan continuó:

—O dedícate a divertirte de cualquier otra manera: golpea cosas, planifica batallas... —La expresión de los ojos de Nathan se volvió seria—. Yo la protegeré. Si te quedas aquí, ¿cuánto tiempo crees que tardaréis en estrangularos el uno al otro?

Al oír la elección de palabras de Nathan, Bennett puso una expresión inescrutable.

—Ella tiene que asistir a una fiesta nupcial dentro de unas horas.

Nathan miró a Mari con perplejidad.

—La prima de Fatima celebra su Kina Gecesi esta noche —explicó ella.

—Acompañaré a Mari a la fiesta y de vuelta a su casa. Entonces tú me tomarás el relevo. ¡Si quiero seguir así de guapo, tendré que descansar! —exclamó Nathan.

Bennett entrecerró los ojos.

—Esta noche, cuando salgas, procura que todo el mundo se entere —declaró Bennett mirando fijamente a Mari.

—¿Qué planeas hacer? —preguntó ella.

—E intenta que parezca que te dispones a hacer algo misterioso —continuó Bennett.

—Planeas atrapar al hombre que me sigue, ¿no es cierto?

Aunque seguía enfadada, no le gustaba que Bennett se pusiera en peligro por ella.

—Sí —declaró Bennett. Entonces se volvió hacia Nathan—. Si lo atrapo, Abington, seguramente necesitaré que alguien haga de intérprete. Si lo consigo, te enviaré a un sirviente para avisarte.

Mari frunció el ceño.

—Yo puedo hacer de intérprete.

—¡No! —contestaron los dos hombres al unísono.

Mari se puso tensa, pero Nathan apoyó de nuevo la mano en su hombro.

—Te contaremos lo que averigüemos, pero no creo que quieras estar en el interrogatorio.

A Mari se le erizó el vello.

—Yo también estoy implicada en esto, ¿recuerdas? —declaró mirando a Bennett de forma suplicante.

—Sí, pero tu papel se limita a actuar de cebo —contestó él mirándola con desdén, y salió de la habitación.

—No conseguirás agujerearle la espalda con la mirada —comentó Nathan.

Mari apartó la mirada de la puerta por la que Bennett acababa de salir.

—¡Lástima! —exclamó ella.

¿En serio acababa de preocuparse por la seguridad de Bennett?

—Y me temo que a mí tampoco podrás agujerearme.

Mari dirigió su mirada furibunda hacia el suelo.

—¿Qué ha pasado entre vosotros? Por los rumores que oí después de la fiesta, estaba a punto de comprar el regalo de boda.

Mari le explicó lo que oyó en la embajada y todo lo que sucedió después. Bueno, casi todo, porque se saltó la parte del baño.

Nathan silbó en tono bajo.

—¿Y él no te ha mandado azotar?

Una oleada de dolor ahogó el enojo que Mari sentía. Parpadeó rápidamente, preparó dos vasos de zumo de nabo y bebió, distraídamente, un sorbo del suyo.

Conocía a Bennett desde hacía una semana y solo habían sido amigos o algo parecido durante dos días. Resultaba absurdo lamentar la pérdida de una anomalía.

Nathan maldijo en árabe y turco.

—¿Ya te has acostado con él?

Mari se atragantó.

—¿Qué? ¡No!

—Pero ha ocurrido algo entre vosotros, ¿no?

Mari se ruborizó hasta la raíz del cabello.

—Nada que... Nosotros no...

—¿Debo matarlo?

—No.

—¿Le doy una paliza hasta dejarlo sin sentido?

La idea resultaba muy atractiva, pero Mari realizó una mueca.

—No, todo lo que hicimos fue idea mía.

—¿Entonces la amargura que sientes es porque él está enfadado contigo?

Mari dejó el vaso en la mesa. Eso no era exacto. El enfado de

Bennett le dolía, pero ella comprendía su reacción. De hecho, la había anticipado.

—¿Es porque no cumple tus imposibles expectativas?

—Yo no tengo grandes expectativas respecto a los demás.

Al menos no más que el resto de la gente.

Nathan bebió un sorbo de su vaso, realizó una mueca de asco y volvió a dejarlo en la mesa.

—Lo sé, tus expectativas son extremadamente bajas. Nunca confías en nadie. Finges que lo haces, pero, en realidad, solo les estás dando tiempo para que te fallen. Después te aferras a cualquier fallo como prueba de que tenías razón al no confiar en ellos.

—La confianza es frágil.

El inesperado ataque de Nathan la hizo tambalearse y caminó por la habitación para calmarse.

—Sí, pero no se trata de un jarrón Ming. Un pequeño empujón no tiene por qué hacerla añicos y que solo sirva para echarla a la basura. —Nathan torció los labios—. Bueno, malas metáforas aparte, Prestwood siempre ha sido un tío aburrido, pero es buena persona.

Mari frunció el ceño al oír su descripción de Bennett.

—¿Así que se supone que tengo que darles a las personas infinitas oportunidades? ¿Tengo que permitir que abusen de mí, sonreír y pedirles que vuelvan a hacerlo una y otra vez?

¡Cielos! ¿Por qué no había sido más cuidadosa al elegir las palabras? Esta vez, Nathan decidió pasar por alto la interpretación más maliciosa de sus palabras.

—Tú misma has dicho que crees que él tiene una razón para actuar como lo hizo.

—¿Pero qué importa eso si no quiere contarme cuál es esa razón?

—Supongo que en esto consiste la confianza... —señaló Nathan—. Bennett no es tu padre.

Mari resopló con los dientes apretados.

—¿Por qué hablo de esto contigo? Yo... ¡Maldición!

Mari se sentó, se arremangó la pernera del pantalón y frotó la pasta de henna, que estaba seca y se estaba disgregando. ¡Mierda, había vuelto a quedar de color marrón oscuro!

—No pienso hablar de Bennett contigo.

Ella tenía razón al no confiar más en Bennett.

Nathan se encogió de hombros y tomó su vaso.

—¿Tienes alguna otra cosa aparte de este asqueroso brebaje? Me temo que no me he adaptado a la vida nativa tanto como tú.

Ella señaló la mesa donde estaban los restos del té de la tarde.

—Ahí hay té, pero estará frío.

Tomó el cono de henna y echó una gotita en su pierna.

Nathan se sirvió una taza de té.

—Aun así, lo prefiero al zumo.

Nathan añadió una cucharada de azúcar al té y lo removió. La cucharilla tintineó suavemente al chocar con la superficie interior de la taza. Cuando miró a Mari, tenía una expresión seria en la cara.

—No tienes por qué dibujar Vourth.

—Lo sé —contestó ella.

Él añadió otra cucharada de azúcar al té.

—Eso no ayudará a los griegos.

—Lo sé.

—Y es peligroso, no como las situaciones a las que te has enfrentado aquí. Aquello es un nido de ladrones y asesinos. Para construir la fortaleza, primero el sultán ha tenido que reforzar la seguridad de las carreteras. Todos los envíos de suministros cuentan con una escolta de docenas de soldados y, aun así, no todos han llegado a su destino. Por algo los rusos nunca han intentado instalarse en la zona hasta ahora. Aquello es una trampa mortal.

Mari bajó la cabeza para que él no pudiera ver el miedo en su cara. A pesar del peligro, ella tenía que ir.

—Los británicos necesitan un dibujo detallado.

—¿Desde cuándo te preocupan los británicos? Bennett puede realizar el dibujo él mismo.

—Él no sabe dibujar. —El desasosiego recorrió su cuerpo—. Además, si lo cogieran, él tendría en su poder un dibujo sin enmascarar y lo matarían sin titubear.

Nathan dejó la cucharilla en la bandeja de golpe.

—Tú no haces esto para ayudar a los griegos, sino para proteger a Prestwood.

—No, yo accedí a dibujar la fortaleza.

Nathan echó dos cucharadas más de azúcar en su taza.

—Quizá no te hayas dado cuenta, pero Bennett es un hombre bastante corpulento y capaz de protegerse a sí mismo.

—Pero ni siquiera habla turco. ¿Y si...?

Nathan soltó un soplido de confirmación e interrumpió a Mari.

—¿Estás segura de que no te has acostado con él? —De repente, hundió la cucharilla en el bol del azúcar—. ¡Demonios, es todavía peor! ¡Lo amas!

Mari abrió la boca para negarlo, pero no surgió ninguna palabra.

Ella no lo amaba. Él se iría al cabo de unos días y había dejado claro que no sentía nada por ella. Además, aunque ella sabía de primera mano que se podía querer a alguien sin confiar en esa persona, entonces la vida se convertía en una experiencia infernal. Ella no se condenaría a sí misma a vivir de esa manera. Otra vez, no. No como le había ocurrido con su padre.

—Eso sería una locura.

Nathan bebió un sorbo de su té, lo escupió y se enjugó la boca con el dorso de la mano. Entonces tapó el bol del azúcar y se sirvió otra taza de té.

—¡Y lo dice una mujer que insiste en seguir a un soldado entrenado y endurecido por la guerra a una muerte segura para cuidar de él!

19

Bennett se pegó a la sombra del edificio y se quedó inmóvil. Su posición estratégica le permitió ver con demasiada claridad que, camino del carruaje, Abington deslizó la mano por la parte baja de la espalda de Mari. Bennett se apretujó tanto contra la pared que los ladrillos se clavaron en sus escápulas. Todos sus instintos básicos masculinos lo empujaron a dirigirse al coche y apartar a Mari de Abington, pero, afortunadamente, consiguió controlarse.

Creía que separarse de ella lo ayudaría. Creía que encontraría alguna otra cosa en la que ocupar sus pensamientos, algo que no consistiera en observarla hasta memorizar la seductora curva de sus pómulos o esforzarse en escuchar sus murmullos desde el otro lado de la puerta. Pero era inútil. El deseo que sentía por ella lo consumía.

Se obligó a concentrarse. Aquella era la mejor oportunidad que había tenido hasta entonces de capturar al hombre que la había estado siguiendo. Y había dado su palabra de que lo conseguiría. Aquella noche tenía la intención de obtener las respuestas que necesitaba para encontrar a la persona que sabía a qué se dedicaba Mari. Después, al final de la semana, cuando ella hubiera dibujado Vourth, él sería libre para regresar a su casa.

Cuando el cochero hizo restallar el látigo y gritó una orden a los caballos, Bennett se puso tenso y preparó sus músculos.

Al cabo de un rato, un hombre cubierto con un turbante blanco surgió de un portal cercano y corrió tras el chirriante coche. Bennett abandonó su escondite.

Había llegado la hora de las respuestas.

Se abalanzó sobre el hombre y lo tiró al suelo.

El hombre soltó un gruñido mientras los dos rodaban por los adoquines. El hombre intentó escabullirse, pero Bennett lo aventajaba en peso y tamaño. Presionó su cara contra el suelo, sacó un pedazo de cuerda de su bolsillo y le ató las manos a la espalda no sin antes dar una rápida ojeada a la deformada mano izquierda del perseguidor.

Puso al hombre de pie de un tirón.

—¿Quién te ha enviado?

El hombre soltó una retahíla de palabras turcas y Bennett supuso que la mayoría no eran amables.

—¿Hablas inglés?

El hombre siguió con su diatriba y la rabia hizo que de su boca salieran gotas de baba disparadas.

Bennett lo empujó para que caminara. Daller lo ayudaría hasta que Abington llegara.

El hombre se resistió durante todo el camino hasta la embajada, pero Bennett ya se había enfrentado antes a prisioneros recalcitrantes. Cuando llegaron a la puerta de la embajada, el hombre salió disparado hacia la derecha, pero Bennett había previsto un último intento de huida. Colocó la bota frente a los tobillos del prisionero y este quedó tumbado en el suelo. El turbante se le cayó revelando un cabello escaso y despeinado.

Bennett lo levantó y lo obligó a pasar a empujones por el lado de un sorprendido mayordomo.

Una vez en el estudio, Bennett no le quitó el ojo de encima mientras esperaban al embajador. La puerta se abrió de golpe y Daller entró con paso decidido.

—¿Qué ocurre, Prestwood? Mi mayordomo me ha dicho que has traído a rastras a un prisionero.

Al verlo, el prisionero empalideció, dejó de gritar y maldecir y se encogió en la silla donde Bennett lo había dejado.

—Este es el hombre que ha estado siguiendo a la señorita Sinclair.

Daller entrecerró los ojos.

—¿Él es el responsable del intento frustrado de asesinato?

—Lo dudo, pero sospecho que sabe quién es el responsable.

El prisionero miraba a todas partes salvo al embajador. Finalmente, fijó la mirada en la ventana. Bennett lo agarró del cuello de la camisa cuando vio que intentaba ponerse de pie y volvió a sentarlo en la silla con brusquedad.

—Solo habla turco.

—¡Ah, aquí es donde yo entro en juego!

Daller se acercó al prisionero sin su habitual cortesía y le preguntó algo en turco.

El hombre del turbante escupió a sus pies.

Daller gruñó y soltó una frase enojada.

El prisionero se estremeció y se encogió, pero al final asintió con la cabeza.

—Lo he amenazado con entregarlo a las autoridades locales —explicó Daller.

Entonces le formuló una pregunta.

—Abdullah —contestó el hombre.

Daller miró a Bennett.

—Ese es su nombre.

Le formuló otra pregunta y, después de una larga pausa, Abdullah contestó. Entonces sacudió la cabeza de un lado al otro con rapidez y las aletas de su nariz se hincharon.

—Dice que no conoce la identidad del hombre que lo contrató.

—Pregúntale cómo debía ponerse en contacto con él.

El embajador volvió a hablar.

—Afirma que era siempre el otro hombre el que se ponía en contacto con él y que no sabe cómo localizarlo.

—¿Puede describirlo? —preguntó Bennett.

Daller se lo preguntó y el prisionero sacudió la cabeza con tanto ímpetu que su fino y grasiento cabello cayó sobre su cara.

—Dice que no.

Bennett se frotó las sienes con frustración.

—¿Dispones de algún lugar donde podamos encerrarlo esta noche?

Daller frunció el ceño.

—Todavía no nos ha dado la información que necesitamos.

No, todavía no, pero, en aquel momento, Abdullah parecía más asustado que tozudo. Después de todo, tendría que esperar a Abington, pensó Bennett.

Daller miró a Abdullah con desagrado.

—Los nativos son muy testarudos, pero podríamos convencerlo para que hable.

Bennett negó con la cabeza y contuvo un escalofrío. Aunque la tortura era lo adecuado en aquellos casos, no era algo a lo que deseara recurrir.

—Enciérralo y quizá por la mañana esté más dispuesto a hablar.

El embajador llamó a dos criados corpulentos que agarraron a Abdullah por los brazos. Él se soltó y corrió hacia Bennett.

—¡Agarradlo, estúpidos! —ordenó Daller.

Bennett se apartó a un lado y Abdullah cayó de bruces sobre la alfombra. Los criados, con la cara roja de vergüenza, lo agarraron de nuevo. Abdullah volvió a gritar y proferir insultos, aunque sus palabras estaban más cargadas de miedo que de rabia. El nombre de Daller apareció repetidamente en sus gritos.

Cuando los criados se lo llevaron, Daller rio entre dientes.

—Creo que algunas de las maldiciones que ha proferido contra mí ni siquiera son posibles. ¿Entonces volvemos a intentar que hable por la mañana?

—Dentro de unas horas. Quiero traer a Abington para que me ayude en el interrogatorio.

Bennett dio una ojeada al reloj de oro que daba las horas sobre la repisa de la chimenea. Mari regresaría pronto de la fiesta. En lugar de enviar una nota a Abington, lo recogería en persona.

—¿Abington está en la ciudad? —preguntó Daller.

Bennett asintió con la cabeza.

Daller apartó un mechón de cabello de su frente.

—Entonces, de acuerdo.

El interrogatorio retrasaría el viaje a Vourth, pero quería que Mari estuviera a salvo cuando él regresara a Inglaterra. Al menos esto se lo debía.

Bennett fue a su habitación y acabó de empaquetar las cosas para la misión. Su mochila pesaba más que cuando estaba de campaña, pero no había podido resistirse a comprar algunos artículos que ayudarían a que el viaje le resultara más cómodo a Mari.

Alguien llamó con urgencia a la puerta y Bennett escondió la mochila antes de abrir.

Se trataba de una sirvienta joven que tenía los ojos muy abiertos y retorcía una cofia entre las manos.

—Su prisionero, señor... Se ha ahorcado.

20

—¡Por desgracia, sigue siendo un eunuco!

Mari se rio del chiste que aquella anciana de cara arrugada había explicado. El objetivo de las canciones y los chistes consistía en disipar los temores de la novia acerca de la noche de bodas, aunque las explicaciones directas probablemente habrían resultado más efectivas que todas aquellas insinuaciones y chistes picantes.

A Mari le dolía el cuello de tanto resistirse a mirar por encima del hombro para averiguar si había llegado algún mensajero. ¿Habría capturado Bennett al hombre que la seguía? Se repitió, por milésima vez, que el plan era exclusivamente de Bennett y que su única participación en él era la de actuar de cebo, pero sus ojos volvieron a clavarse en la puerta.

Nada.

¿Y si Bennett había resultado herido? Intentó distraerse echando más henna en el cono de papel, pero cuando terminó de dibujar la última hoja en la palma de la mano de Ceyda y se apartó a un lado, tenía las manos frías.

Fatima se acercó y, con una gran floritura, colocó dos monedas de oro en las manos de la novia.

—¿Quieres envolverlas por mí, Mari? —preguntó mientras señalaba las tiras de lino con las que las invitadas envolvían las monedas que regalaban a la novia en sus manos.

—Creo que ya nos hemos enterado todas de cuántas monedas has dado. Puedes envolverlas tú misma.

Fatima encogió levemente los hombros.

—Lo hago por el bien de Ceyda. Si las demás mujeres observan mi generosidad, quizá se sientan obligadas a dar una cantidad similar.

Mari lanzó una mirada de preocupación a la madre de Ceyda.

—Algunas personas no pueden permitirse dar tanto.

Fatima siguió su mirada.

—¡Ah, yo ya le he dado unas monedas de oro para que las ponga en las manos de su hija! No puedo permitir que mi cuñada parezca pobre.

Mari sacudió la cabeza. Aparentemente, Fatima tenía gestos humanitarios, pero los estropeaba con su ego.

Las otras mujeres colocaron monedas de distintos valores en las manos de Ceyda y las fueron envolviendo con las tiras hasta que ningún trozo de piel quedó a la vista.

Mari le cubrió las manos con unas bolsas de seda y Ceyda extendió los brazos hacia el frente con rigidez.

—Puedes bajarlos —declaró Mari. Entonces se inclinó hacia Ceyda—. Conozco un truco, ¿sabes?

El tradicional velo rojo que cubría la cara de Ceyda se agitó con sus nerviosas respiraciones.

—Cuanto más se calienta la henna, más oscura se vuelve. He atado las bolsas lo más sueltas que he podido. Tú intenta moverte lo menos posible.

Ceyda asintió con la cabeza.

—Yo creía que el color predecía, por sí mismo, si yo sería o no feliz en el matrimonio.

Mari pasó el cuenco de plata que contenía la henna a la mujer que tenía más cerca.

—¿Por qué no creas tu propia felicidad?

Una vez adornada la novia con la henna, las instrumentistas entraron en la habitación y pronto el aire vibró con el sonido de los tambores y las flautas.

Fatima se puso en pie y empezó a bailar con la gracia y la inherente sensualidad que Mari siempre había admirado en ella.

—¡Ven a bailar, Ceyda!

Mari apoyó una mano en el brazo de Ceyda.

—Recuerda que, cuanto más calor sientas, más oscura se volverá la henna.

—¿Fatima no lo sabe? —preguntó la joven.

Mari contempló a Fatima, que en aquel momento echaba la cabeza hacia atrás. Normalmente, habría sospechado lo peor, pero por una vez Fatima reía de una forma auténtica y espontánea.

—La verdad es que no lo sé.

Fatima volvió a llamar a Ceyda.

—¡Ven, Ceyda!

La joven se puso tensa y Mari suspiró.

—Ya voy yo.

Fatima frunció el ceño al ver que era Mari la que se disponía a bailar, pero entonces tiró de ella juguetonamente hacia el centro de la sala y después hizo lo mismo con otras de las invitadas.

En el pasado, Mari había disfrutado de las danzas tradicionales de los harems y había oído decir que representaban el acto sexual, pero no se había dado cuenta hasta entonces de lo mucho que lo imitaban. Cuando Bennett la tocaba, su espalda se arqueaba, sus caderas se contoneaban y sus pechos se proyectaban hacia delante como en aquellas danzas. El recuerdo del placer que experimentó con Bennett recorrió su cuerpo. Como Fatima, se dejó llevar por el ritmo. ¿Qué pensaría Bennett si bailara de aquella manera para él? ¿Cuánto tiempo la dejaría bailar antes de soltar uno de aquellos gruñidos graves y tirar de ella hacia él?

Fatima redujo la velocidad de sus movimientos y entrecerró los ojos.

—Bailas mejor que antes.

Mari tropezó, realizó varios giros entre las otras mujeres que se habían unido a ellas y después exhaló aire, presionó las manos contra sus acaloradas mejillas y se dirigió a la periferia de la habitación. Se negaba a brindar a Fatima la oportunidad de preguntarle sobre su recién adquirida aptitud.

La tarde fue avanzando y, poco a poco, las mujeres se fueron marchando con emocionadas despedidas. Y pronto solo quedaron Ceyda, su madre, Fatima y Mari.

Ceyda se quitó el velo rojo. Su pálida y redonda cara resplandecía a causa de toda la atención de que había sido objeto.

—¡Veamos si tendré suerte! —exclamó.

Mari le quitó las bolsas de seda y la ayudó a destapar sus manos entregando a su madre las monedas que las invitadas habían depositado en sus manos para expresar sus buenos deseos.

Fatima miró por encima del hombro de la madre mientras esta limpiaba las monedas.

—No está mal, aunque es menos de lo que yo recibí. Claro que era de esperar, porque tu gente no tiene tanto dinero. Tenéis suerte de que os preste mi casa, así os ahorraréis costes.

La sonrisa de Ceyda desapareció y su madre se ruborizó.

Mari lanzó una mirada airada a Fatima. Puede que fuera más rica que los familiares de su marido, pero podría ser más discreta.

—Quizá la dulce personalidad de Ceyda le permita no tener que depender del dinero para forjar su suerte.

Los ojos de Ceyda se iluminaron con gratitud, pero su madre se concentró todavía más en limpiar las monedas.

Mari se mordió el interior del labio. Tenía que aprender a mantener la boca cerrada. La familia de Ceyda dependía de Fatima y su marido para pagar los gastos de la boda, y no era Mari la que sufriría las represalias si provocaba a Fatima.

Mari cogió una de las manos de Ceyda y apartó con suavidad la henna. Los diseños fueron apareciendo y Mari suspiró aliviada. ¡Eran de color naranja!

Ceyda rio complacida y abrazó a Mari. Su madre levantó, finalmente, la vista y besó a su hija en la mejilla.

Incluso Fatima se relajó momentáneamente y las arrugas de enojo que rodeaban su boca se suavizaron.

—Serás una buena esposa, Ceyda —declaró Fatima—. Tu marido ha pagado una suma respetable. No espléndida, pero sí suficiente para que no tengas que avergonzarte. —Sus labios se curvaron de placer mientras lanzaba una mirada a Mari—. Al menos no has tenido que conseguir una fortuna para que algún hombre se fije en ti.

Mari dio un brinco y Fatima amplió la sonrisa.

—Las gatitas deberían pensárselo dos veces antes de jugar con los tigres.

A pesar de su evidente regocijo, su declaración no había herido a Mari, solo la había sorprendido.

¡Fatima sabía lo de la dote de Esad!

—¿Quién te lo ha contado?

Fatima se encogió de hombros.

—Los hombres, sea cual sea su posición, no se resisten a darme lo que quiero.

¡Así que se había acostado con el notario de Esad! Debía de estar desesperada por conseguir la información. Normalmente, no desperdiciaba sus talentos con simples empleados.

—A Esad no le gustará —comentó Mari.

Fatima dio un golpe al cuenco de la henna y éste cayó al suelo.

—¡La cólera de mi tío! ¿Qué hará, dejarme sin herencia? ¡Ah, no, espera, tú ya te has encargado de eso!

—Yo no le pedí el dinero.

—¿Y el viejo gordo simplemente decidió dártelo porque le caes bien? —soltó Fatima con desdén.

Ceyda y su madre salieron con sigilo de la habitación mientras murmuraban sendas despedidas y lanzaban incómodas miradas a Fatima y Mari.

No era así como esperaba Mari que acabara la velada. Se agachó y recogió el cuenco para tener tiempo de tranquilizarse. Además, las esclavas de Fatima ya tenían bastante trabajo, pero Fatima se lo arrebató de las manos.

—¡Ya tienes la fortuna de Esad, así que no necesitas robarme la plata!

Extrañamente, la burla de Fatima causó en Mari un efecto tranquilizador. Era tan egoísta y mezquina como cuando era niña. Aunque Mari no quería el dinero de Esad, no lo culpaba por no querer dejárselo a Fatima.

—¿Señora? —llamó Nathan desde la puerta de las dependencias de Fatima.

Intentó entrar, pero un eunuco de gran tamaño, el único hombre que el marido de Fatima permitía que accediera a aquella zona, se lo impidió.

Nathan debía de haberse puesto nervioso cuando vio que la novia se iba y Mari todavía no había salido.

—Buenas noches, Fatima. Gracias por invitarme —se despidió Mari.

Cuando Fatima vio a Nathan, que, inexplicablemente, ahora iba vestido como un sirviente, las arrugas de resentimiento desaparecieron de su cara. Se agarró al brazo de Mari y la acompañó a la puerta.

—¿Quién es él? —preguntó con la voz susurrante y seductora que empleaba cuando estaba cerca de un hombre atractivo.

—Mi sirviente —contestó Mari.

—Si fuera mío, querría que estuviera en otro lugar que no fuera a mis pies. —Pasó junto al eunuco rozándolo y sonrió a Nathan—. Si estás interesado en trabajar para una señora más agradable, ven a verme.

—¿No tienes suficientes sirvientes? —preguntó Mari con los dientes apretados.

Tenía que quedarse a solas con Nathan para preguntarle si Bennett había enviado a buscarlo.

Fatima deslizó el dedo por el pecho de Nathan.

—En realidad, no. Perdí a uno de mis mejores sirvientes hace unos meses. Talat le asignó otras tareas. ¡Qué absurdo! Abdullah era uno de mis sirvientes favoritos. ¡Tenía tantos usos!

21

Mari se frotó las pulsantes sienes mientras bajaba del coche. Había conseguido librar a Nathan de las garras de Fatima, pero después había tenido que soportar sus bromas acerca de cambiar de profesión durante todo el camino a casa.

El corpulento cuerpo de Bennett ocupaba el umbral de la puerta. Su postura era tensa. A Mari le molestó que, al verlo, el corazón le diera un brinco, porque él ni siquiera estaba contento de verla.

Bennett la observó con los ojos entrecerrados y lanzó un sobre a Nathan.

—Órdenes adicionales.

Nathan agarró el sobre en el aire.

—¿Entonces no has podido capturarlo?

—Sí que lo he capturado.

Nathan se quedó paralizado con el sobre a medio camino de su bolsillo.

—¿Por qué no me has avisado?

—Está todo en tus órdenes. Vete a casa, Abington.

Nathan lo observó con suspicacia, pero no intentó entrar en la casa de Mari.

—Acuérdate de mi oferta de librarte de todo esto si lo deseas —le dijo a Mari mientras la cogía de las manos.

Bennett frunció el ceño al ver sus manos en contacto.

—Tenemos cosas que hablar, Mari.

Mari asintió con la cabeza en señal de agradecimiento a la oferta de Nathan y entró en la casa con Bennett. Se dirigió a sus habitaciones sin comprobar si él la seguía o no. ¡Claro que la seguía! ¡Órdenes, órdenes y más órdenes! Cuando entraron en el harem, Mari se derrumbó en uno de los sofás.

Bennett se colocó delante de ella con los brazos cruzados sobre el pecho.

—Dile a la doncella que se retire.

El dolor de cabeza de Mari empeoró.

—Si vuelves a estar enfadado, ¿podríamos mantener esta conversación mañana por la mañana?

A pesar de todo, obedeció a Bennett y Achilla salió de la habitación no sin antes lanzarles una mirada de preocupación.

Bennett esperó a que estuviera lo bastante lejos para no oír lo que decía.

—Ha habido un cambio de planes. Salimos esta noche.

Mari se enderezó.

—¿Qué? ¿Y qué pasa con el hombre que has capturado?

—¡He dicho que salimos ahora mismo!

Mari se sentía confusa y exhausta y las órdenes imperiosas de Bennett hicieron que la sangre le ardiera y corriera por sus venas. Ella constituía la esencia de aquella misión y no daría un solo paso sin tener sus respuestas.

—¿Por qué? ¿Qué ha ocurrido?

—Esta tarde he capturado al hombre que había estado siguiéndote.

Mari arrugó su caftán de seda entre sus manos.

—Sí, ya lo habías dicho antes. ¿Entonces ya sabes quién está detrás de todo esto?

—No, el hombre prefirió quitarse la vida a hablar.

Mari contempló, horrorizada, la cara inexpresiva de Bennett.

—¿Qué le hiciste?

Durante un instante, las paredes se derrumbaron sobre Bennett. El dolor se reflejó en su mirada, pero desapareció rápidamente. Mari bajó la vista hacia el suelo. Había sido injusta. Aunque no hubiera leído su poesía, sabía que él no era cruel. Duro e inflexible sí, pero no disfrutaba causando dolor.

Mari reflexionó sobre este último pensamiento.

Él no disfrutaba causando dolor, así que, si se negaba a contarle por qué había atacado a su padre, debía de tener una buena razón para no hacerlo.

Pero ella no podía confiar en él basándose en la esperanza de que tuviera una buena excusa para sus acciones. Ya lo había intentado con su padre y lo único que había conseguido era sentirse decepcionada. Suspiró.

—Lo siento, mi comentario es imperdonable. ¿Cómo ocurrió?

Bennett fijó la mirada más allá de Mari.

—Ordené que lo encarcelaran hasta que pudiéramos interrogarlo por la mañana y él se ahorcó con las sábanas de la cama.

La imagen hizo que a Mari se le encogiera el estómago. La rebelde griega también había muerto ahorcada. Mari no presenció la ejecución, pero vio el cadáver cuando lo dejaron junto a la puerta de la ciudad como escarmiento público. Al verlo, Mari vomitó allí mismo, en mitad de la calle.

Se puso de pie y apoyó la mano en la mejilla de Bennett. Su piel estaba fría. Como él no respondió a su caricia, Mari bajó la mano.

—Averiguaste algo antes de..., de...

—No, el embajador lo interrogó y él afirmó que no sabía cómo ponerse en contacto con el hombre que lo había contratado, pero parecía asustado. Cuando el hombre que lo contrató vea que su esbirro ha desaparecido, pensará que corre peligro de ser descubierto y actuará precipitadamente.

Mari se estremeció.

Bennett apartó el cabello de su cara en lo que constituía la sombra de una caricia. Ella permaneció inmóvil esperando que él deslizara la mano por su mejilla, pero él no lo hizo.

—Nos iremos ahora mismo.

—¡Pero yo no he preparado el equipaje!

—Estupendo, así nadie sospechará que hemos salido de viaje. Coge tus útiles de dibujo. Yo tengo todo lo demás que puedas necesitar.

—¿No crees que necesitaré algo de ropa?

—No. —Bennett carraspeó—. Yo llevo ropa para ti. —Volvió a carraspear—. Aunque quizá quieras llevar una muda. No he comprado ropa interior para ti.

¡Oh, cielos, lo último que necesitaba era imaginarse a Bennett eligiendo calzones y enaguas de encaje para ella!

—Ordenaré que preparen el coche.

—No es necesario. Yo he alquilado uno. Nos está esperando a la vuelta de la esquina.

Mari entró en su dormitorio y cambió sus zapatos de vestir por unos botines de confección resistente. También cogió una muda y comprobó que la caja de útiles de pintura contenía todo lo necesario. Una vez en la puerta, escribió una nota breve a Achilla explicándole que se había ido con Bennett y que regresaría al cabo de pocos días.

Bennett se estaba abrochando una camisa de lana áspera. Mari sintió una repentina flaccidez en los dedos y su bolsa de viaje cayó al suelo. Se quedó paralizada contemplando el pecho musculoso de Bennett, incapaz de decidir si había salido de su dormitorio demasiado pronto o demasiado tarde. Sintió un cosquilleo entre las piernas. Tenía que volver a tocarlo. Aduciendo la única excusa que se le ocurrió, tomó la tosca chaqueta marrón que había junto a Bennett y la sostuvo para ayudarle a ponérsela. Sus manos se entretuvieron alisando la chaqueta sobre los anchos hombros de Bennett y la fuerte musculatura de su espalda. Al sentir el roce de los dedos de Mari, los músculos de Bennett se tensaron, como si se tratara de un felino salvaje, pero esto fue lo único que delató que fuera consciente de la tontería que estaba haciendo Mari. Entonces se apartó de ella, dobló su uniforme con tensa precisión, tomó la bolsa de viaje que Mari había dejado caer al suelo y sacó la ropa que contenía.

Mari soltó una exclamación mientras él desdoblaba sus blancos calzones.

—No he empaquetado demasiadas cosas, si es eso lo que temes.

Bennett ya había visto su ropa interior antes. Mari cerró los ojos brevemente. De hecho, la había visto a ella en ropa interior. Aun así, le resultaba enervante ver sus grandes y bronceadas manos tocando su ropa íntima.

Bennett no le hizo caso y volvió a doblar la ropa de forma que ocupara una cuarta parte del espacio que había ocupado antes. Después, la introdujo en la caja de los útiles de dibujo.

—Si alguien nos ve, no sospechará que salimos de viaje.

Abandonaron la casa en silencio y se deslizaron por las sombras hasta el coche de alquiler. Bennett la ayudó a subir y se sentó delante de ella.

—Intenta dormir —le aconsejó—. Lo necesitarás.

Mari se dispuso a dormir, pero cuando intentó ponerse cómoda, los bultos del viejo y desgastado asiento se clavaron en sus muslos. Mari se desplazó hasta un extremo del asiento. Se arrellanó en él. Volvió a enderezarse. Apoyó la cabeza en la pared.

El coche saltó un bache y el golpe que recibió Mari hizo que todavía le doliera más la cabeza. Mari gimió.

—¿No te encuentras bien? —le preguntó Bennett.

Mari, que se sentía horrorosamente mal, se desplazó a la parte central del asiento.

—Me duele la cabeza.

Bennett gruñó, se sentó junto a ella, la sentó en su regazo y, como si se tratara de una niña, apoyó la cabeza de ella en su pecho.

—Si, cuando llegamos, estás agotada, no podrás hacer nada.

Sus palabras eran duras, pero el brazo que rodeaba la cintura de Mari la sujetaba con delicadeza. Con la mano que tenía libre, Bennett acarició suavemente la frente de Mari.

Ella cerró los ojos y el corazón de Bennett latió con fuerza junto a su oreja. Mari inhaló hondo. Él seguía oliendo a sándalo.

Si ya no confiaba en él, ¿por qué se sentía segura en sus brazos?

Mari suspiró en medio del sueño y se acurrucó más contra Bennett. Él apoyó la mejilla en su cabello.

¡Deber! ¡Deber! ¡Deber!

Bennett repetía la palabra en su mente cada vez que la culpabilidad lo acosaba. Él le había dado la oportunidad de retirarse de la misión y ella la había rechazado.

¡Deber!

La mitad de sus poemas alababan el sentido del deber. Deber hacia sus hombres. Deber hacia su país. Esta era su forma de enfrentarse al horror de la guerra. El deber lo había empujado a alistarse en el ejército para proteger a su familia de Napoleón. El deber

236

lo mantenía firme cada vez que disparaba un fusil. El deber estabilizaba su mano cada vez que escribía una carta a unos padres para comunicarles la pérdida de su hijo.

Pero, en aquel momento, con Mari durmiendo en sus brazos y el coche traqueteando camino de Vourth, el deber le parecía algo totalmente vacío.

¿Acaso constituía una excusa? ¿Se aferraba con fiereza a aquel ideal porque era algo moralmente bueno o porque no quería asumir la responsabilidad de las atrocidades que había cometido en su nombre?

Cuanto más tiempo pasaba con Mari, menos quería que se involucrara en aquella misión. ¡Y no lo quiso desde el principio!

Ya habían muerto dos hombres y, a pesar de sus promesas de mantenerla con vida, cuando llegaran a Vourth podía ocurrir cualquier cosa. Su fidelidad hacia el deber constituía la única razón de que ella estuviera allí en aquel momento. ¿Era esta una razón suficiente?

Sí.

Aunque ella conseguía que él se sintiera hecho un lío, el deber era un valor esencial. Sin él, la vida constituiría un caos.

El coche se balanceó peligrosamente.

—Ojalá no continuaras enfadado conmigo —murmuró Mari.

Habló arrastrando las palabras y Bennett supuso que estaba medio dormida.

—No lo estoy.

Mari realizó una mueca adorable que nunca habría hecho de una forma consciente.

—Sí que lo estás. Tu cuerpo está tenso y no has pronunciado ni una palabra.

Su tensión no se debía a que estuviera enfadado. Si se mantenía distante era porque no confiaba lo bastante en sí mismo para no acariciar su bonito cabello y besarla en la boca. Sostenerla en brazos constituía tanto una tortura como una bendición.

—Vuelve a dormirte.

—¿Lo ves? Ya vuelves a actuar de una forma autoritaria.

—Duérmete, por favor.

—Así está mejor —murmuró ella mientras cerraba los ojos.

Bennett dirigió la atención hacia la ventanilla. La aglomeración de edificios de la ciudad dio paso a los arbustos y rocas del campo. Conforme avanzaban, las carreteras fueron empeorando y Bennett tuvo que apretar los dientes para no castañear. Sujetó con más fuerza a Mari para evitar que cayera al suelo del coche en uno de los traqueteos.

¿Qué haría cuando regresaran de Vourth? Él no había averiguado nada acerca de la persona que había contratado a Abdullah. ¿Hasta cuándo podría justificar su presencia en Constantinopla?

Mari lo necesitaba, pero Sophia también. Y él había prometido protegerlas a las dos. Quería a su hermana, y en cuanto a Mari... No sabía cómo describir lo que sentía por Mari. La intensidad de las emociones que se empeñaba en ignorar lo sacaba de sus casillas. Sospechaba que, si fuera sincero consigo mismo respecto a lo que sentía por ella... Bueno, ya pensaría en ello cuando tuviera tiempo.

El coche dio un bandazo cuando las ruedas se introdujeron en una rodera y Mari se agitó en su regazo. Su cadera frotó el estómago de él de una forma enervante.

—¡Chsss! Solo ha sido un bache en la carretera.

Al oír su voz, Mari volvió a relajarse.

El tiempo era un elemento esencial. Tenía que encontrar la forma de mantener a Mari con vida sin sacrificar a su hermana.

¡La llevaría consigo a Inglaterra!

Sonrió satisfecho de su idea. Emprenderían el viaje nada más regresar a Constantinopla. De este modo, volvería junto a Sophia sin demora y Mari estaría a salvo de la persona que amenazaba su vida.

¡El plan era perfecto!

Entonces la miró y su sonrisa se desvaneció. Perfecto salvo por el hecho de que ella había jurado no regresar nunca a Inglaterra. Deslizó suavemente el pulgar por sus labios y ella suspiró en sueños. Cuando le explicara la lógica de su razonamiento, ella cambiaría de opinión.

De todos modos, aunque no cambiara de opinión, él la mantendría a salvo. Aunque ella lo odiara por ello.

22

Por las polvorientas ventanas del coche entró la suficiente luz del alba para que ella pudiera vislumbrar los ojos azules de Bennett y la leve sombra de barba que cubría su barbilla. Mari sonrió. Se sentía cálidamente arropada en sus brazos. Sus dedos rozaron la incipiente barba de Bennett y se despejó del todo. Abandonó el regazo de Bennett y enseguida realizó una mueca. ¡Se había olvidado de la pésima calidad del asiento!

Tardó unos instantes en darse cuenta de cuál era el motivo de que se hubiera despertado. El coche ya no traqueteaba tanto como para que temiera quedarse sin dientes.

¡Esta era la razón! El coche se había detenido.

—¿Ya hemos llegado?

Bennett asintió con la cabeza.

La ayudó a bajar del coche. El cochero extendió la mano y Bennett depositó en ella unas monedas. El hombre resopló y después lanzó la mochila de Bennett al suelo desde lo alto del coche. Mari realizó una mueca al ver que su caja de dibujo recibía el mismo trato. Sin pronunciar una palabra, el cochero sacudió el látigo y los cansados caballos regresaron por donde habían venido.

Mari abrió la caja. No se había roto nada.

—Realmente, no ha tenido el menor reparo en dejarnos aquí, en medio de la nada.

Bennett lanzó una rápida mirada al coche, que se alejaba velozmente.

—Esta es la razón principal de que lo eligiera a él por encima de los demás. Esta y el hecho de que estuviera dispuesto a llevarnos más al interior de esta zona que cualquier otro cochero.

—¿No temes que pueda revelar nuestro destino si alguien se lo pregunta?

—Estoy convencido de que lo revelará sin titubear —contestó Bennett—, pero, antes de regresar a Constantinopla, sus caballos tendrán que descansar, lo que significa que tendrá que pasar varias horas en una fonda. Y, cuando haya regresado a la ciudad, quien te busque tendrá que interrogar a varios cocheros hasta que encuentre al correcto. Suponiendo que tengas razón y que ninguno de tus sirvientes sea un traidor, ni siquiera sabrá que te has ido hasta que hayan transcurrido uno o dos días. En cualquier caso, para cuando esa persona decida seguirte, ya habremos acabado y estaremos camino de regreso a Constantinopla.

—Has reflexionado mucho sobre esta cuestión.

Mari se dio cuenta de que ella no había pensado mucho sobre los aspectos prácticos de aquella misión. Simplemente, había confiado en él. Esta idea la inquietó.

—¿Cómo volveremos a la ciudad?

Bennett cogió su mochila y la colgó a su espalda.

—Abington tiene órdenes de reunirse con nosotros, dentro de dos días, en la ciudad por la que hemos pasado hace unos kilómetros.

Mari decidió que no debería haber dormido tanto tiempo, porque esto le había impedido inspeccionar la zona, incluida la ciudad que Bennett había mencionado.

Entonces miró alrededor. Nunca había tenido ninguna razón para aventurarse en aquella región y no le extrañaba. Apenas había señales de vida y solo algún arbusto ocasional interrumpía la uniformidad dorada del telón de fondo formado por la arena y las rocas. En la distancia, unos cuantos monolitos de roca sobresalían del terreno como chimeneas sin casa.

Bennett se inclinó para tomar la caja de dibujo de Mari pero se detuvo en el último momento.

—¿Estás segura de que quieres hacer esto?

Ella esbozó una sonrisa forzada.

—Creo que es un poco tarde para cambiar de idea.

Él deslizó un dedo por debajo de su barbilla y la miró fijamente.

—No es demasiado tarde. Te acompañaré a la última ciudad y organizaré tu regreso a Constantinopla.

Ella no pensaba dejarlo allí solo.

—Yo no he cambiado de idea. ¿Y tú?

Él entrecerró los ojos.

—No. —Entonces cogió los útiles de pintura y señaló hacia las rocas—. ¿Vamos?

Cuando se habían alejado varios cientos de metros de la carretera, Bennett se detuvo y dejó la mochila en el suelo.

—Te he traído ropa de recambio —declaró mientras sacaba de la mochila unos pantalones y una camisa blanca de lino.

—Esto es ropa de hombre.

Él frunció el ceño.

—Mis hermanas siempre se vestían de hombre para salir a escondidas de casa, pero si esto te hace sentir incómoda...

¡Ella también había salido a escondidas de su casa de jovencita!

—No, solo me sorprende que la idea haya sido tuya y no mía.

Él le tendió la ropa.

—Tenemos que viajar rápido por terreno rocoso y, aunque la ropa nativa es mejor que la inglesa, nos haría ir demasiado lentos.

Mari miró alrededor. Ninguna roca era lo bastante alta para poder esconderse detrás de ella y los arbustos eran demasiado poco densos para taparla. Se quedó sin saber qué hacer, con la ropa apilada en la mano. Lo absurdo de la situación sacó lo mejor de Mari.

—Iba a pedirte que te volvieras de espaldas, pero no sé si hacerlo.

Él la miró con ardor.

—Sí, será mejor que me vuelva de espaldas.

Mari debería haber zanjado la cuestión sin más, pero todavía se sentía tranquila y relajada después de haber dormido en sus brazos, así que añadió:

—¿Y si, mientras estás de espaldas, unos bandoleros me tienden una emboscada?

Bennett esbozó una media sonrisa.

—No puedo dejarte a merced de unos bandoleros. ¿Qué clase de protector sería entonces?

—Sostén la ropa —le pidió Mari.

El fresco aire del amanecer le puso la piel de gallina e hizo que recuperara su anterior sentido común. Ser atrevida en la intimidad de su casa era una cosa, pero desnudarse en medio del desierto turco era algo muy distinto. Se desvistió rápidamente hasta quedarse en enaguas mientras mantenía la mirada clavada en el suelo.

Bennett soltó un gruñido ahogado. Mari levantó la mirada de golpe temiendo que unos bandidos se estuvieran aproximando o algo peor, pero Bennett, simplemente, estaba contemplando sus brazos.

¡La henna!

La enagua dejaba a la vista los diseños de prueba que había realizado en sus brazos.

—Tenía que practicar para calcular el tiempo de secado y la cantidad adecuada...

Las palabras se ahogaron en su garganta cuando Bennett se acercó a ella. Si antes su mirada era ardiente, ahora la redujo a cenizas. Mari tragó saliva con dificultad.

—¿Por qué siempre tienes que sorprenderme?

Bennett siguió el contorno de los pétalos de una flor de loto con la punta del dedo índice y, después, hizo lo mismo con una enredadera que desaparecía en el interior del codo de Mari. Su casi inocente caricia hizo temblar a Mari. ¡Por suerte sus medias cubrían los diseños de sus piernas!

Mari inhaló hondo y el seco aire del desierto llenó sus pulmones.

—No puedo cambiar quien soy.

Aunque, por primera vez en su vida, deseó poder hacerlo. De todos modos, nunca sería una mujer dócil y complaciente. Ella tenía que hacer lo que consideraba correcto y aceptar las consecuencias.

Por mucho que le dolieran.

Bennett subió el dedo por su hombro hasta el hueco de la clavícula que la enagua dejaba ver.

—Yo no quiero que cambies.

Ella se estremeció a causa de su caricia.

—Pero te saco de quicio.

—A veces —declaró él torciendo la boca. Sus dedos se entrelazaron con un tirabuzón que descansaba en el hombro de Mari y bajó la mirada hacia su boca—. Pareces una criatura salvaje e indomable.

Un estremecimiento que no tenía nada que ver con el frío recorrió el cuerpo de Mari. Si él la besaba, su corazón estaría perdido, y no estaba preparada para entregarlo.

Todavía no.

Mari retrocedió medio paso.

—Lo que quieres decir es que mi cabello parece el de un hurón que acaba de atravesar un rosal —declaró mientras sacudía la cabeza echando hacia atrás sus alborotados rizos.

Aunque seguía mirándola ardientemente, Bennett soltó una risita, lo que aligeró la pasión que ardía entre ellos. Un atisbo de su antigua amistad volvió a surgir.

—Yo creo que es encantador, pero... —Sacó un sombrero horrible y de tejido blando de su bolsa—. Toma. Te servirá para protegerte del sol y esconder tu cabello. Y te juro que no es tan asqueroso como parece.

—¿Mi cabello o el sombrero?

Él frunció el ceño en broma.

—El sombrero.

Mari enrolló su cabello en la parte alta de su cabeza y lo cubrió con el sombrero. Entonces bajó la mirada. Solo llevaba puesta la enagua, un sombrero horrendo y los botines. Se llevó la mano a la boca para no echarse a reír, pero reaccionó demasiado tarde. Soltó un soplido y, a continuación, una carcajada.

Bennett sonrió ampliamente y, después, también él se echó a reír echando la cabeza hacia atrás y agitando el pecho.

A Mari se le hinchó el corazón. Debería haber dejado que la besara. Esto era mucho más peligroso que el deseo. Agarró la ropa que Bennett sostenía y se la puso a toda velocidad.

Bennett examinó la nueva imagen de Mari y sus ojos se detuvieron un rato en sus caderas.

—Me temo que, de cerca, nadie te confundirá con un muchacho. Acabemos con la misión y así podré sacarte de aquí.

Le tendió a Mari una galleta seca y se dirigió a grandes pasos hacia las rocas.

Horas más tarde, Mari se acurrucó a la tenue sombra de un arbusto que estaba tan seco y despojado de hojas que ni siquiera pudo identificarlo. Bebió tres sorbos del agua que Bennett había racionado. Si fuera un tipo de hombre distinto, Mari habría sospechado que intentaba vengarse de cómo lo había tratado ella durante la excursión a Midia.

De momento, el viaje estaba resultando agotador, aunque ella estaba acostumbrada a la vida en la naturaleza. Cuando realizaba en serio su trabajo como naturalista en lugar de fingirlo, a menudo se veía obligada a recorrer largas distancias para encontrar los especímenes que necesitaba. También en múltiples ocasiones había acampado con su padre junto a las excavaciones a docenas de kilómetros de la población más cercana.

Bennett, por su parte, parecía poco alterado, aparte del intenso color que habían adquirido sus mejillas. Él le tendió un pañuelo para que se limpiara la cara.

—Habrías respondido bien a la vida de campaña.

Por lo que había escrito en su libreta de poemas, que todavía no sabía que ella había leído, esto constituía todo un cumplido.

Debería contarle que tenía su libreta, pero acababan de reanudar su amistad, si es que podía calificarse de esta manera, e incluso parecía que volvía a caerle bien, y si le contaba que la tenía tendría que confesarle que había leído el contenido. ¿Se enfadaría él al saberlo? Ella sí que se enfadaría si alguien cogiera sus dibujos y los contemplara sin su permiso. Y eso que solo se trataba de dibujos de plantas y bichos, no de sus sentimientos íntimos.

Quizá fuera mejor que no se lo contara. Si esperaba unos días, él se habría ido para siempre y entonces aquella cuestión no tendría tanta importancia. Pero la idea de que se hubiera arrepentido de dejar la libreta en Midia la atormentaba. ¿Cómo no iba a arrepentirse? La libreta contenía la esencia de todos los sufrimientos y triunfos que había experimentado durante la guerra.

Se lo contaría. Se negaba a que la cobardía la dominara. Mari abrió la boca para demostrarse a sí misma que no era una cobarde.

—¿Cómo era la vida en campaña?

¡Cobarde!

Bennett se puso de pie y le indicó, con un gesto, que debían continuar. Mari reprimió un suspiro y lo obedeció. La áspera arena crujió debajo de sus pies y ella sorteó las rocas desmenuzadas que constituían los restos de un volcán que, en determinada época, había estado activo en la zona.

—Insoportablemente calurosa o insoportablemente fría —contestó Bennett.

Mari se sobresaltó al oír su voz. Casi se había olvidado de su pregunta.

—En verano, España y Portugal eran tan insoportables como esto.

Era el primer indicio de que él se sentía incómodo a causa del entorno. Su revelación hizo que Mari se sintiera un poco mejor en relación con los chorros de sudor que resbalaban entre sus escápulas.

—¿Qué hacíais allí?

—Caminábamos hasta que los labios se nos hinchaban tanto debido al sol que reventaban y la sangre resbalaba por nuestras barbillas.

Mari le indicó el sombrero con la mano y él realizó una mueca.

—Lo único que teníamos era nuestro sombrero militar sin alas que no servía absolutamente para nada en un clima caluroso. Al final, a alguien se le ocurrió que, si sosteníamos una hoja de una planta entre los labios, haría sombra en nuestro labio inferior. —Bennett sacudió la cabeza—. ¡Debíamos de constituir todo un espectáculo! Nada que ver con la marcha heroica que describían los periódicos.

Lo que había percibido clandestinamente en su poesía la había emocionado, pero oírselo contar de viva voz, la sobrecogió. El corazón le dolió al pensar en lo que debía de haber sufrido. ¿Por qué tenía que mostrarse ahora tan abierto y accesible? Oírle contar sus experiencias hizo que el escaso dominio que Mari tenía de sus sentimientos, todavía fuera menor.

¡Todavía no! No hasta que él le explicara por qué había atacado a su padre. Si se lo contaba, si creía que la opinión que ella tenía de él era más importante que lo que le hacía guardar silencio, ella confiaría en él y, si confiaba en él, se sentiría libre para amarlo.

—No nos parecíamos en nada a lo que uno ve en los desfiles. La ropa se caía a pedazos y nosotros la reemplazábamos con lo que encontrábamos en los pueblos y ciudades por los que pasábamos o incluso con la ropa de nuestros camaradas muertos. Cuando un oficial muere, se envía su espada a la viuda, pero el resto de sus pertenencias se subasta. Yo compré un abrigo de grandes bolsillos en una de esas subastas. O eso o perder los dedos a causa del frío.

Mari deslizó los dedos por el brazo de Bennett y él miró su mano como si se hubiera olvidado de que ella estaba allí.

—Nuestras armas nunca se desgastaban. Solo los soldados que las empuñaban.

—Una banda de harapientos vendedores ambulantes que entregaban constantemente sus mercancías de acero —recitó Mari—. Con el...

Se atragantó antes de pronunciar la siguiente palabra. ¡Estaba recitándole a Bennett su propio poema!

Bennett dejó de rememorar sus experiencias en la guerra y se volvió con brusquedad hacia Mari.

—¿Qué has dicho?

La cara de ella empalideció en la sombra de media luna que le proporcionaba el ala del sombrero.

—Yo...

—Esas eran mis palabras. Las escribí después de Corruna.

Mari entrelazó los dedos de las manos.

—Yo tomé tu libreta después de que la tiraras en Midia.

—¿Y la has leído?

Bennett sintió una mezcla de rabia y humillación. Aquellos escritos eran privados y, aunque él había albergado la fantasía de publicarlos algún día, nunca consideró que fueran poemas. Carecían de ritmo y métrica. No se había esforzado en encontrar las palabras adecuadas, solo en volcar las emociones que inundaban sus pensamientos.

¿Se habría reído ella del sentimentalismo que contenía la libreta? O, lo que era todavía peor, ¿sentía lástima por considerarlo un pobre infeliz que se creía un poeta?

Mari, sin lugar a dudas, era una artista, y sus tristes intentos de escribir debían de parecerle cómicos. Bennett se volvió de nuevo y siguió caminando. Supo que ella lo seguía por el ruido de sus pasos. Mari no sabía nada en cuanto a moverse con sigilo.

—No tenías derecho a leerla.

Sus palabras le sonaron petulantes e infantiles incluso a él mismo.

—Lo sé —respondió ella con voz apenas audible.

Aunque..., si ella había leído la libreta, significaba que no la había perdido. Una nueva necesidad creció en su pecho. Inhaló hondo. No se traicionaría a sí mismo suplicándole que se la devolviera.

—Espero que me la devuelvas.

Una piedrecita que ella debía de haber golpeado con el pie rebotó al lado de Bennett.

—Desde luego. Ya tenía planeado decirte que la recogí del suelo.

Un silencio incómodo que no se parecía en nada a los amigables silencios que se habían producido antes surgió entre ellos. ¿Qué pensaba ella de sus poemas? Aunque nunca fue su intención que otras personas los leyeran, ahora que Mari lo había hecho, ansiaba saber qué opinaba sobre ellos. ¿Por qué no se lo había dicho ya? ¿Por qué había dudado tanto en contarle que tenía la libreta?

La respuesta era evidente.

Bennett tiró de las correas de su mochila.

—No te preocupes, no me engaño a mí mismo creyendo que soy un poeta. Se trataba, solo, de una forma de pasar las largas horas que transcurrían entre batallas.

¡Demonios, ahora sonaba como un niño intentando evitar el castigo! ¡Basta de balbuceos!

—Soy perfectamente consciente de mi falta de pericia. En Eton, presenté un poema a un concurso y el profesor de lengua me regañó por burlarme de aquella tradición tan honorable.

En lugar de reírse, que era la reacción que esperaba provocar en Mari, ella inhaló de una forma brusca.

—¡No puede ser!

El impacto que reflejó su voz desconcertó a Bennett.

—No fue culpa de él. Por lo visto, el poema era tan malo que el profesor creyó que me había apuntado en broma.

Bennett tuvo que esforzarse para que las palabras traspasaran la sequedad de su garganta.

Él trabajó durante dos meses en aquel poema; revisándolo, empezándolo de nuevo y volviendo a revisarlo. Lo presentó en el último minuto, justo antes de que cerraran el periodo de inscripción, porque el original había quedado tan empapado con el sudor de sus manos que tuvo que volver a escribirlo. Con la arrogancia típica de la juventud, estaba convencido de que lo único que tenía que hacer era esperar la riada de elogios, aunque también era consciente de que causaría asombro. Al fin y al cabo, estaba destinado a formar parte del ejército y había escondido bien su genio poético. De todos modos, cuando le correspondiera hablar, había planeado señalar que los poetas-guerreros existían desde la antigüedad e incluso había buscado los nombres de algunos para citarlos.

Al día siguiente, el profesor se enfrentó a él delante de toda la clase. Leyó el poema en voz alta y lo acusó de burlarse y ridiculizar el concurso presentando aquella mamarrachada.

Como es lógico, Bennett hizo lo que cualquier niño de doce años habría hecho: corroboró, entre risas, lo que había dicho el profesor. Después, aguantó el castigo y las felicitaciones de los otros niños por su graciosa broma.

Mari seguía guardando silencio detrás de él.

Bennett rodeó una zona rocosa erosionada por el aire y el sol para que Mari no tuviera que trepar por ella.

No volvió a escribir hasta que, a los diecisiete años, lo enviaron a la Península, y entonces solo escribió porque o lo hacía o enloquecía a causa del caos que reinaba en su mente. Pero entonces el coronel Smollet-Green lo sorprendió y repitió lo que Bennett ya sabía: él estaba hecho para matar soldados, no para escribir poesía.

Durante los nueve años siguientes, Bennett quemó todos los poemas que escribió.

En realidad, aquellos dos hombres le habían hecho un gran favor. ¡Qué humillante habría sido ir por la vida creyendo que sabía escribir cuando no era cierto!

—¡Cómo se atrevió...! —exclamó Mari con una rabia que sobresaltó a Bennett—. Ese hombre debía de estar ciego. —Agarró a Bennett del brazo y lo detuvo—. ¡Tus poemas son buenos!

Bennett se rio sin piedad del pequeño momento de placer que las palabras de Mari le hicieron sentir. Había conseguido que sintiera lástima por él. ¿Qué esperaba que dijera?

—No tienes que tener miedo de herirme.

Ella se quedó boquiabierta.

—¿Acaso no me crees?

—Creo que eres generosa.

—Tus poemas son más que buenos, ¡son fascinantes!

—No te atreverías a decirme lo contrario cara a cara.

Bennett sonrió para demostrar que comprendía el compromiso en el que la había colocado.

Ella le dio unos golpecitos en el pecho con el dedo.

—Si creyera que no son buenos, puede que titubeara al decirte la verdad, pero nunca te mentiría. ¿En serio crees que tu libreta merecía quedarse allí tirada en el suelo?

La incredulidad que reflejaban sus ojos avellana le impactó bastante más que todo lo que le había dicho. El corazón de Bennett latía erráticamente, pero todavía le costaba aceptar sus alabanzas.

—Solo se trataba de una diversión estúpida.

—Si es eso lo que crees, me la quedaré.

Mari le lanzó una mirada furiosa y se alejó dando zancadas.

Bennett sintió una opresión en el pecho. Escribiera mal o no, la libreta le pertenecía. Necesitaba recuperarla.

—La composición es floja.

—Sí, y en algunos lugares la métrica no es correcta.

Bennett se estremeció al oír la confirmación de sus temores, pero ella añadió:

—¿Pero quién dice que tienes que seguir los patrones establecidos?

Bennett buscó una respuesta.

—Los poetas.

—Cuando leí tus poemas, no noté que fluyeran. Y tampoco estaban bien alineados en las páginas.

¿Por qué la había animado a contarle la verdad?

—No me ofrecieron una imagen de la guerra, sino que me agarraron del cuello y me arrastraron a ella —declaró volviéndose hacia él.

Entonces exhaló un soplido de frustración y siguió caminando.

Bennett permaneció inmóvil durante un minuto entero y, si no hubiera estado a punto de perderla de vista cuando ella entró en un escuálido bosquecillo de pinos, se habría quedado allí, sin habla, bastante rato más.

Corrió detrás de ella.

—El profesor de inglés de Eton es una autoridad en la materia.

Las caderas de Mari se balanceaban provocativamente al ritmo de sus agitados pasos y a Bennett le resultó imposible ignorarlas incluso en su estado de confusión.

—¿De qué trataba el poema que presentaste en el concurso de Eton?

—De la primavera.

—¿Acaso te gusta la primavera?

Él frunció el ceño.

—¿Qué tiene de malo la primavera? Las flores, la renovación de la vida..., todo es bonito. Además, ya sé que mi destino no es ser un poeta.

—¿Cómo?

—Cuando enviamos a Napoleón a Elba, regresé a mi finca y estuve viviendo allí unos meses. Quería intentar otra vez escribir poesía, pero fracasé miserablemente. Y no es por falsa modestia. No se me ocurría nada sobre lo que escribir, y lo que escribí solo servía para encender un fuego.

—¿De qué trataban tus poemas? —preguntó Mari.

Él quiso demostrarle que tenía razón y declaró:

—Sobre los temas clásicos: el campo, la naturaleza, la belleza...; el pan de los poetas, pero no pude crear nada.

—¿Estos temas te interesan?

Bennett inspeccionó el terreno.

—¡Desde luego!

—La estructura y la forma poética no son tu fuerte.

No tenía por qué repetírselo, pensó Bennett.

—Si te basas en eso, fracasarás. Lo que inspira tu poesía es la pasión. Si no hay pasión, tu poesía pierde su valor, pero si sientes pasión... —El rubor subió por su nuca—. Cuando sientes pasión por tu trabajo —corrigió—, tu éxito es aplastante.

Un vacilante sentimiento de esperanza invadió a Bennett, pero le pareció demasiado peligroso para dejarlo florecer. Además, si la guerra era el precio que tenía que pagar para escribir poesía, se alegraba de no poder escribir ni un poema más en toda su vida.

Pero como el rubor de Mari le había recordado, existían otros tipos de pasión. El poema que escribió la otra noche acerca de la ninfa acuática fluyó con facilidad y no constituía un desastre total.

Sin embargo, no podía ir buscando experiencias salvajes simplemente para poder escribir sobre ellas. No encajaba con su personalidad. En la vida diaria, él era un hombre bastante serio. La pasión no era algo que experimentara a diario...

Hasta que conoció a Mari.

Su conclusión lo pilló desprevenido. Seguramente, la intensidad de su deseo no duraría. No podía durar. Ya lo había medio consumido y, si continuaba, lo haría del todo. Vivir sometido a esa fuerza constante era imposible.

O imposiblemente placentero.

Escudriñó los alrededores para distraerse. Antes de seguir con esa línea de pensamiento, tenía que mantenerla viva.

Algo se movió.

Bennett agarró a Mari por la cintura y, cuando ella lo miró, él le indicó con un gesto que guardara silencio. Ella asintió con la cabeza, se colocó a su lado y siguió la mirada de él con la suya.

Algo volvió a titilar en el horizonte. Estaba demasiado lejos para distinguir si era humano o animal. Lo único que Bennett veía era que se movía.

Tiró de Mari hacia un grupo de arbolillos y se agachó. Ella lo imitó. Su respiración era rápida y superficial.

Él volvió a indicarle que guardara silencio. Mari, confusa, arrugó el entrecejo. Él señaló su boca. Mari arrugó todavía más el entrecejo pero, finalmente, lo desarrugó. Entonces suspiró hondo y su respiración se hizo más lenta y profunda. Él le apretó la cintura en señal de aprobación.

La mancha indistinta del horizonte adquirió colores. Marrones y tostados. Y seguía desplazándose hacia ellos.

El patrón de movimiento era demasiado linear y uniforme para tratarse de un animal. Se trataba de un ser humano.

Otra mancha apareció en el horizonte.

Y esta tampoco estaba sola.

23

El grupo de hombres seguía aproximándose a ellos. Mari se apretó contra el reconfortante pecho de Bennett. Aunque todavía estaban a varios cientos de metros de distancia, el aire vacío del desierto transportó sus voces hasta el escondrijo de Mari y Bennett. Hablaban en turco y con voz alta y tosca.

—¿Son bandidos?

Mari sintió más que oyó el susurro de Bennett. Se esforzó en escuchar lo que decían aquellos hombres y lo que oyó la hizo estremecer. Por lo visto, una mujer llamada Evet era muy hábil en determinados actos amorosos.

Los hombres se echaron a reír.

—En cualquier caso, ya no podremos disfrutarla más —comentó uno de los hombres—. Últimamente, el sultán protege tanto los transportes que apenas conseguimos lo suficiente para una puta barata.

Su compañero respondió con voz tan baja que Mari no pudo oírla, pero los otros hombres estuvieron de acuerdo.

—Sí, son bandidos —contestó Mari.

Y se dirigían, directamente, hacia donde ellos estaban. Los sables que colgaban de sus cintos destellaban a la luz del sol. Dos de ellos también llevaban pistolas, y el tercero, un fusil.

Mari se apretujó todavía más contra Bennett y se le hizo un nudo en la garganta. Se sentía aturdida y lo único que podía oír eran los latidos de su corazón. Aquellos hombres estarían sobre ellos en cuestión de minutos. Si querían escapar, no podían esperar ni un segundo.

Mari movió los pies.

—Estate quieta.

La orden de Bennett fue acompañada por un fuerte brazo que le rodeó con firmeza las costillas.

—Nos verán —susurró ella presa del pánico.

—No si permanecemos inmóviles. Las personas solo vemos lo que esperamos ver. Si no esperan ver a gente entre los arbustos, no nos verán. Confía en mí.

¿Por qué había tenido que decir eso?

Mari controló su necesidad de echar a correr y la neblina que enturbiaba su mente se aclaró. Tenía que escuchar su conversación y averiguar si sospechaban algo. Bennett no entendía el turco, así que le correspondía a ella escuchar para ver si conseguía alguna información útil. Por esto había insistido en ir a Vourth.

El martilleo de su corazón se suavizó hasta convertirse en un ruido sordo y las voces volvieron a constituir el centro de su atención.

—...Hazir atacó.

—Cualquier imbécil se habría dado cuenta de que se trataba de una trampa.

—¿Lo mataron?

—Murió durante el ataque.

—¡Bueno, eso es mejor que dejar que los soldados te cojan vivo! El nuevo capitán es como un gato loco al que le gusta jugar con su comida.

Los hombres pasaron apenas a unos metros de donde Mari y Bennett estaban acuclillados entre los árboles.

Sus armas golpeaban sus piernas al ritmo de sus pasos, el sudor brillaba en sus descuidadas barbas y el polvo cubría sus desgastadas botas y pantalones.

Si a uno de ellos se le ocurría volver la cabeza hacia la derecha, los descubrirían.

Aunque Bennett estaba totalmente inmóvil, Mari sintió la explosiva fuerza que podía desarrollar en caso necesario.

Ella no permitiría que luchara solo. Se concentró en los músculos de sus piernas esperando que la inmovilidad no redujera su agilidad. Alrededor de sus pies había piedras del tamaño de un huevo. Las lanzaría a la cabeza del hombre que estuviera más cerca y, aunque fallara, al menos lo distraería.

Estaban apenas a cinco metros de distancia.

—Ese capitán puede volver honrado a cualquiera.

Los hombres se echaron a reír.

—¿Qué harías tú? ¿Te convertirías en cocinero? Matarías a más gente con tu comida que ahora.

Tres metros.

—De todos modos, ese capitán durará poco.

—Quizá se vaya antes de lo que tiene planeado. Mahmut se está cansando y cree que ha llegado la hora de recordarle al capitán quién controla esta zona.

Los bandidos estaban tan cerca que Mari percibió las costras de los nudillos del que iba en cabeza, y las profundas arrugas que surcaban sus curtidas mejillas, y la mancha de grasa del dobladillo de su camisa.

Mari contuvo la respiración.

Los hombres no modificaron su ruta. Como había dicho Bennett, ninguno miró hacia donde ellos estaban y su conversación se fue alejando en el aire hasta convertirse en un murmullo imperceptible.

Bennett siguió inmóvil. El brazo con el que sujetaba la cintura de Mari no se aflojó.

Los músculos de las piernas de Mari estaban duros como piedras.

Él siguió sin moverse.

A Mari le ardían las piernas. Se mordió el labio para no gritar. Los bandidos debían de estar ya bastante lejos, pero ella apretó con fuerza las mandíbulas para soportar mejor el dolor y esperó la señal de Bennett.

Él la soltó y ella se tambaleó. Sus doloridas piernas se negaban a sostenerla.

Bennett la sujetó y la ayudó a levantarse.

—Tenemos que movernos deprisa.

¿Y qué habían estado haciendo hasta entonces? Mari dio un

paso y las rodillas le fallaron. Entonces Bennett se arrodilló a su lado con el ceño fruncido y rodeó el muslo de Mari con sus grandes manos. Ella soltó un respingo.

—¿Qué...?

Su pregunta se convirtió en un suave gemido mientras él masajeaba sus doloridos músculos. Bennett hundió los dedos en la carne de Mari y ella se estremeció. Con una precisión implacable, los dedos de Bennett descendieron por su pierna mientras realizaban lentos círculos. El contacto de sus manos le resultaba a Mari exquisitamente doloroso y maravillosamente placentero al mismo tiempo. Cuando llegó al tobillo de la primera pierna, Bennett repitió el tratamiento en la otra.

—¿Puedes caminar? —le preguntó.

No, pero por razones muy distintas a las de antes, pensó Mari, aunque no podía decirle eso.

—Sí.

—Entonces, vamos.

No había exagerado cuando dijo que tenían que moverse deprisa. Al cabo de unos minutos, el aire quemaba los pulmones de Mari y tenía la garganta seca, como si se tratara de un pergamino.

—¿Por qué tenemos que ir tan deprisa?

Él no aflojó el paso.

—Los bandidos viajaban sin provisiones. Ni siquiera llevaban agua.

En aquel territorio, esto constituía una locura. Cualquiera que llevara allí más de una hora lo sabría.

¡Ellos vivían allí!

Mari se puso en tensión.

—Su campamento está cerca.

—Más de lo que creíamos.

24

El delicado rubor de las mejillas de Mari se convirtió en un intenso color rojo, su respiración se volvió entrecortada y el agotamiento de sus facciones se convirtió en resignación y obstinación. De todos modos, Bennett siguió acuciándola para que siguiera, y también a él mismo. Todos los soldados tenían un límite, y él se había visto obligado a reconocer los signos de ese límite en sus hombres en el campo de batalla. Sorprendentemente, Mari todavía no había llegado al suyo.

Pero estaba cerca.

Y él era un cerdo por obligarla a llegar a ese punto.

Mari se llevó la mano al cabello, pero le temblaba tanto que la bajó sin apartar los mechones que le tapaban los ojos.

Ese era el signo.

—Nos detendremos aquí.

El sol estaba bajo en el horizonte, así que de todos modos tendrían que haberse detenido en cuestión de pocos minutos. El penetrante olor salobre del océano había empezado a abrirse paso en el polvo del desierto y las plantas eran más gruesas. Bennett decidió dónde acamparían. Iban muy adelantados con respecto al plan que habían elaborado y esto lo satisfacía, así acabarían antes.

Mari cerró brevemente los párpados, pero no mostró ninguna otra señal de alivio. De hecho, apenas había dicho nada desde el encuentro con los bandidos, lo que resultaba sensato, aunque a Bennett le desagradaba que su silencio se debiera al miedo.

Apartó los tirabuzones de la cara de Mari y le ofreció la cantimplora.

Ella bebió un sorbo de agua y realizó una mueca.

—¡Se supone que el agua no quema!

—Es por el polvo y el calor —contestó Bennett.

Ella debería estar en su casa dibujando flores.

—¿Levantamos el campamento? —preguntó ella.

Él contempló el pequeño espacio abierto que estaba rodeado de rocas y maleza. Aquel lugar ocultaría su posición y los protegería del viento, pero una gruesa manta de lana era todo el cobijo que podía ofrecerle a Mari.

—Este es nuestro campamento, ¿no? —La comisura de la boca de Mari se levantó con sorna—. Mañana será fácil desmontarlo.

—Al menos puedo ofrecerte algo para cenar.

Bennett sacó de su mochila dos rebanadas pequeñas de pan, un pedazo de carne seca y unas manzanas.

Mari lanzó al aire su manzana varias veces.

—¡Esto es un lujo!

Él sonrió. Había titubeado al coger las manzanas. La verdad es que podrían haber sobrevivido un par de días comiendo galletas, pero no pudo resistirse.

—No podemos arriesgarnos a encender un fuego.

—Ya lo suponía.

Comieron las provisiones mientras el sol se escondía en el horizonte y teñía el paisaje de color bronce. El aire empezó a enfriarse, pero la arena y las rocas siguieron irradiando calor. De todos modos, pronto haría frío. Bennett sacó la manta de lana gris de la mochila y cubrió con ella los hombros de Mari. Disfrutó al sentir el delgado contorno del cuerpo de ella en sus manos.

—¿Solo tenemos una manta? —preguntó ella.

Bennett asintió con la cabeza.

—Siempre tiene que haber uno de nosotros montando guardia, y yo tengo la chaqueta.

Mari se arrebujó más en la manta y sus ojos chispearon con picardía.

—Acuérdate de tu chaqueta cuando, a las dos de la madrugada, cambies de opinión, porque no pienso dejarte la manta.

Bennett creía que abrigarla con la manta mantendría su mente centrada en sus obligaciones, pero ahora en lo único en lo que podía pensar era en desnudar a Mari.

—Yo montaré la primera guardia —declaró Bennett.

Ella frunció el ceño.

—Yo dormí toda la noche pasada en el coche.

Sí, era cierto, pero él odiaba ver las arrugas de cansancio que rodeaban sus ojos.

—Estoy acostumbrado a dormir menos y con compañeros mucho menos atractivos que tú.

Ella abrió la boca para protestar, pero él la interrumpió.

—No te preocupes, te despertaré para que realices tu turno.

Aunque no le gustaba la idea, todavía era más soldado que caballero y, si quería servir para algo al día siguiente, tenía que dormir.

—De acuerdo —contestó ella.

Mari examinó el suelo a su derecha y a su izquierda.

—Ven, soy una almohada muy efectiva —ofreció Bennett.

Ella se acercó a él y, después de titubear brevemente, apoyó la cabeza en el regazo de Bennett. Él le apartó el cabello de la frente con suavidad y ella suspiró y se relajó.

Bennett se inclinó para arroparla con la manta y ella le agarró la mano cuando la pasaba por su hombro.

—¡Ajá, lo sabía! ¡Quieres robarme la manta!

No, solo a la persona que está tapada con ella, pensó Bennett.

Tenía que convencerla para que regresara a Inglaterra. No quería que corriera peligro, pero, sobre todo, quería que estuviera a su lado, algo que por fin había reconocido ante sí mismo.

Mari besó la parte interior de la muñeca de Bennett y el leve contacto envió una oleada de placer por el brazo de él. Su cansado cuerpo volvió a la vida, pero los bandidos podían aparecer en cualquier momento.

Esta idea era lo único que impedía que sentara a Mari en su regazo y le hiciera el amor, pero no evitó que su mano cubriera uno de los pechos de ella. Bennett sintió su peso en la palma de su mano.

—Me temo que la otra noche, lamentablemente, desatendí tus pechos.

Las costillas de Mari se expandieron con una rápida y profunda respiración.

—En aquel momento no me di cuenta, pero si sientes la necesidad de rectificar tu error...

Mari soltó un respingo cuando él le pellizcó el pezón con suavidad.

—Me acuerdo de que, en la fiesta de la embajada, me pediste esto.

En realidad, las palabras de Mari lo habían atormentado desde entonces y habían dominado todos sus pensamientos.

Mari echó la cabeza hacia atrás hasta que su mirada se encontró con la de Bennett. Una sonrisa pícara iluminaba sus ojos.

—No, según creo, te pedí que me besaras los pechos.

Él le desabrochó lentamente la camisa y deslizó su mano hasta el cálido y sedoso pecho de Mari. Acarició la suave protuberancia de la cima y Mari agitó las caderas por debajo de la manta.

—Me temo que los besos tendrán que esperar. Después de todo, estoy de guardia y si saboreo tus deliciosos pechos, no podré concentrarme en nada más.

De hecho, ya le estaba costando pensar en ninguna otra cosa y un ejército entero de forajidos podía haberlos rodeado haciendo sonar trompetas y panderetas sin que él se hubiera dado cuenta.

Con pesar, sacó la mano del interior de la camisa de Mari.

—Necesitas dormir.

Ella se mordió el labio inferior y hundió la barbilla en los pliegues de la manta.

—¡Mierda, si crees que me detiene alguna otra razón, estás muy equivocada! —exclamó él.

—¿En serio? —preguntó ella.

Un áspero gruñido creció en la garganta de Bennett.

—Si lo dudas, gira un poco la cabeza y verás lo que provocas en mí.

Mari contempló la protuberancia en los pantalones de Bennett y se ruborizó. Alargó el brazo y deslizó un dedo por el tenso miembro.

Él le agarró la mano antes de perder el control como si fuera un recluta inexperto.

Mari enrojeció.

—Lo siento.

Bennett se llevó los dedos de Mari a los labios.

—No lo sientas. Yo lo he disfrutado mucho.

Mari lo miró a los ojos y la sensual curiosidad de su mirada estuvo a punto de acabar con la determinación de Bennett.

—¿En serio? —repitió ella.

—¡Sí, mujer! Y ahora duérmete.

Ella le hizo caso, exhaló un suspiro somnoliento y frotó su mejilla contra el muslo de Bennett mientras se acomodaba para dormir, pero, al cabo de unos segundos, volvió a mirarlo a los ojos.

—¿Estás muy enfadado por lo que hice por Esad?

La incertidumbre de su expresión le rompió el corazón a Bennett. Le acarició la mejilla mientras reflexionaba sobre su pregunta.

—No deberías haber revelado la información secreta al pachá, pero entiendo por qué lo hiciste. —Le quitó las escasas horquillas que todavía sujetaban su cabello—. Lo que no comprendo es por qué le has perdonado que tuviera a tu madre como esclava y, sin embargo, te niegues a perdonar a Inglaterra.

Su cambio repentino de tema hizo que Mari frunciera el ceño.

—En realidad, Inglaterra también tuvo algo que ver en que perdiera a mi padre. Él no soportaba estar allí sin mi madre, así que vinimos a Constantinopla. Entonces mi padre descubrió el opio y lo perdí totalmente.

—¿No quieres regresar nunca a Inglaterra? Seguro que allí dejaste familia y amigos.

Mari giró la cabeza.

—Cuando mi madre enfermó, mi tía convenció a mi padre de que yo no debería verla en aquel estado, así que me apartaron de su cama mientras yo gritaba y daba patadas; literalmente, me temo. Intenté escapar, pero me encontraron y mi tía me pegó con su bastón hasta que no pude ni sostenerme en pie.

—¿Tu tía todavía vive?

Mari titubeó.

—No, creo que no.

Mejor, porque si se la encontraba algún día, dejaría de ser un caballero. Bennett acarició la mejilla de Mari y se dio cuenta de que el crepúsculo había refrescado su piel.

—No tuve más remedio que esperar en aquella horrible casa y con aquella horrible mujer, la cual odiaba a mi madre por mancillar el nombre de la familia. Cuando recibimos la noticia de que mi madre... —Mari se estremeció— había muerto, mi tía sonrió. Se alegraba de que... No lamento lo que dejé en Inglaterra.

Bennett la apretó contra él.

—No todos los ingleses son como esa mujer.

—Lo sé, pero... Cuando vinimos a Constantinopla, al principio las cosas iban... mal. Cuando salíamos en busca de restos arqueológicos, mi padre muchas veces se olvidaba de llevar comida o agua y a veces desaparecía y no me decía cuándo iba a volver... —Mari sacudió levemente la cabeza—. Escribí a algunos familiares de mi padre para pedirles que me acogieran en su casa. Incluso se lo pedí a mi tía, imagínate si estaba desesperada. Todos lo lamentaban mucho, pero ninguno podía ayudar a la hija de una esclava.

—Mari...

Ella se volvió de forma que él solo pudo ver su perfil.

—No te preocupes, Esad nos ayudó. Él se enteró de mi situación y realizó las gestiones necesarias para que pudiéramos vivir en una casa y yo tuviera acceso a los fondos de mi padre.

Bennett entrelazó los dedos con los suaves y esponjosos tirabuzones de Mari.

—¿Qué te convencería para que regresaras a Inglaterra?

Ella volvió a girarse hacia él y lo miró con expresión decidida y seria.

—Nada.

Él disponía de una baza que todavía no había utilizado.

—¿Y si te pidiera que fueras conmigo?

La expresión de Mari no flaqueó.

—Mi respuesta seguiría siendo que no.

25

Mari sostuvo la libreta de dibujo en equilibrio sobre sus rodillas. Echaba de menos el caballete. Entrecerró los ojos y escudriñó la fortificación de Vourth, que estaba construida en lo alto de un escarpado acantilado. Buena parte del muro interior estaba sostenido con andamios, y unas profundas zanjas conectaban la vieja fortaleza bizantina con los cimientos del nuevo muro exterior cuya construcción ni siquiera había empezado. Ella esperaba que las obras estuvieran mucho más avanzadas.

Frunció el ceño mientras dibujaba lo que podía. Si realizaban algún cambio durante la construcción, la información que ella proporcionaría sería inútil.

Se detuvo y flexionó la mano por quinta vez para aliviar la dolorosa rigidez.

—¿Te encuentras bien? —le preguntó Bennett mientras se acercaba a ella.

Su puesto de vigilancia estaba situado sobre unas rocas a pocos metros de distancia.

—La rapidez y la miniaturización no son buenos amigos. —Mari abrió y cerró el puño de nuevo, hundió la pluma en el tintero y realizó unos cuantos trazos más—. Teniendo en cuenta lo que hay, esta es toda la información que puedo suministrar. ¿Por qué no nos dijeron que esperáramos unas semanas más? —preguntó mientras soplaba la tinta húmeda del dibujo—. Las obras todavía tardarán uno o dos meses en terminarse. ¿Y por qué tienes tú tanta prisa?

Bennett dio una ojeada a las rocas y bosques circundantes.

—Tengo asuntos familiares que debo atender en Inglaterra, aunque, en este caso, la elección del momento no fue idea mía. Nos informaron de que la fortificación estaba casi terminada, pero está claro que esa información no era correcta.

Mari cerró la libreta de dibujo.

—Eso parece. ¿Quién te proporcionó la información?

—Daller. Cuando regresemos, pienso preguntarle quién le proporcionó la información.

Mari asintió y colocó la libreta debajo de su brazo.

—Será mejor que nos vayamos y que no tentemos al destino más allá de lo indispensable.

El ritmo que marcó Bennett para la vuelta fue solo ligeramente menos agotador que el que marcó para la ida. El corazón de Mari latía con fuerza, pero ahora se debía al ejercicio, no al terror. Se sentía aliviada. ¡Ya estaba hecho!

Entonces tropezó con la espalda de Bennett.

—¡Agáchate! —le ordenó él en voz baja—. ¡Bandidos!

El terror volvió a ocupar su lugar en el pecho de Mari, quien se tumbó en el suelo detrás de una roca. La áspera arena se clavó en su mejilla.

A su lado, Bennett abrió la caja de útiles de dibujo, destapó un frasco de tinta y vertió unas gotas en sus dedos índice y pulgar.

—Todo lo de la libreta lo he dibujado yo, ¿comprendido?

Ella asintió con la cabeza y él cogió la libreta.

—¿Qué estarán haciendo tan cerca de la fortaleza? —preguntó Mari.

—Quizá lo mismo que nosotros, recabar información.

Minutos después, un grupo reducido de bandidos apareció a la vista. Uno de ellos era el de la camisa grasienta que habían visto la tarde anterior, pero Mari no reconoció al resto.

El grupo se hizo cada vez más numeroso. Al menos había cincuenta o sesenta hombres. ¿Qué ocurría?

Todos llevaban sables y armas de fuego.

Bennett maldijo en voz baja.

—Deben de haber decidido atacar la fortaleza antes de que esté terminada.

El sonido de un disparo rasgó el aire. Un círculo rojo brotó en la mancha de grasa de la camisa del bandido y este se derrumbó.

Múltiples soldados surgieron de las rocas cercanas. El pánico cundió entre los bandidos y algunos dispararon sus armas mientras que otros blandieron sus sables.

En medio del caos, Bennett se colocó de manera que su cuerpo cubrió el de Mari. Su peso la aplastó contra la arena y a ella le costó respirar. La libreta, que Bennett había colocado en medio de los dos, se clavó en la espalda de Mari, quien ahora solo podía oír el fragor de la batalla: el crujido de las botas contra la arena, el entrechocar metálico de los sables, el chasquido de las pistolas y los fusiles. Los hombres maldecían en turco, armenio y griego, y gritaban de dolor en ningún idioma en concreto, al tiempo que los cuerpos caían produciendo un ruido sordo.

Los ruidos se interrumpieron y solo los gemidos de los heridos salpicaron el repentino silencio.

Mari intentó levantar la cabeza para ver algo, pero tuvo la impresión de que Bennett ni siquiera sintió sus esfuerzos contra su pecho.

—¡Registrad la zona! ¡Matad a los supervivientes!

Mari se estremeció al percibir una fría satisfacción en aquella voz. Alguien gritó de rabia o terror. Se oyó un disparo y los gritos cesaron.

Mari inhaló bruscamente. El polvo obstruyó su nariz y cubrió el interior de su garganta.

—Van a...

—Lo sé.

—¿Pero por qué...?

—Los soldados no quieren arriesgarse a que los bandidos vuelvan para rescatar a sus compañeros. Al menos no ahora que la fortaleza no está terminada. Yo habría dado la misma orden. —Se puso en tensión encima de Mari—. Nos vamos. ¡Ahora! —Rodeó la cintura de Mari con el brazo y la levantó del suelo—. Los bandidos heridos nos proporcionan unos minutos de tiempo.

Se oyó un grito seguido de un gorgoteo y Mari volvió la cabeza de golpe. A varios metros de distancia, un soldado extrajo su bayoneta de la garganta de un hombre. Bennett tapó la boca de Mari con su mano para silenciar su respingo. Todavía le rodeaba la cintura con el brazo, así que la levantó en vilo y se alejó de allí con ella hasta una zona de maleza más espesa.

—¿Puedes caminar? —le preguntó.

Ella asintió con la cabeza y él la dejó en el suelo.

Se oyeron unos pasos detrás de ellos y la voz fría volvió a hablar:

—Dispersaos y revisad los alrededores.

¡Los encontrarían! Mari inspeccionó la zona. Tenía que haber algo... ¡Allí!

—¡Sígueme!

Agarró la mano de Bennett y tiró de él. Bennett solo ofreció resistencia durante un segundo y después la siguió.

Mari se dirigió a unos arbustos y se arrodilló.

—Si en algo valoras tu piel, no toques las hojas.

El hueco que había atisbado apenas era lo bastante amplio para los dos. Bennett la siguió a cuatro patas y Mari se desplazó para dejarle espacio. Su mejilla rozó una de las rasposas hojas y la piel le ardió. Mari contuvo las lágrimas. De niña, tropezó una vez con una de aquellas plantas y el dolor que sintió entonces fue tan intenso como el que experimentó en aquel momento en la mejilla.

Dos soldados surgieron de detrás de unos árboles. Mari tembló y Bennett le tomó la mano. Como ella esperaba, los soldados rodearon la zona arbustiva a considerable distancia.

Bennett se inclinó y besó a Mari en el cuello. Una oleada de placer inundó los sentidos de ella. Mari apretó los labios. ¿Cómo podía tener tanto poder sobre ella? Estaban acurrucados en medio de unos arbustos venenosos, rodeados de soldados enemigos y un simple beso hacía que perdiera la noción de la realidad.

Se oyó un chasquido.

Se trataba del percutor de una pistola.

—¡Levantaos!

La voz procedía de detrás. Bennett volvió la cabeza, pero no dio señales de obedecer. Solo cuando el soldado repitió la orden Mari se dio cuenta de que hablaba en turco.

—Dice que nos levantemos —tradujo Mari.

El soldado dio otra orden.

—Despacio —tradujo Mari.

Se volvieron hacia él. El soldado era joven y desgarbado. Bennett podía...

El soldado llamó a sus compañeros y cuatro hombres los rodearon. Ni siquiera Bennett podía vencer a cinco hombres armados.

—¿Qué hacéis? ¡Os había ordenado matar a los supervivientes! —gritó un sexto hombre.

Un bigote espeso y encrespado destacaba por debajo de la nariz ganchuda que dominaba su cara. Su uniforme indicaba que se trataba de un capitán y la inexpresividad de sus ojos encajaba con la frialdad de su voz.

—Pero, señor, creo que son ingleses.

El capitán entrecerró los ojos.

—¿Ah, sí? —Sus labios se estiraron en una sonrisa serpenteante. Entonces habló en inglés—. ¿Sois británicos?

Mari asintió con la cabeza y el capitán se acercó a ella y le arrancó el sombrero de la cabeza.

Después de examinar detenidamente su cuerpo, chasqueó los dedos y los soldados se apresuraron a apresarlos mientras maldecían a causa del roce con las hojas de los arbustos.

—Permitidme ser el primero en daros la bienvenida a Vourth.

26

El soldado se colocó entre Bennett y la silla de madera de pino, como si lo retara a que intentara sentarse, pero no tenía por qué preocuparse, porque la silla se veía tan poco cómoda y tentadora como el resto de la oficina del capitán.

Bennett dejó la libreta de los dibujos sobre el escritorio con indiferencia y Mari demostró su inteligencia permaneciendo impasible.

—¿Por qué nos ha detenido, capitán? —preguntó Bennett.

El capitán esbozó la misma sonrisa de superioridad de antes.

—Creo que los dos conocemos la respuesta a su pregunta. —Cogió la libreta y volvió a dejarla en el escritorio mientras exhalaba un suspiro de disgusto—. Les ha enviado el gobierno británico, ¿no?

Bennett arqueó una ceja.

—Hemos venido para dibujar insectos. En esta región hay varios especímenes endémicos.

El capitán volvió a coger la libreta y la hojeó.

—Sí, claro, esa es la excusa que han preparado, pero quiero que me cuente la verdad.

—Ya se la he contado.

—Comprendo. —El capitán miró, alternativamente, a Bennett y a Mari—. ¿Por qué ha traído a esta mujer? ¿Es su amante o su cómplice?

El capitán no lo sabía. Bennett sintió un gran alivio. El capitán no sabía que Mari era una agente y que sus dibujos contenían información secreta.

—Ni una cosa ni otra —contestó Mari con indignación no fingida—. Soy una naturalista.

El capitán la abofeteó y la cabeza de Mari dio una sacudida.

Bennett se lanzó contra él, pero el contacto de un sable en su cuello lo detuvo.

—¡No me dirijas la palabra a menos que hable contigo, puta!

La postura del capitán seguía siendo relajada y, cuando vio la mejilla enrojecida de Mari, sonrió levemente.

—¡Se trata de una naturalista muy hábil, bastardo! Localiza insectos para que yo los dibuje.

—¡Ah, esto explica lo de su ropa!

—Así me resulta más fácil... —empezó Mari.

El bofetón del capitán interrumpió su explicación.

—¡No estaba hablando contigo!

Bennett apartó el sable propinando un golpe rápido en el lado de la hoja, pero los otros dos soldados que había en la habitación desenvainaron los suyos.

—¡Maldito seas! —gruñó Bennett—. El gobierno británico no pasará por alto este tipo de trato.

—¡Pero nunca sabrán lo que les ocurrió a sus espías! Desapareceréis del mapa y ellos inventarán alguna excusa para cubrir vuestra inesperada desaparición.

El sable que Bennett había apartado de un manotazo presionó con enojo su costado.

—Somos naturalistas y, si no regresamos, se formularán preguntas. Mi primo es el embajador británico en Constantinopla.

—Si crees que voy a invitarlo a venir para que le pases la información, estás muy equivocado. Y, si se trata de tu primo, simplemente lamentará tu desaparición un poco más que los demás.

—Somos inocentes.

El capitán colocó los puñales y la pistola de Bennett encima del escritorio.

—¿Los naturalistas viajan armados?

—Si se dirigen a un territorio peligroso, sí.

—Esperaba que pudiéramos solucionar esto de una forma amigable —declaró el capitán. Entonces, al ver la hinchazón en la mejilla de Mari, se echó a reír—. ¡Bueno, en realidad no lo esperaba! ¡Me encargaré de ellos personalmente por la mañana!

Se acercó a Mari, desabrochó los dos botones superiores de su camisa y deslizó un dedo desde su mejilla a la hendidura que separaba sus pechos.

Bennett se puso tenso. ¡Al demonio con todo! Si el capitán seguía tocando a Mari, moriría.

—Como veis, el miedo a la violencia es mucho más efectivo que la violencia misma —declaró el capitán—. Lo peor es la incertidumbre, no saber qué voy a hacer contigo. —Retrocedió para examinar mejor a Mari—. O qué ordenaré a mis hombres que hagan contigo, pero no te preocupes, el dolor llegará. El dolor es el bisturí que permite extraer la verdad, y yo soy bueno manejando el bisturí.

Mari sostuvo la mirada del capitán, pero Bennett percibió el miedo en sus ojos, y sabía que el capitán también lo percibía. La sensación de triunfo hizo que el capitán, prácticamente, resplandeciera.

Aprovechando que estaba distraído mirando a Mari, Bennett se acercó al escritorio. El sable presionó todavía más su costado, pero al ver que, en lugar de las armas, cogía la libreta de dibujo, el soldado no se molestó en detenerlo y volvió su ávida mirada hacia Mari. Bennett guardó la libreta en el interior de su chaqueta.

—¡Encerradlos!

El capitán realizó un gesto con la cabeza y sus hombres agarraron a Bennett por los brazos.

Uno de ellos preguntó algo en turco, pero Bennett no lo entendió.

—Entonces tendréis que hacerles un hueco, ¿no crees? —contestó el capitán.

El soldado formuló otra pregunta.

El capitán se dio unos golpecitos en la barbilla con los dedos y contestó en inglés, sin duda para que Bennett y Mari lo entendieran.

—Dejad libre solo una. Le concederemos esta noche para que intente convencerla de que todo saldrá bien. Así le resultará más doloroso presenciar cómo arrancamos la carne del tembloroso cuerpo de ella.

Mientras los soldados los conducían entre los barracones, Bennett volvió a estudiar el entorno. Montones de piedras y ladrillos estaban perfectamente apilados junto a las grietas de los muros. Estas deberían haberlos favorecido, pero, para contrarrestar esa debilidad, habían apostado más soldados junto a ellas. ¡Maldición! Resultaba mucho más fácil escalar un muro no vigilado que escapar por una abertura custodiada por centinelas.

El soldado que estaba al lado de Mari le lanzó una mirada lasciva, tiró de uno de sus tirabuzones y su compañero se rio y realizó un comentario burlón. Bennett no necesitaba hablar turco para adivinar el contenido de sus palabras. Todos los soldados de esa calaña pensaban igual.

Pero Mari sí que entendía lo que decían.

Él no iba armado, pero no permitiría que esto sirviera de excusa para que aquellos hombres la atormentaran todavía más.

—Si en algo valoráis vuestra vida, dejad de molestarla —soltó mientras agarraba al soldado que tenía más cerca por el cuello y lo apartaba de Mari.

Tres de los soldados que los escoltaban se abalanzaron sobre él y lo único que pudo hacer fue tirar a aquel hombre al suelo. Una explosión de dolor estalló en su cerebro cuando uno de los soldados lo golpeó en la cabeza con la empuñadura del sable. Bennett parpadeó intentando aclarar su visión y, al ver que otro de los soldados presionaba el sable contra el cuello de Mari, dejó de resistirse.

Un puño se hundió, como un ariete, en su estómago y Bennett se dobló sobre sí mismo mientras intentaba recobrar el aliento. Entonces lo empujaron hacia la vieja fortaleza bizantina, pero Bennett no pudo reprimir una leve sonrisa cuando vio que los dos soldados que escoltaban a Mari se mantenían a cierta distancia de ella.

Bennett no sabía si se debía al tono amenazante de su voz o al hecho de que era varios centímetros más alto que ellos, pero el caso es que los soldados no volvieron a hablar y no separaron las manos de la empuñadura de sus sables.

Los condujeron al interior de la fortaleza. Un olor nauseabundo subía por una escalera que desaparecía de la vista formando un pronunciado ángulo.

Empujaron a Bennett y a Mari a un lado y otro soldado subió por las escaleras tirando de un grupo de tres prisioneros encadenados. La cara del último estaba tan hinchada que sus ojos eran meras rendijas en su cara roja y desfigurada. El hombre tropezó, pero el soldado no se detuvo y arrastró su dolorido cuerpo por el suelo.

En el exterior, una voz gritó: «¡Fuego!» Esta era una de las pocas palabras turcas que Bennett conocía. Unos fusiles abrieron fuego y Mari dio un brinco como si fuera a ella a quien hubieran disparado. Bennett se acercó a Mari para asegurarse de que estaba bien y para protegerla de todo aquello, pero uno de los soldados se interpuso entre ellos mientras realizaba una mueca desdeñosa. Entonces desenvainó el sable y señaló la escalera con él. Conforme iban bajando, Bennett contó los escalones. Veintidós. En la escalera no había espacio para ningún guardia, salvo en los extremos.

La escalera terminaba en un pasillo iluminado por dos chisporroteantes antorchas y flanqueado por media docena de sólidas puertas. Por los gritos y gemidos que procedían del otro lado de las puertas, era evidente que todas las celdas estaban ocupadas.

Mari avanzó por el pasillo con una postura erguida y orgullosa, pero Bennett percibió que sus manos temblaban. Y él no podía hacer nada para evitarlo. La ira y la indignación hirvieron en su interior. Habría hecho cualquier cosa para que Mari no tuviera que pasar por aquello, pero en aquel momento todo habría resultado inútil. ¿Dónde estaban sus audaces promesas de protección? Mari tenía razón al dudar de él desde el principio.

Apartó estas ideas de su cabeza antes de que lo dejaran traumatizado. Además de los dos soldados que los escoltaban, solo había un guardia al final del pasillo. Si conseguía desarmar a uno de ellos, probablemente podría reducir a los otros dos.

El guardia descolgó el pesado aro que le servía de llavero del cinturón, abrió una puerta y soltó una risotada mientras empujaba a Mari, quien cayó en el sucio suelo de piedra de la celda. Ella soltó un gemido de dolor y Bennett se arrodilló a su lado.

La gruesa puerta de madera se cerró produciendo un sordo estruendo. Bennett parpadeó varias veces intentando ajustar su visión a la penumbra, pero no le sirvió de mucho. La única luz que llegaba a la fétida celda era la que se filtraba por la estrecha rendija del extremo inferior de la puerta.

Bennett ayudó a Mari a sentarse.

—¿Estás bien?

Ella se frotó los codos.

—Yo... Sí —contestó Mari mientras se ponía de pie con dificultad—. Tiene que haber una forma de salir de aquí.

Bennett oyó que ella inspeccionaba las paredes en la oscuridad, pero sabía que no encontraría nada. Antes de que la puerta se cerrara había visto que la celda estaba vacía salvo por un montón de paja apelmazada.

De todos modos, se unió a Mari en la búsqueda. O esto o se volvía loco de no hacer nada. Sus dedos se deslizaron por la desigual pared de piedra. Recorrió, de esta manera, todo el contorno de la celda y, cuando terminó, decidió examinarlo de nuevo. Durante el segundo recorrido, encontró un pedazo de piedra suelto y lo extrajo de la pared. Intentó excavar en el agujero, pero solo consiguió extraer un fino polvo. Quizá consiguiera algo después de una docena de años, pero en una sola noche no llegaría a ningún lado. En cualquier caso, la piedra podía servirle de arma. Tenía, solo, el tamaño de la palma de su mano, pero como le habían arrebatado los puñales, su peso le dio una sensación de seguridad. Aprovecharía cualquier ventaja, por pequeña que fuera.

Los soldados se burlaban de ellos desde el otro lado de la puerta. Por lo visto, veinte centímetros de madera de roble y treinta de roca les proporcionaban la confianza suficiente para provocarlos.

Bennett abrazó a Mari y se colocó entre ella y la puerta.

—Encontraremos una forma de salir.

—¿Cómo? —preguntó ella con voz sumamente calmada, pero sus estremecimientos hicieron que Bennett se sintiera cada vez más culpable.

Si dispusiera de herramientas o más tiempo, podrían tener una posibilidad, pero como carecía de ambos, las probabilidades eran prácticamente nulas. Durante la guerra había estado en ambos lados de demasiadas celdas para alimentar falsas esperanzas.

—Intentaremos escapar cuando nos trasladen.

—Sí, por la mañana, cuando nos lleven a ver al capitán —contestó Mari inhalando hondo.

—Nos volveremos hacia ellos, les arrebataremos las armas y correremos hacia el muro.

El cual, probablemente, nunca alcanzarían. Aunque consiguieran quitarles las armas a los soldados, él solo dispondría de dos disparos, pero el número de guardias apostados en el muro era cuatro veces mayor y, además, sería a plena luz del día.

—¿Lo conseguiremos? —preguntó Mari.

Constituiría un suicidio, pero era su única opción.

—Haré todo lo que esté en mi mano para que así sea.

Bennett disfrutó de la sensación de tener a Mari entre sus brazos mientras intentaba ignorar, sin éxito, los negros pensamientos que nublaban su mente. ¿Si no lograban escapar encontraría en su interior la fuerza necesaria para ahorrarle a ella el sufrimiento que la esperaba? En el campo de batalla era habitual matar a alguien por misericordia. No le costaría romperle el cuello con una única e indolora sacudida.

—¿Qué ocurrirá si fracasamos? —preguntó ella en apenas un susurro con la cara pegada a la chaqueta de Bennett.

Él la apretó más contra su pecho ofreciéndole toda la fuerza que pudiera transmitirle. Cuando cayó en manos de los franceses, después de recibir trescientos latigazos, rezó para que la muerte lo llevara. Y sus torturadores no eran más que animales estúpidos que intentaban conseguir que él les revelara la localización de su batallón, pero aquel capitán sería mucho más metódico y cruel. Bennett realizó lentas caricias en la espalda de Mari confiando en que ella achacara la frialdad de sus manos a la temperatura de la celda.

Mari se acurrucó tanto contra él que Bennett percibió todas las respiraciones que realizaba. Sus dedos subieron por la suave curva de su espalda hasta su cuello, pero sus manos temblaban tanto que las dejó caer a los lados para evitar que ella se diera cuenta.

Bennett soltó una maldición cargada de furia. ¡Nunca podría hacerle daño, ni siquiera para salvarla! Como su protector, había fracasado por completo.

—Nos torturarán hasta que admitamos ser espías británicos.

La barbilla de Mari se clavó en el pecho de Bennett, pero dejó de temblar.

—Gracias por ser sincero conmigo.

—¿Acaso me creerías si te mintiera?

Ella rio débilmente.

—No.

—Confesaré ser un espía y tú les dirás que eres mi amante. Es posible que nos crean.

Bennett no le contó el resto de su plan, que consistía en que él provocaría al capitán para que lo torturara a él primero. Esto no solucionaría gran cosa, pero si el capitán satisfacía su rabia causándole dolor a él, quizá no pegaran y violaran a Mari antes de ejecutarlos. ¡Demonios!, ¿cómo podía ser esta la alternativa más optimista?

Mari se puso tensa.

—No, no lo harás.

—Yo te obligué a meterte en esto.

—No soy una niña y podía elegir.

Bennett apoyó las manos en los hombros de Mari y la apartó de él.

—Yo soy tu protector.

—¿Otra vez me vienes con lo de tus órdenes?

—No.

El pecho se le encogió hasta que respirar le causó dolor. ¡A la mierda el deber! Era él quien había obligado a Mari a realizar aquella misión. Debería haberse negado a obedecer las órdenes de Caruthers cuando estaban en su coche, en Ostende. Debería haber encontrado otra forma de proteger a sus hombres. Ahora les había fallado a todos, a Mari, a Sophia y a sus hombres.

Uno de los guardias gritó algo a través de la puerta y Mari se apretujó contra él en la oscuridad.

—¿Qué ha dicho?

Ella sacudió la cabeza y su mejilla chocó contra el pecho de Bennett.

—Por favor, no me obligues a repetirlo.

Bennett se sentó en el frío suelo de piedra y acomodó a Mari en su regazo. La abrazó con fuerza aislándola, en lo posible, de la celda y de los bastardos que los custodiaban.

—Hablemos de otra cosa —sugirió, pero no fue capaz de encontrar ningún tema banal.

—¿Por qué tienes tanta prisa en regresar a Inglaterra? ¿Tan terrible es esto? —Mari soltó un ligero soplido—. Y con esto me refiero a Constantinopla, no a esta celda.

Él la besó en la sien y tamborileó los dedos en su espalda.

—Es por mi hermana Sophia.

Mari se quedó inmóvil.

—¿Qué le pasa?

—Ella...

Sophia estaría de acuerdo en que Mari tenía derecho a saber por qué él la había puesto en peligro, aunque a Bennett le costó encontrar las palabras adecuadas.

—Después de que Napoleón se escapara de Elba, yo decidí regresar al continente con mi regimiento. Mi familia celebró una pequeña fiesta para despedirse de mí, pero, unas horas antes, mi hermana Sophia se disculpó por no poder asistir. Siempre hemos estado muy unidos, así que, a la mañana siguiente, fui a verla. Yo tenía prisa y no me molesté en llamar a la puerta de su dormitorio... —Bennett inhaló hondo—. Su marido la había golpeado de tal manera que no podía levantarse de la cama. Por lo visto, cuando se emborrachaba, disfrutaba pegándole.

Todavía podía verla tumbada en la cama, tapándose la cara con la sábana, por lo que los morados de sus antebrazos todavía quedaron más a la vista. Bennett sabía que Mari probablemente notaba lo tenso que estaba, pero no podía ocultar su rabia.

Mari acarició su incipiente barba, pero esto no lo tranquilizó.

—¿Lo mataste? —preguntó ella con voz calmada, casi expectante.

Bennett tomó su mano y se la besó.

—No, el muy cerdo había abandonado Londres y yo tenía órdenes de reunirme con mi regimiento.

Mari le acarició la mejilla.

—¿No sabías qué tipo de hombre era?

—No. ¡Si incluso me había emborrachado con él la semana anterior! Pero ella nos lo ocultó a todos.

—¿Qué hiciste entonces?

—La saqué de la cama y la llevé a la finca que nuestra familia tiene en el campo. El resto de la familia todavía estaba en Londres. Ella les contó a los sirvientes que un coche la había atropellado y yo no la corregí.

Mari echó la cabeza hacia atrás apoyándola en el brazo de Bennett, como si quisiera mirarlo a los ojos a pesar de la oscuridad.

—Y ella regresó con él, ¿no?

—Así es. —La confirmación se atragantó en su garganta—. Mi madre me envió una carta en la que me contaba que Sophia se había reconciliado con su marido y había vuelto con él.

—¿No intentaron detenerla?

—Ellos no lo saben. —La indignación sacudió su cuerpo—. Para que ella fuera conmigo a la finca, tuve que jurarle que no se lo contaría a nadie, ni siquiera a nuestra familia.

—¿Y tú mantuviste tu juramento?

Bennett se puso tenso.

—¡Pues claro! Se lo juré.

—La mayor parte de los juramentos deben cumplirse, pero algunos nunca deberían realizarse —declaró Mari con voz queda.

—Pero yo lo realicé y no puedo ignorarlo.

Sin honor, un soldado no era nada. Y un caballero tampoco. Tanto su origen familiar como la profesión que había elegido lo imponían.

—Tú tienes que decidir si te debes a tu hermana o al juramento que le hiciste.

A Mari le incomodó el silencio que se produjo en la celda después de su profunda afirmación. Las voces de los guardias se oyeron con excesiva claridad.

—¿Por qué viniste a Constantinopla en lugar de regresar a tu casa cuando terminó la guerra?

—Órdenes.

La voz grave de Bennett ahuyentó las sombras del terror y, después del silencio, aquella odiosa palabra no le pareció a Mari tan terrible.

Mari arrugó el entrecejo.

—Podrían haber buscado a otra persona.

—Pero yo disponía de una excusa perfecta, venir de visita.

—¡Ah, te refieres a tu primo!

Mari no pudo evitar que sus palabras reflejaran aversión.

—¿Por qué te desagrada tanto? —preguntó Bennett.

¿Cómo podía preguntárselo? Él conocía a Daller, aunque este debía de ocultar mejor sus defectos delante de las personas a las que quería impresionar.

—Solo le interesan las personas que, en su opinión, pueden serle útiles, como cuando descubrió lo de la dote de Esad.

—¿Dote?

—Ayer empecé a contártelo. Creo que Esad teme que nunca me case o, como alega Fatima, quiere comprarme un marido porque yo no puedo atraer a uno por mí misma.

Bennett emitió un suave gruñido.

—No me creo que no te hayas casado por falta de ofertas.

Ella sonrió.

—Pues he tenido muy pocas. No se puede decir que haya muchos ingleses entre los que escoger, y la mayoría de las familias otomanas conciertan la boda de sus hijos prácticamente desde el día de su nacimiento. Y yo no querría ser la causa de que una joven novia se quedara plantada.

Una llave hurgó en la cerradura de la puerta y Mari clavó las uñas en los fuertes brazos de Bennett.

—Chsss... —susurró él—. Se supone que no vendrán a buscarnos hasta mañana.

La puerta se abrió con pesadez y la madera restregó la piedra del suelo.

—¡Agua! —exclamó un guardia mientras echaba una abollada escudilla de hojalata al suelo.

La mitad del preciado líquido se filtró por las grietas de las piedras. El guardia lanzó una mirada lasciva a Mari, esbozó una amplia sonrisa mostrando un amplio hueco entre los dientes y añadió en inglés:

—A no ser que quieras ganarte la cena.

Bennett soltó un gruñido y empezó a levantarse.

—Pues no tendrás nada más hasta mañana por la mañana.

Cerró la puerta de un portazo.

Mari se inclinó hacia delante y tanteó el húmedo suelo hasta que encontró la deformada escudilla. Bebió un sorbo del agua, que tenía un sabor metálico, y se la pasó a Bennett.

Él la rechazó.

—Bebe más.

—No creo que consiga tragármela.

—Inténtalo.

Ella suspiró y bebió otro sorbo pequeño. Aunque el agua seguía sabiendo a demonios, Mari se dio cuenta de que estaba muerta de sed. Dio dos tragos más cuidando de dejar más cantidad de la que había bebido para Bennett.

—Toma —declaró colocando la escudilla en las manos de él.

Bennett la tomó y se la llevó a los labios.

El agua ayudó a Mari a recuperarse. ¿Por qué se estaba revolcando en el miedo?

El plan que habían elaborado podía funcionar o no, y aunque, a pesar de lo competente que era Bennett, ella sospechaba que sería lo segundo, no se pasaría las horas que le quedaban acurrucada y asustada.

Los británicos la habían obligado a realizar la misión, pero, como le había dicho a Bennett, ella había accedido a realizarla cuando debería haberse negado.

Nunca más cometería aquella equivocación.

Por otro lado, los otomanos la habían encerrado en aquella celda, pero en contra de lo que opinaba el capitán, no podían obligarla a sentir miedo si ella no les otorgaba ese poder.

Si las horas siguientes iban a ser las últimas de su vida, ella las pasaría disfrutando. Levantó la cara y besó a Bennett en la mandíbula.

—Hazme el amor.

Él se atragantó con el agua y, cuando dejó la escudilla en el suelo, esta se balanceó.

—Me niego a hacerte el amor en una celda asquerosa.

—¿Entonces a lo que te opones es al lugar, no al sexo?

Bennett se movió y Mari notó su respuesta junto a su muslo. El coraje la invadió y sonrió.

279

—No puedo controlar lo que ocurrirá mañana, pero sí lo que haré esta noche. Además, si el capitán quiere que suframos, yo pienso hacer justo lo contrario —declaró mientras presionaba la cadera contra el bulto que presionaba los pantalones de Bennett.

Él gimió y deslizó los dedos entre el cabello de Mari con reticencia, como si quisiera mantenerla a distancia y no lo consiguiera.

—¿Cómo es que no tienes miedo? Para que lo sepas, yo estoy sentado para que no veas cuánto me tiemblan las piernas.

Ella desabrochó el botón superior de la camisa de Bennett y, al entrar en contacto con su piel, las yemas de sus dedos ardieron de calor.

—Tengo demasiadas ideas interesantes para perder la energía sintiendo miedo.

Mari se enderezó y lo besó en el cuello. Bennett era cálido, sólido y fuerte, la contraprestación perfecta a su debilidad. Se echó a temblar, pero no por lo que el destino pudiera reservarles, sino por la proximidad con Bennett. Inhaló hondo. Le encantaba que el olor a sándalo de la piel de Bennett borrara el hedor de la celda. ¡Si pudiera estar oliéndolo siempre!

Bennett deslizó los dedos por la cara de Mari.

—¿Estás segura? Tengo la intención de hacer todo lo que esté en mi mano para que escapemos.

Mari cerró los ojos y reprodujo todos los detalles de la cara de Bennett: la firme determinación de sus ojos, la arruga de su entrecejo y la fina línea de sus labios apretados. Llevó un dedo a la boca de Bennett y sonrió levemente cuando descubrió que tenía razón.

—¿Nuestro plan funcionará?

—Hay una posibilidad de que sí.

—¿Y esa posibilidad es muy grande?

El silencio de Bennett fue la respuesta que ella esperaba obtener.

Volvió a besarlo en la mandíbula y después en la comisura de los labios. Entonces bajó la voz y esta sonó ronca:

—Puede que el encarcelamiento haya acelerado las cosas, pero esa no es la razón de que quiera hacerlo.

Bennett bajó la mano por su costado.

—¡Ah, sí, la motivación es la fascinación que sientes por el Kama Sutra!

—Bueno, siempre he querido probar algunas cosas.

Mari jadeó mientras Bennett rozaba la parte inferior de su pecho con el pulgar. Aquel simple roce hizo que sus pezones se pusieran duros y los pulmones se le encogieran. ¡Esto, esto era lo que había deseado durante tanto tiempo!

No, no era esto, le susurró una voz interior, sino a él, a Bennett.

Mari inhaló hondo con dificultad.

—Pero, cuando me acaricias, no consigo acordarme de ninguna.

Él bajó la boca hasta su pezón y se lo lamió a través de la camisa.

—¿Así que haces esto por rebelión y curiosidad? Me alegro de que Abington no esté aquí contigo.

Ella le propinó un golpe en el hombro, pero entonces lo agarró del brazo y se sintió incapaz de volver a soltarlo.

—¡Eso es absurdo!

Pero el cuerpo de Bennett se había puesto tenso y ella se sintió obligada a responder. ¿Cómo podía explicarle que, aunque la rebelión había iniciado sus actos, el deseo que sentía hacia él los alimentaba?

—No haría esto con nadie más, solo contigo. No quiero solo placer, te quiero a ti.

Bennett acercó la boca a la de Mari mientras un gruñido de pura posesividad masculina crecía en su pecho. Sus labios se movieron de una forma fiera y exigente que obligaba a Mari a olvidarse de los hombres que había al otro lado de la puerta; a olvidarse de todo salvo de él. El calor recorrió las piernas de ella.

Después Bennett deslizó la lengua por el labio inferior de Mari, agarró su barbilla con los dedos y presionó sus labios contra los de ella otra vez.

—Mmm..., creo que estos son dos de los besos de tu libro. ¿Cuántos más enumera? ¿Once?

Ella asintió medio aturdida mientras intentaba concentrarse en la cadencia ronca de la voz de Bennett.

—Creo que te has olvidado de este. —Mari apoyó suavemente los labios en los de Bennett permitiendo que el aliento de él bañara su cara—. Y este. —Mari acarició la boca de Bennett con la suya realizando un leve movimiento vibrante—. Y ni siquiera nos hemos planteado los distintos lugares del cuerpo que el libro sugiere besar. —Se sentó a horcajadas sobre él y el mayor contacto entre sus cuerpos hizo que exhalara un gemido—. La frente, los ojos, las mejillas...

Mari deslizó los labios por todas las partes del cuerpo que iba enumerando y, con cada beso, la suave tensión que la envolvía fue en aumento.

Bennett desabrochó el resto de los botones de su camisa.

—¿Y qué me dices del cuello? —Bennett deslizó la boca por la mandíbula de Mari y se detuvo en el sensible punto que había debajo de su oreja. Después siguió bajando hasta el hueco situado en la base de su cuello—. Y los pechos. Seguro que el libro los menciona.

Bennett los cubrió con las manos y los masajeó suavemente por encima de la enagua. Mari arqueó la espalda sin poder contenerse.

—Sé que el otro día los mencionaste —comentó Bennett.

Su voz aletargó, de una forma seductora, los sentidos de Mari.

—Sí. —Ella echó la cabeza hacia atrás y disfrutó de las maravillosas sensaciones que le provocaron las manos y la boca de Bennett—. Sigue, por favor.

—Mari... —Bennett pronunció el nombre de ella casi como una maldición mientras hundía la cara en la curva de su cuello—. Quieras lo que quieras de mí, es tuyo.

Bennett se quitó la chaqueta y la tendió en el suelo. Después, tumbó delicadamente a Mari sobre ella. Incluso con la chaqueta, Mari sintió la frialdad de las piedras en su espalda. Entonces Bennett bajó el escote de su enagua con el dedo índice dejando al descubierto sus anhelantes pechos, y a Mari ya no le importó el frío.

—¿Qué querrías exactamente? —preguntó Bennett mientras rozaba uno de sus pezones con los labios.

Mari cerró los ojos y cruzó los brazos por detrás de la nuca de Bennett intentando acercarlo más a ella.

—Todo —contestó ella hablando con esfuerzo—: tus labios, tu lengua, tu boca...

Bennett trazó un lento círculo con la lengua alrededor de la punta del pecho de Mari.

—¿Solo todo? Veré lo que puedo hacer... —Deslizó los labios por sus pechos y se detuvo en la cima—. ¿Quieres que empiece aquí?

Entonces lamió la sensible piel del pezón de Mari. Ella jadeó y cerró los ojos saboreando la intensidad del placer. Él cambió al otro pecho y volvió a dibujar un círculo con la lengua alrededor de su pezón.

—¿Es esto lo que imaginabas?

No, si ella hubiera imaginado que sería tan maravilloso, se habría encerrado con él en su dormitorio y no habría salido nunca más.

—Es... Es...

Sus palabras terminaron en un gemido mientras él succionaba la endurecida prominencia.

Mari agitó las caderas mientras la exquisita presión crecía entre sus piernas. Quería volver a experimentar el éxtasis. Lo necesitaba.

—Por favor...

Bennett se apartó de ella y sopló ligeramente el terso pezón.

—Todavía no. ¿No decía tu libro que esto puede continuar durante horas?

Bennett le quitó la camisa y la enagua, y el fresco aire se deslizó por su piel erizando el vello de sus brazos.

El frío suelo desapareció y lo único que oyó fue la voz de Bennett.

Cada contacto con la mano de Bennett aumentaba su deseo y cada murmullo de admiración alimentaba la necesidad que sentía de recibir su amor. Y ella quería su amor. No importaba lo que se hubiera dicho a sí misma anteriormente, lo quería con desesperación.

Las manos de Bennett exploraron la cintura de Mari y después le bajó los pantalones y acarició sus pantorrillas con su callosa piel. Sus labios, calientes y apasionados, siguieron el mismo recorrido, como si estuviera escribiendo poesía en la piel de ella.

Finalmente, Bennett subió su mano por la pierna de Mari, hasta el muslo. Ella se quedó paralizada, temiendo que, si se movía, las increíbles sensaciones desaparecerían. Sus jadeos desesperados eran el único sonido que se oía en la celda. Con una lentitud exquisita, Bennett bajó la cabeza hacia su mano. Todos los nervios del cuerpo de Mari esperaban desesperadamente su caricia. Cada segundo sin ella le parecía increíblemente largo. Cuando los labios de Bennett rozaron su sensibilizada carne, Mari se agitó con frenesí y soltó un pequeño grito.

—Eres mía, ninfa —susurró Bennett.

—¿Ninfa?

Entonces los labios de Bennett llegaron a la entrepierna de Mari y ella se olvidó de la pregunta. La intensidad del placer volvió a aumentar. Mari gimió y se arqueó apretándose contra la boca de Bennett.

Él volvió a apartarse y la besó en el estómago, pero esto no era suficiente, no cuando ella se sentía como si pudiera estallar en cualquier momento. Y el muy sinvergüenza también lo sabía.

Mari lo hizo girar a un lado y sacó su camisa de la cinturilla de su pantalón. Entonces acarició los duros músculos de su espalda.

—El Kama Sutra también dice que lo que hace un amante, el otro debe devolvérselo de la misma forma.

Bennett gimió mientras Mari mordisqueaba y besaba su cuerpo recompensándolo por el trato que le había proporcionado. Él se estremeció de placer cuando ella encontró una zona sensible en la base de su cuello y ella regresó una y otra vez a aquel punto volviéndolo loco con sus exploradores labios y sus curiosas manos.

¡Demonios! Cada roce de la mano de Mari hacía que su piel ardiera y sus terminaciones nerviosas se abrasaran de placer. Bennett ansiaba cada nueva caricia con una furia animal.

Solo el egoísmo le impedía perder el control. Las caricias apasionadas de Mari superaban todo lo que él había experimentado hasta entonces. Algunas de sus ideas procedían del Kama Sutra, aunque Bennett sospechaba que la mayoría se debían a su embriagadora combinación de inocencia y sensualidad.

Su lengua se deslizó lenta y seductoramente alrededor del ombligo de Bennett, pero cuando llegó a la cinturilla de sus pantalones, sus dedos se movieron con torpeza.

—¿Estás segura? —le preguntó él mientras rezaba para poder parar en caso de que ella titubeara.

Pero ella respondió con rapidez, y su voz sonó pastosa a causa de su desenfrenada excitación.

—Quiero proporcionarte placer.

Ella ya se lo proporcionaba; más del que él podría expresar nunca en palabras. Bennett se sacó el pantalón de un tirón.

Durante unos instantes, ella permaneció inmóvil y en silencio, y él habría dado cualquier cosa por disponer de un poco de luz para verle la cara.

—¿Puedo tocarte?

—Sí, por favor —contestó Bennett.

Entonces se dio cuenta de que era la primera vez que pedía algo. Mari era la única que ejercía ese poder sobre él.

Mari rodeó el tenso y duro miembro de Bennett con la mano y él cerró los párpados con fuerza. La ninfa lo había esclavizado. Solo podría aguantar sus exploraciones unos segundos más antes de tumbarla debajo de él.

No sabía lo que ocurriría al día siguiente y esto hacía que estuviera más centrado. Su intención aquella noche consistía en proporcionarle tanto placer a Mari como fuera posible. Si, al día siguiente, ocurría lo peor, quería poder aferrarse a ese recuerdo y conservarlo en su mente de forma que pudiera sonreír en la cara de sus torturadores.

Pero, por encima de todo, quería darle a Mari todo lo que quisiera y, por alguna razón incomprensible, ella parecía quererlo a él. Y él no se contendría.

¿Cómo podría contenerse? Antes, él creía que el demonio era el dueño de su alma, pero ahora Mari se había apoderado de ella por completo.

Lentamente, llevó la mano a la cálida humedad de su entrepierna. Ella se estremeció mientras él tocaba su sensible piel.

Mari estaba preparada para él. Bennett cerró los ojos con fuerza y contuvo un gruñido de ansia. Todo en su mundo estaba mal, pero se encargaría de que aquello saliera perfecto. Repitió el ritmo que había complacido a Mari en el baño unos días antes y atrapó sus gritos de placer con sus besos, hasta que ella empezó a jadear, clavó los dedos en los brazos de Bennett y exhaló un suspiro de felicidad.

Solo entonces se colocó él en su húmeda entrada.

—¿Estás segura?

—Ya te he dicho que sí.

Mari arqueó el cuerpo hacia él con afán y después gimió de dolor.

Bennett se quedó quieto y besó la lágrima que resbaló por su mejilla.

—Nunca haces las cosas de la forma más sencilla, ¿no?

Bennett estampó besos por toda la cara y el cuello de Mari hasta que ella volvió a emitir pequeños sonidos de placer.

Al cabo de unos instantes, Mari se agitó.

—Esto no se acaba aquí, ¿no?

Bennett le sonrió en la oscuridad y le acarició los pechos.

—Creo que tú y yo añadiremos unas cuantas páginas más al Kama Sutra cuando regresemos a tu casa.

Cuando Bennett empezó a retirarse del interior de Mari, ella jadeó y lo rodeó con las piernas.

—¡No te atrevas!

Las sensaciones justo habían empezado a aumentar de nuevo y, aunque ella no sabía si se podía experimentar aquel placer dos veces en una noche, tenía la intención de averiguarlo.

—Confía en mí —declaró él mientras volvía a entrar en ella lentamente.

Mari levantó las caderas para unirse más a él y asegurarse de que Bennett no cambiaba de opinión y se apartaba. Se mordió el labio mientras la felicidad superaba cualquier dolor residual.

Confiaba en él. Casi.

Se aferró con fuerza a los tensos músculos de los hombros de Bennett mientras él volvía a penetrarla. Mari notó que Bennett estaba tenso y que controlaba su cuerpo con esfuerzo, pero ella no quería que se contuviera, sino que perdiera el autodominio y la arrastrara a ella con él.

—Deja de protegerme, solo ámame.

Mari bajó las manos hasta las nalgas de Bennett y lo apremió para que la penetrara más rápida y profundamente.

Él gruñó junto al cuello de Mari.

—Que Dios me ayude, pero sí que te amo.

Antes de que ella pudiera reflexionar sobre su afirmación, Bennett la penetró con fuerza y sin contención y ella perdió la capacidad de pensar.

Bennett le susurró cosas bonitas junto al cuello y los labios mientras sus cuerpos se unían. Pronto no existió nada salvo el momento. Solo existían ellos dos. No había órdenes ni misiones ni celdas. Mari volvió a estar al borde de un éxtasis tan intenso que la aterrorizó y la esclavizó al mismo tiempo.

—No te resistas a la experiencia, Mari, déjate ir.

—No puedo..., tengo que...

—Confía en mí.

El éxtasis explotó en el interior de Mari y se extendió por todas las fibras de su ser. Se aferró a Bennett. Sus hombros eran lo único que evitaba que se perdiera para siempre.

Bennett la agarró con fuerza, la penetró una última vez y se puso en tensión antes de que su respiración entrecortada se volviera más lenta y se acompasara a la de Mari. Aunque ella tenía que esforzarse para respirar debido al peso de Bennett, no quería soltarlo, pero, al cabo de unos segundos, él se volvió de costado y la abrazó.

—Intenta dormir.

Mari cerró los ojos, pero ahora sentía el hedor de la celda y el suelo irregular se clavaba en su cadera. Y, si abría los ojos, sabía que vería sombras oscilando en la luz que se filtraba por debajo de la puerta.

Se abrazó a Bennett desesperadamente, lo besó en el pecho y deslizó las manos por su abdomen.

—Todavía no. Nuestra versión del Kama Sutra necesita unos cuantos capítulos más.

27

Se oyó un portazo en la distancia. Mari parpadeó y se despertó en la cálida comodidad de los brazos de Bennett. Empezó a temblar y confió en que Bennett estuviera demasiado dormido para darse cuenta.

Unos pasos pasaron por delante de su celda. ¿Cuánto tiempo había dormido?

El sonido de los pasos se desvaneció en la distancia y se le revolvió el estómago. Cerró los ojos deseando aislarse del terror. ¿Cuánto tiempo tardarían en ir a buscarla a ella? ¿O a Bennett?

Un sentimiento de rabia creció en su interior desplazando las dormidas garras del miedo. Mari se arrebujó en los brazos de Bennett. ¡Pues a él no lo tendrían! Ella haría todo lo que fuera necesario para protegerlo.

Después de volver a repasar en su mente todas las posibilidades de huida, llegó a la conclusión de que ninguna saldría bien, porque no tenían provisiones ni recursos.

O quizá sí que los tenían.

Un nuevo plan cobró forma en su mente. Su sencillez la dejó pasmada. ¡Funcionaría! Pero aunque su corazón se animó, una sensación de náuseas se apoderó de su estómago. De todas formas, levantó la mandíbula con determinación.

Bennett tenía planeado confesar que era un espía. Pero ella confesaría primero, aunque no era el capitán en quien estaba pensando.

Como no quería darle a Bennett la oportunidad de detenerla, se levantó y llamó a la puerta.

La voz del guardia sonó somnolienta.

—¿Qué queréis?

—Necesito hablar con vuestro capitán —contestó Mari en turco—. Tengo información.

Bennett se levantó de golpe y la agarró por los hombros.

—¿Qué estás haciendo, Mari?

Ella maldijo su propia impetuosidad. Quizás habría sido mejor que lo hablaran antes, al fin y al cabo el hecho de que Bennett fuera primo del embajador no había servido para nada. Mari volvió a hablar en inglés.

—Te estoy salvando...

La puerta se abrió y la culata de un fusil golpeó a Bennett en la cara. Él retrocedió tambaleándose. Mari soltó un respingo y se acercó a él.

El guardia se rio y su esquelética cara se retorció en una mueca de desdén.

—No soy ningún recluta para caer en vuestras tretas.

Mari se separó de Bennett y se colocó a la luz.

—Tu capitán querrá oír lo que quiero contarle.

El guardia la agarró del brazo y tiró de ella hacia él. Olía a sudor y cebollas.

—Yo quiero oír lo que quieres contar.

Mari sintió pánico mientras los brazos de aquel hombre la apretaban contra él.

—No, yo...

Una piedra golpeó al guardia en la cabeza. Este cayó mientras soltaba un gruñido y arrastró a Mari con él.

Bennett la liberó de los brazos del guardia y la ayudó a levantarse. Entonces cogió el fusil del guardia y la libreta de dibujo de Mari. Unos hilos de sangre resbalaban por la cara del guardia desde el corte de la frente.

—¡Maldita sea, Mari, no permitiré que te sacrifiques por mí!

Bennett salió al pasillo.

—Yo no pensaba...

—No hay nadie. ¡Vamos!

Mari exhaló un suspiro de exasperación y lo siguió.

—Mi plan...

Bennett había llegado a la parte superior de las escaleras y se llevó el dedo índice a los labios. Salió al exterior y le propinó un golpe al soldado que había junto a la puerta con el fusil. El hombre se derrumbó.

Mari se mordió la lengua. Si hablaba ahora, los matarían a los dos.

El olor rancio y penetrante del océano flotaba en el aire, pero todo era preferible al hedor de las mazmorras. La tonalidad violeta del horizonte le indicó que solo faltaban unos minutos para que amaneciera. Avanzaron pegados a la pared de piedra del edificio. Mari se mantenía a unos pasos de Bennett y apoyaba los pies con cuidado intentando imitar el silencioso caminar de él.

Un soldado apareció de repente en la esquina y les cortó el paso.

Bennett lo embistió, pero el soldado consiguió gritar antes de que se produjera el impacto.

El grito resonó en el oscuro patio y los guardias enseguida los rodearon mientras les gritaban órdenes y los apuntaban con sus fusiles.

El corazón de Mari latió al ritmo del chasquido metálico de los percutores.

—Quieren que sueltes el arma.

Bennett torció los labios.

—Ya lo suponía —declaró mientras dejaba, con sumo cuidado, el fusil en el suelo.

Tres guardias se abalanzaron sobre él y lo echaron al suelo. Cuando lo tenían bien sujeto, uno de ellos lo pateó con rabia en las costillas. Bennett gimió y realizó una mueca.

Mari intentó correr a su lado, pero un soldado la agarró.

—¡Parad! —gritó ella mientras le arañaba la cara al soldado.

Haría cualquier cosa para ir al lado de Bennett. Lo matarían antes de que ella pudiera contar lo que quería contar.

Volvieron a propinarle una patada.

—¡Deteneos o tendréis que responder ante el pachá Esad!

Los hombres se callaron y el que había pateado a Bennett retrocedió dando un paso largo.

Un murmullo creció entre los hombres y la luz de las antorchas iluminó sus sorprendidas caras.

—¿Qué ocurre aquí? —preguntó el capitán, colocándose en el centro del círculo.

Llevaba la ropa un poco ladeada, lo que indicaba que se había levantado de la cama a toda prisa.

Uno de los oficiales corrió a su lado. Hablaron en susurros y el capitán miró en dirección a Mari varias veces. Su expresión era de enojo, pero Mari también percibió la duda en sus ojos.

—¿Qué tiene que ver el respetable pachá en todo esto?

Aquella era la oportunidad de Mari. Se enderezó y levantó la barbilla de tal forma que Fatima se habría sentido orgullosa de ella.

—Es amigo de mi padre. Él me crio.

El capitán frunció el ceño.

—¿Cómo sé que no se trata de un truco para ganar tiempo?

—Enviad a alguien en su busca.

Mari lanzó una mirada hacia donde estaba Bennett, quien se había levantado con dificultad. Su expresión no reflejaba el dolor que sentía, pero no podía enderezarse completamente.

«Por favor, que me crean, por favor», pensó Mari.

El valor que creía poseer no estaba en ninguna parte. Si volvían a pegar a Bennett, confesaría lo que fuera para detenerlos.

El capitán resopló.

—¿Eres lo bastante importante para él para que venga a este lugar de mala muerte?

Ella asintió con la cabeza, pero si al llegar Esad ordenaba que los colgaran era otra cuestión.

—¡Volved a encerrarlos! ¡Y que nadie abra la puerta de la celda por ninguna razón hasta que el pachá llegue! Nada de agua ni de comida. —El capitán sonrió—. Por tu bien espero que el pachá te considere lo bastante importante para venir enseguida.

28

El carruaje de Esad tenía una buena suspensión y apenas rebotó en las carreteras llenas de surcos. Desde que ordenó a Mari y a Bennett que entraran en el coche, no había pronunciado ni una palabra.

Repiqueteó con los dedos en sus pantalones de color gris y el mortecino color aterrorizó a Mari casi tanto como la rabia que tensaba el cuello de su mentor.

—¡Dámela! —ordenó Esad.

La negación brotó, de una forma automática, de los labios de Mari.

—Yo no...

—Aunque he confirmado tu historia de que dibujas insectos delante del capitán, no se te ocurra pensar, ni por un segundo, que me la creo.

Bennett se puso tenso, pero no realizó el menor movimiento para agarrar la libreta que estaba entre él y Mari.

Ella deseó poder suplicarle a Bennett que comprendiera lo que estaba a punto de hacer y que no se sintiera otra vez decepcionado por ella, pero no era el momento de hacerlo. Intentó una última táctica para estar en paz con los dos hombres.

—Cuando nos capturaron, los soldados podrían habérnosla arrebatado...

Esad se dio cuenta de su frágil intento.

—¡Y tú habrías encontrado la forma de conservarla! Te conozco bien, Mari. ¿Tienes la información sobre la fortaleza, sí o no?

Las lágrimas ardieron en la garganta de Mari. La vida de Bennett merecía pagar aquel precio, pero el odio de Esad la destrozaba. «¡Intentaba hacer lo correcto!» quiso gritar, pero sabía que esto no la salvaría. De hecho, en los últimos meses, hacer lo que creía correcto solo le había causado dolor.

Le entregó la libreta a Esad.

Él suspiró fatigado y su mirada se enturbió. Abrió la libreta y dio un vistazo a las imágenes.

—¿Dónde está escondida la información?

—Yo...

Bennett apoyó la mano en la rodilla de Mari y se dirigió a Esad:

—Tienes la información en tus manos tanto si sabes encontrarla como si no. Eso es suficiente.

Mari guardó silencio.

—¿Cuánto tiempo? —preguntó Esad—. ¿Cuánto tiempo hace que eres una espía? Así que cada vez que te recibía en mi casa, tú estabas conspirando contra mí.

Bennett lanzó una mirada de advertencia a Mari para que guardara silencio, pero ella no pudo.

—Yo solo quería la libertad para los griegos.

—Y en cuanto a lo de la rebelde griega de hace unos meses... ¿Tú estabas involucrada en el plan para asesinar al sultán?

Si lo hubiera estado, Mari no tenía ninguna duda de que Esad habría ordenado que la ejecutaran.

—No, yo no formé parte de aquello.

Esad la escudriñó con la mirada y después sacudió la cabeza.

—Entiendo que tome usted parte en esto, comandante. Sin duda está cumpliendo órdenes, pero tú, Mari, yo creía que despreciabas a los ingleses. ¿Por qué me has traicionado a mí poniéndote a favor de ellos?

A Mari le ardía el pecho como si la hubieran abierto en canal.

—¡Yo no te he traicionado!

—Has traicionado al imperio, que es lo mismo. ¿Por qué lo has hecho?

—El pueblo de mi madre se merece ser libre.

Esad dio unos golpecitos en su mano con la libreta.

—Los griegos son holgazanes y desordenados. Ni siquiera pueden dejar de luchar entre ellos para enfrentarse a nosotros.

—Los otomanos no deberían oprimirlos.

Esad soltó un respingo.

—Pues los británicos no son mejores que nosotros. Mira cómo tienen dominados a los irlandeses.

—Los británicos son los únicos lo bastante fuertes para ayudar a los griegos.

—¿Así que los ingleses están ayudando activamente a los griegos? Los rusos tenían razón. Y si tú estás en contacto con los rebeldes, significa que tienen una célula activa en Constantinopla.

Mari empalideció. ¿Qué había hecho?

—No puedes contárselo a nadie.

Esad dio un golpe en el asiento con la libreta.

—No confundas el hecho de que haya acudido en tu ayuda con la debilidad. Yo soy fiel al sultán y no retendré esta información.

El calor de la mano de Bennett en su rodilla la ayudó a conservar la calma mientras la cabeza le daba vueltas. Tenía que avisar a Achilla, Nathan y los demás. La fugaz imagen de un cuerpo sin vida colgado en la puerta de la ciudad le hizo sentir náuseas.

—Por favor, Esad...

—Has perdido el derecho a tratarme con familiaridad. ¿No comprendes que...? —Su voz se quebró—. Debería ordenar que os ejecutaran a los dos.

La dureza y la furia dominaron de nuevo su mirada y Mari se dio cuenta de que tenía delante al implacable comandante que nunca había visto hasta entonces.

—Abandonad el imperio de inmediato —continuó Esad—. Y usted también, comandante. La única razón de que siga con vida es Mari. Si vuelvo a veros, me encargaré de que os ejecuten.

Bennett asintió con la cabeza.

El carruaje se detuvo en un mísero pueblo.

—Esperaré aquí a que mi cochero vuelva a buscarme, ya no soporto veros. —Esad agarró la libreta y salió del coche. Durante un segundo, una profunda pena se reflejó en sus facciones—. Esto matará a Beria. Sería mejor que estuvieras muerta.

Dio una breve orden al cochero y el coche volvió a ponerse en marcha. Mari presionó la cara contra el cristal de la ventanilla. Deseaba, desesperadamente, verlo por última vez y una parte de ella rezaba para que, de repente, él cambiara de opinión y la llamara, pero el polvo del camino le impidió verlo.

Bennett la abrazó y ella apoyó la mejilla en el áspero lino de su camisa. Lo que más deseaba en el mundo era quedarse así y olvidar el sufrimiento que le había causado a Esad.

—No deberías haberle dado la libreta —le recriminó Bennett, aunque su voz sonó amable.

Sus dedos acariciaron la espalda de Mari enviando familiares estremecimientos por su cuerpo.

Mari inhaló hondo varias veces hasta que consiguió hablar.

—Tenía que hacerlo.

—Lo sé —contestó él mientras la besaba en la sien.

—¿Por eso no intentaste detenerme?

—Sí.

A pesar del dolor que sentía, una oleada cálida reconfortó el corazón de Mari. ¡Ella era más importante para él que la misión! Lo rodeó con los brazos y lo besó en el cuello.

Él carraspeó.

—Aunque, antes de subir al coche de Esad, arranqué el dibujo de la libreta.

—¿Qué?

¡Ella había vuelto a engañar a Esad! Cierto que lo había hecho sin saberlo, pero de todos modos lo había engañado. La calidez de su corazón se evaporó dejando un doloroso vacío en su pecho.

—Pensé que, si Esad cambiaba de opinión o entregaba la libreta a otras personas, podían descifrar el dibujo y relacionarlo contigo, y no quise arriesgarme. No pienso ponerte en peligro nunca más —explicó Bennett mientras deslizaba la mano por la mejilla de Mari.

Pero el vapuleado corazón de Mari se negó a enternecerse.

—¿Querías protegerme a mí o completar la misión? —preguntó ella.

Bennett apartó la mano de su cara.

—¿Una cosa excluye la otra?

No, pero le permitiría conocer cuáles eran las prioridades de Bennett. Mari se separó de él. Cuando llegaran a Constantinopla, los dos tendrían que irse. Él a Inglaterra y ella... Apoyó la frente en el suave cristal de la ventanilla. ¿A dónde?

Bennett pertenecía a Inglaterra. Cuando hablaba, Mari percibía el amor que sentía por ese país y, lo que era más importante, el que sentía por su familia. No podía pedirle que renunciara a eso. Al fin y al cabo, ¿qué podía ofrecerle ella? En la celda, la noche anterior, ella estuvo a punto de pedirle que regresara después de ayudar a su hermana, pero ahora no tenía adónde pedirle que regresara.

Cerró los ojos confiando en que el agotamiento la durmiera, pero no fue así.

Había traicionado a Nathan, a Achilla y a todos los griegos rebeldes de Constantinopla. Esad empezaría a darles caza pronto. Y era muy bueno cazando. Tenían que huir antes de que él los encontrara.

Enderezó la cabeza. Bennett tenía sus responsabilidades y ella las suyas. Acababa de perjudicar a los que luchaban por la independencia de los griegos, pues bien, para rectificar su error, se trasladaría a Grecia y se uniría a los patriotas que luchaban en ese país. Nathan debía de saber cómo contactar con ellos. A partir de ahora, no solo conseguiría información para ellos, sino que lucharía a su lado.

Lanzó una mirada a Bennett y una lágrima escapó de sus párpados. Mari la enjugó con rapidez. Ella nunca pretendió que surgiera algo entre ellos, y él tampoco.

Si se había enamorado, era su propio y estúpido error.

Luchar por la independencia de Grecia fue el sueño de su madre y ahora sería el suyo.

Su decisión se asentó con pesadez en su mente.

Se obligó a dejar de mirar a Bennett. Ahora aquel era su sueño. Tenía que serlo.

29

Cuando llegaron a la casa, Achilla agarró el brazo de Mari y la apartó de Bennett. Él contuvo la necesidad de volver a tirar de ella hacia él.

En el carruaje, Mari pareció distanciarse de él, pero no se apartó de su lado. Bennett intentó hablar con ella, pero Mari apenas abrió la boca. Bennett comprendía su dolor por lo ocurrido con Esad y le concedió tiempo para que se hiciera a la idea, pero le dolía que no se hubiera dirigido a él en busca de consuelo. Al contrario, Mari escondió su dolor todavía más hondo y no compartió con él nada de lo que pensaba o sentía.

—¿Cómo se te ha ocurrido irte sin mí? —preguntó Achilla—. Y encima me dejas una nota en la que no me explicas nada. Selim te ha estado buscando durante estos dos días, pero lo único que ha averiguado es que el comandante había alquilado un coche —le recriminó Achilla.

Entonces se volvió hacia Bennett y clavó el dedo índice en el dolorido y amoratado pecho de él.

—Esto ha sido cosa suya, ¿no? Mari nunca se habría ido sin comunicármelo. —Entonces realizó una mueca y se relajó un poco—. Al menos la ha traído de vuelta.

¡Pues había ido de poco! A Bennett le flaquearon las rodillas mientras pensaba en lo que podía haberles sucedido si a ella no se le hubiera ocurrido aquella brillante idea. Deseó apretar a Mari contra su pecho y besarla hasta que los dos se quedaran sin respiración. En primer lugar, por el milagro de que estuvieran vivos y, en segundo, por tener la posibilidad de compartir la vida con ella.

Mari abrazó a su doncella.

—Sí, me ha traído de una pieza, pero una pieza muy sucia. ¿Me preparas un baño, por favor?

Un baño sonaba de maravilla, pensó Bennett.

Achilla lo escudriñó con los ojos entrecerrados.

—¿Un baño para uno o para dos?

La posibilidad de volver a ver a Mari desnuda todavía sonaba mejor, pero la incertidumbre se infiltró en sus pensamientos. Quizás, a pesar de sus palabras, lo que habían hecho la noche anterior constituía una aberración para ella y había actuado empujada por la desesperación.

Pero para él no había sido así. Hacer el amor con ella había constituido su salvación.

Mari se ruborizó.

—¡Achilla!

Achilla sonrió sin muestras de arrepentimiento.

Mari observó a Bennett y una expresión de angustia cruzó su cara, pero enseguida fue reemplazada por una sonrisa seductora.

—¿Por qué no?

Bennett sonrió como un tonto. Quizá solo se había imaginado la angustia en la expresión de Mari y, aunque no se la hubiera imaginado, ahora tendría la oportunidad de convencerla de lo importante que era para él y de que confiara en él otra vez.

Achilla abrazó a Mari.

—¡Lo sabía! ¿A que el sexo es tan maravilloso como te conté?

Bennett carraspeó y Achilla le guiñó un ojo.

—Sí, ya sé que está usted aquí, pero ¿no siente curiosidad por conocer su respuesta?

Realmente, sí, de modo que tanto él como Achilla se volvieron hacia Mari.

Ella les lanzó una mirada airada y sacudió el dedo índice en dirección a Achilla.

—No es de tu incumbencia. —Entonces señaló a Bennett—. ¡Y tú...! —Se encogió de hombros y lo miró con picardía—. ¡Tú deberías saberlo!

Achilla se echó a reír, entró en la casa y gritó:

—¡Selim!

Selim apareció en la puerta y, al verlos, se tambaleó.

—¡Han regresado!

Bennett lo observó atentamente, pero lo único que percibió en su reacción fue alegría.

Achilla se dispuso a apoyar la mano en el brazo del sirviente, pero él retrocedió un paso. Ella enseguida ocultó su decepción.

—Están bien, ya puedes poner fin a la búsqueda.

Selim asintió con la cabeza.

—He encargado a varias personas que los busquen. Les informaré de que ya están aquí.

Achilla sacudió la cabeza.

—No lo dejé en paz hasta que inició la búsqueda. Él confiaba en que volveríais por vuestra cuenta. Parecía que no quisiera saber adónde habíais ido. —Esbozó una sonrisa amplia y su expresión acabó relajándose—. O quizá no quería saber qué estabais haciendo.

—El baño —le recordó Mari—. ¡Ah, y comida!

Achilla se rio mientras se alejaba.

—¿No te ha dado tiempo ni para comer?

Mari y Bennett enseguida vaciaron la bandeja de comida que Achilla les llevó. Mari chupó los restos de ciruela de sus dedos mientras exhalaba unos lentos suspiros de felicidad, y Bennett sintió deseos de ayudarla. Cuando acabaron de comer, Achilla ya había preparado el baño, así que salió de la habitación con una sonrisa mal disimulada en la cara.

Mari se fue quitando la ropa camino de la humeante sala y fue dejándola por el camino como si se tratara de migas de pan. El descarado contoneo de sus caderas y su mirada pícara proporcionaron a Bennett el valor suficiente para seguirla.

Ella se detuvo junto al banco de mármol y apoyó un pie en él. Cuando se quitó la media de seda, los diseños de henna de su pantorrilla quedaron a la vista.

Bennett se acercó a ella en dos zancadas y la agarró por la cintura. El contacto con su carne desnuda le resultó exótico y familiar a la vez.

—No me habías contado que tenías más adornos de estos.

Ella apoyó el otro pie en el banco.

—Pues los tengo.

Bennett siguió los dibujos con la punta de los dedos y los examinó de cerca.

—¡Estos son increíbles!

La luz dorada que se reflejaba en el agua iluminó la exquisita curva de la pierna de Mari y la piel que no estaba cubierta por la henna adquirió una tonalidad de bronce. Si Bennett necesitaba alguna prueba de que Mari era una criatura erótica y salvaje que había sido enviada para tentarlo más allá de su resistencia, ya la tenía.

Mari se alejó de él riéndose con sensualidad y se metió en la piscina. Aunque ansiaba seguirla, Bennett se quedó paralizado y con la camisa medio desabotonada mientras ella se sumergía en el agua. Su carne brilló bajo las ondas de la superficie. Bennett la contempló extasiado hasta que ella emergió en el otro extremo de la piscina soltando un chorro de agua por la boca. ¡Ninfa!

Bennett se quitó el resto de su sucia ropa, se metió en la piscina y nadó hasta donde estaba Mari. Le arrebató la pastilla de jabón blanco que había cogido y la frotó entre sus manos hasta que estuvieron cubiertas de espuma.

—¡Por esto siempre hueles a vainilla y nuez moscada!

Mari gimió mientras él la enjabonaba deslizando las manos desde sus hombros hacia abajo. No quería pasar por alto ni un centímetro de su piel y estaba decidido a borrar los recuerdos de la prisión de su mente y de su cuerpo. Cuando su mano llegó a la entrepierna de Mari, ella se arqueó y gimió, su respiración se volvió entrecortada y sus párpados se entrecerraron.

—Abre los ojos.

Bennett necesitaba ver la aceptación y la pasión en su mirada tanto como su cuerpo necesitaba alivio.

Ella levantó las pestañas poco a poco. Las franjas verdes y doradas de sus ojos casi habían desaparecido detrás de la oscura pasión que dilataba sus pupilas. Un gemido de placer surgió de sus labios, pero seguía habiendo cierta distancia entre ellos y esto destrozaba a Bennett. Él deseaba estar dentro de Mari y unirse a ella conociendo todos sus pensamientos.

Sin apartar los ojos de los de ella y decidido a derrumbar cualquier muro que ella hubiera levantado entre ellos, Bennett continuó el ritmo de sus caricias en su entrepierna. Nunca se cansaría de mirarla. Incluso cuando fueran viejos y tuvieran la cabeza cubierta de canas, no se imaginaba nada más valioso para él que tenerla entre sus brazos, protegerla y adorarla.

Entonces Mari soltó un grito y echó la cabeza hacia atrás con los labios entreabiertos. Él esperó a que dejara de temblar y después apartó la mano. Ella se quedó callada, así que él volvió a coger el jabón y le masajeó con él el cabello hasta que se formó abundante espuma. Bennett hundió los dedos en sus suaves tirabuzones.

—Tu cabello siempre me ha cautivado.

Ella volvió a cerrar los ojos, llenó de aire sus pulmones y se sumergió para enjuagarse. Mientras emergía a la superficie, deslizó las manos por los muslos de Bennett y, después, le pidió la pastilla de jabón.

Mari lo enjabonó completamente, poniendo especial cuidado en no hacerle daño en los morados. Sentirse limpio le proporcionó a Bennett un gran placer, pero no tanto como volver a sentir las delicadas manos de Mari recorriendo su cuerpo. Cuando ella lo tocaba, toda la oscuridad de su interior desaparecía.

No podía renunciar a aquella mujer. ¿Cómo podía convencerla de que era digno de ella?

Cuando terminaron de limpiarse, los dos respiraban intensa y profundamente.

Mari frotó su cuerpo contra el de Bennett, pero él la apartó antes de que lo llevara al límite. De repente, le pareció esencial hacer las cosas bien.

—No, primero quiero mimarte.

Mari dejó la pastilla de jabón en el banco y Bennett la envolvió en una toalla, la tomó en brazos y la llevó al dormitorio. Una cortina de color carmesí rodeaba su cama, que era baja y amplia, del tipo que emplearía un sultán para disfrutar con las mujeres de su harem, aunque las sábanas eran de lino blanco bordado con flores amarillas. El dormitorio no podía considerarse ni inglés ni turco.

Como su propietaria, se trataba de una embriagadora mezcla de ambos. Dejó a Mari en el centro de la cama. Tenía la intención de explorar todos los centímetros de su piel con la vista tal y como había hecho con el tacto, pero Mari tiró de él hasta colocarlo encima de ella. Sus manos asaltaron su cuerpo mojado y sus labios apremiaron los de él poniendo en peligro su autodominio.

—Disponemos de tiempo —la tranquilizó él.

Lo único que consiguieron sus palabras fue que los movimientos sensuales y desenfrenados de Mari aumentaran.

Ella habló por primera vez desde que entraron en el baño.

—Te necesito ahora. Por favor.

Su súplica echó por los suelos la resistencia de Bennett, y entonces él la penetró. Las suaves manos de Mari se deslizaron por el cuerpo de Bennett como si quisieran memorizar hasta el último centímetro de su piel. Bennett controló su ritmo llevándola al límite una y otra vez. Mari sacudía la cabeza a uno y otro lado mientras él le daba placer. Entonces él apoyó la mano en la mejilla de ella para que sus miradas se encontraran. Mari se estremeció, exhaló un suspiro y, finalmente, abrió su alma, susurró el nombre de Bennett y sus ojos le ofrecieron más de lo que esperaba.

Bennett la penetró con fuerza y profundamente y disfrutó viendo el rubor que se extendía por los pechos de Mari y oyendo sus suaves y entrecortados jadeos mientras la llevaba al clímax. Solo entonces se permitió entregarse al éxtasis que explotó en su interior.

El corazón le latió con fuerza en los oídos y, poco a poco, su respiración volvió a adquirir un ritmo regular. Si necesitaba experimentar pasión para que esta inspirara su poesía, podría escribir durante el resto de su vida. Besó, con calma, el cabello de Mari.

Ella se apartó y bajó de la cama.

Bennett se apoyó en un codo y frunció el ceño mientras ella se vestía.

—¿Algo va mal?

Mari no levantó la vista del suelo.

—Tengo que ponerme en contacto con Nathan y avisar a los otros rebeldes para que abandonen Constantinopla.

El sopor que sentía Bennett se esfumó. Realizó una mueca, cogió su ropa y se vistió. Mari tenía razón. Aunque, seguramente, el pachá no los expulsaría de la ciudad antes de un par de días, él también tenía cosas que hacer.

—Yo me ocuparé de eso después de entregar el dibujo al embajador y organizar nuestro viaje a Inglaterra.

La media que Mari sostenía en la mano cayó al suelo.

—Yo no voy a Inglaterra.

Ya deberían haber superado aquel tema.

—Yo no sé quién te atacó en Chorlu ni quién sabe que eres una espía, de modo que este lugar no es seguro para ti. —Además, él pretendía casarse con ella, pero no le pareció que aquel fuera el momento más oportuno para pedírselo—. Y aunque fuera seguro, no puedes quedarte porque el pachá nos ha ordenado que nos vayamos.

Ella recogió la media del suelo, se sentó en el borde de la cama y se la puso con movimientos bruscos.

—Sé que tienes que ayudar a tu hermana y lo comprendo.

Era evidente que no lo comprendía.

—No te dejaré aquí en peligro —declaró Bennett.

—Yo no pretendo quedarme aquí.

Bennett caminó hasta la fuente.

—¿Y a dónde piensas ir?

Ella tomó una hoja de papel de la mesilla que había junto a su cama.

—A Grecia. Me uniré a los rebeldes en aquel país.

¿Y arriesgar la vida cada segundo de cada día?, pensó Bennett. No mientras a él le quedara un soplo de vida.

—¡Ni hablar! Yo pretendo mantenerte a salvo. Si crees que aquí tu vida corre peligro, unirte a los rebeldes en Grecia será como si la tiraras por la ventana. El pachá tiene razón y, por lo que he oído, los rebeldes griegos son un grupo muy desorganizado.

—Ellos luchan por aquello en lo que creen.

Bennett levantó las manos. No era esto lo que él le discutía; él no estaba defendiendo a los turcos.

—Quizá dentro de una docena de años estarán preparados para presentar una oposición sólida a los otomanos, pero ahora su lucha constituye un suicidio.

—Si nadie los ayuda, ¿cómo llegarán a estar preparados algún día?

Bennett colocó las manos en los hombros de Mari y buscó en sus ojos las emociones que había mostrado mientras hacían el amor.

—Primero tienen que conseguir el apoyo de su propia gente y del resto de Europa. —Deslizó los dedos por los brazos de Mari—. Ven conmigo, aquí ya no hay nada para ti.

—Tampoco hay nada para mí en Inglaterra.

¿Cómo era posible que no lo viera? Necesitaba tenerla a su lado. Ella era su pasión, la poesía que su alma necesitaba.

—¡Cásate conmigo, Mari!

Mari lo miró fijamente mientras deseaba que no hubiera pronunciado aquellas palabras. Nunca se libraría de la tentación que representaban para ella. Inhaló aire emocionada.

—No puedo.

No podía arriesgarse a ceder el control de su vida. Ni siquiera al hombre que amaba. Él tenía que entenderlo. Había visto a su padre y ella le había contado cómo había sido su vida cuando llegaron a Constantinopla.

La cara de Bennett se volvió inexpresiva y Mari estrujó el papel con la mano.

—Iré a ayudar a los griegos.

—¿La causa por la que luchas es tuya o de tu madre?

Ella no pudo mirarlo a la cara; no se atrevió a mirarlo a los ojos por miedo a lo que él pudiera ver.

—Es mía.

Pero a pesar de que intentó, por segunda vez, sentirse convencida de su propio plan, no logró identificarse con él.

—Avisaré a Achilla y a Nathan de que tenemos que huir de aquí.

—No, no lo harás —declaró Bennett con una expresión impasible en la cara.

Nadie tomaba las decisiones por ella.

—Sí que lo haré —replicó Mari—. Nos iremos esta tarde, después de que me haya despedido de mi padre.

—Te irás conmigo. No permitiré que sigas arriesgando tu vida.

La frialdad de su voz hizo que Mari retrocediera. Bennett hablaba en serio. Mari dio otro paso hacia atrás. Él no tenía derecho a obligarla. Ella ya se lo había dejado bien claro en varias ocasiones. Una sensación de pánico brotó en su interior, pero ella inhaló hondo. Ya no era una niña, y el hecho de que las piernas le temblaran no le impediría caminar.

Bennett arrugó el entrecejo.

—Yo tengo órdenes de protegerte.

Ella deseó gritar. Aquellas palabras confirmaban sus peores miedos.

—Creí que eras tú quien quería protegerme.

Bennett se pasó la mano por el cabello.

—Ambas motivaciones pueden existir al mismo tiempo. ¿Por qué te resulta tan difícil entenderlo?

Porque se negaba a pasar el resto de su vida preguntándose cuál de las dos lo había empujado a pedirle que se casara con él. Ella sabía que, si no era la primera en la lista de sus prioridades, era posible que ni siquiera figurara en ella.

—Irás conmigo.

Ella se cruzó de brazos, aunque era consciente de que esto la hacía parecer una niña rebelde.

—No, ya no soy responsabilidad tuya.

Achilla entró en la habitación con otra bandeja de comida.

—A pesar de lo que hayáis oído por ahí, el sexo después de una pelea no hace que esta merezca la pena.

—¡Desde luego que eres responsabilidad mía! Yo me preocupo por ti.

Ella quería creerlo y sentía que casi podía confiar en él, pero querer y casi no era suficiente.

Bennett pasó por su lado dando zancadas.

—Asegúrate de que come y duerme un poco... —le indicó a Achilla.

Cogió la llave de la habitación y, antes de que Mari se diera cuenta de cuáles eran sus intenciones, salió y cerró la puerta con llave.

Mari sacudió la manija varias veces.

—¡Bennett, vuelve aquí, maldito seas! ¡Esa es la única llave!

Al ver que él no regresaba, le propinó una patada a la puerta.

Achilla dejó la bandeja sobre la mesa.

—¿Qué ha ocurrido?

Mari realizó una mueca y se frotó los doloridos dedos del pie.

—Quiere que vaya a Inglaterra con él.

—Creí que tú no querías regresar a ese país.

—Y no quiero.

Mari le explicó, brevemente, que habían sido capturados y que, gracias a Esad, los habían liberado.

Achilla empalideció.

—Entonces ninguno de nosotros está seguro aquí. ¿Nathan lo sabe?

Mari negó con la cabeza.

—Todavía no. Y tampoco hemos averiguado quién sabe que trabajo para los británicos.

Achilla se sirvió una taza de té.

—Entonces él tiene razón. Tienes que irte. Y yo también. —Suspiró—. Aunque no creo que a Selim le importe que me vaya. ¿Adónde iremos?

—Yo me uniré a los rebeldes en Grecia y ayudaré el movimiento desde dentro.

Achilla dejó la taza con precipitación.

—¿Estás loca?

Mari parpadeó varias veces mientras la miraba.

—¡Pero si fuiste tú la que me suplicaste que te introdujera en el movimiento rebelde!

—Y, por lo visto, no debería habértelo pedido nunca. La vida de los rebeldes en Grecia no resulta atractiva en absoluto. La mayoría no son como los intelectuales altruistas que viven aquí, en Constantinopla, sino bandidos ansiosos de poder que no son mucho mejores que los otomanos. Y los soldados del sultán siempre les van pisando los talones.

—No tienes por qué unirte a ellos como yo.

—Bien, porque no tengo la menor intención de hacerlo. —Achilla arrugó la nariz—. Al decirme que no querías ir con Bennett, creí que pensabas trasladarte a Italia, España o incluso Francia, ahora que la guerra ha terminado. —Sacudió la cabeza—. No me extraña que Bennett nos haya encerrado aquí. Quizá, después de todo, deberías ir con él a Inglaterra.

—¡Quiere que me case con él!

Achilla arqueó una ceja.

—¡El muy canalla!

—Ya sabes que yo nunca me casaré. Resulta demasiado arriesgado.

—No si confías en él.

—Pues no lo hago. Bennett ya ha traicionado mi confianza. Atacó a mi padre, arrancó el dibujo de la libreta y ahora intenta obligarme a regresar a Inglaterra.

Achilla se encogió de hombros.

—¿Ha traicionado tu confianza o tú no has llegado a dársela en ningún momento? A mí me parece que todo lo que has enumerado son intentos de protegerte.

—Porque esas son sus órdenes.

—¿Tú me liberaste por tu madre o porque lo deseabas?

—Yo... —Mari tuvo la sensación de que se estaba metiendo en algo de lo que se arrepentiría—. Por ambas cosas.

—¿Así que tenías más de una motivación?

Mari sonrió al percibir la similitud entre ambos casos.

—¿Pero qué es más importante para él?

—Esto no puedo contestarlo yo. —Achilla bebió un sorbo de té—. La cuestión es: ¿él te ha traicionado o estás alterada porque finalmente has conocido a alguien que merece tu confianza y tienes miedo a arriesgarte?

Mari parpadeó varias veces. Primero Nathan, y ahora Achilla.

—No pienso cambiar de idea respecto a lo de Grecia.

—Estupendo. Empezaré a empaquetar tus cosas —declaró Achilla dirigiéndose al dormitorio de Mari—, aunque no sé por qué me molesto, porque habrás muerto en cuestión de unos meses.

Mari se dejó caer en el sofá. Bennett había traicionado su confianza, y apenas había vuelto a recuperarla, cuando la había perdido otra vez. ¡Tenía la intención de obligarla a regresar a Inglaterra en contra de su voluntad! Si esto no era una traición, ¿qué era entonces?

«Un hombre de honor intentando protegerme.»

Ignoró aquella voz y tomó una rebanada de pan de la bandeja. Que ella quisiera controlar su vida no era malo. Solo ella podía ejercer ese control. Sí, solo ella, porque había rechazado la posibilidad de compartirlo con alguien más..., con el hombre al que amaba.

Volvió a dejar la rebanada de pan en la bandeja. Comería una ciruela.

Él solo quería protegerla porque era su deber.

No, no era cierto. Esa no era la única razón. Pero ella necesitaba saber que era importante para él. Necesitaba a alguien que estuviera dispuesto a darlo todo por ella... Como estar dispuesto a llevarla a Inglaterra aun sabiendo que así la perdería... Como estar dispuesto a que lo torturaran para evitar que ella sufriera daño alguno.

¡Bennett la amaba!

Sostuvo la ciruela con dedos temblorosos.

Aun así, se sentía aterrorizada. ¿Podía arriesgarse a cederle el control a Bennett? ¿Podía confiar en que él no la dejara de lado si encontraba algo más interesante?

No dudaba que él pudiera mantener su cuerpo a salvo, pero ¿y su corazón?

Vio una chaqueta verde doblada cerca de la puerta, frunció el ceño y la cogió. Era de Bennett.

—¡Achilla! —llamó.

La doncella asomó la cabeza por la puerta.

—¡Ah, sí! Acuérdate de devolvérsela. La encontré la noche que desaparecisteis. —Agitó las cejas un par de veces—. No solo habíais desaparecido, sino que él se había dejado la ropa.

Mari acercó la chaqueta a su cara e inhaló el aroma de la colonia de Bennett. Su cuerpo se relajó y sonrió.

—Recuérdame por qué no quieres ir a Inglaterra —le pidió Achilla.

Mari dejó caer la chaqueta y oyó un crujido. Volvió a cogerla del suelo y hurgó en los bolsillos mientras intentaba no sentirse culpable. Al fin y al cabo, él la había dejado en su casa.

Encontró una hoja de papel y la desplegó. Se trataba de un poema.

Dio una ojeada a los versos y se le cortó la respiración. Trataba sobre una ninfa acuática.

¡Una ninfa! Así es como él la había llamado mientras hacían el amor.

Se llevó el poema hasta el sofá, alisó la hoja con cierta torpeza y empezó a leer. Se trataba de una oda a una ninfa, pero no a su belleza, sino a su independencia, su carácter indomable y su luz interior.

Se le cortó la respiración. Él no había escrito el poema pensando que ella lo leería, de modo que no tenía por qué escribir nada que no fuera verdad. ¿Realmente, la veía de aquella manera?

De repente, se dio cuenta de que no soportaría que Bennett escribiera un poema como aquel sobre otra mujer y que quería leer todos los poemas que escribiera y sabérselos de memoria tan bien como él.

—¡Achilla! Debajo de mi colchón hay una libreta marrón, ¿quieres traérmela, por favor?

Guardaría el poema con el resto de su poesía.

La doncella apareció con la libreta y con el ceño fruncido, pero al ver la hoja en las manos de Mari, sonrió.

—¡A que es precioso!

Mari asintió con la cabeza.

—¿Lo has leído?

Achilla resopló.

—¡Pues claro! Te casarás con él. Lo sabes, ¿no?

—Sí, lo sé —contestó Mari mientras apretaba la hoja de papel contra su pecho.

Achilla soltó un gritito y la abrazó.

—¿Cuándo se lo dirás?

—En cuanto regrese —contestó Mari mientras le devolvía el abrazo.

Pero todavía tenían que superar algunos obstáculos. Ella no iría a Grecia, pero tampoco regresaría a Inglaterra. Tendrían que alcanzar algún tipo de acuerdo.

Achilla contempló la ropa de Mari.

—Si vas a confesarle tu amor, será mejor que te cambies y te pongas algo que le haga olvidar que lo has rechazado.

Los pensamientos de Mari todavía eran demasiado caóticos para pensar en cosas como aquella.

—Elige algo tú misma.

Achilla posó la mano en la frente de Mari con fingida preocupación.

—Te aseguro que no he puesto ningún tipo de droga en tu comida. —Entonces se dirigió de nuevo al dormitorio de Mari—. Quizás el vestido rojo...

Se oyó un ruido sordo.

—¿Achilla?

Ninguna respuesta.

Mari corrió a su dormitorio. La puerta que comunicaba con el jardín tapiado estaba abierta de par en par. Achilla nunca dejaba aquella puerta abierta porque se quejaba de que el viento esparcía polvo por toda la habitación. Mari agarró el pesado candelabro de bronce que había al lado de su cama, pero entonces alguien presionó un trapo empapado de una sustancia dulzona contra su boca.

30

Bennett acercó la pluma a la hoja de papel. La agencia marítima hervía de actividad. Había advertido a Abington, le había entregado el dibujo al embajador y, a continuación, había acudido a la agencia y había comprado dos billetes para el primer barco que zarpara con destino a Inglaterra. Pero él sabía que Mari nunca subiría a aquel barco a no ser que la secuestrara o algo parecido. No podía irse hasta que ella estuviera a salvo, pero tampoco podía aplazar más la ayuda a su hermana.

> Querido padre:
> Debo explicarle algo relacionado con Sophia...

Conforme escribía, las palabras fueron surgiendo con más facilidad. Debería haber escrito a su padre nada más recibir la carta de su madre. ¡No, maldita sea, debería haberle escrito nada más descubrir lo que hacía el marido de Sophia! Mari tenía razón, su sentido del deber le había fallado estrepitosamente. Escribió otra carta a Darton, su hermano mayor. Él también debía conocer la verdad.

Selló las cartas y se las entregó al capitán del barco inglés. De este modo, tanto si estaba a bordo del barco cuando zarpara como si no, alguien ayudaría a Sophia.

Había manejado mal la conversación con Mari, pero rectificaría sus errores. Su misión había concluido y ahora podía demostrarle que deseaba que estuviera a salvo porque la quería.

Su único deber era hacia ella. Mientras pensaba en el futuro, garabateó unos cuantos versos. En realidad, no estaban mal.

Por primera vez desde que le alcanzaba la memoria, no se sintió condenado por el destino. De hecho, quizás incluso lograra ser feliz.

Oyó unos gritos procedentes de la calle y se volvió hacia uno de los funcionarios del puerto.

—¿Qué dicen?

El hombre frunció el ceño.

—Ha sonado la alarma en una de las torres de vigilancia.

—¿Torres de vigilancia?

—Sirven para vigilar la ciudad por si se produce algún incendio. Con tantos edificios de madera, si se iniciara un fuego, la ciudad entera podría quedar destruida. Las casas viejas son como astillas.

Bennett salió a la calle con rapidez. En caso necesario, ayudaría. Había visto demasiados pueblos convertidos en cenizas durante la guerra para tomarse el fuego a la ligera. Oteó el horizonte. Una columna de humo se elevaba hacia el cielo en la distancia.

El corazón latió con fuerza en su pecho. La casa de Mari estaba en aquella dirección.

Echó a correr.

El humo procedía del vecindario de Mari.

El sudor empapó su cara y los pulmones le ardieron tanto como los músculos de las piernas.

¡No se trataba de su casa! ¡No! ¡No podía ser!

A menos que alguien hubiera intentado atacar a Mari. Pero él la había encerrado en sus habitaciones, de modo que nadie podía haber entrado.

Claro que ella tampoco podía haber salido.

Aceleró el paso hasta que se le nubló la vista y le costó respirar.

La casa de Mari apareció a la vista. Una nube de humo surgía del techo y los sirvientes y los vecinos, cubiertos de hollín, lanzaban agua con cubos a la zona quemada.

Bennett escudriñó la multitud. ¿Dónde estaba Mari?

Un hombre permanecía sentado e inmóvil en medio de la calle.

—Sir Reginald, ¿dónde está Mari?

El hombre lo miró con las típicas pupilas dilatadas de los que están bajo los efectos de la adormidera.

—Ni siquiera recuerdo haber volcado la lámpara.

—¿Dónde está Mari?

Sir Reginald miró hacia las ruinas de la casa.

—Selim me sacó y después regresó a buscarlas.

Selim salió de la casa. Solo.

¡No! ¡No! ¡No! Bennett no sabía si estaba gritando en voz alta o si los gritos solo resonaban en su cabeza.

Agarró a Selim por los hombros.

—¿Dónde está Mari?

Debajo de la capa de cenizas, la piel de Selim estaba blanca como el papel.

—Muerta. Las dos están muertas, ella y Achilla.

Bennett se acercó a él.

—¡Imposible!

—He visto los cadáveres.

Bennett negó con la cabeza. Tenía que ser un error.

—¡Enséñamelos!

Selim sintió arcadas.

—No querrá usted verlas. No queda mucho de ellas.

Pero Bennett tenía que verlo por sí mismo.

—Condúceme hasta allí.

Selim asintió con la cabeza.

El vestíbulo estaba cubierto de cenizas y hollín, pero, aparte de esto, estaba intacto. Quizá las cosas no estaban tan mal como parecía. Quizá...

El techo del pasillo que conducía al harem había cedido y el sol iluminaba con tonos dorados los escombros, que todavía humeaban. Un grupo de sirvientes echó agua sobre unas llamas residuales y estas produjeron un rabioso siseo. Selim lo guio con cautela hasta las antiguas habitaciones de Mari pasando por encima de una viga ennegrecida. Junto a la fuente sucia y agrietada había dos cadáveres carbonizados.

¡La había matado! ¡Las había matado a las dos!

¡No, por favor, no!

Selim guardó silencio y Bennett cayó de rodillas y hundió la

313

cara entre las manos. Se esforzó en respirar mientras ignoraba el humo acre que lo rodeaba. Introdujo la mano en el bolsillo y apretó con fuerza la llave hasta que se le clavó y le cortó la carne, pero aparte de la pegajosa calidez de la sangre, no sintió nada. Dejó la llave encima de un azulejo, junto al cadáver que tenía más cerca.

Al cabo de unos instantes, el mayordomo tiró de él para que se levantara.

—Venga, vayámonos de aquí.

Bennett no fue consciente de cómo llegó de nuevo a la calle y escuchó, desconcertado, que su propia voz daba órdenes para que los cadáveres fueran retirados y enterrados.

Unas cuantas horas más tarde, vio cómo sus pies lo conducían al cementerio. Según las costumbres nativas, los cadáveres debían enterrarse antes del anochecer y Bennett no vio ninguna razón para actuar de otra forma. Los labios del sacerdote se movieron, pero él no oyó ninguna palabra mientras permanecía de pie junto a la tumba.

Asintió con la cabeza mientras recibía las condolencias de su primo y solo cuando el barco zarpó rumbo a Inglaterra su aturdimiento desapareció. Soltó un grito de rabia, abrió su baúl de golpe y tiró su uniforme al mar. Después se dirigió precipitadamente a su camarote, lanzó con furia el baúl contra la pared e hizo lo mismo con la mesa y la silla. Finalmente, agotado, se desplomó.

31

—¿Bennett?

Mari intentó abrir los ojos, pero se negaron a obedecerla, de modo que siguió sin ver nada. Solo cuando parpadeó un par de veces se dio cuenta de que tenía los ojos abiertos y que la habitación estaba totalmente a oscuras.

¡La celda de Vourth! Tanteó a su alrededor en busca de Bennett, pero solo encontró una áspera pared de piedra. ¿Se lo habían llevado? Se levantó de golpe y soltó un grito al sentir un agudo dolor en la cabeza. Su grito quedó atascado en el sabor dulce y empalagoso que sentía en la boca.

No, no estaba en Vourth. Se llevó las manos a la cara. Ella y Bennett habían sobrevivido al encarcelamiento en Vourth. ¿Entonces, dónde estaba? Mientras masajeaba sus sienes, fragmentos de recuerdos fueron volviendo, poco a poco, a su mente.

—¿Achilla? —preguntó con voz débil. Carraspeó y tragó saliva dos veces—. ¿Achilla?

En esta ocasión, su voz apenas sonó mejor.

Se levantó y recorrió el perímetro de la habitación. Las piernas le temblaban. Chocó contra un barril y realizó una mueca de dolor. Lo sacudió para sopesarlo y este golpeteó con pesadez contra el suelo. Después de varios intentos, consiguió abrir la tapa y entonces retrocedió medio mareada. Contenía pescado en salazón.

Al menos, no se moriría de hambre.

Volvió a sacudir el barril para llamar la atención de la persona o personas que la tenían prisionera.

—¡Bennett! —llamó, pero todavía tenía la garganta demasiado seca para que su voz sonara con claridad.

Utilizó todas sus fuerzas para sacudir el barril contra el suelo hasta que se le cansaron los brazos.

Continuó la búsqueda y contó diez barriles más y siete sacos que, por el tacto, debían de contener grano.

Habría dado cualquier cosa porque Bennett la estuviera siguiendo, asegurándose de que no se le escapaba nada. O, simplemente, porque estuviera allí y su fuerza la reconfortara. Se agarró a uno de los barriles para mantenerse firme. ¿Sabía Bennett que la habían secuestrado? ¿La estaría buscando?

Enderezó la espalda. Sí, cuando descubriera que había desaparecido, intentaría encontrarla. ¿Cómo pudo creer alguna vez que no confiaba en él cuando era su cuerpo lo que buscaba en la oscuridad y su nombre la primera palabra que pronunciaba al despertar?

Había estado tan concentrada manteniendo el control de su vida y evitando que la obligaran a hacer algo que no quería, que no se había dado cuenta de que el miedo la había vencido en ambos aspectos.

Tropezó con un saco y cayó al suelo mientras soltaba una maldición. No, no se trataba de un saco. Mari tanteó el bulto. Se trataba de una persona.

La persona gimió.

—¿Achilla? —preguntó Mari mientras tocaba una mano flácida en la oscuridad.

La mujer renegó en griego y el corazón de Mari dio un brinco. ¡Achilla!

—¿Dónde estamos? —preguntó su doncella.

—Creo que en una especie de almacén, pero no sé dónde.

De repente, una luz tituló. Mari se volvió buscando de dónde procedía. Un débil resplandor naranja se filtró por la rendija inferior de una puerta. Se oyó el sonido amortiguado de unas voces en el exterior y Mari se dirigió hacia ellas esperando descubrir una pista que le indicara dónde estaban.

—¡Claro que mi marido ha dado su permiso, idiota! El plan es mío.

¡Fatima!

Un hombre respondió, pero habló demasiado bajo para que Mari lo comprendiera.

—¿De qué sirve tenerla prisionera si se muere, imbécil? Además, resulta ridículo que no podamos acceder a las provisiones del almacén. Mis esclavos se quejan.

La puerta se abrió y Mari parpadeó al recibir la luz en la cara.

—Tu aspecto es horrible —declaró Fatima.

La luz de la vela que sostenía en la mano iluminó su cara y Mari vio que esto la complacía. Fatima dio unas palmaditas al elaborado trenzado de su cabello y arrugó la nariz.

—Y tu olor es todavía peor.

Mari se levantó. Aquella mujer la había separado de Bennett. Y además lo había hecho antes de que pudiera decirle lo equivocada que estaba, y esto la hacía merecedora de una muerte lenta y dolorosa.

—¿Qué has hecho? —le preguntó Mari.

Fatima siempre había sido mezquina y egoísta, pero Mari nunca imaginó que fuera la responsable de las amenazas que había sufrido durante los últimos meses.

—Te he salvado la vida.

Fatima extendió las manos, como si esperara que Mari se lo agradeciera.

—¡Nos has secuestrado!

Mari se acercó a ella con actitud amenazadora y Fatima bajó las manos y retrocedió.

—Para salvaros la vida —replicó Fatima, mientras arrugaba de nuevo la nariz—. Aunque quizá no debería haberme molestado.

—¿Y de quién nos has salvado?

Mientras esperaba la respuesta, Mari apretó los puños a los costados. Averiguaría quién estaba detrás de los atentados contra su vida y, si se sentía misericordiosa, les daría caza ella misma en lugar de permitir que Bennett les arrancara los miembros uno a uno.

Por otro lado, Fatima no ayudaría a nadie a menos que esto la beneficiara.

—¿De tu marido?

Fatima sacudió la cabeza y frunció los labios.

—No, afortunadamente, él me tiene a mí para guiarlo y proteger nuestros planes acerca del futuro. La verdad es que ese hombre es como un babuino y necesita que lo lleven con una correa.

—¿Entonces de quién me has salvado? Si es que realmente lo has hecho.

Fatima arrugó el entrecejo.

—Ya te he dicho que te he salvado la vida. No necesitas saber nada más.

Dirigió la vela hacia Achilla y realizó una mueca de asco al ver su ropa manchada de vómitos. Se tapó la boca con la mano con desagrado.

—No sé por qué le concediste la libertad. Las alimañas saben cuidar mejor de sí mismas que ella.

Mari se colocó entre Fatima y su doncella.

—Si me has salvado, ¿por qué estoy encerrada en tu almacén?

Fatima debía de saber quién estaba detrás de todo aquello, porque siempre había disfrutado con las intrigas.

A Achilla le dieron unas arcadas y Fatima prácticamente dio un salto hacia atrás.

—Porque, a la larga, me resultarás útil.

¡Ah, claro!

—¿En qué sentido?

—Tendrás que esperar para averiguarlo.

Fatima sonrió con malicia y sus ojos brillaron a causa de una sensación de triunfo mal disimulada.

La poca paciencia que tenía Mari hacía rato que se había evaporado.

—¡Déjanos ir!

Fatima agitó la mano desestimando aquella idea ridícula.

—No puedes tenernos como prisioneras —le advirtió Mari—. Bennett nos encontrará y las consecuencias no te gustarán.

Fatima torció la boca.

—Tu comandante se marchó de Constantinopla ayer.

Si Mari hubiera tenido fuerzas, habría arañado la cara perfecta de Fatima por contarle aquella mentira, pero en lugar de arañarla se echó a reír. Su afirmación era tan contraria al carácter y el sentido del honor de Bennett, que resultaba absurda. Él nunca la habría abandonado.

—¿Y por qué se fue?

Fatima frunció el ceño al darse cuenta de que había hablado demasiado e indicó con un gesto a un fornido esclavo que entrara en la habitación.

—Por lo visto, perdió el interés por ti —contestó mientras se encogía de hombros y jugueteaba nerviosamente con su manga.

Estaba mintiendo. Fatima nunca había conseguido mentir sin que le traicionara algún gesto.

—Creía que habías salido huyendo o algo parecido —añadió Fatima.

Un nuevo temor dejó helada a Mari. ¿Le habría ocurrido algo a Bennett y Fatima le mentía para ocultarlo?

—Él nunca se habría ido sin hablar antes conmigo —replicó Mari.

El mundo se tambaleó alrededor de ella mientras esperaba la respuesta de Fatima.

—Pues lo ha hecho. En un barco llamado *Bella Maria*.

En esta ocasión, Mari no percibió ningún signo que indicara que estaba mintiendo. Fatima no jugueteó con ninguna tela ni se tocó el cabello, lo que significaba que Bennett estaba vivo. El aire volvió a circular por los pulmones de Mari, quien dio gracias a todos los dioses que conocía, ya fueran paganos o cristianos.

¡Pero si Fatima no mentía, entonces Bennett se había ido!

—Él nunca se habría ido sin hablar antes conmigo —se repitió a sí misma Mari en voz alta.

Él le había prometido que la protegería.

—Se habría ido si... —Fatima dio unos golpecitos en el suelo con el pie y sonrió disfrutando de la desesperación de Mari—. No voy a hablar más sobre esto contigo.

Mari repasó en su mente todas las posibilidades. O lo habían obligado a irse o se había ido creyendo que ella no estaba. Pero Bennett no se habría contentado con que alguien le dijera que ella había huido de él.

—Bennett cree que estoy muerta, ¿no?

La sorpresa que reflejó la cara de Fatima le indicó todo lo que necesitaba saber. Mari corrió hacia la puerta. La desesperación imprimió decisión a sus piernas. Tenía que encontrar a Bennett y contarle que estaba viva. Si él creía que le había fallado, nunca se perdonaría. No se lo contaría a nadie, pero esta idea lo consumiría.

No permitiría que sufriera por ella. Soltó un grito angustiado, pasó por debajo del brazo del corpulento esclavo y salió, como una exhalación, a un estrecho pasillo.

—¡Mata a la doncella! —exclamó Fatima.

Mari se detuvo de inmediato y se volvió hacia la puerta mientras, temporalmente, el odio reemplazaba a la desesperación que sentía.

Fatima asomó la cabeza por la puerta.

—A menos que decidas regresar. Verás, sin ti, tu inútil griega es..., en fin, inútil.

Fatima rio su propia gracia.

«Una inútil afrenta a Dios», así era como su tía Larvinia llamaba a los griegos rebeldes.

—¿Así que quieres que regrese?

Mari regresó al almacén y abofeteó a Fatima con todas sus fuerzas.

Fatima gritó de rabia y el esclavo sujetó a Mari impidiendo que siguiera golpeándola. Debería haberle roto la nariz de un puñetazo, pensó Mari. Observó la marca roja en la cara de Fatima y deseó haber tenido el valor de hacerle lo mismo a su tía años atrás.

Fatima agarró un mechón del cabello de Mari y se lo arrancó de un tirón. Mari no pudo evitar que las lágrimas nublaran su vista.

Entonces Fatima le agarró la cara clavando las uñas en su barbilla.

—Él no vendrá a salvarte. Estaba encantado de irse.

Mari apartó la cara y soltó un gruñido, y Fatima retrocedió asustada.

Aunque Fatima no lo sabía, Mari había aprendido algo de sí misma: por fin confiaba en Bennett y nada la haría titubear.

—Él vendrá a buscarme o yo lo encontraré y te arrepentirás de habernos separado.

Fatima empalideció y bajó la vista evitando mirar a Mari a los ojos.

—¡Llévala al harem! Y si vuelve a intentar escaparse, mata a la doncella.

Más que ninguna otra cosa, Mari odiaba los bodegones que colgaban de las paredes de su dorada prisión. Las achatadas y rollizas manzanas, las deformes piñas... Todas aquellas pinturas sin vida y carentes de imaginación. Suspiró y volvió a centrar su atención en el papel que tenía delante. El gusto de Fatima respecto a la decoración era tan lamentable como su ética.

Achilla se dejó caer a su lado en el sofá con una expresión enfurruñada en la cara.

—Ha vuelto a rechazarme.

Mari arrugó la nariz.

—Bueno, al fin y al cabo, es un eunuco —contestó.

—Lo sé, pero cuando la semana pasada sustituyeron al anterior guardia por este, esperaba que tendría mejor suerte.

Mari no había albergado la misma esperanza. De hecho, después de que Talat pillara al anterior guardia hablando con ellas, sospechaba que algo nefasto le había ocurrido, y el nuevo guardia ni siquiera se dignaba mirarlas.

Después de tres semanas y cuatro intentos, se le habían agotado las ideas sobre cómo escapar. La única salida del harem estaba vigilada constantemente y la única persona que podía entrar y salir libremente era Fatima. Sus esclavas personales nunca salían del harem, de modo que Mari no podía disfrazarse y salir fingiendo ser una de ellas. Además, el patio era interior, de modo que no le serviría de nada escalar las paredes, que era lo que habían hecho sus secuestradores en el patio de su casa. Lanzó notas por la ventana confiando en que algún transeúnte las encontrara, pero uno de los esclavos se lo contó a Fatima y tuvo que dejar de hacerlo.

Era cierto que Bennett se había ido. Le tembló la mano y hundió la pluma en el tintero antes de que alguien se diera cuenta. Fue consciente de esta realidad cuando por casualidad oyó lo que les había ocurrido a dos esclavas de Fatima que habían desaparecido.

Solo entonces dejó de recorrer su dormitorio noche tras noche sin atreverse a dormir por temor a no oírlo cuando fuera a rescatarla.

Claro que, a partir de entonces, tampoco consiguió conciliar el sueño, porque no dejaba de revivir, una y otra vez, la última discusión que tuvo con Bennett. Finalmente, tuvo que admitir que su oferta era sincera. Él quería casarse con ella, y no por obligación o por su sentido del deber.

Él la amaba.

Mari enderezó la espalda. No se rendiría hasta que pudiera contestarle que sí, que aceptaba casarse con él.

Achilla se repantingó de manera poco elegante en el sofá.

—Al menos tú tienes tu arte, pero no hacer nada me vuelve loca.

¡Su arte! Mari contempló su dibujo: una reproducción del jardín de Esad más elaborada que cualquier otra que hubiera realizado anteriormente.

Con una repentina determinación, Mari tomó sus dibujos, se dirigió a la vela que había en medio de la sala y sostuvo uno de los papeles encima de la llama. La hoja se agitó y, finalmente, el fuego prendió en ella.

Achilla corrió a su lado.

—¡No era mi intención que dejaras de dibujar!

Mari sonrió dejando que la línea naranja del fuego se extendiera por la hoja. Después, la dejó caer al suelo y la pisoteó. Enseguida tomó otro dibujo y repitió el proceso. Cuando iba por el quinto dibujo, las esclavas de Fatima se apiñaron alrededor de ella y la observaron fascinadas entre murmullos.

Cuando estaba quemando el séptimo dibujo, Fatima se abrió paso entre las esclavas hasta el centro del círculo. Odiaba no ser el centro de atención.

—¿Qué ocurre aquí? ¿Finalmente has perdido el juicio?

—No —contestó Mari mientras sostenía otro dibujo encima de la llama.

—¿Por qué quemas los dibujos?

Mari se encogió de hombros.

—Yo te salvé la vida —declaró Fatima—. Talat tenía que matarte, pero yo lo convencí de que, más adelante, podríamos utilizarte en contra de mi tío.

Mari volvió a encogerse de hombros mientras almacenaba en su mente aquel nuevo dato. ¿Qué ocurriría cuando descubrieran que ya no era valiosa para Esad?

—Tanto si me salvaste la vida como si no, no permitiré que saques provecho de mi trabajo.

Fatima se acercó a Mari con rapidez.

—¿Provecho?

—Nadie salvo yo venderá mis dibujos.

Mari quemó otra hoja de papel y esquivó a Fatima cuando intentó arrebatarle los que le quedaban.

—Los has dibujado en mi papel y con mi tinta. ¡Dámelos!

Mari negó con la cabeza.

—¡Dámelos o Achilla lo lamentará! —exclamó Fatima extendiendo una mano.

Mari titubeó. Fatima siempre la amenazaba con lo mismo cuando quería salirse con la suya. Mari podía serle útil, pero Achilla no le servía para nada. Cuando descubrieron que lanzaba notas por la ventana, a pesar de sus súplicas, le propinaron a Achilla diez latigazos, pero Achilla, después de recibir el castigo, le preguntó a Mari cuándo volverían a intentar huir.

Mari esperó hasta que Fatima volvió a hablar.

—¡He dicho que me los des!

—Está bien, toma.

Mari le entregó el resto de los dibujos y Fatima los puso debajo de su brazo.

—Mi acto de generosidad me está costando dinero, ¿sabes? Yo pago vuestra comida y alojamiento con mi propio dinero, y no se puede decir que me sobre, así que es justo que me lo devuelvas de algún modo. A partir de hoy, todos los dibujos que realices serán míos.

Mari sabía que arriesgaba la seguridad de Achilla, pero tenía que hacer creer a Fatima que había ganado la batalla.

—Entonces no dibujaré más.

Fatima lanzó una mirada significativa a Achilla.

—¡Estoy harta de tus amenazas! —exclamó Mari sin necesidad de fingir el odio en su voz.

—¡Cincuenta latigazos a la esclava! —ordenó Fatima.

Achilla miró a Mari con los ojos muy abiertos, sin entender qué ocurría. El eunuco la agarró por los brazos y ella se resistió con furia. Mari tiró de ella y la liberó.

—¡Está bien, seguiré dibujando!

Después de dos largas semanas, Mari puso en práctica la segunda parte de su plan.

—No sé por qué te molestas —le comentó a Fatima, quien había acudido a recoger más dibujos.

—No lo entenderías —contestó Fatima con el ceño fruncido.

Mari sabía que Fatima le ocultaba a su marido que conseguía dinero vendiendo los dibujos y, escuchando los cotilleos de las esclavas, se enteró de que la ilusión de riqueza de la que Fatima estaba tan orgullosa no era más que eso, una ilusión.

—¿Cuánto dinero has ganado desde que empezaste a vender mis dibujos? Seguro que no mucho, porque no sabes comerciar —declaró Mari.

—Claro que sé comerciar.

—¿A quién se los vendes, a los nativos por uno o dos peniques?

Fatima entrecerró los ojos mientras intentaba descubrir en qué radicaba su error.

—También se los vendo a otras personas.

Mari resopló.

—¡Vamos, no eres lo bastante inteligente para conseguir importantes ingresos!

Fatima enderezó la espalda.

—¡Sí que lo soy!

Mari dibujó otro arco en el dibujo del palacio Topkapi.

—Seguro que no se los vendes a los ricos aristócratas que viajan por Europa —comentó mientras anotaba el título del dibujo al pie de la hoja.

Los ojos de Fatima brillaron con avaricia mientras calculaba en cuánto podía aumentar el precio si vendía los dibujos a los occidentales.

—Ya había pensado en esa posibilidad. De hecho, eso es lo que voy a hacer con estos —manifestó mientras arrancaba el dibujo, que todavía estaba húmedo, de las manos de Mari.

Fatima introdujo varios dibujos en una carpeta de cartón, realizó una seña al guardia para que se apartara a un lado y se marchó.

Achilla le tendió a Mari una hoja de papel en blanco.

—¿Qué posibilidades hay de que uno de los dibujos llegue a Inglaterra?

—Casi ninguna.

Pero si Bennett veía aunque solo fuera uno, sabría que estaba viva.

32

—¿Vaya par estamos hechos, no? —comentó Bennett cuando Sophia entró en el comedor del desayuno.

El vestido negro de Sophia combinado con su piel blanca y su cabello rubio no la favorecían.

—Sí, yo voy de luto por un hombre cuya pérdida no lamento y tú por una mujer cuya pérdida no admites lamentar.

Bennett se encogió de hombros. Le había contado brevemente a Sophia lo que le había ocurrido a Mari, pero la herida era demasiado reciente para hablar de aquella cuestión. Dos semanas en el barco y más de dos meses en Inglaterra no habían calmado su dolor. Todo el mundo creía que estaba de luto por su cuñado y, aunque le desagradaba concederle ese falso honor incluso después de muerto, así se ahorraba muchas explicaciones. Si otra persona no se le hubiera adelantado, él se habría concedido la satisfacción de pegarle un tiro.

Irse de Constantinopla tan deprisa no le había servido de nada, porque el marido de Sophia murió una semana antes de que él llegara. El dictamen fue de muerte por accidente de caza y, aunque la mirada de su hermana reflejaba una nueva angustia, esta estaba atemperada por una fortaleza renovada.

—Tú no me necesitabas para protegerte —le comentó Bennett en una ocasión, pero esto fue lo más cerca que estuvo de preguntarle qué había sucedido realmente.

—Pero yo necesitaba que me recordaras que merecía que alguien me protegiera —contestó ella con convicción.

Al menos le había perdonado que contara su secreto a su padre y a Darton.

Sophia levantó la tapa de plata de una fuente que había encima del aparador y se estremeció al ver los arenques ahumados.

—Los primos de mamá vendrán hoy a darme el pésame.

—¿Qué primos?

—Los gemelos Saunder.

Sophia decidió desayunar un té y una tostada, como todas las mañanas.

—¿Acaso tienen que estar en todas partes? ¿Todavía se visten igual? —preguntó Bennett.

Se encargaría de no estar presente cuando llegaran, porque, dado su estado de ánimo en aquel momento, no aguantaría a aquellos presumidos.

Sophia se echó a reír sorprendida.

—No lo sé.

—¿Ya saben que tu marido murió hace más de dos meses?

De hecho, ya hacía tres meses. Durante los últimos doce años, Bennett había perdido más amigos a causa de la guerra que los que quería contar, pero si el ejército le había enseñado algo era a seguir adelante. ¿Entonces por qué, cuando la doncella le preparaba el baño por las mañanas, se despertaba sobresaltado recordando, con desesperación, el baño turco de Mari? ¿Y por qué se alegraba de que el frío aire otoñal garantizara que no viera ninguna mariposa? ¿Por qué no conseguía aceptar que Mari había muerto?

—Según creo, han estado viajando por Europa. Mamá me contó que te lo había explicado en una carta.

El mayordomo entró y carraspeó.

—Los señores Saunder.

Bennett dejó la taza de café sobre la mesa. ¡Demasiado tarde para escapar!

Los jóvenes entraron tranquilamente en la habitación. Iban vestidos con chaquetas idénticas de color morado.

—¡Hola, prima! —exclamó uno de ellos. Timothy, quizás, o Thomas—. Sentimos venir tan temprano, pero esta tarde hay una carrera y, como somos de la familia, dedujimos que no te importaría que pasáramos a verte a esta hora.

Bennett se alegró de que Sophia no fuera realmente una apenada viuda.

—Sentimos tu pérdida.

—Sí —corroboró su hermano.

Sophia sonrió levemente.

—Gracias por vuestro interés. ¿Cómo ha ido el viaje?

—¡Espléndido! Envidio todo el tiempo que pasaste en Europa, Prestwood.

Bennett cogió el periódico.

—Sí, el ejército es ideal para disfrutar de las vistas.

Thomas sacudió la mano con flaccidez.

—Siempre he lamentado que nuestra madre no accediera a comprarnos un cargo de oficial. ¡Habríamos tenido un aspecto increíble con el uniforme!

Bennett ni siquiera se molestó en contestar y Sophia llenó el incómodo silencio.

—¿Dónde habéis estado?

—En todas partes, aunque, desgraciadamente, en París había muchos disturbios.

—¡Qué desconsiderados! —murmuró Bennett.

¿No tenían que asistir a una carrera para pavonearse?

—¿Qué otros lugares habéis visitado? —preguntó Sophia con fingido interés y con los ojos tan resplandecientes que constituyó un milagro que ninguno de los dos hermanos se quedara momentáneamente ciego.

Ellos hincharon el pecho con orgullo y Timothy le cedió la palabra a Thomas.

—De hecho, como te has quedado viuda y todo eso, hemos pensado que te permitiríamos ser la primera en ver los dibujos que hemos realizado durante el viaje.

Bennett volvió a centrar su atención en el periódico. Si aquellos botarates tenían tan poca idea de arte como de tratar a los demás, no tenía ganas de ver sus obras.

Sophia realizó comentarios corteses durante unos minutos, pero, de repente, el tono de su voz cambió.

—¡Este es realmente increíble! ¿Quién de los dos lo ha dibujado?

Realmente, sonaba sincera.

La curiosidad venció a Bennett y bajó el periódico.

Se trataba de un dibujo del palacio Topkapi.

—En realidad no lo hemos dibujado nosotros. Lo encontramos en un bazar en Constantinopla. Allí hacen furor y, a quien regresa a casa sin uno, se lo considera un palurdo. Lord Percy compró diecisiete, así que imagínate si son valiosos.

Estaba bastante bien realizado. Bennett se levantó para verlo mejor. De hecho, era muy bueno. El artista había captado la majestuosidad del edificio y había añadido un toque de misterio y seducción.

Bennett entrecerró los ojos.

No podía ser.

Volvió a examinar el dibujo. Los trazos amplios se fundían con los elaborados detalles creando no solo un objeto, sino un instante.

¡El dibujo era de Mari!

Bennett arrancó el papel de las manos de su primo y salió a toda prisa de la habitación.

Con la sangre latiéndole en los oídos, se encerró en la biblioteca y corrió a la ventana para volver a examinar el dibujo. Él nunca la había visto dibujar nada que no fueran plantas o insectos, pero sin duda era de ella.

Sostuvo en alto el papel con todo cuidado mientras respiraba entrecortadamente. ¿Quién vendía sus dibujos? ¿Qué monstruo avaricioso y enfermizo vendería las obras de una mujer muerta?

Las palabras de la parte inferior llamaron su atención.

«Paredes de madera surcadas por venas de seda.»

¡Él escribió ese verso cuando llegó a Constantinopla! Las manos le temblaron y dejó el papel en la repisa de la ventana antes de que se le cayera al suelo. ¿Cuándo había dibujado Mari el palacio? Solo habían transcurrido unos días desde que cogió su libreta de poemas en Midia y su muerte, y habían estado juntos casi todo el tiempo.

Un intenso zumbido resonó en sus oídos. ¿Se había vuelto loco?

Era posible, pero se sintió mucho mejor que cuando estaba cuerdo.

Abrió con energía los cajones del escritorio hasta que encontró la lupa y arrastró la pesada mesa de roble hasta el haz de luz que entraba por la ventana. Escudriñó el dibujo hasta que las preocupadas llamadas de su hermana se acallaron y la luz del día fue reemplazada por una docena de velas que encendió alrededor de la mesa.

Finalmente, lo encontró en el elaborado diseño de un arco. Leyó el mensaje tres veces.

¡Mari estaba viva!

33

—¿Estás seguro? —preguntó Daller mientras Bennett recorría de un lado a otro la habitación.

Su primo había empalidecido a causa del impacto.

Bennett extrajo el doblado papel del bolsillo de su ropa de jornalero. No quería arriesgarse a que Esad descubriera que había regresado. Le enseñó a Daller el mensaje de Mari que estaba oculto en el dibujo.

—Talat la tiene prisionera y está viva.

O al menos lo estaba un mes antes, pero Bennett se negaba a considerar otra posibilidad. Cuando el barco atracó en el muelle, su primer impulso consistió en irrumpir en la casa de Talat, pero no podía arriesgarse a estar tan cerca y perderla por culpa de un ataque mal ejecutado.

Daller exhaló mientras estudiaba la zona del dibujo que Bennett le indicaba.

—¡Hijo de...! ¿Y dices que necesitas un dibujo del interior de la casa de Talat? —preguntó su primo mientras se atusaba el bigote—. Pues haré algo mejor que eso, te acompañaré yo mismo. Desearía enviar también a las tropas de la embajada, pero eso equivaldría a una declaración de guerra.

Bennett tampoco podía pedir ayuda a la policía local, porque Talat debía de saber que Mari era una espía y no quería arriesgarse a que la entregara a las autoridades. ¡Si Abington no hubiera abandonado la ciudad meses atrás! ¡Él solo valía tanto como un ejército!

Daller se puso de pie.

—Quizá no pueda proporcionarte tropas, pero conozco a Talat y se trata de un hombre razonable. Si todavía no la ha matado, existe una posibilidad de que podamos convencerlo para que la deje en libertad.

—No, no le daré la oportunidad de matarla —replicó Bennett mientras apoyaba la mano en la espada que colgaba de su cinto.

Su primo asintió con la cabeza.

—Haremos lo que tú creas que es mejor. —Sacó una pistola de su escritorio y la introdujo en su bolsillo—. Si vamos en mi coche es menos probable que te reconozcan.

Daller ordenó que prepararan el coche. Mientras avanzaban lentamente por las calles, Bennett no paró de abrir y cerrar los puños. Ahora que sabía que Mari estaba viva, cada segundo que pasaba en cautividad le resultaba intolerable. No podía apartar de su mente el temor de que le sucediera algo que él podría haber evitado si hubiera llegado unos minutos antes.

Por el camino, pasaron por delante de la residencia Sinclair. Los obreros que entraban y salían reparando los daños y unas manchas negras cerca del tejado constituían las únicas pruebas de la catástrofe.

Quizá no pudiera contar con la ayuda de los soldados, pero podía conseguir refuerzos. Le indicó a Daller que ordenara detener el coche.

Bennett llamó a la puerta. Al verlo, Selim se sobresaltó.

—¡Comandante!

—¿Dónde está sir Reginald?

Selim agachó la cabeza.

—Se encuentra indispuesto.

Lo que significaba que estaba drogado. ¡Mierda!

Selim pareció interpretar su expresión.

—Sir Reginald dejó de consumir opio cuando Mari murió, pero algunos días, el síndrome de abstinencia hace que se sienta enfermo. ¿Desea que le transmita algún mensaje?

—Mari está viva. Acompáñame a rescatarla.

—Yo no puedo... Primero tendría que... —farfulló Selim.

Bennett no lo oyó, porque ya estaba camino del coche.

La casa de Talat, una enorme mole fortificada, sobresalía del resto de los edificios de la calle. Intricadas celosías de piedra cubrían todas las ventanas. Daller ordenó al cochero que se detuviera a la vuelta de la esquina y Bennett bajó de un salto. Utilizando como pantalla a un grupo de mercaderes, examinó la casa. Los muros eran altos y les resultaría difícil entrar sin ser vistos.

Mari estaba allí dentro. La esperanza que ardía dolorosamente en su pecho desde que identificó su dibujo se intensificó y le costó respirar, pero la esperanza estaba mezclada con desesperación, y cada segundo que Mari pasaba allí dentro era otro segundo que corría peligro.

Daller le indicó, con un gesto, que se dirigiera a un diminuto callejón que separaba la casa de Talat de la de su vecino. El espacio era tan estrecho que Bennett tocaba ambos lados con los hombros. En medio de la inmensidad del muro había una puertecita. Bennett se acercó en silencio para examinarla.

—¿Se trata de la entrada de los sirvientes?

Una pistola se clavó en sus costillas.

—Ahora es la tuya. ¡Vamos! —ordenó Daller.

La sorpresa tensó los músculos de Bennett y, a continuación, se le revolvieron las entrañas.

—Mari tenía razón, fuiste tú quien la traicionó.

El embajador hundió todavía más la pistola en la espalda de Bennett.

—Nunca le resulté simpático.

—Puedes incluirme a mí en esa categoría.

Quizá valdría la pena recibir un disparo en la espalda a cambio de causarle un problema a su primo.

El esclavo que abrió la puerta ni siquiera parpadeó al ver a un hombre encañonado.

—Ahora soy indispensable para mucha gente —declaró Daller con desdén.

Bennett volvió a provocarlo.

—¿Por lo que tú has hecho o por lo que mi padre hizo por ti?

La pistola se hundió en la espalda de Bennett hasta que este percibió, perfectamente, el contorno del cañón.

—Desde que ayudé a Talat a ganarse la confianza del sultán,

yo también gozo de la confianza del soberano. Esos arrogantes bastardos del Foreign Office no pueden hacer nada sin mí. Ya no dependo de la mísera generosidad de tu padre.

—¿Pero por qué habéis hecho prisionera a Mari?

Daller lo empujó para que cruzara la puerta.

—Eso quisiera saber yo, porque les ordené que la mataran.

El irreflexivo comentario de Daller hizo que la rabia aumentara en el interior de Bennett. Valía la pena recibir una bala con tal de propinarle una paliza de muerte.

Bennett se volvió repentinamente y agarró la mano con la que Daller sujetaba la pistola. Una bala descontrolada se clavó en la pared de azulejos mientras Bennett lanzaba su puño contra la mandíbula de su primo. Daller intentó bloquear el golpe, pero Bennett le agarró el brazo y se lo retorció hacia la espalda. Daller soltó un grito y la pistola cayó al suelo.

—Suelte a mi socio, comandante.

Bennett levantó la cabeza y se encontró con la fría mirada de Talat. El bey iba acompañado de una docena de guardias que llevaban los sables desenfundados. Bennett exhaló un gruñido y soltó a su primo.

—Tú y yo todavía no hemos terminado.

Daller se desempolvó la ropa y alisó su arrugada chaqueta con manos temblorosas.

—Pues yo creo que sí, Prestwood.

Cogió la pistola del suelo y la clavó con furia en la parte baja de la espalda de Bennett.

—¡Vamos! —ordenó Talat con un gesto de la cabeza.

El bey se dirigió al salón principal de la casa y los guardias se aseguraron de que Daller y Bennett lo seguían.

Talat se tumbó en un sofá y cogió una nuez de una fuente que tenía al lado.

—¡Entregue sus armas, comandante!

Bennett se quitó la espada y uno de los guardias se la arrebató.

—Y también la pistola y el puñal que estoy seguro que lleva escondidos.

Bennett entregó estas armas a desgana.

—¡Regístralo!

El guardia lo registró, no encontró nada y así se lo indicó a Talat con un gesto de la cabeza.

—Ya puedes guardar tu pistola, Daller, mis hombres lo vigilan.

La presión que Bennett notaba en la espalda desapareció. ¡El muy estúpido! Bennett no creía que su primo se hubiera dado cuenta, pero, mientras cinco guardias tenían la mirada y los sables dirigidos hacia Bennett, dos los dirigían a Daller.

Talat sacudió con negligencia una mano mientras con la otra acariciaba la empuñadura de su espada.

—¿Qué significa todo esto?

Daller se puso tenso.

—Lo mismo debería preguntarte yo. ¿La señorita Sinclair sigue viva?

Bennett aguantó la respiración mientras esperaba una respuesta.

Talat encogió un hombro.

—Es posible.

En solo tres zancadas podía situarse al lado de Talat y entonces le apretaría el cuello hasta que respondiera con claridad. Si hubiera tenido sus armas, se habría arriesgado a hacerlo, pero desistió y, simplemente, se deslizó unos centímetros hacia el lado. Su mayor posibilidad de supervivencia consistía en esquivar a los guardias.

—¡Te ordené que la mataras! —exclamó Daller.

Solo los años de entrenamiento evitaron que Bennett se lanzara a su cuello. El bey acarició su fina barba.

—Sí, siempre has cometido el error de creer que yo cumplía tus órdenes. ¡Eres un estúpido corto de vista!

A Daller se le hinchó el pecho de rabia.

—Si ahora eres una persona influyente es gracias a mí.

—¡Qué lástima! ¿Realmente es eso lo que crees? —Talat se echó a reír—. He sido yo quien te ha utilizado.

—Yo he conseguido que te ganaras la confianza del sultán.

Talat volvió a reír.

—No, quien lo ha conseguido es el pachá al quedarse todo el día en su casa llorando como una vieja enferma.

—Sí, y si llora es porque cree que la señorita Sinclair está muerta, y este era mi plan.

—¡Muy hábil! —Talat se inclinó hacia delante con una mirada

amenazadora—. ¿Y qué pasará cuando se recupere de su dolor? ¿Sabes que ha hablado con un notario acerca de su fortuna?

Daller se alegró levemente.

—Entonces seguiremos con la segunda parte del plan.

Talat adoptó una actitud de desdén.

—Matarlo no nos servirá de nada, porque aun contando con la desaparición de Mari, Fatima no heredará su dinero. Se lo ha dejado todo a una universidad.

—¡No puede hacer eso! ¡Sin el dinero estamos acabados!

Daller sacó su caja de rapé con manos temblorosas.

¡La dote de Esad! Otra pieza del rompecabezas encajaba en su lugar. Bennett resopló con desagrado.

—Mi decisión de mantenerla viva es acertada. Esad pagará mucho dinero para salvarla. Al menos, el suficiente para pagar mis deudas —comentó Talat.

—¿Y qué hay de mis deudas? Yo las contraje para ayudarte a ocupar tu posición actual y tú accediste a reembolsarme los gastos —manifestó Daller mientras se pasaba la mano por el cabello.

Talat se encogió de hombros.

—Si hubiera dependido de ti, ella estaría muerta. Además, ni siquiera conseguiste convencerla a ella, una simple solterona, para que se casara contigo. Tú tuviste tu oportunidad de acceder a la fortuna de Esad y fracasaste.

Daller se alisó el cabello con movimientos nerviosos.

—Deberías haberme informado de que estaba viva. ¡Una parte de ese dinero es mía!

Bennett aprovechó la discusión para desplazarse unos centímetros más hacia el lado.

Talat abrió una nuez con los dedos.

—¿Por qué debería habértelo contado? Además, yo no soy el único que ha estado reteniendo información. ¿Cuándo ibas a revelarme que era una espía?

Daller se quedó inmóvil. Un mechón de su cabello salía disparado ridículamente por encima de su oreja.

—¿Cuándo lo has averiguado?

—Empecé a sospechar cuando me ordenaste que no volviera a intentar matarla después de lo de Chorlu. Al fin y al cabo, nos interesaba que muriera antes de que Esad le traspasara su fortuna. Su mayordomo me informó, amablemente, de dónde iba a realizar la siguiente salida para dibujar, y entonces me resultó obvio.

De modo que él también había acertado con sus sospechas, pensó Bennett: Selim también la había traicionado.

—Así que fuiste tú quien contrató al ladrón de Midia —repuso Daller.

Talat se encogió de hombros.

—Que yo la mandara seguir resulta lógico, pero, que tú lo hicieras, no, porque se supone que ella era tu informante, ¿no?

—Sí, pero, por alguna razón, nunca le he caído bien y tenía que asegurarme de que me entregaba todos los dibujos.

—Por esto tuviste que contratar a mi sirviente Abdullah para que la siguiera, porque eres tan necio que ni siquiera puedes controlar a tu propia gente, pero Abdullah siempre estuvo a mi servicio. Fue él quien contrató al ladrón de Midia en mi nombre.

Mientras Daller profería insultos y amenazas, Bennett encajó las piezas. En Chorlu, intentaron matar a Mari para evitar que heredara la fortuna de Esad, pero entonces Abington le reveló a Daller que era ella la autora de los dibujos y este cayó en la cuenta de que la mujer a la que intentaba asesinar era la que le proporcionaba la información que tanto complacía a sus superiores.

La avaricia y la ambición motivaron el ataque de Chorlu, y los otros incidentes se debían a los intentos de Talat de confirmar que Mari era una espía y a que Daller la mantenía bajo vigilancia.

Daller lanzó una mirada de resentimiento al bey.

—Si sabías que era una espía, ¿por qué no la entregaste al sultán? Su captura te habría hecho ganar prestigio.

—Esta es la razón de que no siga tus órdenes —replicó Talat—. No te paras a pensar las cosas dos veces. Mi mujer es la sobrina del pachá y, si se descubriera que Mari es una espía, su relación con el pachá haría que él cayera en desgracia. Y si el pachá se hunde, toda su familia se hunde con él. Sería como dispararme yo mismo en el pie.

Daller esnifó un montoncito de polvos de su uña y declaró:

—No eres tan listo como crees y, de hecho, lo has estropeado todo.

—¿Ah, sí? ¿Cómo?

—La muerte de la señorita Sinclair habría pasado prácticamente desapercibida, pero el conde querrá investigar la muerte de su hijo. Por esto, en mi plan original, él regresaba vivo a Inglaterra, pero tú decidiste no matarla, y ahora él ha vuelto porque la señorita Sinclair le ha enviado un mensaje encubierto. ¿Cómo explicaremos la muerte de Prestwood?

Talat sacudió la mano restándole importancia.

—Lo sorprendí espiando y lo maté durante la pelea.

A Daller se le cayó la caja de rapé de las manos y maldijo mientras esta rebotaba en el suelo esparciendo los polvos por los azulejos.

—¡Ni hablar! Si lo incriminan a él, repercutirá en mi reputación.

Mientras los guardias contemplaban cómo la caja incrustada con joyas resbalaba y chocaba contra la pared, Bennett se desplazó unos centímetros más.

Talat sonrió.

—¡Una conspiración que implica directamente al embajador de Inglaterra! El sultán estará encantado de que yo haya matado personalmente a los dos espías.

Daller se quedó helado.

—¡Canalla! ¡Traidor!

El bey, finalmente, se puso de pie.

—¡Matadlos!

Realizó una señal con la mano y sus hombres avanzaron blandiendo los sables. Daller se dispuso a desenfundar su pistola, pero Bennett no esperó para ver si lo conseguía. Arremetió rápidamente contra el guardia que tenía más cerca y, antes de que este pudiera reaccionar, le propinó un golpe en la axila y le arrebató el sable. Los otros guardias cargaron contra él, pero Bennett empujó al guardia desarmado hacia ellos retrasando su ataque y se retiró hacia la pared para que no lo rodearan.

Dos hombres lo atacaron al mismo tiempo. Bennett hirió a uno de ellos, pero un tercero lo embistió desde el costado y el sable de Bennett cayó al suelo.

—Esto está tardando demasiado —exclamó Talat mientras desenvainaba su sable y arremetía contra Bennett.

—¡Bey Talat! —exclamó una voz.

La puerta se abrió repentinamente y un grupo de hombres entró en la habitación. Iban encabezados por Esad, y Selim lo seguía de cerca.

Iban todos vestidos de negro y el furioso pachá blandía un lustroso sable. Selim, por su parte, retorcía sus temblorosas manos con nerviosismo.

Talat se aproximó a sus guardias.

—Tu querida doncella sufrirá por esto, Selim.

El mayordomo empalideció, pero se mantuvo firme al lado del pachá.

—Estoy harto de tus amenazas, Talat.

Esad avanzó hacia el bey.

—¿Dónde está Mari?

El sudor goteaba en la frente de Talat.

—Se trata de una espía, ¿lo sabías?

Sin embargo, sus ojos le traicionaron y se desviaron momentáneamente hacia un pasillo que comenzaba al fondo de la habitación.

Bennett suspiró. ¡Mari estaba viva!

El pulso del pachá no flaqueó.

—Entonces cuéntame por qué has estado escondiendo a una enemiga del imperio en tu casa.

Talat soltó un grito y blandió su sable. El pachá bloqueó el ataque y contraatacó. Al ver que eran superados en número, los guardias del bey se dispersaron intentando escapar, pero los hombres de Esad les cortaron el paso.

Aprovechando el caos, Daller intentó salir de la habitación a hurtadillas.

—¡Comandante! —exclamó Selim mientras le lanzaba su espada.

Bennett experimentó una gran satisfacción cuando notó el familiar peso en su mano. Se lanzó contra Daller y le produjo un corte en el brazo, pero cuando se disponía a volver a atacarlo, un guardia que escapaba de uno de los hombres de Esad tropezó y se interpuso en su camino. Presa del pánico, el guardia agitó el sable alocadamente, desvió el ataque que iba dirigido a Daller y arremetió contra Bennett. Este interceptó el golpe mientras el embajador se escabullía por la puerta.

Selim se colocó delante de Bennett y bloqueó el siguiente ataque del guardia.

—¡Capture al embajador! —exclamó.

Bennett pasó junto a los dos hombres.

—No creas que esto te absuelve de tu participación en la conspiración.

Selim resopló mientras detenía otro ataque con torpeza.

—Su castigo no será nada comparado con el que Achilla me infligirá.

Bennett no tenía tiempo para reflexionar sobre su comentario y, dejando a Talat en manos del implacable Esad, persiguió a Daller por el pasillo.

Le resultó fácil seguirlo gracias al rastro de sangre, el cual se interrumpía delante de una puerta cerrada.

Bennett la abrió. Un destello procedente de la derecha le sirvió de aviso fugaz mientras un objeto de cerámica se dirigía a su cabeza. Bennett se apartó, interceptó el golpe con el brazo y el objeto se clavó en su hombro insensibilizando el brazo con el que sostenía la espada.

Pero Bennett había superado cosas peores en el campo de batalla. Además, disfrutaría matando a Daller con sus propias manos. Soltó la espada, agarró a Daller con el brazo ileso y lo lanzó al suelo. El ruido sordo que produjo su puño cuando golpeó la cara de Daller le llenó de una oscura satisfacción. Se sintió tan bien como cuando lo hirió en el brazo. ¡El maldito bastardo había intentado matar a Mari! Bennett volvió a levantar el puño.

—¡No me mates! —suplicó Daller desde el suelo, mientras se tapaba el corte del brazo con la mano y la sangre resbalaba por su cara desde su nariz rota.

Bennett bajó el puño a desgana. Aunque la idea le atraía mucho, no lo mataría. Dio una ojeada a la habitación y arrancó el cordel de las cortinas. Giró al cobarde de su primo de cara al suelo y lo ató de pies y manos.

—Si tienes suerte, en lugar de entregarte al pachá, te entregaré a la justicia británica.

Daller se retorció intentando desatarse.

—Me nombraron embajador gracias a la intervención de tu padre. Imagínate el escándalo que esto supondrá para él y toda tu familia.

—Mi padre es un hombre fuerte y podrá capear las consecuencias de tu hundimiento. —Bennett sonrió con desdén—. A diferencia de ti, él ha dedicado años a construir vínculos basados en la confianza y el honor.

—¿Y qué me dices del nombre de tu familia? ¡Es tu deber mantenerlo sin mancha!

Bennett comprobó las ataduras y volvió a coger la espada.

—He aprendido que mi principal deber es hacia las personas a las que amo.

Y ahora tenía que encontrarla.

34

Mari inclinó la cabeza a un lado, dejó el plantón de sándalo que estaba trasplantando a un tiesto y se limpió la tierra de las manos.

—¿Qué ha sido eso? —preguntó Achilla.

Mari frunció el ceño. El jaleo parecía proceder del otro extremo de la casa.

¡Pum!

Una de las jóvenes esclavas gritó al oír el disparo.

Fatima arrugó la frente con inquietud, dejó a un lado el bordado y se levantó.

—Ve a ver qué ocurre —le indicó al eunuco que estaba de guardia en la puerta.

Mari intercambió una mirada con Achilla. Cualquier distracción actuaba en su favor y ahora que el eunuco no estaba...

Él regresó corriendo y cerró la puerta de golpe.

—¡El pachá Esad ha atacado con un ejército y ha venido con el inglés!

Mari se levantó de inmediato haciendo caso omiso de la flaqueza que sintió en las rodillas.

—¿Bennett? —preguntó Achilla abriendo mucho los ojos.

—Tiene que ser él.

Debía llegar hasta él, pensó Mari. Estaba a punto de sufrir un ataque de nervios, pero se resistió. Si se estaba produciendo una pelea, los otros sirvientes estarían implicados en ella o, al menos, distraídos con ella. Solo el eunuco se interponía entre ellas y la libertad y, si él era lo único que impedía que Bennett y ella estuvieran juntos, no tenía nada que hacer.

—Saldremos corriendo y esquivaremos al guardia.

Achilla asintió con la cabeza.

—Asegúrate de que no te...

—¡No te muevas! —exclamó una voz.

Mari se volvió lentamente. Fatima agarraba una daga con ambas manos y con tanta fuerza que tenía los nudillos blancos.

—Tendré que matarte ahora mismo.

Las manos le temblaban, pero avanzó hacia Mari con paso decidido.

—Fatima...

—Mi tío no puede encontrarte aquí. Sería mi ruina. —Un brillo desesperado iluminó sus ojos—. Tengo que demostrarle que estaba equivocado y que tú no estabas aquí.

Pero parecía haberse quedado clavada en el suelo.

Mari aprovechó su indecisión.

—¿Crees que resulta fácil matar a alguien?

Fatima parpadeó varias veces con rapidez.

—Yo puedo hacerlo.

—¿En serio? Imagínate tener que atravesar con la daga todas las capas de la piel y los músculos. Y si encontraras un hueso en el camino, tendrías que volver a apuñalarme.

Fatima se tambaleó ligeramente.

—Haré lo que tenga que hacer. Me niego a ser desgraciada.

—¿Y cómo ocultarás la sangre?

Fatima se estremeció.

—¿Sangre?

—El apuñalamiento es una forma muy sucia de matar. La sangre salpicará tu ropa; incluso tu caftán, y también tus alfombras. ¿Cómo explicarás toda esa sangre?

—Yo... Mis esclavas la limpiarán.

Les lanzó una ojeada, pero ellas se habían apiñado en los rincones de la habitación. La daga tembló en las manos de Fatima.

—Nosotras somos dos y tú solo una. No nos quedaremos quietas mientras nos matas primero a una y luego a la otra —le advirtió Mari.

Fatima tragó saliva con dificultad.

—Bueno, nosotros también somos dos —declaró con voz trémula—. ¡Mátala, eunuco!

Mientras el hombre desenvainaba su sable, Mari agarró el tiesto del sándalo que tenía a los pies y lo lanzó contra su cabeza. Se produjo un ruido seco y el hombre cayó al suelo en medio de un montón de tierra y trozos de cerámica.

Fatima chilló e intentó apuñalar a Mari, pero esta esquivó fácilmente el débil ataque, retorció el brazo de Fatima y la daga cayó y rebotó por el suelo.

—¡Ayudadme! —gritó Fatima a sus esclavas, pero ninguna de ellas abandonó el refugio que les proporcionaban las sombras de los rincones.

—Ahora tienes dos posibilidades —declaró Mari con voz firme, aunque le consumía la impaciencia—. Puedes reunirte con tus esclavas y dejarnos salir de la habitación... Ya que nos salvaste la vida, estoy dispuesta a corresponderte en la misma forma, o...

Achilla cogió la daga.

—O yo misma te atravesaré el corazón con la daga. —Al ver la expresión burlona de Fatima, arqueó una ceja—. No te preocupes, la sangre no me detendrá, supongo que, después de todo, no soy más que una sucia esclava.

Fatima gimoteó.

—No olvidéis que os he dejado escapar.

Al oír su cínico comentario, Mari la miró fijamente y Achilla se quedó con la boca abierta. Fatima se soltó de las manos de Mari y, como si no hubiera pasado nada, se dirigió hacia el bordado mientras se alisaba la falda. Arrugó la frente mientras enhebraba una aguja con hilo de seda de color ébano.

Mari no tuvo ninguna duda de que ya estaba tramando la forma de darle un giro a todo aquello y utilizarlo en su beneficio. Tomó el sable del guardia y pasó por encima de él de un salto. Nada más cruzar la puerta, chocó contra un hombre. Un muro que olía a sándalo.

¡Bennett!

Ella lo rodeó con los brazos y el sable golpeteó contra el suelo. El corazón de Bennett se aceleró. Intentó apartar a Mari de él, pero ella se resistió. ¡La sensación que él le proporcionaba era tan agradable, tan segura y tan real! Tenía que permanecer en sus brazos para asegurarse de que no se lo estaba imaginando todo. Levantó la mirada y vio el perfil de su mandíbula y las leves arrugas que enmarcaban sus ojos.

La incredulidad y el éxtasis que iluminaban su mirada eran el vivo reflejo de lo que sentía Mari. Los dedos de Bennett recorrieron, lentamente, la cara de Mari. ¡Mari! Sus labios presionaron los de ella con tal fuerza que aquel beso podría haber resultado doloroso si no lo hubiera impulsado la misma desesperación que hervía en el interior de ella.

Mari entrelazó los dedos con el cabello de Bennett y arqueó la espalda pegándose a él y anhelando vivir lo que había estado soñando durante los últimos meses.

—Sí —murmuró ella junto a los labios de Bennett.

—¿Sí? —preguntó él separándose de ella.

—Sí, me casaré contigo.

Bennett sonrió ampliamente y volvió a besarla. Cuando se detuvieron para respirar, sus ojos todavía sonreían.

—No recuerdo habértelo pedido otra vez.

Ella le lanzó una mirada airada.

—Tienes suerte de que saliera corriendo de la habitación con el sable al lado en lugar de apuntar hacia delante.

Él le acarició la mejilla.

—Pues sí, ahora mismo me siento muy afortunado. Entonces, ¿te casarás conmigo? Si no quieres vivir en Inglaterra, no tenemos por qué hacerlo. De hecho...

Achilla carraspeó.

—Ya sabéis que estoy a favor de todo lo relacionado con el amor, pero por lo que se oye desde aquí, en la otra habitación deben de estar en plena guerra.

La sonrisa desapareció de la cara de Bennett.

—¡Quédate aquí!

Mari levantó el sable. El beso debía de haber dejado el cerebro de Bennett momentáneamente sin oxígeno, porque ella de ningún modo se quedaría atrás.

—¿Es cierto que Esad ha venido contigo para liberarme?

Bennett lanzó una ojeada al sable que sostenía Mari y suspiró.

—Sí, ha venido a liberarte, pero es Selim quien lo ha avisado, no yo.

—¿Selim? —Achilla corrió por el pasillo en dirección al bullicio—. ¡El muy estúpido hará que lo maten! ¿En qué estará pensando?

Mari y Bennett siguieron a Achilla y, conforme llegaban a la habitación, el ruido se fue apagando. Cuando doblaron la esquina, el corazón de Mari latió con fuerza en su pecho.

Esad estaba de pie junto al fláccido cuerpo de Talat. El resto de los hombres también habían dejado de pelear y los guardias de Esad retenían a los de Talat a punta de sable.

Cuando vio a Mari, Esad enfundó su arma.

—¡Mari!

Ella empezó a correr hacia él, pero se detuvo de golpe. No se atrevía a lanzarse a sus brazos, que era lo que deseaba hacer. Esperó la reacción de Esad mientras apretaba los puños a los lados con tanta fuerza que las uñas se le clavaron en la carne.

Esad se acercó a ella y le dio un apretado abrazo.

—Nunca he deseado que murieras. ¡Nunca! —Entonces la soltó—. Pero sigo sin poder permitir que te quedes.

Mari miró a Bennett. No le importaba a dónde ir siempre que fuera con él. Bueno, salvo a Inglaterra. De todas maneras, incluso ese destino ya no le parecía tan horroroso.

Quizá debería realizar un viaje por allí.

Detrás de ella, Achilla gritó.

—¿Tú nos traicionaste? ¿Cómo pudiste pasarle información a Talat?

Selim bajó la cabeza.

—Cuando se puso en contacto conmigo, yo todavía estaba enfadado con sir Reginald por haber mandado que me encarcelaran. Al principio, se trataba de información sencilla, solo los sucesos cotidianos de la casa, y cuando me di cuenta de que utilizaban esa información para perjudicar a Mari, ya era demasiado tarde. Entonces intenté librarme de ellos, pero me amenazaron con hacerte daño.

—Es evidente que yo puedo cuidar de mí misma. ¿Por qué fuiste tan tonto como para seguir ayudándolos?

Selim inclinó de nuevo la cabeza.

—También me amenazaron con hablarte de mi pasado.

—Entonces eres doblemente tonto. A mí no me importa lo que hiciste en el pasado.

—Era un traficante de esclavos.

Achilla empalideció.

—Tú... No...

Mari sufrió por su doncella. El error de Selim podía ser el único que un antiguo esclavo no pudiera perdonar.

Detrás de la angustiada pareja, Talat se movió lentamente en el suelo, agarró una pistola y apuntó hacia Esad con mano temblorosa.

Mari soltó un respingo y todos se volvieron en la dirección de su mirada.

Mientras Talat apretaba el gatillo, Mari se lanzó instintivamente delante de Esad, pero su cuerpo se estrelló contra la pared. Parpadeó varias veces intentando recuperar la visión y tomó aire para aliviar el dolor que sentía en el pecho, pero no consiguió que este llegara a sus pulmones.

Bennett se arrodilló junto a ella.

—¿Mari? —preguntó mientras le acariciaba la mejilla.

—¿En qué estabas pensando? —gruñó Esad.

Mari finalmente logró respirar. Volvió a tomar aire y en esta ocasión no le resultó tan doloroso. Bennett la ayudó a sentarse y ella exploró su pecho con las manos. ¡No había recibido ningún disparo!

—¿Por qué has tenido que lanzarla contra la pared? —le preguntó Bennett a Esad.

—La verdad, no tuve tiempo de planificar una caída más suave —replicó el pachá.

Bennett examinó el cuerpo de Mari con las manos para comprobar que no estuviera herida y ella consideró la posibilidad de inventarse unas cuantas para que él siguiera tocándola.

Pero ¿qué había ocurrido? Talat había disparado y, por muy deprisa que Esad se hubiera apartado, no podía ser más rápido que una bala.

Mari miró a Talat, quien permanecía inmóvil con la espada de

Bennett clavada en el pecho, pero ni siquiera Bennett podía haber llegado hasta el bey con la suficiente rapidez.

Los sollozos de Achilla llamaron la atención de todos. Estaba agachada junto a Selim, quien estaba tendido boca abajo, y las lágrimas resbalaban por sus mejillas.

Selim era el único que estaba lo bastante cerca de Talat para interceptar la bala. Mari intentó levantarse, pero Bennett apoyó una mano en su hombro.

—Déjalos.

Selim alargó el brazo hacia Achilla.

—Te he amado desde el día que te compré en el mercado. Siento no ser merecedor de tu amor y no haber podido aceptarlo cuando me lo ofreciste.

Entonces cerró los ojos.

—¡Maldito seas, Selim! ¿Por qué hoy todo el mundo tiene que lanzarse delante de las balas? —La pregunta de Achilla terminó en un sollozo—. Yo también te amaba y te habría perdonado —declaró mientras hundía la cara en la espalda de Selim.

Esad carraspeó.

—Está bien.

—No, no está bien, nada volverá a estar bien nunca más —se lamentó Achilla.

—No —aclaró Bennett—, lo que quiere decir es que Selim está bien; que no está muerto, vaya.

—¿Qué? —preguntó Achilla levantando la cabeza.

—Por si no te habías dado cuenta, la bala se ha hundido en su brazo. Supongo que se ha desmayado a causa del dolor.

—¿Lo que has dicho iba en serio, Achilla? —preguntó Selim con un hilo de voz, pero sin duda vivo.

Achilla puso una expresión horrorizada.

—¡Ya no, despreciable hijo de una camella de tres patas!

Selim sonrió y volvió a cerrar los ojos.

Esad ordenó a varios de sus hombres que llevaran a Selim a su casa y Achilla los siguió con los brazos en jarras.

Bennett sentó a Mari en su regazo y la abrazó con fuerza.

—Quizá deberías intentar ser menos leal a tus amigos a partir de ahora —declaró.

—Lo siento —susurró ella—, pero seguiré apoyando a las personas a las que quiero. —Entonces inhaló hondo—. Aunque sea en Inglaterra.

Bennett frunció el ceño.

—¿No te importará ir allí de visita de vez en cuando?

Ella negó con la cabeza.

—De hecho, incluso podemos vivir allí.

Él la besó lenta y profundamente y el deseo creció en el cuerpo de Mari.

—Gracias por tu oferta, pero... —empezó Bennett.

Esad carraspeó y lo interrumpió. Mari se habría levantado, pero Bennett seguía rodeándole la cintura con los brazos. Esad los observó con interés y Mari se sonrojó.

—¿Entonces te casarás con ella? —preguntó Esad.

Bennett asintió con la cabeza.

—Sí —contestó mientras se volvía hacia Mari—. Quiero que seas mi mujer, no porque lo dictaminen las órdenes o me sienta obligado a ello, sino porque te amo.

Su declaración hizo que el corazón de Mari diera un brinco.

—Yo también te amo.

Bennett la tomó por la barbilla.

—¿Entonces me crees? Porque me niego a casarme contigo hasta que confíes en mí. Mi primer y único deber es hacia ti.

Ella acarició las arrugas de preocupación que surcaban la frente de Bennett y se alegró de no tener miedo de pronunciar las palabras que iba a pronunciar.

—Sí, confío en ti.

Esad exhaló un suspiro.

—Sabes que no puedo concederte la dote, Mari. No me lo puedo permitir.

Ella se apoyó contra Bennett.

—Lo sé, pero no importa. Nunca quise tu dinero.

Una leve sonrisa iluminó la cara de Esad.

—Claro que dejar mi fortuna a mi primer nieto... Esa es una zona más imprecisa. —Su sonrisa se desvaneció y realizó una mueca mientras miraba alrededor—. Ahora tenéis que iros. Debo justificar este jaleo y resultará mucho más fácil si no tengo que explicar la presencia de una mujer que estaba muerta, pero que ya no lo está, y la de un comandante británico. ¿Y el embajador?

—Está vivo —contestó Bennett.

Esad frunció el ceño.

—¡Lástima!

Ordenó a dos de sus hombres que lo llevaran a su casa y lo vigilaran.

—¿Me encargo yo de él? —preguntó Esad.

Bennett negó con la cabeza.

—No, desgraciadamente, tiene que enfrentarse a la justicia británica.

—¿Y supongo que mi sobrina Fatima también está implicada en esto?

Mari se mordió el labio mientras intentaba decidir qué contarle a Esad.

—Ella me salvó la vida.

Esad resopló.

—Por razones puramente egoístas, seguro. Esa jovencita lleva demasiado tiempo actuando sin ningún tipo de contención. Siempre he pensado que le sentaría bien ser la mujer de uno de los capitanes que viven en las zonas fronterizas. —Entonces abrazó a Mari—. No puedes quedarte aquí, pero quizás algún día vayamos a visitarte.

Bennett acompañó a Mari hasta el coche del embajador y dio órdenes al conductor.

—Una vez me comentaste que estos coches eran muy lentos —comentó Mari.

Bennett sonrió ampliamente y le dio un empujoncito para que entrara.

—Sí, pero proporcionan mucha más intimidad.

Entró detrás de ella, la tumbó en el asiento y la besó en los labios, los ojos y el cuello, como si cada una de aquellas partes de su cuerpo fuera infinitamente valiosa para él. Ella suspiró saboreando la sinceridad de sus caricias. Cuando la besaba de aquella manera, Mari no tenía ninguna duda de que, para él, ella era lo más importante en la vida. Mari gimió y tiró de él apretándolo contra su cuerpo.

Bennett se estremeció.

—Creí que te había perdido, ninfa.

Ella se arqueó mientras él buscaba su pecho con la mano.

—¿En serio me ves como la ninfa de tu poema?

Mari notó que Bennett sonreía junto a su mejilla.

—Eres tú la que me hiciste comprender que no puedo escribir a menos que me sienta inspirado.

Mari le sacó la camisa del interior de los pantalones y deslizó las manos por su piel suave y caliente. ¡Cielos, cómo anhelaba aquello!

—Creo que la palabra que utilicé fue apasionado.

Bennett gimió cuando los labios de ella acariciaron el hueco en la base de su cuello. Mari tenía la intención de acariciar muchos más puntos como aquel en la anatomía de Bennett durante los días siguientes.

—No volveré a perderte de vista nunca más. Creo que, después de cincuenta años, te sentirás realmente harta de mí —le advirtió Bennett.

—¿Solo cincuenta? No será suficiente. —Mari sonrió con sorna—. Quizá, para entonces, hayas conseguido que Inglaterra me guste.

Mari desabrochó los botones de latón de la chaqueta de Bennett para tener mejor acceso a su cuerpo.

Él le tomó las manos y besó las yemas de sus dedos.

—Me gusta visitar a mi familia, pero, como futura esposa mía, deberías saber algo. —Deslizó los labios por la palma de la mano de Mari y le dio un beso lento que permitía adivinar lo que tenía pensado para ella—. Tengo una casa en Londres, pero no tenemos por qué vivir allí, porque mi finca está en Escocia.